JULIE MILLER

Une présence rassurante

Traduction française de
CATHERINE VALLEROY

BLACK ROSE

HARLEQUIN

Collection : BLACK ROSE

Ce roman a déjà été publié en 2021

Titre original :
K-9 PROTECTOR

HARPERCOLLINS FRANCE
83-85, boulevard Vincent-Auriol, 75646 PARIS CEDEX 13
Service Clients — https://www.harlequin.fr/contenu/contactez-nous
ISBN 978-2-2805-1862-8 — ISSN 1950-2753

Édité par HarperCollins France.
Composition et mise en pages Nord Compo.
Imprimé en avril 2025 par CPI Black Print (Barcelone)
en utilisant 100% d'électricité renouvelable.
Dépôt légal : mai 2025

FSC
www.fsc.org
MIXTE
Papier issu de
sources responsables
FSC® C159065

Pour limiter l'empreinte environnementale de ses livres, HarperCollins France s'engage à n'utiliser que du papier fabriqué à partir de bois provenant de forêts gérées durablement et de manière responsable.

1

— Maman, il était juste en train de te draguer !

Le Dr Hazel Cooper sursauta en entendant sa fille aînée ouvrir la porte de la salle de consultation. Froissant la lettre qu'elle lisait, elle la fourra dans la poche de sa blouse et plaqua un sourire sur son visage.

— Tu veux dire le sergent Burke ? J'avais les mains couvertes de cérumen et de larves. Il fallait que je vérifie si la mycose de Gunny était guérie, et il m'a aidée à le tenir. Nous avons parlé de son rappel de leptospirose. Ça n'a rien à voir avec de la drague !

Ashley enfila une paire de gants stériles et fit glisser une pile de gazes et de bouts de coton souillés dans la poubelle.

— J'aurais pu tenir le chien.

— Gunny est le bébé de Burke. Et il aime bien mettre la main à la pâte.

— J'imagine, la taquina Ashley. Il t'a frôlée en faisant le tour de la table, et toi tu n'as pas bougé.

Hazel secoua la tête en entendant cela.

— C'était une question de logistique. Je voulais juste lui montrer que l'infection avait disparu.

— Moi, je dirais que tu protestes un peu trop.

Ashley tira les rideaux de la salle d'examen, ce qui permit à Hazel de voir l'homme en uniforme faire monter son berger tchèque, Gunny, à l'arrière de son véhicule.

— Il est célibataire, non ? Je parie que toutes les femmes se jettent à sa tête. Et pourtant, il t'amène son chien, vous plaisantez et vous vous frôlez.

Jedediah Burke lança un ordre, et le chien sauta à l'intérieur de la voiture. Un animal à la fois gracieux et musclé. Comme son maître. En tant que commandant de la brigade canine du KCPD, Burke dirigeait l'entraînement de douze chiens, outre ses devoirs d'officier de patrouille. Son T-shirt noir se tendit étroitement sur ses épaules et remonta au-dessus de l'épaisse ceinture de cuir et du holster qu'il portait.

Hazel réprima un frisson quand Burke se pencha à l'intérieur de son véhicule, faisant saillir une certaine partie de son anatomie. Il était en forme et se bonifiait avec l'âge, comme un bon vin. Et elle appréciait vraiment un bon merlot.

Cette analogie la surprit elle-même. Les fantasmes de sa fille devaient déteindre sur elle. Elle tira le rideau et se détourna de la fenêtre. Oui, Jedediah Burke était séduisant, mais cela faisait longtemps qu'elle était rangée des voitures. Depuis seize ans, elle se débrouillait parfaitement sans homme.

Certes, nombre de ces années avaient été difficiles et solitaires. Mais après l'erreur monumentale qu'elle avait faite en disant « Oui » à son ex-mari, pouvait-elle prendre le risque d'éprouver autre chose que quelques frissons de désir ? Pour quel homme accepterait-elle de céder à ses hormones et de mettre à nouveau son cœur dans la balance ?

— Burke n'est pas célibataire, corrigea-t-elle pour tempérer l'enthousiasme de sa fille. Il est divorcé.

Elle jeta la seringue dans la poubelle adéquate et retira ses gants.

— Quelle coïncidence ! Toi aussi !

Ashley lui tint la poubelle ouverte pour qu'elle y jette ses gants.

— Vous avez au moins un point en commun. Et je parie que vous avez plein de choses à vous dire, en dehors des soins vétérinaires et du métier de policier. Les mariages ratés... Les cœurs brisés... Vous vous êtes déjà réconfortés l'un l'autre ? Je parie qu'il est génial au pieu.

— Ashley Marie Cooper ! Je ne suis pas seulement ta mère, je suis ton patron !

Elle jeta un coup d'œil à la porte, s'assurant qu'elle était fermée et que personne n'écoutait cette conversation.

— Ne me parle pas de « pieu ». Surtout ici, au travail, où on pourrait t'entendre.

— Mais je n'ai pas parlé de toi, répliqua Ashley d'un ton taquin. Ou bien tu pensais la même chose que moi ?

— Ça suffit !

Hazel alluma l'écran de l'ordinateur posé près de l'évier pour mettre à jour le dossier de Gunny.

— Le sergent Burke ne drague pas. Et moi non plus.

Ashley tripotait à nouveau les rideaux.

— Alors pourquoi est-il en train de revenir ?

— Quoi ?

Hazel pivota sur elle-même pour regarder par la fenêtre. Burke gravissait à grands pas le perron en ciment de la clinique.

— Je t'ai vue ! Tu viens de faire bouffer tes cheveux.

Hazel laissa retomber sa main.

— Je les avais dans les yeux.

Ashley effleura sa bouche.

— Un peu de rouge à lèvres ne te ferait pas de mal non plus. Tu devrais en avoir un tube dans ta poche.

Elle sortit un baume rose framboise de la sienne.

— Tiens, prends le mien.

Hazel recula.

— Tu devrais t'intéresser à un jeune homme de ton âge au lieu de m'inventer une vie amoureuse.

Elle reporta son attention sur l'ordinateur.

— Burke et moi travaillons ensemble. Il dirige la brigade

canine et je m'occupe de ses chiens. Nous sommes amis. Collègues. Point final.

Ashley prit un flacon de désinfectant dans le placard et vaporisa la table d'examen.

— Alors tu manques terriblement de pratique. Il a regardé tes fesses quand tu t'es penchée. Depuis quand n'es-tu pas sortie avec un homme ?

— À quoi rime cette conversation ?

— Parce que tu viens aussi de regarder ses fesses. À moins que ce soit son menton carré ou ses beaux yeux bruns qui te plaisent ?

— Pourquoi le détailles-tu comme ça ? Il est assez vieux pour être ton père.

— Mais pas assez vieux pour être le tien.

Ashley lui passa un bras autour des épaules.

— Et puis, quand on est sexy, on l'est à n'importe quel âge.

Bien que Hazel adore travailler avec Ashley, elle allait devoir imposer des règles quant aux conversations mère-fille. Surtout à portée d'oreille du personnel.

Depuis le divorce et la condamnation de leur père à quinze ans de prison, Ashley et Polly tentaient par tous les moyens de la convaincre de retrouver un partenaire.

Bien sûr, à l'époque, elles n'avaient que quatre et six ans. Si seulement elles avaient connu la véritable raison de ce divorce – et su pourquoi la peine initiale de leur père avait doublée ! Elles étaient déjà suffisamment traumatisées, et Hazel avait tout fait pour les protéger. Il y avait des choses qu'il n'était pas bon de dire aux enfants.

Elle se retourna pour déposer un baiser sur la joue de sa fille.

— Juste pour cette remarque, tu finiras de nettoyer ici. Je crois que les corgis de Mme Stinson m'attendent.

— Il n'y a pas qu'eux qui t'attendent.

Un petit coup à la porte mit miséricordieusement fin à

cette conversation. Avant que Hazel ne réagisse, la porte s'ouvrit et Jedediah Burke se montra dans l'encadrement.

— Hé, doc.

Son accent traînant chatouilla les oreilles de Hazel et la fit frémir. Il retira sa casquette du KCPD, un geste de politesse qui réveilla quelque chose d'enfoui en elle.

— La réceptionniste m'a dit que vous étiez encore là et que je pouvais entrer.

Bonté divine, Ashley avait raison, il était beau. Une coupe de cheveux militaire et une barbe très courte mêlée de fils argent soulignaient la régularité de ses traits.

Pourquoi Ashley lui avait-elle mis ces idées dans la tête ? Aucune femme ne pouvait manquer de remarquer que Jedediah Burke était séduisant. Mais elle n'avait jamais réagi ainsi à sa virilité et à son autorité naturelle. Jedediah Burke, ancien militaire devenu policier, était Burke, une connaissance de longue date, un collègue, un ami. Il n'était pas plus destiné à lui servir de cavalier que l'auteur des lettres tordues qu'elle recevait.

Le rappel de ces messages stoppa le fil de ses pensées et lui permit d'afficher un sourire amical.

— Bien sûr. Vous avez oublié quelque chose ?

— Deux choses. Je crois que j'ai laissé le jouet de Gunny dans la salle. Si je le perds, il ne voudra plus m'obéir.

Ashley ramassa l'objet en question derrière une chaise et le lui tendit.

— Le voilà.

— Merci.

Il lui sourit avant de reporter ses yeux couleur de whisky sur Hazel.

— Et puis j'ai oublié de vous dire que je vais entraîner de nouvelles recrues demain matin. Ensuite le reste de la brigade canine vient déjeuner. C'est Ed's Barbecue qui fournit le déjeuner, pour remercier Pike et Hans d'avoir arrêté ces petits cambrioleurs le mois dernier. Vous êtes la bienvenue.

— Ed's Barbecue ?

Elle n'eut pas besoin de feindre l'enthousiasme à la mention de son restaurant préféré.

— Vous aurez des pommes de terre à la crème ?

Burke sourit jusqu'aux oreilles.

— On ne peut pas manger de porc braisé sans pommes de terre.

— Je ne veux pas rater ça. Je viendrai dès que je le pourrai. N'oubliez pas de m'en garder.

— Je n'y manquerai pas. À demain.

Il remit sa casquette et en effleura le bord dans une sorte de salut militaire.

— Doc. Ash.

— Burke...

La porte à peine refermée, Ashley ne put contenir son enthousiasme. Elle serra sa mère contre elle.

— Tu vois ? Il flirte avec toi ! Il t'a invitée à déjeuner.

— Du calme, ma fille.

Hazel lui tapota le bras.

— Ses subalternes seront là aussi, ainsi que leurs chiens. Je ne vois rien de romantique à discuter analyses de sang et rappels de vaccinations de chiens baveux.

Ashley leva les yeux au ciel dans une posture théâtrale.

— Tu me tues, maman. Burke est à tomber à la renverse et en plus il est gentil. Vous avez les mêmes centres d'intérêt et vous communiquez sans peine. Qu'est-ce que tu veux de plus ?

Hazel retourna à son ordinateur pour achever ses mises à jour. Ashley la suivit et reprit d'un ton plus mûr :

— Tu es une femme séduisante, intelligente et drôle. Tu ne devrais pas rester seule. Papa ne fait plus partie de nos vies depuis seize ans. Oui, il a été libéré il y a quelques mois, mais nous avons bien fait comprendre que nous ne voulions plus de lui dans notre vie. Polly et moi, nous sommes adultes, maintenant. Tu n'as plus besoin de t'occuper de nous et de nous protéger vingt-quatre heures sur vingt-quatre. Tu peux tourner la page et retomber amoureuse.

Elle haussa les épaules comme si toute protestation aurait été malvenue.

— Polly et moi, nous sommes d'accord. Jedediah Burke est le candidat idéal pour toi.

— Tu as entraîné ta sœur dans une discussion sur ma vie amoureuse ?

Deux ans plus jeune qu'Ashley et jeune élève infirmière, Polly était la plus silencieuse de ses deux filles, mais on ne pouvait nier qu'elle était aussi têtue que sa sœur.

— Bien sûr que oui.

Avec un soupir de lassitude, Hazel se tourna vers sa fille.

— D'abord, je suis votre mère. Je vous aime toutes les deux et je ne cesserai jamais de vous protéger. Deuxièmement, je sais que ça vous amuse, mais vous devez cesser de jouer les entremetteuses. Si Burke entendait parler de cette conversation, il serait très embarrassé. Sans parler de moi si quelqu'un surprenait les grands projets que vous avez pour nous.

Il y eut un autre coup à la porte, et une fraction de seconde Hazel retint son souffle, attendant ou espérant le retour de Burke.

Mais ce fut Todd Mizner, un autre employé, qui pénétra dans la pièce, lui rappelant que l'activité de la clinique battait son plein à cette heure de l'après-midi. Todd était un peu plus âgé qu'Ashley et très séduisant dans le genre professeur, avec des lunettes à monture noire et des cheveux longs attachés en queue-de-cheval. Sa fille pouvait faire pire que de s'intéresser à un type aussi mignon que lui.

Hazel se retourna pour jeter un regard entendu à Ashley.

— En parlant de grands projets...

Mais sa fille secoua sa queue-de-cheval blonde et quitta la pièce.

Bien sûr. Au grand chagrin de Hazel, Todd n'était pas assez voyou pour convenir aux goûts aventureux d'Ashley. Bien qu'elle ait heureusement laissé derrière elle une adolescence mouvementée, sa fille restait une rebelle. Ce trait de caractère venait certainement des longues années d'incertitude qui avaient suivi la trahison d'Aaron, le divorce, le procès et l'incarcération.

— Ce n'est pas aussi confortable quand les rôles sont inversés, hein ? cria-t-elle dans le dos d'Ashley avant que la porte se referme.

Todd rejoignit Hazel au comptoir tandis qu'elle imprimait les notes du dossier de Gunny.

— Que vouliez-vous dire ?

— Rien. Conversation entre filles.

Il la contourna pour prendre la souris.

— J'ai développé les radios du caniche à la hernie discale. Apparemment, il a une fracture du bassin.

— Oh zut !

Cela signifiait une opération au lieu de la thérapie au laser qu'elle avait prévue. Elle prit ses lunettes dans sa poche de poitrine et attendit qu'il affiche les radios sur l'écran.

Todd marmonna un juron, lui rappelant qu'il était debout juste derrière elle.

— Cet ordinateur n'en fait qu'à sa tête. Je n'arrive pas à les télécharger.

Quel que soit le problème, Hazel n'avait pas le temps de s'y intéresser. Des patients attendaient.

— D'accord. J'irai les regarder à la radio. Allez salle 3 vous occuper de la maîtresse de Maggie. Je sais qu'elle est stressée par l'accident. Veillez à ce qu'il y ait une boîte de mouchoirs dans la pièce et voyez si vous pouvez afficher les radios sur l'écran là-bas. Je veux les lui montrer pour lui expliquer ce qui se passe.

— Ashley ne peut pas le faire ?

— Elle est en train d'accueillir Cassie et Reggie.

Les corgis de Mme Stinson devraient attendre jusqu'à ce qu'elle ait évalué les blessures du caniche et décidé de son traitement.

— Vu l'âge qu'a son chien, Mme Miller pense sans doute qu'on ne peut plus rien faire pour lui. Je ne veux pas qu'elle reste seule.

Pointant le menton, elle sourit à Todd.

— Allez la distraire avec votre charme, Mizner, jusqu'à ce que j'arrive.

— Mais vous m'avez promis que je pourrais vous assister pour la prochaine opération. Je voudrais suivre toute la procédure, depuis la consultation initiale jusqu'à ce que le chien remarche. Ou qu'on le mette dans un fauteuil roulant si la thérapie et l'opération ne marchent pas...

— Nous en discuterons plus tard. La priorité est de nous occuper de nos patients, et cela comprend le maître ou la maîtresse.

— Plus j'ai d'expérience, mieux c'est. Un de ces jours, je vais terminer mon internat...

Todd posa la main sur le comptoir derrière elle et lui fit un clin d'œil.

— Et vous et moi serons associés à part entière.

C'était ça qui l'ennuyait chez Todd, cette tendance à la familiarité. Elle le repoussa gentiment.

— Les distances, Todd. Nous en avons déjà parlé, vous vous en souvenez ?

Il n'était peut-être pas si bien que ça pour sa fille, après tout. Todd était doué avec les animaux, mais ses compétences sociales laissaient à désirer.

Il recula en levant les mains d'un air moqueur.

— Je n'ai aucune intention équivoque, docteur Coop. Vous savez que je suis inoffensif. Vous êtes nerveuse aujourd'hui, pour une raison quelconque.

Non. Il se comportait d'une manière qu'elle n'appréciait pas. Pas comme un employé avec sa patronne. Pas comme un jeune homme assez jeune pour être son fils. Elle désigna la porte, lui rappelant que c'était elle la cheffe.

— Salle 3.

— Oui, madame. Comme vous voudrez.

Tandis que Todd traversait le couloir, Hazel poussa la porte battante menant à la zone réservée où elle effectuait les opérations, stockait les médicaments et rangeait les équipements spécialisés. Elle alla directement à la radio pour voir comment se portait la pauvre Maggie après sa chute dans l'escalier.

Ce dont elle avait besoin, c'était de temps et de tranquillité pour s'éclaircir les idées. Elle prit ses lunettes dans sa poche pour étudier les radios. Mais dès qu'elle les eut chaussées, elle pensa à la lettre et les retira aussitôt.

Elle n'eut pas besoin de la relire. Elle connaissait chaque mot par cœur.

Je vous ai observée, Hazel.

Vos yeux verts sont si intelligents, si jolis. Même quand vous portez vos lunettes, ils brillent et m'ensorcellent. Aucun homme ne vous mérite.

Je veux faire partie de votre vie... Je veux que nous partagions tout.

Je vous veux.

Je vous veux.

Je vous veux...

Hazel ne s'apercevait peut-être pas quand on la draguait, son aptitude aux relations amoureuses était peut-être rouillée, mais elle savait que quelque chose clochait là-dedans. Un homme qui écrivait une dizaine de fois « Je vous veux » dans une lettre et qui refusait de la signer ou même d'indiquer son adresse ne lui voulait pas du bien.

Cette lettre, ainsi que les huit autres qu'elle avait reçues chez elle, lui disait qu'elle était devenue l'obsession de quelqu'un. Le sentiment d'être épiée et harcelée dans un endroit où elle aurait dû se sentir en sécurité ressemblait beaucoup à...

Elle laissa échapper un petit cri en entendant frapper à la porte.

— Todd, je vous ai dit...

— Waouh...

Jedediah se tenait à nouveau sur le seuil. Bien qu'il ait adopté une posture d'excuse, sa carrure impressionnante donna à Hazel l'impression que la pièce avait rétréci.

— Je suis désolé, vous étiez concentrée...

Prenant conscience qu'elle avait plaqué une main sur son cœur, elle chaussa à nouveau ses lunettes. Mais il n'était pas dupe. Il lui avait fait peur et il le savait. Évitant son regard scrutateur, elle étudia les radios.

— Vous n'êtes pas encore parti ?

Au bout d'un instant, il hocha la tête.

— J'ai oublié de vous dire à quelle heure est le déjeuner demain. J'aurais pu vous envoyer un texto, mais j'étais là.

Il pénétra dans la pièce et fit halte près de son fauteuil. À l'inverse de Tom, elle eut terriblement envie de s'appuyer contre lui, surtout lorsqu'il posa gentiment une main sur son épaule.

— Il s'est passé quelque chose ? Vous avez perdu un patient ?

Bon sang. Il sentait bon, aussi. Un mélange enivrant de savon épicé et de parfum d'automne s'accrochait à lui, intensifié par l'étroitesse de la pièce.

Hazel envisagea de le renvoyer avec quelques mots anodins. Puis son insigne en cuivre, pincé à sa ceinture, entra dans son champ visuel. Burke représentait l'aide et la sécurité de plus d'une manière. Elle le connaissait depuis cinq ans. Elle pouvait lui faire confiance. Elle fourra ses lunettes dans la poche de sa blouse et pencha la tête.

— Je peux vous demander quelque chose ? En tant que policier ?

— Bien sûr.

Il recula, et son attitude compatissante laissa place à la vigilance.

Prenant la lettre dans sa poche, elle la lissa quelques instants avant de lui tendre.

— Voudriez-vous lire ça ?

Il allait certainement penser qu'elle était paranoïaque. Ou peut-être se fâcherait-il qu'elle n'ait pas signalé ces lettres plus tôt. Son expression s'assombrit à mesure qu'il parcourait la missive.

— Est-ce normal ? demanda-t-elle.

— Qui vous a écrit cela ?

Elle hésita une fraction de seconde.

— Je ne sais pas.

— Alors non, ça ne l'est pas.

Il s'adossa au chambranle et la regarda.

— Un petit ami largué dont je dois m'inquiéter ?

L'ami la taquinait pour l'égayer, mais le policier attendait une réponse. Elle lui avait demandé son opinion, elle se devait d'expliquer pourquoi une lettre inoffensive la perturbait autant.

— Au début, je pensais que c'était mon ex-mari, Aaron, qui m'écrivait à nouveau. Vous vous souvenez sans doute de lui, il a fait la une des JT il y a quinze ans.

Burke hocha la tête mais attendit qu'elle poursuive.

— Il avait l'habitude de m'écrire des âneries de ce style quand nous sortions ensemble. Je lui ai dit que cela ne m'impressionnait pas et il a cessé. Il disait toujours qu'il aimait mes manières directes – jusqu'à ce qu'il passe en jugement. À ce moment-là, il n'avait plus du tout envie que je sois directe. Depuis la prison, il m'a écrit des litanies de reproches pour avoir témoigné contre lui. J'ai demandé à un juge de les faire cesser. Il ne devait plus prendre contact avec moi. Il y avait trop de menaces à l'époque. Beaucoup des gens qu'il avait ruinés nous menaçaient. Je n'avais pas besoin en plus de ses vilains messages. Bref, j'ai cru que le ton obsessionnel de ces lettres était celui de mon ex.

— *Ces* lettres ? répéta Burke en élevant la feuille de papier. Il y en a plus d'une ?

Il aurait été stupide de cacher la vérité à un flic.

— C'est la neuvième que je reçois depuis mon anniversaire, le 5 août.

— Neuf lettres en neuf semaines ?

— Les premières étaient plutôt inoffensives. Mais... Il semble de plus en plus exalté au fil du temps.

Burke retourna le papier, mais il n'y avait rien d'autre.

— L'enveloppe était tamponnée par la poste ?

— Kansas City. Mais pas d'adresse d'expéditeur.

— Aaron est toujours en prison ?

Hazel secoua la tête.

— Il a été libéré sur parole à la fin de l'année. L'ordonnance de protection devrait l'empêcher de prendre contact avec moi ou les filles. Et ces lettres... Elles ne contiennent pas exactement des menaces, mais elles sont... perturbantes.

— Vous savez où il vit maintenant ?

Elle reprit la lettre qu'il lui tendait.

— Notre vie est bien plus paisible sans lui. Je ne veux pas tenter le sort en m'informant de lui, même à travers des tiers.

— Je me renseignerai.

Burke lui prit la main, pas tant pour la rassurer que pour la mettre en garde.

— Mais j'imagine qu'il est ici, à Kansas City.

2

— Hon-hon...

Hazel examinait les oreilles de Gunny.

— C'est tout rose et propre. Aucun signe d'infection.

Burke fit le tour de la table d'examen tandis qu'elle se déplaçait pour inspecter l'autre oreille du chien. Bien qu'il ait toute confiance en son chien, Burke s'était porté volontaire pour le tenir pendant que Hazel contrôlait le résultat du traitement. Avec les salles d'examen pleines et la salle d'attente bondée, il était clair que le vendredi après-midi était une période surchargée. Et puis son aide lui donnait quelques minutes pour mettre Hazel au courant de ce qu'il avait découvert sur ces lettres.

Un détail dans le dossier d'Aaron l'avait particulièrement perturbé. Le flic en lui voulait creuser, mais l'homme n'était pas certain d'aimer ce qu'il trouverait. En outre, si Hazel avait choisi de ne pas parler de cet incident, il préférait ne pas mettre la question sur le tapis. Pas tout de suite, en tout cas. Il savait ce qu'étaient la trahison et le divorce : la partie lésée faisait ce qu'elle pouvait pour tourner la page.

Mais s'il y avait une menace crédible ou s'il pensait que l'histoire allait se répéter, alors la discrétion ne serait plus de mise. Il exigerait la vérité de Hazel afin de se faire une idée des risques qu'elle courait. Et si elle ne voulait toujours pas en parler, il avait d'autres moyens d'obtenir les détails qu'il voulait. Mais il n'aimait pas plus qu'elle l'idée de le faire dans son dos.

Burke gratta la tête noire de Gunny, davantage pour l'empêcher de s'endormir qu'autre chose. Puis il prit sa respiration avant de se lancer. Hazel lui avait demandé un service en tant que flic, non en tant qu'homme. Et il trouvait de plus en plus difficile de respecter les distances qu'elle lui imposait.

— J'ai parlé à l'agent de probation d'Aaron et je lui ai signalé les lettres. Kranitz lui posera la question. S'il pense qu'il en est l'auteur, il lui rappellera l'ordonnance de protection. Si une lettre arrive après cela, Aaron retournera en prison.

Hazel hocha la tête sans cesser d'inspecter l'oreille du chien.

— Cela ne l'empêcherait pas de les faire poster par quelqu'un d'autre. Même au plus fort du procès, il s'est toujours débrouillé pour qu'on fasse ses quatre volontés. Je ne sais toujours pas s'il payait ses acolytes ou s'il comptait sur son charme. Il a toujours été comme ça.

Pas même un clignement d'œil indiquant ce qu'elle avait subi de la part de son ex. Au lieu de cela, elle se redressa en souriant.

— Cette oreille est parfaitement saine aussi. Je déclare votre ami à quatre pattes bon pour le service.

Burke n'insista pas, parce qu'il craignait que Hazel se retranche derrière cette distance qu'il avait patiemment surmontée. Il ne voulait pas que leur proximité, qui était davantage qu'une amitié mais moins que ce qu'il recherchait, en soit affectée.

— Tant mieux.

Il caressa le flanc de Gunny, tandis que Hazel lui grattait la tête autour des oreilles. Il sourit en voyant le chien tourner la tête pour savourer le contact des mains de Hazel. Ignorant un pincement de jalousie, il ordonna au chien de s'asseoir.

— Tu te ramollis, mon gros. Il faut que je te prévoie plus que des séances d'entraînement.

Hazel posa l'endoscope sur la paillasse derrière elle et revint caresser les bajoues de Gunny.

— N'écoute pas ce méchant sergent, dit-elle d'un ton taquin. Tu es aussi solide que n'importe quel flic.

— Ne l'encouragez pas, répliqua Burke. J'ai déjà du mal à contenir son ego.

Ils continuèrent à chouchouter le chien au lieu de se remettre au travail. Si Hazel ne lui avait pas montré ces lettres et ne lui avait pas demandé de l'aider, il n'aurait eu aucune raison d'être là. Et s'il ne pouvait dire avec certitude qui les avait envoyées, il avait fait tout ce qu'il pouvait pour la tranquilliser.

— Votre immeuble semble relativement sûr, avec le portail et l'Interphone. Je n'aime pas ces vitres du haut en bas de votre appartement, mais au moins vous n'êtes pas au rez-de-chaussée. En outre, les serrures de la porte d'entrée et de l'escalier de secours sont de bonne qualité.

— Un bâtiment rénové a des limites structurelles. J'ai économisé longtemps pour acheter cet appartement. Et puis il n'est qu'à quelques minutes en voiture de la clinique et c'est un quartier agréable, proche de la bibliothèque, des hôtels et du Centre de congrès.

Burke hocha la tête. Aucun logement n'était véritablement sûr quand quelqu'un était déterminé à y pénétrer. Et le fait que l'homme ait avoué qu'il l'avait observée le faisait penser qu'il savait exactement où elle vivait. Ou travaillait. Ou les deux.

— J'ai aussi parlé des menaces potentielles à la police de l'hôpital. Ils feront leur possible pour ouvrir l'œil là-bas. L'appartement de Polly et Ashley est bien sécurisé.

Il immobilisa les doigts dans le pelage de Gunny, à proximité de son harnais.

— J'ai également obtenu l'adresse actuelle d'Aaron. Si le

harcèlement ne stoppe pas, et que vous vouliez que Gunny et moi nous lui rendions visite, je le ferais.

Elle pâlit et s'interrompit.

— J'espère qu'on n'en arrivera pas là. Vous avez soigneusement enquêté.

— Comment ferais-je mon boulot autrement ?

Hazel lui pressa l'avant-bras. Ce contact peau contre peau l'électrisa.

— Merci.

— Je vous en prie.

Il était assez grand pour l'embrasser par-dessus la table s'il en avait envie. Et Dieu qu'il en avait envie ! Il avait aussi envie de l'inviter à sortir avec lui. Quelque chose chez Hazel Cooper lui donnait l'impression d'être à nouveau un adolescent. Sans doute parce qu'il n'avait pas désiré une femme depuis longtemps. Elle le faisait rire, elle comprenait son humour, elle était intelligente et diablement douée dans son métier et, bien qu'elle les camoufle sous des blouses et des jeans, elle avait des courbes affriolantes. Sa coupe de jeune garçon attirait l'attention sur ses jolis yeux verts et mettait en valeur son long cou, une étendue de peau crémeuse qu'il aurait aimé effleurer de ses lèvres.

Mais il respectait son vœu silencieux de garder leur relation dans le domaine de l'amitié.

En outre, son ex-femme, Shannon, l'avait suffisamment échaudé pour qu'il choisisse une femme dont l'amitié et la loyauté étaient sans réserve. Dommage qu'il ne puisse jouir à la fois d'amitié et d'amour chez la même femme. Il ne se serait peut-être pas comporté comme un obsédé avec elle si cela avait été le cas.

Il fallut un coup de langue de Gunny sur le menton de Hazel pour briser le charme qui le possédait. Burke rompit sagement le contact et recula tandis qu'elle se mettait à rire.

— Désolé. Je suppose qu'il en a assez. Gunny, descends. Bon chien.

Il flatta les flancs de son chien, se donnant quelques secondes pour se recomposer un masque de bienséance. Non, il ne serait pas jaloux que son chien ait embrassé Hazel le premier.

Celle-ci gratta Gunny près de la queue avant de se tourner vers la paillasse pour ouvrir un flacon rempli de friandises pour chiens.

— Tu veux une récompense ?

La queue du chien vint frapper la jambe de son maître.

— Qui est le meilleur patient de tous ? C'est ça, c'est toi, Gunny.

Hazel leva la main pour faire asseoir l'animal.

— Assis. C'est bien. Voilà pour toi.

Burke appréciait qu'elle respecte l'entraînement du chien et ne se contente pas seulement de le gâter, même si son partenaire canin ne voyait aucun inconvénient à se vautrer sur le canapé dès qu'on lui ôtait son harnais.

Hazel caressa Gunny une dernière fois autour des oreilles avant d'ouvrir la porte de la salle. Burke était content que les oreilles du chien ne le démangent plus. Le Dr Coop avait fait du bon travail. Elle sourit.

— Allez, vous deux, je vous raccompagne.

Gunny lui emboîta automatiquement le pas, sans se laisser distraire par les gens, les animaux, les armoires d'aliments et de friandises. Il fit cependant halte pour effleurer le nez de Cleo, un schnauzer miniature doté d'un seul œil et de trois pattes, qui fit le tour du comptoir en trottant pour le saluer. Hazel amenait sa petite chienne au travail tous les jours. Elle dormait dans son panier ou jouait les hôtesses auprès des clients et de ses patients préférés. Gunny était incontestablement sur la liste des préférés de Cleo. Si Burke avait été enclin aux idées fantasques, il aurait dit que Gunny et Cleo avaient le béguin l'un pour l'autre, à en juger par la façon dont ils se reniflaient la queue avec enthousiasme.

Hazel Cooper était encline aux idées fantasques. Tandis que Cleo dansait entre ses jambes et encourageait Gunny à jouer, Hazel se pencha pour caresser le schnauzer.

— C'est ça, ton petit copain est là.

— Cleo sait qu'elle a été stérilisée, n'est-ce pas ? plaisanta Burke. Le flirt ne débouchera sur rien pour eux.

— Une fille a bien le droit de regarder, non ?

Quand Hazel se redressa, son regard balaya le ventre, la poitrine et le menton de Burke avant de croiser le sien. Une bouffée de chaleur passa entre eux, et Burke sentit sa bouche s'assécher. Eh bien, eh bien. Quel genre de signal ambigu était-ce là ? Le bon docteur l'avait maté de bas en haut. Elle avait aussi le droit de regarder ? Mais elle voulait tout de même garder leur relation sur un plan amical ? Les règles de fréquentation avaient peut-être changé depuis sa jeunesse.

Quelle que soit la nature de l'éclair qui l'avait traversée, elle l'ignora consciencieusement et se pencha par-dessus le comptoir pour parler à la réceptionniste.

— Vous pouvez envoyer la facture au siège de la police, lui dit-elle avant de regarder à nouveau Burke.

Il aimait cela chez elle – qu'elle croise toujours son regard et ne mâche pas ses mots. Avec son mètre quatre-vingt-dix, il la dépassait sans doute de huit ou dix centimètres, mais cela ne dissuadait pas la vétérinaire de le regarder dans les yeux, quelle que soit la distance à laquelle ils se trouvent.

— Je n'ai pas besoin de revoir Gunny jusqu'à sa prochaine visite de contrôle ou son rappel de vaccins. Veillez bien à lui nettoyer les oreilles. S'il commence à trembler de la tête ou à se gratter, vous pouvez utiliser la pommade que je vous ai donnée. Appelez-moi, bien sûr, si cela ne donne pas de résultats.

— Je n'y manquerai pas.

Il était à court de prétextes pour s'attarder encore. Le bilan de santé de Gunny était bon. Cleo avait posé les deux pattes de devant sur son dos, comme pour devenir elle aussi un grand chien. Et si Gunny semblait apprécier le pseudo-massage de son amie, Burke avait à faire. Il n'avait plus rien à rapporter sur l'ex-mari de Hazel. Il tira sa casquette de sa poche arrière et la vissa sur ses cheveux courts.

— Je ferais mieux de retourner au boulot. Je vous tiendrai au courant si je découvre autre chose… Il regarda autour de lui… Sur l'affaire dont nous avons parlé.

— Merci, articula-t-elle en silence, appréciant visiblement sa discrétion. À bientôt, alors.

Burke hocha la tête. Hazel claqua des lèvres pour attirer l'attention de sa chienne.

— Cleo, viens ici.

Après une sorte de culbute sur sa patte arrière, Cleo se redressa vivement et trotta vers sa maîtresse. Hazel prit la pile de courrier que la réceptionniste avait posée sur le comptoir et se mit à trier les lettres et les magazines. Ordonnant à son chien de venir au pied, Burke se tournait vers la porte quand il entendit une petite exclamation derrière lui.

— Docteur Coop ?

Se retournant, il vit les lettres et un léger paquet chuter.

— Hazel ?

Elle leva vers lui un regard de panique. Que diable se passait-il ? Il contempla les enveloppes à ses pieds, se demandant laquelle représentait une menace.

— Vous avez eu une autre lettre ?

Avec un bref signe de tête à son intention et un sourire forcé en direction des gens présents dans la pièce, elle se secoua et s'accroupit pour ramasser les lettres et les magazines.

— Peut-être. Je ne sais pas. Il n'y a pas d'adresse d'expéditeur sur le paquet, et l'adresse est dactylographiée. Comme les autres. Mais il n'y avait pas eu de paquet jusqu'ici.

Comme Cleo, Gunny était curieux de savoir pourquoi son docteur préféré s'était accroupie à son niveau. Les chiens reniflèrent Hazel, le courrier éparpillé... Puis Gunny s'assit.

— Les autres sont arrivées chez moi. C'est la première à arriver ici.

L'inquiétude de Burke fit place à la peur quand il vit Gunny lever son long museau brun vers lui. Oh bon sang...

— Ce n'est peut-être rien, reprit Hazel. Tout le monde ne met pas d'adresse d'exp...

— Ne touchez à rien !

Il la prit par le bras, la releva et la plaça derrière lui tout en l'éloignant du comptoir. Il ramassa Cleo d'une seule main et la mit dans les bras de Hazel.

— Que faites-vous ? s'étonna Hazel.

Burke sortit son insigne et le tint en l'air pour s'identifier aux yeux et aux oreilles de toute la salle.

— Votre attention, s'il vous plaît. Je suis le sergent Jedediah Burke, de la police de Kansas City.

Il fit pivoter son regard de façon à inclure tout le monde dans le hall.

— Je veux que vous restiez exactement là où vous êtes. Pouvez-vous maîtriser vos animaux ? Ne bougez pas.

Hazel pressa Cleo contre sa poitrine.

— Burke ?

— Vous comprise. Ne bougez pas. Ne posez pas votre chien par terre.

Il la repoussa encore d'un pas avant de fixer son insigne à sa ceinture et de faire sortir Gunny par les portes vitrées.

Quand il revint, il vit les regards apeurés, les airs interrogateurs et les rires nerveux. Mais personne ne remit en cause ses ordres. Il laissa Gunny se frayer un passage entre les étagères d'aliments, un chat qui miaulait dans sa cage et le comptoir jusqu'au courrier répandu sur le sol.

Gunny se mit à nouveau en position d'alerte quand il

atteignit l'enveloppe matelassée. Burke jura. Il glissa une récompense entre les dents du chien et l'éloigna de l'enveloppe en le félicitant pour son travail.

Les lettres d'amour de Hazel venaient de prendre soudain un tour beaucoup plus sinistre.

Burke prit sa radio et appela l'opératrice de la police, tout en rassurant Hazel d'un regard. Rien de plus, car il devait agir.

— Je veux que tout le monde – personnes et animaux – évacue le bâtiment aussitôt que possible.

Il survola les visages du regard.

— Restez au moins à vingt mètres des portes, sur le parking. Éteignez vos téléphones. N'envoyez pas de textos et n'appelez personne.

Il regarda à nouveau Hazel car il savait pouvoir compter sur son sang-froid, même si elle avait peur.

— Je vais avoir besoin d'un décompte des personnes pour être sûr que tout le monde est là où il devrait être.

— Bien sûr.

Elle fit signe aux réceptionnistes de se lever tandis que Burke se positionnait devant l'enveloppe, afin que personne ne marche dessus par accident.

— Linda, allez chercher le personnel dans les salles du fond. Dites à tout le monde de sortir sur le parking. Mettez en laisse tous les animaux que nous avons en pension et amenez-les dans les niches dehors. Todd…

Elle désigna la porte battante au moment où le jeune homme sortait d'une salle d'examen.

— Faites sortir les deux chiens que nous avons stérilisés ce matin. Ashley…

— Je vais m'occuper des clients, maman.

Bien qu'elle se meuve avec décision, la peur se lisait sur le visage de la fille de Hazel quand elle fit halte devant Burke et lui demanda :

— Que se passe-t-il ?

— Ce ne sont que des précautions, répondit-il en désignant la sortie du menton. Appelons ça un exercice d'incendie.

— Il y a un incendie ? murmura-t-elle. L'alarme ne s'est pas mise en marche.

Hazel déposa Cleo dans les bras d'Ashley et fit pivoter sa fille vers la porte.

— Tout va bien, chérie. Fais juste ce que te dit Burke. Je vais vérifier les salles d'examen.

Ashley hocha la tête puis donna le bras à une cliente âgée pour l'escorter sur le parking, où se rassemblaient les autres clients. Hazel ouvrit la porte de chacune des salles et conduisit les animaux et les gens dans le hall.

— À vingt mètres de distance, rappela Burke à Todd en voyant le jeune homme se ruer hors de la salle de réveil avec des chiens.

Todd jeta un regard inquiet à Hazel, laquelle venait de franchir les doubles portes du vestibule.

— Vous venez, docteur Coop ?

— J'arrive.

À travers la vitre, Hazel compta les membres de son personnel, s'assurant de leur sécurité avant de faire demi-tour et de revenir à Burke qui donnait des détails à l'opératrice. Normalement il se serait servi de son portable, mais il ne voulait pas prendre le risque d'utiliser un signal sans fil avant d'en savoir plus.

— Que se passe-t-il ? demanda Hazel quand il eut raccroché. Elle avait besoin d'une explication.

— Je sais qu'il n'y a pas d'incendie. J'ai entendu l'opératrice parler d'envoyer une brigade. Qui va venir ?

— La brigade de déminage.

Elle écarquilla les yeux avant de contempler le paquet anonyme.

— Une bombe ? Je pensais que ce n'était qu'une... Je n'ai pas eu de lettre cette semaine. J'espérais qu'Aaron avait cessé après que son agent de probation lui avait parlé. Est-ce que ça n'a fait que l'énerver ?

Il comprit qu'elle espérait qu'il dise que c'était une fausse alerte.

— Vous pensez qu'il a envoyé une bombe à ma clinique ? Avec tous ces gens ? Ces animaux innocents ?

Burke caressa la tête de son chien.

— Gunny m'a prévenu qu'il y avait un explosif. Il ne se trompe jamais.

Prenant Hazel par le coude, il l'entraîna vers le vestibule. Il aurait aimé supprimer la peur qu'il lisait dans ses yeux.

— Il faut que vous sortiez vous aussi. Gunny et moi allons inspecter le bâtiment.

— Mais...

Elle s'immobilisa, refusant de partir.

— À quoi sert la brigade de déminage, alors ? Vous ne devriez pas avoir des renforts ?

Elle plaqua une main en éventail sur la poitrine de Burke, lequel sentit son cœur battre plus vite.

— Ou une tenue de protection ?

— C'est ce que nous allons faire.

Il posa une main en coupe autour de sa joue.

— Mais j'ai besoin que vous soyez en sécurité avant de me mettre au travail. Et que vous preniez la responsabilité de tous ces gens dehors.

Elle acquiesça d'un signe de tête. Puis, ses yeux verts plongés dans les siens, elle recouvrit sa main et lui dit :

— Je vous vois dehors.

Comme si elle pouvait garantir qu'ils seraient réunis par la seule force de sa volonté.

Les bombes n'avaient aucune sorte de garantie. Il en avait vu bien trop quand son unité militaire était déployée au Moyen-Orient. Il en avait aussi vu plus qu'il n'aurait imaginé depuis qu'il portait cet uniforme. La volatilité des explosifs que Gunny avait été entraîné à détecter, leur nature même faisaient qu'il n'y avait aucune garantie possible.

Il lui adressa un bref signe de tête avant d'ouvrir la porte et la faire sortir.

Il la regarda rejoindre Ashley et le technicien à la queue-de-cheval avant de sentir la pression que Gunny exerçait sur sa main. Pour le chien, la détection de bombes et la fouille de bâtiments étaient un sport qui s'achevait avec une récompense s'il réussissait à trouver sa cible. Mais Burke savait combien son travail était sérieux.

Les renforts étaient en route. Mais le KCPD et la brigade de déminage ne pourraient rien faire à moins qu'il ne leur certifie qu'il n'y avait pas d'autres explosifs, pas d'autres victimes potentielles, pas de malfaiteurs aux aguets. Leur travail à Gunny et à lui était de s'assurer qu'il était sans danger de pénétrer dans le bâtiment.

— Gunny, *voran* !

Burke tira sur la laisse de Gunny et lui donna un ordre en allemand.

— Allez, mon garçon. Au travail !

3

— Oui, c'est bien, Shadow.

Hazel examina l'incision du labrador stérilisé le matin même, ajusta le collier numérique autour de son cou et lui tapota la poitrine avant de refermer la porte de la cage.

La chienne bâilla et posa la tête sur un coussin, comme si elle venait de passer une journée au spa au lieu de subir une opération et une alerte à la bombe. Hazel aurait bien aimé se débarrasser du stress aussi facilement. Maintenant que les voitures de police et les camions de pompiers étaient partis et qu'il ne restait plus personne de la brigade de déminage en dehors de Justin Grant, un ami de Burke, elle aurait dû pousser un soupir de soulagement. Tous ses clients avaient déplacé leurs rendez-vous et étaient partis une fois que la police les avait autorisés à sortir leur véhicule du parking. Les animaux dont elle était responsable étaient sains et saufs. Les membres du personnel, bien que secoués par l'incident, étaient retournés à leurs tâches dès qu'on les avait informés qu'il était sans danger de rentrer dans le bâtiment.

Mais « sans danger » était tout relatif.

Hazel ne pouvait s'empêcher de penser que le C-4 et le mécanisme de déclenchement enveloppés dans un tas de fils non connectés avaient un autre but qu'une grosse frayeur. Pourquoi un homme qui écrivait des lettres d'amour lui avait-il envoyé un paquet contenant une bombe en pièces détachées ? Pensait-il que la peur la pousserait à se tourner vers lui ? Était-il en colère parce qu'elle n'avait pas répondu à ses déclarations d'amour ? Non qu'elle puisse répondre, de toute façon, à quelqu'un qui refusait de s'identifier. Et si le paquet venait bien d'Aaron, lui en voulait-il tellement encore qu'il lui avait adressé ce qu'on ne pouvait que qualifier de menace de mort ?

Seize ans auparavant, il ne s'était pas montré aussi courtois. Pendant quelques secondes cauchemardesques, Hazel en oublia de respirer. Elle revécut cette horrible nuit, destinée à l'empêcher définitivement de témoigner contre lui.

Même s'il n'y avait rien d'écrit, il y avait un message pour elle dans ce paquet.

Si seulement elle savait qui l'avait envoyé, elle aurait pu se protéger : donner le nom de l'homme au KCPD et poursuivre sa vie. Elle avait déjà affronté des menaces de mort des années auparavant, quand on avait découvert les agissements d'Aaron et que les gens qui lui avaient fait confiance avaient tout perdu. Bon sang, elle avait affronté Aaron lui-même, qui était encore plus effrayant. Mais comment faire correspondre « Je vous veux » à une promesse de mort et de destruction ?

Qu'avait-elle fait de mal pour qu'on lui en veuille autant ?

Hazel se releva et, s'adossant à la paroi de la cage, s'entoura de ses bras. Elle ferma les yeux quelques instants pour absorber les odeurs et les bruits familiers de la clinique. De la respiration de Shadow aux bruissements et aux vocalisations des animaux qui s'installaient pour la nuit, de l'odeur âcre de l'antiseptique utilisé pour les équipements aux senteurs musquées des animaux eux-mêmes – c'était son monde, sa zone de sécurité, l'endroit où elle se sentait le plus chez elle. Elle dirigeait cet endroit, elle était responsable de son temps, de sa destinée. Elle était entourée de sa fille et d'amis, elle faisait un travail qu'elle adorait.

Être là l'aidait à se centrer, à rassembler la force qu'il lui fallait pour traverser ce cauchemar : être la cible de la dangereuse obsession d'un inconnu.

Elle inspirait profondément pour se calmer, quand l'air changea soudain d'odeur autour d'elle. Elle ouvrit les yeux une fraction de seconde avant que Todd Mizner ne l'attire contre lui pour la réconforter.

L'étreinte du jeune homme lui fit plus peur qu'elle ne la réconforta.

— Ça va, doc ? C'était une grosse frayeur, non ?

Si elle n'avait pas senti le tremblement de ses bras, elle l'aurait réprimandé pour ce contact inopportun. Mais Todd était sans doute aussi ébranlé par l'incident qu'elle. Comme certains hommes, il avait sans doute du mal à admettre sa propre peur et préférait réconforter plus faible que lui. Au lieu de le repousser, elle posa les mains sur sa taille quelques secondes avant de reculer.

— Je vais bien, Todd. Merci de vous en inquiéter. Heureusement, personne n'a été blessé. Nous avons rouvert la clinique et je pense que tout ira bien.

Il ajusta ses lunettes sur son nez avant de froncer les sourcils.

— Nous vous soutenons tous, ici, vous le savez, n'est-ce pas ?

— Je sais, Todd. Merci.

Elle lui pressa le bras et le tapota exactement comme elle l'avait fait avec le chien, puis se dirigea vers la cage suivante.

— Comment va l'équipe ? demanda-t-elle. Vous vous en sortez ?

— Ce n'est pas à nous que le paquet était adressé.

En tendant le bras pour ajuster le collier du chien, il heurta à nouveau son épaule. Même s'il lui arrivait souvent de se cogner accidentellement à ses employés quand ils s'occupaient d'un animal, les paroles qu'il prononça alors la décidèrent. Elle devait avoir une conversation avec lui sur la différence entre « amical » et « trop amical ».

— Vous savez, si vous voulez boire un verre pour évacuer la pression après le boulot, je serai ravi de vous inviter quelque part.

— Todd...

Voyant qu'elle allait refuser, il leva les mains et recula d'un pas comme s'il comprenait qu'il venait de franchir les limites.

— On pourrait tous y aller. Faire la fête après ce qui nous est arrivé aujourd'hui.

Hazel referma la cage avant de répondre.

— Non, merci. Si vous et les autres voulez y aller, parfait. Je suis ravie que vous vous souteniez mutuellement. Mais je crois que je vais rentrer directement chez moi. Je suis épuisée.

— Vous êtes sûre ?

Sa déception fut évidente quelques secondes avant qu'il affiche bravement un sourire.

— Peut-être une autre fois.

Elle fit exprès de vérifier sa montre au lieu de répondre à cette invitation ouverte.

— Vous feriez mieux de sortir une dernière fois les chiens que nous avons admis aujourd'hui avant de fermer.

— À vos ordres, patronne.

Après le départ de Todd, Hazel passa par son bureau pour prendre son sac, éteindre les lumières et fermer les portes reliant les salles. Peut-être n'y avait-il rien d'inhabituel dans l'inquiétude de Todd pour elle. Quand elle arriva à la réception, le personnel avait éteint les ordinateurs, ayant fini de préparer le planning et les ordonnances du lendemain. Une par une, les secrétaires la serrèrent dans leurs bras et lui souhaitèrent bonne nuit, répétant l'invitation de Todd à se joindre à eux pour un verre. Hazel les remercia, les félicita d'avoir gardé leur sang-froid pendant la crise et leur ordonna de s'amuser.

Le temps qu'elle attache la laisse de Cleo, ferme la porte d'entrée et descende la rampe pour reprendre son pick-up, le crépuscule avait tourné au gris et une odeur d'orage se répandait dans l'air. Deux autres véhicules étaient garés dans le parking, tous deux portant les marques blanches et noires du KCPD. Son regard se porta instantanément sur l'homme aux larges épaules adossé à l'un d'eux, les bras croisés dans une posture faussement détendue. Burke était en conversation avec le responsable de la brigade de déminage, Justin Grant. Les deux hommes étaient visiblement amis, à en juger par leurs mines hilares. Justin était plus jeune, plus blond, un peu plus grand que Burke et bâti comme un coureur de fond. Bien sûr, la plupart des hommes paraissaient minces à côté de la charpente musclée de Burke.

Hazel écarquilla les yeux quand cette observation lui traversa l'esprit et elle se hâta d'entraîner Cleo vers une petite pelouse pour lui faire faire ses besoins. Que faisait-elle ? Elle comparait Burke aux autres hommes ? Grant était bel homme mais elle l'avait à peine remarqué après avoir noté la présence de Burke. Elle n'était pas naïve au point de nier qu'elle était attirée par Burke au moins de manière inconsciente – toute femme le serait. Mais depuis quand ses pensées conscientes s'attachaient-elles au robuste sergent ?

Quand Burke l'aperçut, il se redressa et sourit.

C'était peut-être la raison de sa réaction. Il semblait toujours faire attention à elle quand ils étaient dans le même espace. Cela pouvait expliquer la conscience aiguë qu'elle avait de lui. Pourquoi n'aurait-elle pas été consciente d'un homme qui se focalisait sur elle ?

Ce n'était que cela : un flic alerte, un homme poli, quelques hormones vagabondes qui appréciaient l'attention après ces années de solitude – et les dernières années avec Aaron, quand il l'ignorait un jour, l'écrasait le suivant et avait finalement fait d'elle la cible de son désespoir. Burke et elle partageaient une amitié spéciale depuis le moment où elle avait commencé à travailler avec lui et les autres agents de la brigade canine. Il la respectait. Il était calme. Parfois il la faisait rire. Son instinct d'autoprotection était un peu en berne après ces lettres d'amour et les événements de la journée, ce qui rendait ses pensées plus éparpillées, ses sensations plus aiguës. Il n'y avait pas à s'inquiéter qu'elle développe des sentiments pour lui. Demain, elle se réveillerait avec des forces intactes et pourrait repousser ces sentiments à l'arrière-plan, où ils avaient leur place.

— Cleo, viens ici.

Son chien ayant abondamment marqué son territoire, Hazel réprima ces pensées décalées et fit le tour de son pick-up pour rejoindre les deux hommes. Cleo fila devant elle, avide de les renifler, ou peut-être de flairer l'odeur de Gunny, allongé dans sa cage sur le siège arrière du pick-up de Burke. Cleo renifla les chaussures de Grant avant de poser les pattes avant sur le genou de Burke, sautillant sur sa patte arrière et agitant la queue.

— Du calme, fifille, lui dit-elle.

— Doc...

Justin rit en la saluant, amusé par le favoritisme de la chienne.

— Qui est cette petite diva ?

— Cleo. Elle a été heurtée par une voiture et abandonnée au bord de la route. Elle est restée longtemps chez nous, et comme personne ne la réclamait, mon équipe l'a adoptée et a fait d'elle la mascotte de la clinique. J'ai l'honneur de la ramener à la maison le soir. Et elle est folle amoureuse de ce gros balourd.

— Vous avez tout fermé ? demanda Burke.

Il s'agenouilla pour gratter Cleo autour des oreilles, calmant l'énergie frénétique du schnauzer de sa voix grave et ses grandes mains.

— Elle sent probablement l'odeur de Gunny sur moi. J'ai un succès fou avec ces demoiselles à poil.

Il s'adressa au petit chien, exerçant sa magie d'entraîneur.

— Du calme, petite. Gunny a travaillé dur cet après-midi et il a besoin de se reposer. Tu pourras jouer avec lui demain, peut-être. Voilà, c'est bien.

Le temps qu'il finisse de parler, la chienne à trois pattes s'était allongée sur le flanc et haletait tandis que Burke lui caressait le ventre. Hazel se détendit en entendant cette voix grave et apaisante. Elle aurait aussi haleté s'il lui avait murmuré de petits riens en la caressant comme ça.

Elle se détourna, saisie d'une tension différente. D'où venaient ces pensées érotiques ? Pourquoi réagissait-elle à Burke d'une manière totalement nouvelle ? Depuis qu'Ashley lui avait mis ces idées en tête, elle était incapable de compartimenter ses émotions comme elle le faisait habituellement. Elle devait vraiment découvrir qui était derrière ces menaces et reprendre le cours normal de sa vie.

Ignorant volontairement l'homme agenouillé devant elle, Hazel s'adressa à Justin.

— Vous êtes sûr que c'est sans danger de reprendre le travail demain matin ?

— Oui, madame.

Le jeune officier semblait inconscient de la gêne qui lui colorait les joues, ou bien il était trop poli pour en faire état.

— Nos équipes n'ont rien trouvé dont vous deviez vous inquiéter, en dehors de cette enveloppe.

— Une enveloppe avec une bombe, précisa-t-elle, encore un peu sous le choc qu'une telle chose ait abouti sur son lieu de travail.

— En l'occurrence, ce n'étaient que des pièces détachées, la rassura Justin. Rien n'était branché pour exploser. Le C-4 requiert une charge électrique passant par un détonateur ou une mèche. La petite explosion déclenche la grande. Aussi perturbant que ce soit de recevoir un cadeau comme celui-là, rien n'aurait pu se passer. Même si vous aviez approché une allumette, ça aurait brûlé, pas explosé. De toute façon, nous avons récupéré le C-4, et l'enveloppe est en route pour le labo.

— Personne n'envoie des explosifs par la poste sans raison, remarqua Burke.

Il se releva, et ses épaules emplirent le champ de visuel de Hazel.

— Ce type a enfreint la loi juste en mettant ce paquet dans une boîte aux lettres et en mentant sur son contenu. C'est un gros risque à prendre.

Justin acquiesça d'un signe de tête.

— L'expéditeur est peut-être un expert en explosifs, qui savait que l'engin ne fonctionnerait pas, et c'était soit un gag, soit un avertissement quelconque. Sans doute le deuxième, étant donné les lettres dont vous nous avez parlé.

Hazel avait la chair de poule. L'air froid poussé par l'orage la faisait frissonner, et elle s'entoura de ses bras, souhaitant avoir autre chose que sa blouse pour la réchauffer.

— Quelqu'un a pensé que ce serait drôle ?

Elle n'aurait pas dû être surprise de sentir le bras de Burke lui entourer les épaules et sa main lui frotter le bras.

— Du point de vue de ce type, pas du vôtre. Il veut peut-être vous faire savoir combien ses sentiments pour vous sont sérieux. Ou il espère vous effrayer pour que vous vous tourniez vers lui.

Elle était également étonnée de découvrir combien il était facile d'absorber la force et la chaleur de Burke.

— Il n'a même pas le courage de dire qui il est. Croit-il vraiment que me menacer va me faire oublier le côté affreux de ces lettres et me faire tomber amoureuse de lui ?

— Une autre possibilité est qu'il ne soit qu'un novice qui n'a aucune idée de ce avec quoi il joue et n'a pas compris que l'engin ne pouvait pas exploser.

Justin secoua la tête, comme s'il aimait encore moins cette possibilité.

— Je préfère ne pas penser qu'il va continuer d'essayer jusqu'à ce qu'il y arrive.

— Ne vous inquiétez pas, doc.

Burke lui serra les épaules un peu plus étroitement.

— Gunny et moi sommes à votre service chaque fois que vous en avez besoin.

Elle lui pressa la main.

— Cleo et moi, nous vous en sommes reconnaissantes. Merci.

À la mention de son nom, le petit chien se leva et se mit à danser autour de ses jambes. Elle aurait aimé partager l'enthousiasme de l'animal pour cette conversation.

— Donc vous pensez qu'il va faire une nouvelle tentative ? demanda Hazel au jeune homme.

— S'il est déjà passé des lettres à des menaces comme celle-ci, oui. Du moment qu'il a accès au matériel nécessaire, je doute qu'il s'en tienne là.

Hazel releva le menton en entendant cette sombre prédiction. Seize ans auparavant, au plus fort du procès, elle avait été bombardée de mails haineux, d'appels anonymes et de menaces contre ses filles et elle – comme si elle était coupable par association de la manière dont Aaron avait détruit tant de vies. Si seulement ces gens avaient su à quel point il avait détruit la sienne, ils auraient peut-être éprouvé de la sympathie pour elle au lieu de la haine. Mais en dehors de bousculades au tribunal et du harcèlement de ses filles à l'école – la goutte d'eau qui avait scellé sa décision de témoigner contre Aaron et de finaliser le divorce – aucune de ces menaces n'avait abouti à une violence comme celle-là. Pas du genre de violence dont les gens mouraient.

— Il essaie d'attirer mon attention. Il est sans doute trop lâche pour me faire vraiment mal.

Les deux hommes échangèrent un regard, comme si elle faisait preuve de naïveté. Mais elle n'allait pas expliquer à un homme qu'elle venait juste de rencontrer qu'elle n'avait plus aucune naïveté en elle – juste l'espoir fou d'avoir traversé le pire de ce que la vie avait à lui offrir et d'aller vers un avenir meilleur.

— J'espère que c'est le cas, dit Justin. Dans l'intervalle, je vais continuer à enquêter. Voir si je peux trouver d'où vient le C-4. Le type doit avoir des contacts dans le bâtiment ou l'armée – ou au marché noir – pour avoir pu mettre la main sur ce type d'explosif.

Il tendit la main à Burke.

— Je te tiens au courant.

— Dis bonjour à Emilia et aux enfants, répondit celui-ci. Quand arrive le numéro 3 ?

— Cet été.

— Tu sais que les scientifiques savent ce qui cause cela, n'est-ce pas ?

Justin sourit.

— Ne me fais pas la leçon sur les bébés, mon vieux. Tu adores être le parrain de J.J.

— C'est vrai. Dis-lui que j'amènerai Gunny la prochaine fois pour qu'ils puissent jouer.

— D'accord.

Justin regarda Hazel et lui tendit la main.

— Docteur Coop. Je suis désolé de ce qui est arrivé.

— Merci, monsieur Grant.

— Justin.

Tandis qu'ils se serraient la main, il désigna Burke du menton.

— Si vous fréquentez ce type, j'imagine que nous nous rencontrerons à nouveau.

Si affronter des bombes ou examiner des oreilles de chien pouvaient difficilement être appelés « fréquenter »,

Hazel prit conscience qu'elle avait passé plus de temps avec Burke cette dernière semaine qu'elle ne l'avait fait au cours des deux derniers mois. Justin pensait-il qu'il y avait quelque chose entre eux ? D'abord, Ashley avait prétendu que Burke la draguait, et maintenant le jeune homme venait pratiquement de leur coller une étiquette de couple. Il fallait qu'elle soit prudente. S'appuyer sur Jedediah Burke pouvait devenir une habitude dont elle aurait du mal à se défaire. Avait-elle imaginé sa main pressant brièvement son épaule ? Et pourquoi cette pression subtile suffisait-elle à l'immobiliser à son côté ?

Justin fit quelques pas vers son véhicule.

— Appelle si tu as besoin de quoi que ce soit.

— Cinq sur cinq, répondit Burke.

Son bras était toujours posé sur ses épaules quand Justin démarra et sortit du parking.

Le vent se leva. Cleo tira sur sa laisse, prête pour d'autres explorations. Le vent parut plus froid à Hazel quand elle s'éloigna de Burke pour laisser le petit chien atteindre la pelouse. Le froid qu'elle ressentait était-il physique, mental ou les deux ? Elle frotta son bras de sa main libre et regarda le ciel, où filaient les nuages. Le vent rabattit sa frange dans ses yeux et souleva des mèches sur sa tête.

— On dirait qu'un orage se prépare.

Un soupir de Burke s'éleva derrière elle.

— Alors nous en sommes réduits à cela ? Parler du temps comme deux personnes qui se connaissent à peine ?

Il s'approcha d'elle et écarta ses cheveux de ses yeux avant de mettre la main en coupe autour de son menton.

— Promettez-moi une chose. N'ayez jamais peur de me parler de ce qui vous préoccupe.

Elle hocha la tête.

— Pareil pour vous. Vous m'avez toujours parlé sans détour, et je ne veux pas que ça change.

Il remua le bout des doigts sur sa nuque tendue.

— Alors, dans un esprit d'honnêteté... Vous avez l'air épuisée. Ça va aller ?

— Rien qu'une bonne nuit de sommeil ne puisse guérir.

— Quelque chose que je peux faire pour vous ?

Hazel avait fermé les yeux sous le discret massage, jusqu'à ce qu'elle prenne conscience qu'elle se comportait comme Cleo, profitant sans vergogne de ses caresses. Elle rouvrit les yeux et vit Burke l'observer, attendant sa réponse.

— Je pensais que ça allait se calmer et ça n'a fait que changer de proportion.

Elle enroula les doigts autour du poignet de Burke, l'immobilisant assez longtemps pour lui avouer quelque chose d'embarrassant.

— Et si je n'arrive pas à gérer ça ? Je ne suis plus toute jeune.

— Vous n'êtes pas seule, cette fois.

Burke la serra contre lui et noua ses bras autour d'elle.

— Je suppose que vous faites allusion à ce bazar avec votre ex ?

Elle acquiesça en silence. Il ne connaissait pas les détails, mais il en savait assez pour comprendre qu'elle avait traversé l'enfer.

— Ce que vous avez perdu en énergie juvénile, vous l'avez gagné en expérience. Vous réussirez à affronter cette histoire. Et si vous êtes en train d'insinuer que vous êtes trop vieille, pas assez forte, pour affronter ce que la vie vous réserve, je vais devoir me fâcher avec vous.

Elle lâcha un rire à ce compliment.

— Je vous ai déjà dit que vous êtes bon pour mon ego, sergent Burke ?

— Je vais seulement droit au but, m'dame.

La petite voix qui lui rappelait d'ordinaire de maintenir une distance professionnelle faiblissait de minute en minute. Elle s'appuya contre lui, apaisée par les solides battements de son cœur. Elle noua les bras autour de sa taille et il posa son menton sur son crâne, l'enveloppant de sa chaleur. Elle plaqua les mains dans son dos et accepta que ses seins soient chatouillés par son corps contre le sien. Dieu, que c'était bon. Il était solide, viril. Il sentait bon. Si elle n'avait pas eu ses appréhensions habituelles, il n'aurait été que trop facile de craquer pour lui. S'il pouvait exercer une telle magie avec ses mains, elle imaginait que ses baisers seraient sexy et ensorcelants. Serait-il doux ? Autoritaire ? Les deux ?

Quant au sexe… Son expérience avec Aaron avait été toute de fioritures après l'ardeur des débuts. Puis, comme la confiance, leurs rapports s'étaient détériorés au point de n'être plus que mécaniques, engendrant déception et sentiment de négligence. En dehors de son mari, elle n'avait pas eu d'autres partenaires. Elle avait l'impression que faire l'amour avec Burke serait aussi direct que l'homme lui-même. *Je vous veux. Ce sera bien. Faisons-le.*

Ses seins n'étaient pas la seule partie de son corps qui s'éveillait au désir. Fantasmer sur Jedediah Burke, imaginer ce qui pouvait se passer entre eux lui rappelait qu'elle était aussi un être sexuel, qui s'était privé bien trop longtemps. Son mariage s'était effondré et elle était passée en mode de survie. Elle s'était concentrée sur son rôle de mère, de chef d'une entreprise qui les entretenait, elle et ses filles. Elle avait trouvé la paix dans son travail et le moyen d'atténuer les méfaits d'Aaron en aidant les animaux qu'on lui confiait. Mais quelque part en chemin, elle avait oublié ce que c'était d'être dans les bras d'un homme, d'être désirée par lui, de vouloir quelque chose qui n'appartiendrait qu'à elle.

Elle entrouvrit les lèvres en sentant le désir monter en elle. L'agitation remplaçant peu à peu la fatigue, elle déplaça sa joue contre l'épaule de Burke. Quelques-uns de ses cheveux s'accrochèrent dans les poils de sa barbe naissante. Elle se sentait incapable de renoncer à son étreinte. Elle ouvrit les yeux et vit le logo KCPD sur le flanc de sa voiture, ce qui lui rappela pourquoi elle s'était tournée vers lui.

— Vous n'en avez pas déjà fait assez aujourd'hui ? Si vous n'aviez pas été là, j'aurais ouvert ce paquet.

Il déposa alors un baiser sur sa tempe. Ses bras se resserrèrent imperceptiblement autour d'elle.

— Je n'ai fait que mon travail, doc.

Sa voix grave et rauque fit frissonner Hazel. Son corps réagissait au sien. Les observations d'Ashley étaient-elles exactes après tout ? Cet homme fort et gentil voulait-il quelque chose de plus entre eux ?

— Haze...

Elle recula le haut du corps et tourna le visage vers sa bouche.

— Burke, je...

Un bip dans son sac interrompit l'erreur qu'elle était sur le point de commettre. Un texto. À la fois soulagée et déçue, elle se dégagea. Elle avait davantage besoin d'un ami que d'une relation qui risquait de mal tourner. Et elle n'imaginait pas que le baiser qu'ils avaient failli partager aurait débouché sur autre chose que des complications inutiles.

— Désolée.

Elle prit son téléphone dans son sac.

— Au cas où ce serait une urgence...

Burke se détourna en se frottant la mâchoire tandis qu'elle balayait l'écran. Elle se demanda si c'était la tension ou le soulagement qui le faisaient jouer des épaules. Au lieu de s'inquiéter de sa réaction à ce presque baiser, alors qu'elle-même ne savait pas ce qu'elle ressentait, elle afficha le texto.

Elle ne reconnut pas le numéro mais l'ouvrit quand même. C'était un gif animé de la voiture de sa fille. Elle sourit, pensant que Polly lui avait envoyé un message drôle.

Mais le numéro n'était pas celui de Polly. Elle fronça les

sourcils, prise de confusion. Puis la confusion laissa place à une frayeur qui lui tordit l'estomac.

Les mots qui accompagnaient l'image n'avaient rien de drôle.

Je vais m'en prendre à toi et à tout ce à quoi tu tiens.

Ne fais pas l'erreur de croire que je ne suis pas une menace ou que je ne surveille pas chacun de tes mouvements.

Tu es à moi.

L'image explosa avec des fusées de dessin animé, puis se dissipa révélant la carcasse brûlée d'une voiture.

— Burke...

Une colère monumentale l'aveugla un instant. Elle pivota sur elle-même et leva l'appareil.

— Burke !

Il jura en lisant les mots. Puis il vérifia l'heure et jura encore, avant de promener son regard autour d'eux. Dans le petit centre commercial de l'autre côté de la rue, des voitures faisaient la queue au drive-in d'un fast-food. Le ciel d'un gris lumineux se reflétait sur les vitrines, l'empêchant de voir si quelqu'un l'épiait depuis l'intérieur d'un des magasins.

— Il vient juste de l'envoyer. Il vous a en ligne de mire. Ou bien il connaît vos horaires, vos habitudes.

Hazel ne vit personne qui la regardait, riant de pouvoir si facilement l'atteindre.

— Polly possède une Kia de cette couleur. Je suis sûre qu'elle l'a prise pour aller travailler ce matin. Elle fait son internat d'infirmière à l'hôpital Saint-Luke.

Hazel regarda à nouveau le gif, souhaitant pouvoir deviner l'identité de son tourmenteur avec un indice quelconque.

— Est-ce qu'il menace ma fille... ?

Qu'elle ait dix ou vingt et un ans, sa plus jeune fille serait toujours son bébé. Et un message tordu comme celui-ci l'effrayait plus que n'importe quelle lettre d'amour ou assemblage de fils électriques.

Burke passa une main sous son bras et la conduisit du côté passager de son pick-up.

— Montez. Appelez Polly. Nous allons à l'hôpital.

— Je peux conduire.

— Non.

Il ouvrit la portière.

— Non ? C'est ma fille. Je dois...

Ses grandes mains entourèrent sa taille et il la souleva pour la déposer à l'intérieur de la voiture. Puis il se pencha pour prendre Cleo et la déposa sur ses genoux. Enfin, il se posta devant elle et la regarda droit dans les yeux.

— Vous êtes en colère. Et vous avez peur pour votre fille. Je ne veux pas que vous conduisiez en téléphonant et en vous inquiétant pour elle.

L'intensité de son regard brun lui fit détourner les yeux. Elle n'avait pas besoin de protester de son indépendance, il avait raison. Elle le remercia d'un hochement de tête.

— C'est vrai.

Il fit le tour du véhicule pour prendre le volant et démarra.

— Donnez-moi le numéro.

Hazel s'exécuta tandis qu'il reculait hors de son emplacement et prenait sa radio pour appeler le central. Gunny s'était redressé dès que son maître était monté en voiture et se mit à gémir doucement quand ils s'engagèrent dans la circulation. Cleo était debout sur ses pattes, cherchant à toucher le museau du chien à travers la grille qui les séparait, mais Hazel l'entoura de ses bras pour la retenir.

Burke s'identifia et signala le texto avant de demander à l'opératrice d'alerter la brigade de déminage et le KCPD. Puis il récita le numéro de téléphone et lui demanda de retrouver l'origine de l'appel. En raccrochant, il jeta un coup d'œil à Hazel.

— Ils vont enquêter sur ce numéro, mais j'imagine que c'est un téléphone à carte prépayée.

Il tendit la main pour caresser la tête de Cleo.

— Quand nous saurons que tout va bien pour Polly – et tout ira bien pour elle – vous et moi allons descendre dans le centre et déposer plainte pour harcèlement.

— Merci.

Il fit glisser sa main sur le dos de Cleo jusqu'à ce qu'il trouve celle de Hazel et la presse.

— Vos filles et vous ne craignez rien, doc. Je vous le promets.

Reposant les deux mains sur le volant, il désigna le téléphone de Hazel du menton.

— Appelez-la.

Hazel composa le numéro de Polly tandis que le pick-up filait le long de Front Street en direction du centre. Un crachin piquetait le pare-brise. Burke mit les essuie-glaces et alluma son gyrophare et sa sirène tandis qu'ils plongeaient dans la circulation de l'heure de pointe.

— Hé, maman. Quoi de neuf ?

Ce fut un soulagement d'entendre la voix de Polly.

— Tu es à l'hôpital ?

— Et où serais-je, sinon ? lança Polly.

Hazel entendit des voix et des rires à l'arrière-plan.

— C'est ma grosse journée : cours et travail. Mon séminaire commence dans une demi-heure.

Un éclair clignota entre les nuages et le tonnerre gronda, ajoutant à l'urgence du moment.

— Ne quitte pas l'hôpital, lui ordonna Hazel. Nous sommes en route pour venir te voir

— Nous ?

— Le sergent Burke conduit.

— Oh ! miam...

Elle entendit Polly s'excuser auprès des gens avec qui elle était, et le bruit de fond diminua.

— Tu veux dire le sergent beau gosse qui aime autant les

chiens que toi ? Qui fait presque craquer son uniforme aux épaules ? Ce sergent Burke-là ?

Hazel grogna, rassurée de ne pas avoir mis l'appel sur haut-parleur. Mais elle ne put s'empêcher de glisser un regard à Burke pour confirmer l'observation de sa fille. Si Polly la taquinait sur sa vie amoureuse, elle devait aller bien.

— Tu as parlé avec ta sœur.

— Nous avons peut-être bavardé le week-end dernier en buvant quelques verres. Tu sais que nous l'aimons bien, n'est-ce pas maman ? Si tu décides un jour d'avoir un petit ami, nous approuverions le sergent Burke.

Hazel ne voulait pas avoir à nouveau cette conversation. Elle devait se concentrer sur le problème immédiat.

— Tu es venue en voiture à l'hôpital, ce matin ?

— Bien sûr que oui.

— Et tu es ressortie depuis ?

— Non. J'avais cours. On a fait la tournée de la maternité avec le Pr Owenson. J'ai vu que la météo annonçait de la pluie, alors j'ai mangé un morceau à la cafétéria au lieu de retourner à l'appartement.

Bien. Ses filles partageaient un appartement, et, sachant qu'Ashley était retournée à la maison après le travail, elle était soulagée de savoir que sa fille aînée ne courait aucun danger.

— Où est ta voiture, maintenant ?

— Dans le parking Ouest.

Polly hésita, saisissant sans doute l'urgence de son ton.

— Maman, qu'est-ce qu'il se passe ?

— Reste à l'intérieur de l'hôpital. Ne prends ta voiture sous aucun prétexte.

Burke lui fit signe de mettre le téléphone sur haut-parleur.

— Polly ? C'est Jedediah Burke.

— Hé, sergent. Que se passe-t-il ?

— Fais ce que te dit ta mère et contacte la sécurité de

l'hôpital pour isoler ta voiture. Dis-leur de ne toucher à rien. Nous serons là dans dix minutes.

La pluie tombait maintenant à verse. Pouvait-il le garantir ?

— Les secours sont en route.

— Oh ! Maintenant, vous me faites peur tous les deux, dit Polly.

Hazel reconnut la tension dans la voix de sa fille.

— Est-ce que ça a à voir avec le paquet que maman a reçu aujourd'hui ? Ashley m'en a parlé cet après-midi.

— C'est possible. Je ne veux pas t'effrayer, mais je crois que quelqu'un a trafiqué ta voiture. Au moins une voiture qui ressemble à la tienne.

— Trafiqué ? Qu'est-ce que tu veux dire ? Qu'on a dégonflé mes pneus ?

Même par-dessus le bruit de l'orage et de la circulation, Hazel entendit la respiration précipitée de sa fille.

— Je suis en train de me diriger vers la façade Sud de l'hôpital. Je vois ma voiture d'ici. Elle est là. Exactement où je l'ai laissée. Je suis arrivée assez tôt pour avoir une place en surface.

— N'y va pas, l'avertit Hazel. Reste à l'intérieur jusqu'à notre arrivée.

— Ça va, maman. Je regarde juste…

Puis Polly hoqueta et se tut. Hazel faillit pousser un hurlement. Mais comme toutes les femmes Cooper, elle pratiquait la médecine et savait que la panique ne faisait qu'aggraver les choses.

— Polly ?

— Sergent ? Maman ? Il y a un type en capuche noire qui tourne autour de ma voiture.

La voix blanche de sa fille dit à Hazel qu'elle avait peur.

— Je ne vois pas son visage. Qu'est-ce qu'il fait là,dehors, avec toute cette pluie ? Il n'y a personne d'autre…

— Appelle la sécurité, ordonna Burke.

Il traversa un carrefour à vive allure. Gunny gémit avec excitation et Cleo se mit à aboyer.

— Il s'en va en courant. Il descend la rampe qui mène au parking souterrain. Je ne vois pas où il va. J'entends des sirènes. Ce ne sont pas des ambulances. Il les a peut-être entendues aussi.

— Fais ce que te dit Burke, chérie. Contacte la sécurité et reste à l'intérieur. Nous serons bientôt là.

Hazel entendit un bruit étouffé, comme un coup de tonnerre au loin. L'orage avait-il atteint Saint-Luke ?

— Oh mon Dieu.

Elle entendit à peine le murmure de sa fille.

— Polly ? Dis-moi que c'était le tonnerre.

Burke secoua la tête.

Hazel comprit au son de sa respiration que sa fille courait.

— Je vais tout de suite voir la sécurité.

— Parle-moi, jeune fille.

— Ça va, maman. Mais venez vite. Ma voiture vient d'exploser !

4

Il pleuvait des cordes quand les pompiers eurent fini d'éteindre les flammes. Tout le monde rentra à l'intérieur de l'hôpital, sauf les techniciens de scène de crime. Cleo sur les genoux, Hazel était assise dans une pièce moquettée, caressant Gunny qui somnolait à ses pieds et écoutant Burke, Justin et un pompier impassible nommé Matt Taylor.

Après les inévitables questions des policiers, Polly avait insisté pour suivre la dernière demi-heure de son séminaire. Hazel comprenait son besoin de se concentrer sur autre chose que sur cet incident. En outre, comme sa mère, Polly était un bourreau de travail et voulait achever la tâche qu'elle s'était fixée. Ashley était arrivée quelques minutes après Hazel et Burke, tout aussi inquiète. Les deux sœurs étaient si proches que Polly lui avait sans doute demandé de venir immédiatement après avoir raccroché avec sa mère.

Bien que la journée l'ait épuisée, Hazel se sentait mieux sachant que ses filles étaient réunies dans le même lieu et qu'elle pouvait les voir. Elle aurait cent fois préféré revivre les derniers mois avec Aaron que de laisser quelqu'un leur faire du mal.

Cleo remuait sur ses genoux chaque fois qu'un employé, un patient ou un visiteur les dépassaient. On aurait dit que, malgré ses handicaps, la petite chienne veillait sur sa maîtresse. À moins d'être enregistrés comme chiens de thérapie, les animaux n'étaient pas autorisés dans l'hôpital, mais personne ne semblait remarquer l'odeur de chien mouillé. Le berger de Burke avait fait son travail, alertant les secours sur la présence d'explosifs dans la colonne de direction de la voiture de Polly, alors même que les pompiers l'avaient recouverte de mousse et que l'orage avait éclaté. Avec l'aide de trois autres chiens renifleurs de bombes, Gunny et Burke avaient inspecté tous les véhicules garés dans le parking ainsi que l'intérieur de l'hôpital.

Mais c'était uniquement la voiture de Polly qu'on avait ciblée. Comme l'expliquait Matt Taylor, l'incendie venait du carburant contenu dans le réservoir, et seuls des dommages mineurs avaient été infligés aux véhicules environnants. Mais Hazel continuait de s'inquiéter. On s'en était pris à la voiture de sa fille. Des heures après l'explosion, la peur et la colère lui donnaient encore le vertige.

Si Polly n'avait pas décidé de dîner à l'hôpital, elle aurait pu être dans sa voiture, coincée dans un embouteillage. Elle aurait pu être horriblement blessée, ou même... Hazel crispa les doigts sur le pelage mouillé de Gunny. Elle refusait de penser à ce mot.

La menacer était une chose. S'en prendre à ses enfants en était une autre.

Les lettres l'avaient perturbée, la bombe en pièces détachées aussi. Mais bien qu'elle ait demandé l'aide de Burke elle n'avait pas pris la situation suffisamment au sérieux. Ses filles étaient désormais impliquées dans cette campagne de terreur insensée. Un sentiment d'alarme la hérissait tout entière. Elle ne pouvait plus prier pour que le danger disparaisse de lui-même, il lui fallait affronter son ennemi, l'identifier et lâcher Burke et le KCPD sur lui.

Débarrassé de sa veste et de son casque, Matt Taylor, les mains sur les hanches, continuait de parler.

— Si les explosifs avaient été placés à l'arrière, près du

réservoir, nous aurions eu affaire à quelque chose de tout différent. En l'état, en dehors des éclats qui ont endommagé les voitures voisines, la plupart des dégâts viennent de la combustion de l'essence. Le réservoir n'a pas explosé.

Le regard de Justin passa de Matt à Burke.

— Donc, une fois de plus, soit le gars ne sait pas ce qu'il fait, soit il a délibérément planifié cela – une lente escalade plutôt que le maximum de dégâts dès le début.

Ses yeux verts se posèrent sur Hazel, indiquant qu'il savait qu'elle les écoutait. Oui, les dégâts étaient suffisants, sachant qu'ils parlaient de la voiture de Polly. Cela la bouleversait d'entendre tout cela, mais elle voulait savoir.

— Mais comment a-t-il su quel véhicule piéger ? Le fichier du Département des véhicules motorisés n'est pas en accès libre, reprit Justin.

— Parce qu'il épie Hazel et ses filles, répliqua Burke avec une colère mal dissimulée. Il s'est introduit dans leur vie d'une manière ou d'une autre pour apprendre tout ce qu'il peut sur elles – où elles travaillent, où elles vivent, leurs habitudes, les voitures qu'elles conduisent…

Il se frotta vivement le menton.

— Il faut ferrer ce type. Découvrir pourquoi il fait ça et le mettre hors d'état de nuire.

— Écoute, ton entraînement des chiens est sans prix. Mais tu n'es pas inspecteur, mon vieux.

Burke jeta un regard noir à Justin. Était-ce le « mon vieux » ou le rappel qu'il n'avait pas trouvé à son goût ?

— Si Gunny arrive à flairer une bombe dans un campus de cette taille, que je sois damné si je ne trouve pas le type qui l'a posée.

Tout en remuant ses épaules pour se débarrasser de sa tension, il concéda :

— Je ne vais pas jouer les cow-boys. Je tiendrai Bellamy

et Cartwright au courant. Du moment qu'ils font la même chose avec moi.

Cooper Bellamy et Seth Cartwright étaient les inspecteurs qui étaient venus prendre les dépositions de Burke, Hazel et Polly. Maintenant que les techniciens avaient posé une bâche et des lampes à brouillard autour de la carcasse, ils recueillaient les déclarations des experts criminels et interrogeaient les agents de sécurité de l'hôpital sous la pluie.

Pour le moment, sans numéro de téléphone traçable, sans adresse d'expéditeur et sans réponse quant à la question de savoir où le poseur de bombe s'était procuré les explosifs, la description de Polly d'un homme de grande taille, vêtu de noir, qui avait disparu dans le parking souterrain, était ce qu'ils avaient de mieux.

— Je tiendrai aussi le KCPD au courant, dit Matt en serrant les mains de Justin et Burke. Je vous ferai passer le rapport de l'expert incendie dès que nous l'aurons.

— Merci, Matt.

Matt salua Hazel en la dépassant.

— Madame...

— Merci, monsieur Taylor.

Elle le suivit du regard jusqu'à la porte et vit le jeune pompier échanger un regard avec Ashley. La jeune femme le salua d'un sourire avant de revenir à la conversation animée qu'elle avait sur son portable.

Une idée traversa soudain l'esprit de Hazel. Un geste amical oublié pouvait-il être la cause de toute cette terreur ? Un fou se croyait-il amoureux d'elle parce qu'elle lui avait souri ou s'était montrée polie ?

Cela faisait des années que Hazel s'était promis de ne plus fréquenter personne. Aaron l'avait poussée à se méfier des hommes. Même si elle avait parfois été tentée de faire connaissance, elle y avait renoncé. Au début parce que ses filles avaient besoin d'elle et de la stabilité qu'elle pouvait leur assurer. Et plus récemment parce que la prudence émotionnelle était devenue une seconde nature pour elle. Comment se risquer dans une nouvelle relation si elle n'était pas meilleure juge des caractères ?

C'était une question de survie élémentaire. Elle ne donnait pas de grain à moudre aux hommes qui s'intéressaient à elle. Elle leur exposait ses règles, les laissait tomber en douceur s'ils les transgressaient et gardait son cœur à bonne distance.

Avait-elle fait une erreur quelque part ? Au fil des ans, elle avait entretenu plusieurs relations amicales – Burke, des clients, des collègues... L'un d'eux nourrissait-il des sentiments qui lui auraient échappé ? L'aurait-elle encouragé à croire à son amour en lui adressant un geste, un sourire, un merci ?

« Il s'est introduit dans leur vie... » La phrase de Burke résonnait comme un tocsin dans sa tête.

À qui parlait Ashley ? À en juger par son sourire et son ton animé, ce devait être son petit ami – ou un garçon qui allait le devenir. Savait-elle désormais à qui sa fille s'intéressait ? Ashley avait rompu avec le dernier en date parce qu'il devenait trop sérieux à son goût. Béni soit son caractère extraverti, elle ne se voyait pas de sitôt s'établir et faire des bébés. Ashley prétendait qu'ils s'étaient séparés en bons termes. Mais un homme qui parlait de mariage pouvait-il vraiment se satisfaire d'une rupture hâtive ?

Hazel se retourna pour jeter un œil dans le couloir menant aux vestiaires. La queue-de-cheval de Polly était plus foncée que celle d'Ashley mais tout aussi reconnaissable. Elle conversait avec un homme beaucoup plus âgé, vêtu d'un jean en lambeaux et d'un treillis de l'armée. Ils s'immobilisèrent près de la porte donnant sur le parking. Avec sa barbe hirsute et sa casquette vissée sur de longs cheveux gris, ce devait être un des patients que sa fille traitait dans le cadre de son programme de bénévolat, pensa Hazel. Polly avait bon cœur et elle était fière de son penchant à aider les autres.

Elle sursauta cependant quand l'homme étreignit Polly. Elle ne connaissait pas cet homme qui se cramponnait à son bébé comme à une bouée. Non qu'elle connaisse tous ses patients, ses camarades ou ses professeurs. Mais cet inconnu se croyait-il amoureux simplement parce que sa fille l'avait soigné et lui avait souri ?

Hazel avait-elle des hommes comme celui-là dans sa vie ? Était-ce ainsi que naissait un harceleur ?

Identifier l'homme à l'origine des lettres et des explosifs passait par une question simple. Hazel se promit de relire ses dossiers pour se rafraîchir la mémoire sur ses clients, les commerciaux et les consultants à qui elle avait eu affaire. Elle pousserait Polly et Ashley à faire de même avec leurs cercles d'amis et de connaissances. Mais pour l'instant, elle voulait découvrir qui était l'homme aux cheveux gris. En outre, cela lui donnerait l'occasion de savoir comment Polly tenait le choc après avoir perdu son bien le plus cher, à savoir son moyen de transport.

Une main chaude enveloppa soudain son épaule, et elle glapit plus fort que Cleo.

— Du calme...

Burke ôta sa main et recula d'un pas.

— Je ne voulais pas vous faire peur. Ça va ?

— Désolée.

Émergeant de ses spéculations, elle plongea le regard dans les yeux bruns de Burke. Puis elle se pencha pour survoler le hall derrière lui.

— Justin est parti ?

— Oui. L'inspecteur Bellamy dit qu'ils ont découvert d'autres morceaux de bombe et il voulait qu'il les examine avant qu'ils partent au labo.

Elle hocha la tête, satisfaite de voir tous ces professionnels à l'œuvre, mais souhaitant en même temps qu'ils aient davantage à lui dire.

— Ils ont émis un avis de recherche pour le type décrit par Polly.

— Un homme grand et entièrement vêtu de noir, c'est plutôt vague, non ?

— Oui, mais c'est un début.

Il devait avoir lu ses doutes sur son visage. Et il ne pouvait avoir manqué les regards qu'elle jetait à ses filles ou celui dont elle suivait le SDF qui, ayant quitté Polly, traversait le hall pour ressortir.

— Les filles vont bien ? Ce type les a embêtées ?

— Jeunes femmes. Ce ne sont plus des filles.

Le SDF avait-il jeté un regard à Ashley au moment où il sortait ?

— Et la réponse est non, pas que j'aie pu voir. Il parlait à Polly. Sans doute un patient. J'imagine que je soupçonne tout le monde, maintenant.

— Tout le monde ? releva Burke, se demandant sans doute s'il était aussi sur la liste.

— J'aimerais savoir qui est l'auteur de cette...

Hazel se remit debout et posa Cleo sur la moquette près de Gunny. Elle mit les deux laisses dans la main de Burke.

— Ça ne vous ennuie pas ? Je voudrais aller voir Polly. J'aimerais savoir qui est cet homme et répondre au moins à une de mes questions.

— Je garde un œil sur Cleo.

Burke inclina la tête vers la blonde pétillante qui riait au téléphone.

— Et aussi sur elle.

Cette promesse lui réchauffa le cœur, chassant l'impression d'impuissance désespérée qui la hantait depuis l'épisode à la clinique. Burke se doutait-il de la gratitude qu'elle éprouvait pour sa présence et sa capacité à prendre la situation en main ? Il avait démontré sa force morale alors que ses propres forces lui manquaient. C'était une chance qu'il fasse partie de sa vie. Elle posa la main sur sa poitrine et toucha le blason du KCPD qui s'y trouvait. Imagina-t-elle le frisson sous ses doigts ?

— Je ne sais pas comment je serais venue à bout de cette journée sans vous. Merci.

Il recouvrit sa main de la sienne, la pressant contre son cœur dont elle perçut les forts battements.

— Je ne fais que mon travail.

Elle secoua la tête.

— Vous avez fait bien plus que votre travail, Jedediah. Depuis combien de temps ne vous êtes-vous pas reposé ? Et vous êtes toujours ici.

Il haussa les sourcils en l'entendant utiliser son prénom, et elle se rendit compte qu'elle ne l'avait jamais appelé ainsi. Il avait toujours été le chef de la brigade canine, Burke. Ou sergent. Ou sergent Burke.

Elle aimait le son rythmé de son prénom sur sa langue.

— Je peux vous appeler comme ça ? Jedediah ?

— Oui.

Le grondement rauque de sa voix chatouilla toutes sortes de terminaisons nerveuses chez elle. Sa volonté de le maintenir à distance s'en trouva comme éparpillée.

— Jedediah, c'est bien. Dois-je toujours vous appeler docteur Coop ?

Bonté divine ! Cet homme aurait pu lire l'annuaire que sa voix aurait fait battre son cœur.

— Bien sûr que non. Mais Hazel est un prénom démodé. J'ai presque toujours eu un diminutif. On m'a baptisée d'après une de mes grands-mères. J'ai toujours été la seule Hazel en classe, au milieu des Lisa, des Karen et des Mary.

Elle remua les doigts sous sa main, se demandant paresseusement comment un homme de cinquante ans parvenait à se maintenir dans une telle forme.

— Je parie qu'il n'y avait pas beaucoup de Jedediah non plus.

— Vous étiez unique. Vous l'êtes toujours.

Pourquoi cela sonnait-il comme un compliment ? Parlait-il d'autre chose que de son prénom ? Et elle ? Comment un merci avait-il débouché sur cet échange ambigu ? Ashley avait-elle raison ? Burke et elle étaient-ils en train de flirter ? Elle avait des règles, bon sang. Des règles pour protéger son cœur, sa famille, s'empêcher de commettre les mêmes erreurs qu'avec Aaron. Elle avait besoin d'un cadre, de limites. Craquait-elle pour cet homme ?

Hazel retira brusquement sa main.

— Excusez-moi.

Mais de quoi s'excusait-elle exactement, elle n'en savait rien. Lui avait-elle fait miroiter un espoir ? L'avait-elle laissé penser qu'une relation pourrait se nouer entre eux ? Était-ce ce qu'il voulait ? Ce qu'elle voulait elle ?

— Haze...

Secouant la tête, elle se détourna et se hâta de rejoindre Polly.

— Je suis désolée, jeta-t-elle à nouveau.

Serrant son sac contre elle, elle se dirigea vers le vestiaire, au bout du couloir. Elle ne voulait pas être de ces femmes qui utilisaient un homme puis le repoussaient. Cela aurait trop ressemblé à la manière dont Aaron l'avait traitée. Elle refusait de faire croire à Jedediah qu'il avait ses chances avec elle, alors qu'elle ne pouvait garantir que c'était ce qu'elle voulait aussi. Le blesser serait bien pire que de ne jamais laisser se développer une relation sérieuse. Jedediah méritait mieux que cela de sa part. Et elle se devait de donner un exemple d'honnêteté dans les relations pour ses filles.

Se promettant d'avoir une conversation avec lui quand ses nerfs seraient un peu moins ébranlés par les bombes et les menaces, Hazel tira la porte du vestiaire avant qu'elle ne se referme. Le temps de pénétrer à l'intérieur, elle avait repris une expression impassible, même si ce calme n'était que de façade.

Elle vit Polly dans l'allée centrale, entre deux rangées de casiers.

— Toc, toc. Je peux entrer ?

Polly lui fit signe de s'avancer.

— Bien sûr, maman.

Adressant un signe de tête à deux membres du personnel qui bavardaient devant un banc, Hazel les contourna. Polly se tenait devant son casier ouvert. Hazel lui passa un bras autour des épaules et la serra contre elle.

— Alors jeune fille, tu tiens le coup ?

Un gros soupir souleva la poitrine de sa fille.

— Honnêtement ?

— Bien sûr.

Les yeux verts de Polly plongèrent dans les siens.

— Je suis épuisée. C'était déjà une longue journée avant que tes ennuis ne débordent sur moi.

Elle serra à son tour sa mère contre elle, pour enlever à ses paroles leur note culpabilisante.

— Désolée. Ce n'est pas ce que je voulais dire. Je ne te reproche pas ce qui s'est passé. Je me suis tellement inquiétée pour toi que je n'ai pas compris qu'il fallait que je m'inquiète pour moi aussi.

Souriante, elle s'écarta et se mit en devoir d'enlever sa blouse pour passer un jean et un T-shirt.

— Aller demain chez l'assureur ne me dit rien du tout.

— Je peux t'aider, si tu veux.

Polly se tapota la poitrine du pouce.

— Je suis adulte, maman.

Hazel tapota la sienne, lui rappelant que certaines choses ne changeraient jamais.

— Maman, Polly.

Elle s'assit sur le banc, tandis que Polly retirait ses sabots et enfilait des baskets. Puis elle ramassa la blouse que sa fille avait laissée tomber par terre et la roula en boule. Sans savoir pourquoi, elle la porta à son nez et la flaira. Elle sentit l'odeur subtile du gel de douche de Polly, ainsi que les désinfectants et les pommades qu'elle avait utilisés au cours de la journée. Mais elle fronça les sourcils, quand elle prit conscience que c'étaient les seules odeurs qui parvenaient à ses narines. Était-ce un préjugé de sa part de penser qu'un homme qui vivait dans la rue aurait dû transférer une senteur âcre sur les vêtements de sa fille ?

— Ne n'inquiète pas.

Polly lui arracha le vêtement des mains et le fourra dans son sac à dos.

— La lessive est sur ma liste de choses à faire ce soir.

— Ce n'est pas ça… Maintenant que je suis paranoïaque à propos de tous les hommes, je me demandais… Qui était cet homme qui t'a étreinte ?

— Russell ?

Polly dégagea sa queue-de-cheval de l'encolure de son T-shirt et regarda son reflet dans le petit miroir fixé dans son casier.

— C'est un des SDF dont ma classe s'occupe. Ils viennent à l'hôpital, et nous leur administrons des soins de routine, ou nous assistons les médecins et les infirmières. Ce soir, ça a donné à Russell l'occasion de se mettre à l'abri de la pluie. Il dort normalement au refuge de Yankee Hill Road, mais c'est à plusieurs blocs d'ici.

Elle marmonna un juron métaphorique.

— J'ai oublié de lui demander s'il avait de l'argent pour le bus.

— Au moins, il ne fait pas froid, ce soir, souligna Hazel. S'il se mouille, il n'attrapera pas de rhume.

— Tu as raison.

Polly chercha quelque chose sur l'étagère.

— Il me rappelle un peu grand-père. Il m'a dit que je lui avais manqué ce soir. Le temps que je rejoigne les collègues, les autres étaient partis. Mais lui m'a attendue. Il a entendu parler de ce qui m'est arrivé et il a compris que j'étais bouleversée.

Elle tira un petit rectangle de carton de l'étagère de son casier et le tendit à sa mère.

— Il m'a donné cette carte. N'est-ce pas adorable ?

Hazel supposait qu'il n'y avait pas à s'inquiéter d'un patient aux allures de grand-père. C'était elle, après tout, qu'un importun menaçait. En outre, un homme qui avait découpé une carte de vœux usagée et utilisé des crayons de couleur n'avait sans doute pas l'argent suffisant pour acheter du C-4 et des timbres.

Souriant avec tendresse, Polly s'assit pour attacher ses baskets.

— Même dans sa situation, il pense à moi.

Hazel tourna la carte pour lire le message, écrit en plusieurs couleurs.

De toutes les personnes au monde, vous êtes celle à qui je pense aujourd'hui. Désolé pour votre voiture. Russell D.

— De toutes les personnes au monde, hein ? Ton père avait l'habitude de dire ce genre de niaiserie quand il voulait s'excuser de ne pas avoir tenu ses promesses.

Un message qui s'accompagnait habituellement de fleurs coûteuses ou d'un cadeau qu'ils ne pouvaient se permettre. Elle aurait préféré être simplement prévenue qu'il ne pouvait être à l'une des représentations théâtrales d'Ashley ou l'un des matchs de Polly.

Trop de grands gestes et pas assez de fiabilité avaient lentement érodé sa confiance en Aaron, jusqu'à ce que ses filles soient sa seule raison de rester. À la fin, elle avait admis qu'il n'y avait plus rien à sauver. Et après l'accident qui n'en était pas un… Partir avec Ashley et Polly avait été le meilleur moyen de les protéger. Effacer Aaron de leur vie avait été le seul moyen de faire cesser les lettres coléreuses, puis suppliantes, qui arrivaient de la prison. Le temps qu'il accepte son sort et commence à écrire à ses filles, elles avaient perdu l'envie de reconstruire une relation avec lui.

Polly lui donna un petit coup d'épaule pour la tirer de ses souvenirs amers.

— Hé, je sais à quoi tu penses. Ce n'est pas de papa que nous parlons. Russell n'est pas le champion de la créativité, mais je crois qu'il est sincère.

Hazel entrelaça ses doigts aux siens et les pressa.

— Tu as absolument raison. C'est l'intention qui compte.

— Je suppose que c'est difficile de nouer des liens avec les gens quand on est dans cette situation. Mais je crois qu'il attend avec impatience que je vérifie sa tension chaque semaine.

Polly remit la carte dans son casier.

— Ça veut dire que je compte dans sa vie, non ?

Souriante, Hazel se leva pour l'étreindre à nouveau.

— Tu comptes pour tous depuis le jour de ta naissance, chérie. Je crois qu'il n'y avait pas un seul chiot, oisillon ou insecte que tu ne voulais pas sauver quand tu étais petite.

Polly plissa le front.

— C'est drôle, je n'aime plus autant les insectes.

— On peut se joindre à la fête ?

Hazel se pencha vers Ashley pour l'inclure dans cette embrassade familiale.

— C'est bon de te voir rire, maman, dit sa fille aînée, rayonnante.

L'humeur de Hazel s'était considérablement allégée depuis son arrivée.

— Ça fait du bien, reconnut-elle. Être avec mes filles

préférées me fait toujours du bien. Vous êtes sûres que vous allez bien toutes les deux ?

— Les femmes Cooper ont résisté à toutes les tempêtes. On se sortira de ça aussi. *Cooper Power* !

— *Cooper Power*, répéta Polly en heurtant le poing de sa sœur.

Hazel s'émerveillait de leur relation. Peu importe ce qu'elle accomplirait encore dans sa vie, elle savait qu'avoir élevé ces deux jeunes femmes formidables serait toujours sa plus grande réussite.

Tandis que Polly prenait sa veste dans son casier, Ashley tira une carte de visite de son sac.

— Ce n'est pas une nouvelle voiture, mais j'ai un cadeau pour toi, frangine.

— Un cadeau ?

Polly prit la carte et la retourna pour la lire.

— La carte de Burke, avec tous ses numéros.

Ashley leur montra qu'elle en avait aussi une.

— Il m'a dit de l'appeler si nous avions besoin de quoi que ce soit – qu'il soit en service ou à la maison. Qu'il s'agisse d'un pneu crevé ou de nous raccompagner à notre voiture.

Elle sourit à sa sœur.

— Même si tu n'as pas de pneu crevé d'ici quelque temps.

— Tu remues le couteau dans la plaie, banane.

Polly fourra la carte dans sa poche.

— C'est terriblement gentil de la part du sergent.

En effet. Sans parler, sans la toucher, Jedediah réussissait à contourner ses défenses. Son affectueuse proposition réchauffait le cœur de Hazel et lui donnait une raison de plus de jeter ses règles aux orties et d'envisager la possibilité d'une relation.

Ashley glissa la carte dans son sac.

— Il m'a dit que je pouvais l'appeler Burke. La plupart de ses amis l'appellent comme ça.

— C'est vrai ?

Les filles échangèrent un regard entendu, puis Polly demanda :

— Comment l'appelles-tu, maman ?

Apparemment, elle l'appelait Jedediah désormais. Mais le dire à ses filles lui aurait donné l'impression de trahir une sorte de secret intime.

— Ne croyez pas que je ne vois pas où vous voulez en venir. Burke est un homme bien. Nous avons une dette envers lui, pour toute l'aide qu'il nous a apportée. Je suis touchée qu'il vous englobe dans son offre de protection.

— Il te protège ? Oooh...

Ashley tapa dans ses mains.

— Comme un garde du corps ? Ou un petit ami ?

Hazel grogna.

— Je suis venue voir si vous alliez bien. Visiblement, c'est le cas, si vous avez le temps de vous soucier de ma vie amoureuse.

— Ou de son absence, souligna Ashley.

— Ça suffit...

Hazel pointa un index sévère en direction de ses filles.

— Je voudrais que vous veniez dormir à la maison. Il y a toute la place voulue à l'appartement. Il faut que nous restions ensemble jusqu'à ce qu'on arrête ce type.

— Dormir chez toi ?

Ashley fronça les sourcils. Les deux femmes qui bavardaient venaient d'ouvrir la porte en grand pour partir et toutes trois aperçurent l'homme qui attendait dans le couloir, les chiens à ses côtés. Adossé au mur, Burke lisait quelque chose sur son téléphone, l'air à la fois las et vigilant. Comme s'il formait un mur de protection entre leur petite famille et le monde extérieur.

— Et si tu as des invités ?

Le regard de Hazel s'attarda sur l'expression de Burke, tandis que la porte se refermait lentement.

— Premièrement, je ne reçois pas Burke, ni aucun autre homme. Et deuxièmement, vous serez toujours prioritaires, même s'il y avait un homme dans ma vie.

Elle se demanda comment Burke se détendait après des journées comme celle-ci, et sur qui il se reposait quand il avait lui-même besoin d'être épaulé. Polly lui pressa la main.

— Quand vas-tu te faire passer en premier, maman ? Ashley et moi, nous sommes adultes, maintenant. Ne te sers pas de nous comme prétexte pour ne pas t'occuper de toi et ne pas chercher le bonheur.

— Et sois maligne et trouve-le avec lui, la pressa Ashley. Burke est canon. Tu sais ce que ça veut dire, n'est-ce pas ?

— Oui, je connais le terme. Je suis votre mère, pas votre grand-mère.

Ashley sourit jusqu'aux oreilles.

— Donc, tu penses aussi qu'il est sexy.

C'était un fait.

— J'aimais mieux quand je pouvais vous envoyer dans votre chambre.

Hazel secoua la tête, se rappelant que c'était elle-même qui avait fait en sorte que ses filles soient sûres d'elles.

— D'accord, j'essaierai de moins jouer les mères poules. Mais n'oubliez pas que ce type n'a rien d'une plaisanterie. Je veux que vous veilliez l'une sur l'autre.

— C'est promis, dit Polly.

— Faites attention à tout homme qui a l'air de s'intéresser à vous. N'allez nulle part toutes seules. Verrouillez votre porte. Vous connaissez les mesures de sécurité. Appelez-moi ou appelez la police si quelque chose vous semble bizarre. Quoi que cet homme veuille de moi, je ne le laisserai pas faire du mal à mes filles.

Ashley prit sa sœur par la taille.

— Je veillerai sur elle, maman.

Puis s'adressant à Polly, le menton levé :

— J'ai rendez-vous avec Joe ce soir. Tu pourrais venir, je suis sûre qu'il sera avec un ami.

— Non, merci.

Polly se dégagea pour hisser son sac à dos et refermer son casier.

— Je dois étudier.

— Qui est Joe ? demanda Hazel.

Elle savait que ce n'était pas le garçon qu'avait laissé tomber Ashley. L'idée qu'un inconnu fasse partie de sa vie à ce stade la préoccupait.

— C'est avec lui que tu parlais au téléphone ?

— Hon-hon. C'est un type que j'ai rencontré il y a quelques semaines en allant à l'enterrement de vie de jeune fille de Fontella, au Pickle.

— Le Pickle ?

Hazel fronça les sourcils.

— C'est un bar en terrasse, avec des courts de pickeball. Il est videur là-bas. Je te l'ai dit, non ?

Hazel était au courant du mariage de son amie, mais pas du nouveau petit ami.

— Non.

— Il est sympa, maman, intervint Polly. Je l'ai rencontré quand il est venu chercher Ash. Il a plus de tatouages que n'importe qui que je connaisse, mais il est marrant et super sympa. Faut pas juger un livre à sa couverture, tu sais.

Un videur ? Des tatouages ? Marrant et sympa ? Ses filles avaient vraiment grandi.

— Et je vais le rencontrer ?

— Ça ne t'ennuie pas si je l'invite à l'appartement, alors ? demanda Ashley à Polly, ignorant la question de Hazel. On pourrait commander des pizzas. Joe et moi on regardera un film pendant que tu potasseras tes bouquins.

Polly haussa les épaules.

— Pas de problème. Comme ça, aucune de nous ne sera seule.

Elle désigna la sortie du menton, indiquant l'homme qui patientait de l'autre côté.

— Pas vrai, maman ?

Hazel leva les mains en signe de reddition, avant d'embrasser ses filles.

— J'imagine que je suis en minorité. Faites juste attention. Et appelez-moi demain si je ne vous vois pas, pour que je sois sûre que vous allez bien.

— On le fera. Je t'aime.

Ashley la serra dans ses bras avant de reculer.

— Burke est fatigué. Et il a faim aussi, j'imagine.

Elle poussa légèrement sa mère.

— Va le nourrir. Il a besoin d'un peu d'attention.

— C'est un adulte.

Hazel résistait à l'élan d'empathie qu'elle éprouvait au moment même.

— Il peut s'occuper de lui.

Polly adopta une approche plus logique.

— Il est resté avec toi toute la journée. Il est 21 heures passées, et aucun de vous n'a dîné. Ce serait sympa de l'inviter à dîner pour le remercier de nous avoir soutenues aujourd'hui, non ?

— C'est ce que ferait une bonne amie, ajouta Ashley.

Elle toucha ses lèvres.

— Mais les hommes aiment bien qu'on se fasse jolie.

— Ça suffit, avec le rouge à lèvres.

Hazel leur adressa un regard sévère, mais se rendit compte que cette tactique, qui marchait quand elles étaient enfants, n'avait plus aucune efficacité. De plus, elles avaient raison.

— D'accord. Je lui dois une faveur pour son aide aujourd'hui, en effet.

Elle prit à contrecœur le tube que lui tendait Ashley et mit un peu de couleur sur ses lèvres avant de le lui rendre. Mais elle pressa les doigts de sa fille, déterminée à lui faire admettre son point de vue.

— Vous devez comprendre que vous ne pouvez pas forcer les choses entre Burke et moi juste parce que ça vous amuse. Je suis très bien comme je suis. Ma vie me satisfait – sauf en ce qui concerne ce monstre qui ne nous laisse pas tranquilles. Je suis bien plus préoccupée par notre sécurité que par l'idée de retomber amoureuse.

— Elle a dit « retomber amoureuse » ? demanda Polly à sa sœur.

— C'est ce que j'ai entendu. Elle l'aime. C'est juste qu'elle ne veut pas le reconnaître.

Ashley souriait jusqu'aux oreilles.

— Je vais voir si Joe a un copain avec qui il pourrait te brancher, si c'est plus ton genre d'homme.

— Un videur avec des tatouages et la moitié de mon âge ? Non, merci.

Polly passa un bras sous le sien et la fit pivoter en direction de la porte.

— Maman… Il n'y a rien de mal à être heureuse et à tomber amoureuse si tu as trouvé l'homme qu'il te faut. Et je ne vois pas comment le sergent Burke pourrait constituer une erreur comme papa.

Mais si c'était elle l'erreur ? Si c'était elle dont le jugement était faussé ?

Même si leur cœur était bien placé, ses filles ne connaissaient pas les détails de l'enfer qu'Aaron leur avait fait traverser. Mais elle oui. Elles croyaient l'aider en la poussant vers Burke – et elles ne laisseraient pas tomber tant qu'elle n'aurait pas cédé.

Hazel émit un soupir de lassitude et échangea encore

des embrassades avec ses filles avant de pousser la porte donnant sur le couloir.

— Appelez-moi quand vous serez à la maison.

Burke rangea immédiatement son téléphone et se redressa. Ralentissant à peine le pas, elle lui prit la main et l'entraîna vers le hall.

— Venez avec moi.

Il ordonna aux chiens de les suivre, avant de nouer leurs doigts de manière plus naturelle.

— Tout va bien ?

— Si on écarte deux petites fouineuses qui ne savent pas se mêler de leurs affaires, oui, tout va bien.

Il s'immobilisa, l'arrêtant aussi.

— J'ai manqué quelque chose ?

Hazel leva les yeux et ne put s'empêcher de sourire.

— Peu importe. À moins que vous n'ayez mieux à faire, je vous emmène dîner chez moi.

5

Mieux à faire ?

Burke attendait depuis longtemps un geste de Hazel. Et même s'il n'y avait pas eu de déclaration d'amour ni d'aveu de désir, cette invitation avait tout l'air d'une avancée dans leur relation.

D'un commun accord, ils avaient opté pour l'achat de hamburgers, après être passés à la clinique pour récupérer la voiture de Hazel.

Burke avait eu la chance de trouver une place à quelques rues de son immeuble, tandis qu'elle se garait dans le parking fermé de celui-ci. Le bâtiment était une ancienne manufacture de machines-outils en bordure du Missouri. Le court trajet que Hazel devait effectuer jusqu'à l'entrée piétonne donna à Burke le temps de faire faire ses besoins à Gunny. Puis ils prirent l'ascenseur jusqu'au quatrième étage.

Le loft de Hazel était spacieux et doté d'une paroi vitrée donnant à l'ouest, sur les gratte-ciel du centre-ville. Burke fut surpris de voir que les tuyaux apparents et les murs de briques du bâtiment originel avaient été préservés. Bien qu'on ait posé des cloisons pour créer deux chambres et deux salles de bains, le reste du loft était assez vaste pour qu'on s'y sente tout à fait à l'aise.

La porte à peine franchie, Hazel se débarrassa de ses chaussures, nourrit les chiens et trouva une vieille couverture pour que Gunny s'allonge à côté du sofa où s'était blottie Cleo. Puis elle invita Burke à s'asseoir sur l'un des tabourets de cuisine et sortit des bières fraîches du réfrigérateur, et des assiettes et des serviettes en papier du placard pour donner à leurs sandwichs l'air d'un véritable repas. Ils parlèrent de la décoration féminine et confortable de l'appartement, de l'obsession de sa fille aînée pour le rouge à lèvres – une plaisanterie qu'il ne comprenait pas – et du souci de Hazel concernant l'achat d'une nouvelle voiture pour sa fille cadette.

Burke insista pour qu'elle reste assise pendant qu'il débarrassait la table et chargeait le lave-vaisselle, puis offrit d'aller avec Polly choisir un nouveau véhicule. Ils évoquèrent la pluie qui le forçait à changer ses horaires d'entraînement, le dernier match des Royals, et la courte barbe de Burke, que Hazel préférait le matin. Ils parlèrent de tout et de rien, sauf de bombes, de lettres d'amour et de la menace que posait le harceleur inconnu.

Il décida qu'il aimait les lèvres de Hazel, qu'elles brillent, fassent la moue, s'étirent en un sourire ou bougent avec précision quand elle parlait. Et même s'il appréciait l'intimité de cet espace confortable et de cette conversation tardive, il n'aima pas qu'elle évite d'expliciter la raison pour laquelle Gunny et lui se trouvaient là. Il avait toujours admiré la force de Hazel – élever seule ses filles, diriger sa clinique, s'occuper des autres et respecter le strict code de conduite auquel elle croyait.

Mais elle se laissait certainement aller, parfois. Savait-elle qu'elle n'avait pas besoin de le distraire ? Elle n'était pas forcée de rire de ses plaisanteries pathétiques ni de veiller à ce qu'il reprenne une troisième part de glace. Il avait inspecté son appartement et vérifié l'escalier de secours et les serrures des fenêtres, il s'était assuré que le verrou de la porte d'entrée était correctement posé et avait tiré les voilages du salon pour la dérober aux regards. Son offre de protection était un fait.

Mais il était aussi là pour lui permettre de baisser sa garde, de céder à la fatigue et à tout ce qu'elle pouvait éprouver.

Il referma le lave-vaisselle et aperçut du coin de l'œil le bâillement qu'elle essayait de dissimuler en léchant sa cuillère. Il imagina le glissement de cette langue sur ses propres lèvres et remua inconfortablement en sentant une vague de chaleur se ruer dans son aine. Elle avait une bouche magnifique. Il lui était de plus en plus difficile d'ignorer ce désir, ce sentiment de justesse chaque fois qu'il passait un moment avec elle. Il était sûr à quatre-vingt-dix-neuf pour cent qu'elle ressentait la même chose, étant donné les regards qu'elle lui jetait quand elle croyait qu'il avait le dos tourné. Mais tout en admirant ce qui la rendait si séduisante, il maudissait son entêtement à feindre d'ignorer les possibilités.

— Désolée, s'excusa-t-elle en avalant le reste de la sauce caramel. Ce n'est pas à cause de vous, je vous le promets.

— Laissez quelque chose à faire au lave-vaisselle.

Souriant, Burke se pencha en avant pour lui prendre la cuillère des mains et ramasser son bol vide. Il les rinça et les ajouta à la machine, choisissant soigneusement ses mots avant de se tourner vers elle.

— Vous savez que je suis là pour vous quand vous avez besoin d'une oreille ou d'une épaule.

Il posa les mains à plat sur la surface de granit et se pencha vers elle.

— Vous en avez vu des dures aujourd'hui. Faites-moi confiance pour vous protéger. Laissez-moi m'occuper de vous un peu pendant que vous laissez tomber vos cheveux, et que vous vous détendez.

Elle souffla sur sa frange dorée, qui faisait ressortir le vert franc de ses yeux.

— Quels cheveux ?

Très bien. Elle se moquait de son affection. Il valait mieux qu'il parte avant de commencer à lui expliquer qu'il aimait sa coupe super-courte, découvrant des oreilles délicates qu'il avait envie de mordiller. Se frottant le menton, il se dirigea vers le canapé, où il avait déposé sa casquette et la laisse de Gunny.

— J'imagine qu'il est temps pour moi de vous laisser. Vous n'avez plus besoin de moi. Je vais ramener Gunny.

Avant même qu'il lui en donne l'ordre, le chien se redressa.

— Gunny, *hier.*

Il vissa la casquette sur sa tête et attacha la laisse au collier du chien.

— Burke...

Le tabouret de Hazel grinça sur le plancher. Ses pieds nus ne faisaient aucun bruit, mais il sentit l'odeur familière de son shampoing avant de l'entendre.

— Jedediah...

Ses muscles tressautèrent quand elle posa une main ferme sur son bras. Il lui jeta un coup d'œil par-dessus son épaule. Elle inclinait le visage vers lui, et ses yeux étaient las, soucieux et sincères.

— Je suis désolée. Je ne voulais pas prendre vos sentiments à la légère. C'est juste que je ne suis pas prête à les affronter. Ni les miens, d'ailleurs. Pas ce soir.

Il enveloppa ses doigts dans les siens et se retourna.

— Vous n'avez pas à vous excuser. J'avais beaucoup plus de choses en tête que je n'en ai dites. Vous et moi sommes si proches, Haze, que j'oublie parfois que vous ne voulez pas la même chose que moi.

— Ce n'est pas forcément vrai.

Les yeux plissés, il l'étudia tandis qu'elle faisait une pause. Qu'était-elle en train de dire, exactement ? Il inspira fortement et s'ordonna d'être patient, alors que tout en lui voulait se jeter sur le mince fil d'espoir qu'elle venait de lui donner. Le contact de sa main lui manqua quand elle le relâcha pour s'entourer de ses bras. Mais elle ne recula pas et ne cessa pas de le fixer dans les yeux.

— Je suis restée si longtemps seule que j'ai oublié comment me comporter dans une relation…

Elle haussa les épaules, un geste qui rappela à Burke qu'à part enlever ses chaussures et ses chaussettes, elle avait gardé sa blouse toute la journée. Elle devait être au bout du rouleau. Et pourtant elle écartait sa fatigue pour achever cette conversation.

— Je sais que le mot « amis » ne décrit pas exactement ce que nous sommes l'un pour l'autre. Mais…

Elle secoua la tête et sourit sans finir sa phrase.

— Merci de m'avoir soutenue aujourd'hui. Et merci d'avoir donné votre carte à Ash et Polly. Cela les a réconfortées de savoir qu'elles peuvent se reposer sur quelqu'un en dehors de leur mère, et cela m'a fait du bien aussi.

— *Sitz.*

Gunny s'assit à ses pieds, langue pendante, attendant un ordre plus intéressant. Burke mit la main dans la poche de son gilet et tendit une carte à Hazel.

— Voici pour vous.

Il la glissa dans sa main dépourvue de bijoux et constata, un peu contrarié, que même ce léger effleurement de leurs doigts suffisait à l'émouvoir.

— Je vous fais la même promesse qu'à elles. Vous pouvez m'appeler à toute heure du jour et de la nuit. Que je sois en service ou non. Je serai là pour vous.

— Je sais. Ça me rassure autant que vos étreintes. Et croyez-moi, je les adore.

Elle lui posa une main sur l'épaule et se mit sur la pointe des pieds pour l'embrasser sur la joue.

— Merci.

En reposant les talons à terre, elle caressa du bout des

doigts sa barbe. Il sentit son cœur battre sauvagement à ce contact. Elle devait savoir ce que cela lui faisait.

— Je vais peut-être changer d'avis sur cette barbe. Il y a juste assez de poils argentés pour me rappeler un loup.

Il sentit son souffle effleurer son cou, comme si elle éprouvait la même chaleur que lui.

— Un loup alpha.

Elle lui gratta gentiment les poils, et il sentit son sang courir plus vite dans ses veines. Puis elle plissa les yeux comme si elle pensait soudain à quelque chose.

— Vous êtes le mâle alpha de la meute KCPD, n'est-ce pas ?

Vous ne voulez pas la même chose que moi.

Ce n'est pas forcément vrai.

Oui. Elle le sentait aussi.

Comment diable était-il censé rester de marbre quand elle le touchait ainsi ?

Quand son regard surpris se leva vers le sien, Burke baissa la tête et pressa sa bouche sur ses lèvres. Alors qu'il s'attendait à une sorte de résistance, ses lèvres s'écartèrent pour l'accueillir. Elle plaqua une main sur sa joue, gémissant dans sa bouche tandis qu'il en prenait doucement possession. Il goûta la douceur de sa lèvre inférieure avant de glisser sa langue entre ses lèvres. Hazel eut un léger mouvement de tête. Mais alors qu'il hésitait, il comprit qu'elle ne disait pas non. Au contraire, elle frottait sa bouche contre la sienne, semblant prendre plaisir à la texture de sa barbe de loup, ou quoi que cette métaphore idiote signifie pour elle. Il traduisit ces mots par « Je vous trouve aussi irrésistible » et laissa son baiser prendre la forme qu'elle voulait, se délectant de cette friction hautement inflammable.

Il la sentit s'appuyer contre lui et se dresser sur ses orteils pour pousser plus loin cette exploration sensuelle. Il lui encadra le visage de ses mains et passa derrière ses petites oreilles pour soutenir sa nuque.

Hazel leva la main pour repousser sa casquette et lui caresser les cheveux. Souriant de cette nouvelle fascination pour lui, Burke entreprit sa propre exploration, parsemant sa mâchoire de brefs baisers jusqu'à ce qu'il trouve les pulsations de son pouls derrière son oreille. Hazel renversa la tête, arquant le cou pour lui permettre de l'embrasser. Ses pieds nus se recroquevillèrent sur ses bottes, et il sentit de fiers tétons se presser sur sa poitrine. Il glissa une main sur sa hanche pour empoigner son petit derrière rond et la plaquer contre son membre tendu. Elle lui passa les bras autour des épaules et se suspendit à lui, se tortillant pour ramener sa bouche sur la sienne.

Mais il avait attendu ce baiser un sacré bout de temps, et il n'avait pas encore satisfait son envie de mordiller son oreille et de se faire les dents sur l'anneau d'or piqué dans son lobe.

— Combien de temps avons-nous repoussé cela ? souffla-t-il contre son oreille.

Il sentit avec délectation qu'elle tremblait sous ses lèvres. Elle planta les doigts dans son gilet, pour sentir ses muscles en dessous. Il souhaita avoir eu le temps de l'enlever avant de commencer à l'embrasser.

— Je suis las de faire semblant que nous ne nous voulons pas...

— Assez de mots.

Elle posa une main sur l'angle de sa mâchoire dans un geste désespéré.

— Ne faites...

Il captura ses lèvres et introduisit sa langue dans sa bouche, goûtant le caramel, la crème et une saveur qui n'appartenait qu'à elle.

Son soupir d'abandon lui dit qu'il lui avait donné exactement ce qu'elle voulait.

Burke s'adossa à la porte, l'entraînant avec lui, ravi de

sentir ses courbes se presser contre lui. Hazel se suspendit à son cou et s'abandonna au baiser suivant.

La friction de leurs corps créait des ondes de choc en cascade dans son corps, faisant monter un grognement de désir au fond de sa poitrine.

— Oh ! Seigneur, j'avais tellement envie de toi. Tellement envie de ça.

— Tu sais depuis combien de temps je n'ai pas été avec quelqu'un ? Depuis combien de temps je n'ai même pas pensé à embrasser...

Elle manquait peut-être de pratique, mais elle n'avait rien oublié de ce qui pouvait exciter. Elle était avide de toucher, plongeant ses doigts dans ses cheveux, caressant son cou, ses épaules. Ils se cognèrent le nez et vacillèrent quand il la fit pivoter dans ses bras. Elle sourit et recommença immédiatement à mordiller son menton.

— Ça fait si longtemps que je... Je ne me rappelle pas comment on fait pour satisfaire ce besoin criant.

Elle rit contre sa bouche.

— J'aurais besoin d'une remise à niveau.

— Tu ne m'entendras pas me plaindre.

— Mais...

— Assez de mots, plaisanta-t-il.

Il encadra à nouveau son visage, accrochant ses cheveux, pour guider sa bouche vers la sienne.

— Tout va bien, ma puce. J'en ai envie aussi. Je n'arrive pas à croire que nous avons finalement...

— Ma puce ?

Elle interrompit le baiser et s'immobilisa entre ses bras, comme si elle reprenait ses esprits. Peut-être avait-il rêvé lui aussi, en se disant qu'ils avaient passé un cap. Avant qu'il puisse reprendre son souffle, elle le lâcha et reposa ses talons au sol.

— Je crois que je me suis laissé un peu emporter.

Il se redressa et l'attira à nouveau dans ses bras.

— Peloter comme un jeune homme, ce n'est pas mon style en général. J'imagine que j'ai fait des réserves.

Malgré cette plaisanterie, il se promit de ralentir avant d'aller trop loin.

Mais c'était déjà le cas, apparemment. Hazel le repoussa à deux mains.

— Comment m'as-tu appelée ?

L'illusion était morte. Burke secoua la tête pour s'éclaircir les idées.

— Je ne sais pas. Ma puce ? Je peux t'appeler mon ange ou ma chérie, si tu préfères...

— Non.

Elle fixait vaguement le milieu de sa poitrine, rejouant les dernières minutes dans sa tête.

— Ne m'appelle pas comme ça.

Au moins, elle avait la courtoisie de chercher sa respiration, comme il avait du mal à reprendre la sienne. Elle ne pouvait nier que ce baiser l'avait affectée.

— D'accord. Je ne le ferai plus...

Il lui frotta les bras de haut en bas jusqu'à ce qu'il puisse à nouveau se servir de son cerveau.

— On peut y aller doucement...

— Burke...

Elle se dégagea, les yeux braqués sur lui.

— Jedediah, il faut arrêter ça. Nous ne sommes plus des ados. Nous avons mieux à faire que de céder à nos pulsions. Nous sommes tous deux épuisés et nous n'avons pas la tête claire.

— Moi si. Je ne regrette rien.

Il lui tendit à nouveau les bras, espérant apaiser ses doutes, mais elle le repoussa à bout de bras.

— Stop.

— Parce que je t'ai appelée ma puce ?

Burke leva les mains en un geste de reddition, prêt à accepter son refus, même s'il ne comprenait pas pourquoi. Les fines rides qu'elle avait aux coins des yeux se creusèrent un peu en une expression d'excuse.

— C'est comme ça qu'Aaron m'appelait.

Jurant intérieurement, Burke se passa la main dans ses cheveux ébouriffés.

— Comment pouvais-je le savoir ? Je suis désolé.

Il sentait encore le désir faire des étincelles au bout de ses doigts. Mais au lieu d'essayer de la toucher, il se pencha pour ramasser sa casquette sur le sol, près de Gunny.

— J'imagine que j'ai tout gâché, hein ?

Malgré sa fatigue, le désir tendait encore son corps comme un arc. Ce baiser avait été paradisiaque et n'avait fait qu'alimenter le brasier en lui. Il voulait davantage de Hazel Cooper. Il voulait avoir le droit de l'embrasser quand il la quittait. Mais il ne voulait pas la quitter. Il voulait rester toute la nuit. Sentir ces orteils mignons remonter le long de sa jambe et son corps fondre sous le sien quand elle s'abandonnerait à ses étreintes.

— Je ne te fais pas de reproche. Mais c'est le coup de semonce dont j'avais besoin pour me rappeler mes règles. Je ne m'engage pas dans une relation. Je ne veux pas... Pas avec toi.

Il reçut cela comme une gifle en pleine face. Mettant sa casquette sur sa tête, il prit la laisse de Gunny.

— C'est très clair.

Hazel referma les doigts sur son gilet, l'empêchant de se tourner vers la porte.

— Pas parce que je ne suis pas tentée de voir où ça nous mènerait... mais parce que je suis tentée. J'ai ignoré notre attirance mutuelle parce que je ne voulais pas risquer ce que nous avons déjà. Je ne veux pas que tu disparaisses de ma vie.

Pourquoi cela lui donnait-il l'air si triste ? Il captura sa main et la plaqua sur son cœur.

— Voyons si j'ai bien compris. Tu rejettes la chance de devenir plus que des amis parce que tu as peur que cela puisse devenir incroyable entre nous ?

— Et si ça ne l'est pas ? Je l'avoue, cela fait des années que je n'ai pas été avec un homme. Et ça me manque. Et si ce n'était qu'une histoire de phéromones ? Ou que nous avons tellement envie de rapports intimes que nous sautons sur des sentiments qui n'existent pas vraiment ? Pense comme cela pourrait déformer ce que nous avons déjà.

Elle souligna chacun de ses mots en tapotant de l'index sur sa poitrine.

— Ce que je veux, c'est quelque chose de réel. Quelque chose de spécial.

Réel et spécial. Cela lui paraissait idéal.

— Les unions les plus solides que je connaisse ont d'abord été basées sur l'amitié. Ça ne veut pas dire qu'il n'y a pas de passion. Il y a tout cela dans une relation.

— Le mariage ? Il y a un abîme du premier baiser à un échange d'alliances.

Hazel recula, mettant enfin de la distance entre eux.

— Tu as divorcé il y a longtemps, Burke. Tu es sûr que tu peux t'engager sérieusement dans une relation ? Ou même que tu le veux ?

Il était redevenu Burke. Quand elle le repoussait, c'était pour de bon.

— Après Shannon, je n'ai pas retrouvé de femme en qui j'aie confiance, jusqu'à ce que je te rencontre. Je te désire depuis des années, et tout ce temps, jusqu'à ce soir, tu m'as tenu à distance. Mais je suis toujours là. Je pense que cela démontre mon sérieux.

Après un instant, elle hocha la tête, lui concédant au moins cela.

— Tu es aussi divorcée depuis longtemps. Peut-être est-ce toi qui as peur de t'engager.

— Je plaide coupable. Mais j'ai mes raisons.

— Je sais bien. Mais, Haze, quand le cœur est impliqué, il y a toujours un risque. Tu es sûre que ce n'est pas seulement d'avoir mal que tu as peur ?

— Pourquoi ? Tu vas me faire mal ?

Elle essayait d'en faire une plaisanterie, mais aucun d'eux ne rit.

— Je sais que tu ne le ferais pas. Mais la dernière fois que j'ai écouté mon cœur, j'ai failli en mourir. Je ne peux pas me permettre d'être à nouveau impulsive.

— Quoi ?

Son mariage avait été dissous des années avant qu'ils ne se rencontrent. Et même si les méfaits de son mari avaient fait la une des journaux, il était dans l'armée à l'époque et il n'avait pas entendu parler de tous les détails. Et une fois qu'il avait fait connaissance de Hazel telle qu'elle était maintenant, il ne s'était pas demandé comment elle était quand elle était avec son ex. Au cours de ses récentes recherches sur le passé d'Aaron il avait noté l'accusation de tentative de meurtre en sus de l'escroquerie et du détournement de fonds. Mais il n'avait aucune idée de qui était la victime.

Un glacial sentiment d'effroi le fit frissonner.

— Que veux-tu dire par « failli en mourir » ?

6

— C'est une longue histoire, et je suis trop fatiguée pour te la raconter ce soir.

Le frisson qu'avait eu Burke devait être contagieux. Hazel s'approcha du canapé sur lequel elle avait jeté sa blouse et l'enfila par-dessus son T-shirt.

— En bonne épouse, j'ai soutenu Aaron quand j'ai découvert qu'il avait soutiré leurs investissements à tous ces gens. Je lui ai laissé le bénéfice du doute. J'espérais que c'était quelqu'un d'autre qui avait fait ça et qu'il n'était que le bouc émissaire.

— Je suis sûr qu'il t'en a fait voir de toutes les couleurs, reconnut Burke. Mais qu'est-ce que cela a à voir avec nous ?

Elle alla à la fenêtre et tira l'un des voilages pour scruter la nuit sans lune, parsemée des lumières de la ville.

— Même après qu'Aaron avait été arrêté et que le district attorney me harcèle pour que je témoigne contre lui, j'ai tout fait pour que notre mariage tienne le coup. Ashley et Polly avaient six et quatre ans. Elles ne comprenaient pas ce qu'il se passait : pourquoi leurs amies avaient soudain cessé d'appeler, pourquoi les enfants étaient méchants avec Ashley à l'école.

Burke poussa un juron à mi-voix.

— Je ne savais pas que cela avait été aussi dur.

— J'ai fait tout ce que j'ai pu pour que les choses soient

le plus normales possibles pour elles. J'ai renoncé à mes économies, à mon image, à mon bonheur et à ma sécurité parce que je pensais qu'il fallait le faire. Je pensais que l'amour allait gagner.

Hazel lâcha le rideau et lui fit face.

— Mais non.

Elle s'enveloppa de ses bras, et Burke sentit tout son corps le supplier de traverser la pièce et de la serrer contre lui.

— J'ai travaillé dur pendant longtemps pour regagner ce que j'avais perdu. Je ne sais pas si je serais prête à tout risquer à nouveau.

— Tu n'as pas tout regagné, releva-t-il avec tristesse. Tu ne te fies plus à ton jugement. Tu ne te fies plus à ton cœur.

De tristes yeux verts croisèrent les siens, et elle acquiesça d'un signe de tête.

— J'ai payé très cher mon amour pour Aaron.

Pour se donner contenance, Burke se baissa pour caresser Gunny. L'inaction le rendait nerveux, comme lui. Mais Hazel avait besoin de parler.

— Nous faisons tous des erreurs, doc. Bon sang, j'en ai eu ma part. On peut en tirer des leçons et passer à autre chose. Commettre des erreurs ne signifie pas qu'on n'a pas le droit d'être heureux.

— Je comprends s'agissant des leçons. Mais la plupart des gens ne font pas des erreurs aussi grossières que celle que j'ai faite en épousant Aaron.

À cet instant, Burke se jura de demander les attendus de l'affaire Cooper et de les lire jusqu'au dernier mot. Il avait l'horrible sentiment qu'il ne savait pas encore le pire, et il aurait aimé que Hazel lui fasse assez confiance pour le lui dire. Mais elle était comme verrouillée de l'intérieur. Il ne saurait pas ce qu'il voulait savoir ce soir-là.

— Tu ne peux pas juger tous les hommes à l'aune de ton ex. Je ne suis pas comme lui, et tu le sais. Je ne te demanderai jamais de te changer. Et je serais furieux si tu croyais le devoir pour me plaire.

Gunny poussa un aboiement empathique et Cleo sauta au bas du canapé pour voir ce qui bouleversait son ami.

— Je suis un homme patient, mais tu m'en demandes trop. Je pourrais cesser de faire des tentatives.

Hazel prit le schnauzer borgne dans ses bras et le serra contre elle en le rejoignant à la porte.

— Quand tu dis ça, on dirait que je te fais marcher. Mais je te jure que ce n'est pas mon intention. C'est pour ça que je n'aurais jamais dû t'embrasser.

— Je sais que tu ne veux pas me faire mal. N'ajoute pas la culpabilité à tout ce que tu endures déjà. Ton honnêteté est l'une des raisons qui me donnent envie d'être avec toi. Mais ce ne serait pas juste de ma part d'insister quand tu es aussi vulnérable.

Il gratta les oreilles de Cleo, ravi que Hazel accepte au moins du réconfort de son chien, si ce n'était de lui.

— Si cela peut faire une différence, tu n'as pas le monopole de l'appréhension, s'agissant de tout risquer dans une nouvelle relation. M'engager avec toi est aussi un risque pour moi. Je n'aimerais pas échouer à nouveau.

— Tu n'as pas échoué, dit-elle.

Son expression avait changé. Elle affichait maintenant un air de soutien inconditionnel.

— Quand nous sommes devenus amis, tu m'as dit que ta femme t'avait trompé quand tu étais outre-mer. Ça ne peut pas être de ta faute.

À ses yeux, aux yeux de tout le monde, Hazel était une battante. Pourquoi ne pouvait-elle mettre ce combat au service de son propre bonheur ? Croyait-elle vraiment qu'ils ne pouvaient qu'échouer s'ils cédaient à leurs sentiments ?

— J'imagine que nos liens n'étaient pas assez forts pour que Shannon accepte de vivre sans moi. Je ne dois pas inspirer ce genre de loyauté. Pas à elle et, apparemment, pas à toi non plus.

— Bien sûr que si. Regarde les hommes et les femmes avec lesquels tu travailles, les chiens que tu dresses. Regarde-nous. Cette loyauté, cette confiance, c'est précisément ce que je ne veux pas abîmer.

— Tu pourrais avoir les deux : l'amitié et l'amour.

Il cessa de caresser le chien et effleura le visage de Hazel du bout du doigt.

— Si tu me fais assez confiance pour être ton ami, alors pourquoi ne peux-tu me faire assez confiance pour t'aimer ?

— Je ne risquerai pas ma sécurité émotionnelle pour une partie de jambes en l'air ou une extase temporaire, alors que ça peut finir avec des larmes.

— Qui dit que je t'offre une partie de jambes en l'air ? plaisanta-t-il, malgré la preuve de son désir quelques minutes auparavant.

— Je suis prudente, pas aveugle, dit Hazel en jetant un bref coup d'œil à son entrejambe.

C'était bon de la voir sourire à nouveau.

— Promets-moi une chose, peu importe ce qu'il se passe entre nous. Ne me mens jamais.

Il lui retourna son sourire.

— Promis.

— Et moi, je promets que je ferai tout mon possible pour ne pas te donner de faux espoirs. Pour ne pas te faire mal.

Au diable ces précautions. Il glissa une main sur sa nuque et, ignorant le chien entre eux, l'embrassa sur la bouche, lui arrachant un hoquet de surprise. Il l'embrassa avec force et avec application. Il l'embrassa jusqu'à ce qu'elle comprenne qu'il ne se lasserait jamais de l'embrasser. Puis il recula.

— Voilà pour les phéromones. Ce n'est pas un mauvais point de départ pour une relation.

Il tendit le bras derrière lui pour ouvrir la porte.

— J'ai déjà beaucoup vécu, Haze. Je suis costaud. Je ne vais pas me briser en mille morceaux parce que mon ego est un peu écorné ou que nous n'avons pas la même idée de notre relation. T'aimer n'est peut-être pas aussi simple que dans un conte de fées, mais ça ne veut pas dire que je vais cesser de le faire.

— Burke...

Il pressa un doigt sur ses lèvres, pour faire taire ses protestations.

— Bonne nuit, doc. Ferme derrière moi.

Dédaignant l'ascenseur, Burke emprunta l'escalier avec Gunny, conscient que tous deux avaient besoin d'évacuer leur surplus d'énergie. Il poussa la porte en acier séparant le passage piéton du garage et attendit qu'elle se referme avant de traverser la rue en direction du parking. Il laissa Gunny se soulager sur l'étroite pelouse qui le précédait.

Tandis que le chien flairait quelques buissons, Burke prit note d'un jeune couple qui se disputait par-dessus le toit de leur voiture. Leurs récriminations mesquines ne lui parurent pas menaçantes et il jeta un coup d'œil à l'immeuble de Hazel. La lumière brillait aux fenêtres du quatrième étage, et il se demanda comment sa vétérinaire préférée se débrouillait après cette conversation et cette intense séance de pelotage. Secouant la tête, il tira sur la laisse de Gunny pour rejoindre son véhicule. Il n'arrivait pas à décider s'il était blessé ou en colère contre lui-même. Sans doute les deux.

Tu as fait fort, sergent. Toutes ces années à patienter et tu gâches tout en une seule soirée.

Après la pluie, il s'attendait à ce que la nuit soit fraîche, mais une sorte de brume alourdissait l'air.

Que diable voulait-elle dire quand elle avait affirmé que son mariage avec Aaron Cooper avait failli la tuer ? Cette tragédie avait-elle quelque chose à voir avec ces horribles lettres d'amour et ces menaces à la bombe ? Son ex était sorti de prison depuis presque un an. Ces menaces visaient-elles à la punir d'avoir divorcé ? Et savait-elle à quel point il voulait la protéger des bombes, du harcèlement et de ce passé douloureux qui la hantait encore ?

Il supposait qu'il était impossible désormais de cacher ses sentiments à Hazel. Impossible de revenir en arrière et de les reprendre. Il ne se préoccupait pas de sa fierté, il était assez vieux pour avoir appris que certaines choses dans la vie valaient beaucoup mieux que l'ego d'un homme. Mais il était aussi assez vieux pour savoir que l'amour était un bien précieux, et que la confiance était sans doute le plus grand cadeau que l'on pouvait faire à quelqu'un... Et Hazel avait refusé de le croire quand il avait affirmé qu'ils étaient faits pour être ensemble. Il était à court d'idées quant à la manière de la pousser à avoir foi en lui. Et cela le turlupinait de penser qu'elle se porterait sans doute mieux s'il n'essayait même pas.

Mais perdre Hazel... L'idée de ne plus jamais la voir, de ne plus jamais plaisanter avec elle, de ne plus jamais l'embrasser, le minait.

Il échangea un signe de tête avec un trio de jeunes gens qui passait sur le trottoir avant de s'arrêter au feu. L'un d'eux fit signe à quelqu'un derrière Burke et s'élança à la rencontre de son ami. Un autre, portant capuche, rentra la tête dans ses épaules et se hâta de les rejoindre.

Pourrait-il se satisfaire de ce statu quo désormais ?

Son téléphone sonna dans sa poche au moment où le feu passait au vert. Il guida Gunny autour d'une flaque d'eau et tira son portable de son gilet. Une fraction de seconde, son moral remonta en flèche à l'idée que Hazel ait changé d'avis. Mais il repoussa sagement ce fol espoir, sachant qu'à cette heure de la nuit, il s'agissait sans doute d'une urgence professionnelle.

— Eh bien, ça ne pouvait pas être pire, marmonna-t-il en voyant le numéro.

Gunny tira brusquement sur sa laisse et s'arrêta au milieu de la rue pour regarder derrière eux. En l'entendant gronder, Burke se dit qu'il vérifiait seulement où se dirigeaient les jeunes hommes. Ou peut-être avait-il senti la réaction de son maître à cet appel.

Son ex-femme, Shannon.

— Gunny, *fuss*.

Le chien reprit sa place à ses côtés. Ils finirent de traverser la chaussée avant qu'il prenne l'appel.

— Qu'est-ce que tu veux ?

— Eh bien, bonjour à toi aussi.

Son gloussement familier, qu'il trouvait autrefois si charmant, lui écorcha les oreilles.

S'il n'avait pas été flic, c'est-à-dire entraîné à répondre à tous ceux qui le sollicitaient – même la femme qui lui avait brisé le cœur –, il n'aurait pas répondu du tout.

— Il est tard, Shannon. Il y a une urgence ? Bill va bien ?

— Tu n'es pas chez toi.

Comment le savait-elle ? Instinctivement, il regarda autour de lui, se demandant si elle le faisait suivre. Heureusement, il n'y en avait aucun signe. Était-elle chez lui ? Sa maison était située assez loin en banlieue pour qu'il ait un grand jardin clôturé. Une maison qui n'avait cependant rien de commun avec le luxueux quartier où vivaient Shannon et son mari.

— Tu es chez moi ?

— Je suis garée dans ton allée. Les lumières sont éteintes et il n'y a personne.

Un bruyant soupir, suivi d'un reniflement théâtral, lui apprit qu'elle avait pleuré.

— J'avais besoin de te voir.

Burke ralentit le pas, éprouvant une pincée d'inquiétude. Peut-être y avait-il vraiment un problème.

— Shannon ?

— Pourquoi dois-je entendre par le bouche-à-oreille que mon mari a failli être tué par une bombe aujourd'hui ?

Et voilà. Son inquiétude s'évanouit. À présent, il était seulement irrité qu'elle soit passée sans s'annoncer. Gunny tira à nouveau sur sa laisse, curieux d'une chose que seul un chien pouvait voir ou flairer. Burke le maîtrisa, lui ordonnant de s'asseoir à ses pieds. Gunny obéissait toujours aux ordres, à moins qu'il ne soit pas en laisse. Mais quelque chose avait attiré son attention. Burke le connaissait depuis assez longtemps pour ne pas ignorer son instinct.

Il s'immobilisa au coin de la rue et pivota sur lui-même. Deux rues plus loin, des gens s'étaient répandus devant un bar avec leurs boissons et leurs cigarettes. La musique rock était forte, mais pas au point de déranger tout le quartier. Le couple qui se disputait était parti en voiture et le trio de jeunes gens avait disparu. Mais ils avaient pu entrer dans le bar, tourner dans une rue latérale ou avoir pris leur voiture. Un peu plus loin, un bus brillamment éclairé faisait monter des passagers près d'un grand hôtel.

Sans cesser de survoler la rue du regard, Burke reprit la parole :

— Ne me fais pas ton cinéma, Shannon. D'abord, c'est ex-mari, et il y en a deux autres comme moi. À moins que tu n'aies divorcé de Bill et que je ne l'aie pas encore lu dans le journal.

Le quatrième mari de Shannon était un avocat qui s'occupait de divorces, cette ironie n'échappait à pas à Burke.

— Et deuxièmement, de quelle bombe parles-tu ?

— Quelle... ? Il y en a eu plus d'une ? Toi et ce chien ! Pourquoi ne peux-tu avoir un animal normal, comme tout le monde ?

Il se la représenta, essuyant les larmes dans ses yeux en amande.

— Je parle de la bombe à la clinique vétérinaire. Je l'ai vu au journal télévisé.

Il était en train de sortir de l'hôpital, à l'heure des nouvelles. Un reporter l'avait peut-être filmé.

— Une de mes amies a reçu un colis piégé à son travail. Gunny a identifié un explosif et nous avons évacué le bâtiment. Ce n'était pas vraiment une bombe, juste des pièces détachées. Je ne courais pas de vrai danger.

— De *vrai* danger ? Mais tu étais tout de même en danger. J'avais raison de m'inquiéter.

Il était flic. Le danger faisait partie intégrante de son métier.

— Rentre chez toi, Shannon. Tu n'as plus le droit de t'inquiéter pour moi.

Même si la trahison de Shannon remontait à des années – en rentrant de mission, il l'avait trouvée au lit avec un des avocats pour lesquels elle travaillait – et que la colère, le chagrin et l'humiliation s'étaient depuis longtemps dissipés, tout cela avait laissé une marque sur lui, qui avait influencé la manière dont il approchait les relations depuis. C'était sans doute pourquoi il lui avait fallu tant de temps pour comprendre que Hazel était la seule femme avec qui il voulait être, pourquoi il s'était contenté de laisser les choses frémir sous la surface... jusqu'à ce soir.

Burke soupçonnait qu'à sa manière Shannon l'avait aimé, et l'aimait peut-être encore, à en juger par ses appels occasionnels. Mais leur passion étudiante n'avait pas duré. Elle n'était pas taillée pour être la femme d'un militaire. Même avec l'aide d'un groupe de soutien, la solitude prolongée et la nécessité d'assumer des responsabilités quotidiennes dépassaient ses capacités. Et il doutait qu'elle aurait mieux supporté les horaires à rallonge et les dangers du métier de flic.

— Que tu es froid, Jed. Tu sais que mon cœur sera toujours à toi.

— Débrouille-toi pour que Bill ne t'entende pas dire ça.

N'ayant rien remarqué qui puisse expliquer l'agitation de Gunny, il prit la direction de son pick-up.

— Je détesterais être la cause de votre divorce.

— En parlant de ça... Tu sais que j'ai mûri depuis notre mariage. Nous étions trop jeunes. *J'étais* trop jeune. Je ne comprenais pas la notion d'engagement à l'époque. Et j'étais si seule. Mais maintenant que je...

Bip bip.

— Ne quitte pas, je viens d'avoir un texto.

Dieu merci. Il avait écouté ce discours bien trop souvent. Elle devait s'être disputée avec son mari actuel. Chaque fois que son mariage avait des cahots, un besoin sentimental la poussait à appeler Burke pour reprendre contact, attendant de lui qu'il arrange le problème, la réconforte ou – ça n'arriverait jamais – la reprenne. Peut-être avait-elle appelé tous ses ex en quête de sympathie. Mais il ne s'intéressait pas à une femme à qui il ne pouvait se fier. Et, sachant que les liaisons de Shannon la poussaient d'un mari à l'autre, il doutait qu'elle change jamais.

Le texto était de Hazel. Burke l'afficha et fronça les sourcils.

J'ai besoin de toi. Emmène Gunny.

Un filet d'appréhension se faufila dans son dos. Burke leva les yeux vers les fenêtres du vieil immeuble. Même de loin, il voyait que les lumières s'étaient éteintes dans l'appartement de Hazel. Alors que tout était allumé quand il était parti.

— *Fuss !*

Burke s'était déjà mis en mouvement, courant au côté de son chien.

— Shannon, il faut que je te laisse.

— Laisse-moi deviner... Le boulot ?

— Au revoir.

— C'est une autre femme, n'est-ce pas ? Tu as dit *une* amie. Tu vois quelqu'un ? C'est cette véto, c'est ça ?

La colère lui faisait la voix tranchante.

— Tu m'as dit qu'elle faisait partie de tes amis, Jed. Mais elle compte plus que ça pour toi, n'est-ce pas ?

Oh oh. Pas question d'aller par là avec elle. Ce n'était pas lui qui l'avait trompée, si bien qu'elle n'avait aucun droit d'être jalouse, et il n'allait pas se sentir coupable de répondre à l'appel au secours d'une amie.

— Tu devrais parler avec ton mari de ce qui se passe. Salut.

— Jed, ne raccr...

Il pressa le bouton « fin », répondit « J'arrive » au texto de Hazel et fourra le téléphone dans sa poche avant d'allonger le pas pour se maintenir au niveau de Gunny. En quelques secondes, ils furent à nouveau devant l'immeuble. Mais la grille qui fermait l'accès piéton l'arrêta comme un mur de brique. Il n'avait pas de carte magnétique ou de code à taper sur le panneau. Le fait qu'aucun autre texto ne soit arrivé pour lui expliquer ce qui se passait ne fit qu'accroître son inquiétude.

Il tapa rapidement le numéro d'appartement de Hazel et pressa le bouton de l'Interphone. Sa tension monta à mesure que les secondes s'écoulaient sans réponse. Enfin, une voix hésitante s'éleva.

— Burke ?

— C'est moi, Haze. Est-ce que ça va ? Laisse-moi entrer.

Gunny aboya, soulignant l'urgence de sa voix. Le chien avait probablement perçu la tension de son maître, mais c'était assez pour confirmer leur identité à Hazel. Un bourdonnement ouvrit la porte. Les lumières étaient allumées à l'intérieur de l'immeuble, donc il ne s'agissait pas d'une panne d'électricité. Hazel se cachait dans le noir pour une bonne raison. Après un bref coup d'œil au hall d'entrée, ils gravirent l'escalier et Burke frappa à la porte de Hazel.

— Sergent Burke, du KCPD, annonça-t-il pour se signaler à quiconque pouvait représenter une menace de l'autre côté de la porte. Ouvrez !

Il entendit un glapissement de Cleo et un petit cri étouffé une fraction de seconde avant que la porte s'ouvre.

Hazel se précipita dans ses bras, s'accrochant à lui comme si une tornade allait l'emporter. Cela fit grand plaisir à Burke. Mais rester sur le palier, exposé à tous les regards, n'était pas une bonne idée. Il fit entrer Gunny dans l'appartement, passa un bras autour des épaules tremblantes de Hazel et l'entraîna à l'intérieur, refermant la porte du pied derrière lui.

— *Voran !* ordonna-t-il au chien pour qu'il fouille l'appartement.

Tout en serrant étroitement Hazel, il scruta la pénombre derrière elle. La seule lumière émanant de la lampe torche de son portable, posé sur la petite table du salon.

— Il y a quelqu'un en dehors de toi et Cleo ?

Elle crispa les doigts dans son dos tout en secouant la tête.

— Je suis désolée. Je te chasse et ensuite je te fais revenir.

— Je t'ai dit que tu pouvais te reposer sur moi.

Mais il devait d'abord savoir de quoi il s'agissait.

— Que s'est-il passé ? Pourquoi tout est-il éteint ?

Il vit Gunny passer d'une pièce à l'autre, Cleo le suivant en boitillant. Le petit chien aurait certainement aboyé s'il y avait un intrus. Gunny inspecta la chambre du fond, puis revint en trottant vers lui pour être récompensé. Comme les deux chiens s'emparaient de la balle qu'il leur jetait, Burke recula le torse pour mieux encadrer le visage de Hazel entre ses mains et le tourner vers lui. Elle avait la peau froide et les joues pâles. Il eut envie de frapper celui qui l'avait effrayée ainsi.

— Haze, parle-moi.

Elle leva bravement le regard.

— Il m'a appelée. Juste après que tu es parti.

Nul besoin d'expliquer qui était ce *il*.

— Qu'est-ce qu'il a dit ?

— De venir à la fenêtre.

— Dis-moi ce qu'il t'a dit en premier. T'a-t-il menacée ?

— Non. C'est ce qu'il a dit. C'est tout.

Lui indiquant d'un signe de tête que ça allait, Hazel lui prit la main et le conduisit à la fenêtre.

En la voyant tirer le voilage, Burke la fit passer derrière lui et jeta un coup d'œil dans la rue. Même avec la couverture nuageuse, les réverbères, les enseignes lumineuses et les feux de circulation, il faisait plus clair dehors qu'à l'intérieur de l'appartement. Il vit les mêmes gens sans visage marcher dans la rue et se rendre chez eux.

— Qu'est-ce qu'il faut regarder ?

— Il est parti ?

Elle étira son bras pour atteindre la fenêtre.

— Je viens de le voir... Je n'invente rien.

— Je sais que tu n'inventes pas.

— C'était lui.

Hazel recula de plusieurs pas.

— Dans le parking, de l'autre côté de la rue. Je l'ai vu. Les autres allaient quelque part, mais il était là, immobile. Me regardant. Son visage était bizarre, comme s'il avait une difformité.

— Tu connais quelqu'un comme ça ?

— Non. J'ai essayé de lui faire dire quelque chose. Je voulais savoir qui il est, pourquoi il me fait ça. Tout ce que j'ai entendu, c'est sa respiration. J'ai raccroché et je t'ai envoyé ce texto. J'ai éteint les lumières pour qu'il ne puisse pas me voir. Mais il m'avait déjà vue.

— Tu peux me donner d'autres détails sur son apparence ?

— Je n'ai pas pu estimer sa taille sous cet angle, mais il est plutôt massif. Il portait un sweat à capuche noir. Un pantalon noir. Comme l'homme qu'a décrit Polly.

Burke jura et referma le rideau. L'homme qui suivait les étudiants portait un pantalon noir et un sweat bleu marine.

— Je l'ai vu. Je l'ai croisé dans la rue.

Distrait par son irritation et les reproches qu'il se faisait, il n'avait pas rapproché ses observations les unes des autres.

— Je n'ai pas vu son visage, mais Gunny l'a reconnu. Il connaissait sans doute son odeur. Ou bien il avait encore des traces d'explosif sur lui.

Burke tira le rideau avec plus de force que nécessaire.

— Je ne le vois plus dehors.

— Il m'a regardée dans les yeux. Il a dessiné un cœur sur sa poitrine avec ses doigts. Comme si ça voulait dire quelque chose pour moi ! Et ensuite, il a mimé une explosion, finit-elle en imitant le geste.

— Montre-moi ton téléphone.

Il la suivit jusqu'à la petite table, où elle éteignit l'application lampe de poche et afficha la liste des appels récents. Burke envoya le numéro par texto à l'opératrice de la police, bien qu'il ait parié que l'appel venait d'un téléphone à carte prépayée. Puis il se dirigea vers la porte.

— Comment faire pour qu'il arrête ? demanda Hazel, qui l'avait suivi. Il sait où je vis. Il sait où je travaille, où travaillent mes filles. Il a mon numéro.

Elle l'attrapa par le bras pour le stopper.

— Tu vas le poursuivre ?

La panique teinta sa voix quand elle comprit son intention.

— Tu disais qu'il était parti.

— J'ai dit que je ne le voyais pas.

Il lui pressa la main pour la rassurer. Il avait du travail. Elle parut le comprendre. Son regard avait perdu son expression égarée et était fixé sur lui. Il appela Gunny et détacha la laisse de son collier.

— *Bleibe.*

— Reste ?

Gunny s'assit près de Hazel.

— Tu n'as pas besoin de lui ?

— Non.

Il arracha la pression de son holster et posa la main sur la crosse de son Glock.

— Il reste avec toi pour te protéger, au cas où le type serait déjà dans l'immeuble. Quel est le code de l'entrée ?

Elle le lui donna.

— Cette porte reste verrouillée jusqu'à mon retour.

— Et s'il rappelle ?

— Échangeons nos téléphones. Si ce salopard appelle, c'est à moi qu'il s'adressera.

Hazel lui tendit son portable et serra le sien contre sa poitrine. Elle se rapprocha de Gunny et plongea les doigts dans sa fourrure.

— Sois prudent.

— Toi aussi.

Le verrou se ferma derrière lui. Burke inspecta rapidement l'immeuble, faisant sursauter un couple qui s'embrassait au dernier étage. Pas de capuche. Et même si le garçon aurait pu l'enlever, ces deux-là ne cachaient pas leur jeu. Et ils portaient tous deux un jean délavé. Son expression et un ordre bref les firent rentrer dans leur appartement. Le reste de l'immeuble et du parking étaient désert. Une fois dehors, il traversa la rue pour vérifier le parking de l'autre côté, les véhicules qui y étaient garés et les espaces entre eux. Il entra dans le bar pour jeter un coup d'œil et donna une brève description de sa proie au videur. Mais il y avait trop de suspects possibles pour que ce soit utile. Il survola la rue dans l'autre sens. Encore une rue, et il serait sur le pont au-dessus de l'Interstate. Il y avait tout simplement trop de superficie pour un seul homme. Celui qui avait terrorisé Hazel était parti.

Burke revenait au trot vers l'immeuble quand le téléphone de Hazel émit un bip, signalant un texto. Il regarda autour de lui et n'eut pas l'impression qu'on l'épiait. Il ouvrit le texto. C'était une photo floue de Hazel scrutant l'obscurité depuis sa fenêtre.

Vous me croyez, maintenant ? Je ne m'attends pas à ce que vous répondiez. Mais je m'attends à ce que vous m'écoutiez. Je veux que vous sachiez que tout ce que vous avez m'appartient.

Votre flic et son chien ne peuvent pas m'empêcher de prendre ce qui me revient de droit.

Bon sang !

Burke courut le long du dernier pâté d'immeubles et tapa le code pour entrer.

Le temps de remonter chez Hazel, il était épuisé et en colère, mais soulagé de voir qu'elle avait repris des couleurs. Il envisagea brièvement de supprimer le texto pour ne pas la bouleverser à nouveau. Mais le flic en lui savait qu'il devait le conserver comme preuve. L'inculpation d'un harceleur reposait presque toujours sur l'accumulation de preuves circonstancielles. En outre, il lui avait promis d'être honnête avec elle.

— C'est du décaféiné.

Elle lui tendit un mug.

— J'ai utilisé ton téléphone pour appeler les filles. Elles vont bien. Elles n'ont rien remarqué d'étrange chez elles.

L'odeur du café était délicieuse et revigorante, mais il le posa pour capturer le regard de Hazel.

— Quoi ? Qu'est-ce que tu as trouvé ?

— Rien. Il est parti, sinon il m'aurait vu en train de lire ceci.

Il lui tendit son téléphone.

— Je doute qu'il aurait gardé le silence si j'étais intervenu dans son dialogue avec toi.

Hazel lut le texto et pâlit à nouveau. Sans mot dire, elle reprit le mug et l'emporta à la cuisine. Dos tourné, elle le remplit à nouveau de décaféiné, y ajouta du lait et en sirota quelques gorgées.

— Qu'est-ce qu'il veut de moi ? Se venger ? Obtenir ma dévotion éternelle ? Ça l'excite, de jouer avec moi comme ça ?

Elle s'adossa au réfrigérateur, les épaules tombantes.

— Je n'arrive pas à comprendre s'il croit m'aimer ou s'il veut me faire du mal.

— Les deux, peut-être. L'amour vire rapidement à la haine en pareil cas.

Elle but une gorgée de son café au lait et changea abruptement de sujet.

— Quelqu'un du nom de Shannon a appelé pendant que tu étais parti. Ce n'est pas ton ex-femme ? Elle a laissé un message vocal. J'espère que ce n'était pas important.

— Non, ça ne l'est pas.

Hazel posa son mug avec un claquement sonore.

— Tu vas penser que je suis complètement dingue, mais est-ce que tu pourrais...

— Je reste.

En se retournant, elle le vit déposer son gilet sur le dossier du canapé. Il s'agenouilla pour retirer son harnais à Gunny. Il ébouriffa le poil du chien et l'envoya jouer avec sa balle.

— Le canapé m'ira parfaitement.

Son sourire lui dit qu'il avait pris la bonne décision. Non qu'il lui ait donné le choix.

— Bon.

Elle s'engagea dans le couloir et revint avec un oreiller et des couvertures. Elle fit son lit sur le canapé et posa une vieille couverture par terre pour Gunny.

— J'ai une chambre pour les filles. Tu pourrais dormir sur un vrai matelas.

Burke retira son arme, sa ceinture et son insigne et les posa sur la petite table, à portée de main.

— Je veux rester entre toi et cette porte.

— Tu crains qu'il revienne ? Qu'il pénètre dans l'immeuble pour s'en prendre à moi ?

— Pas toi ?

Un nuage dans son regard lui donna la réponse. Il la prit gentiment par les épaules et la tourna en direction de sa chambre. Elle ne protesta pas quand il la suivit en lui massant doucement les épaules.

— C'était une longue journée pour nous deux. Nous devons travailler demain. Essaie de dormir. Demain matin, nous appellerons Bellamy et Cartwright pour les mettre au courant.

Elle fit halte sur le seuil de sa chambre et ils sourirent en voyant Cleo chercher sa place sur le couvre-lit.

— J'ai l'impression de le dire tout le temps en ce moment, mais...

Hazel se retourna et croisa son regard.

— Merci.

— Au lit, doc.

— Il y a longtemps que je n'avais pas été aussi effrayée.

— Je sais.

— Je déteste avoir peur. J'ai l'habitude de tout gérer toute seule.

— Je sais cela aussi.

— Je suis désolée de m'être disputée avec toi, tout à l'heure. Ce n'est pas que je m'en fiche...

Il la fit taire en posant un doigt sur ses lèvres.

— C'était une discussion, pas une dispute. Un échange honnête sur ce que nous pensons et ressentons. Les gens comme toi et moi peuvent avoir ce genre de conversation. Cela m'a aidé à comprendre tes règles. Cela m'aide à être patient.

Voyant qu'elle n'allait pas immédiatement se coucher, Burke effleura sa frange et lui caressa la joue.

— Tout ira bien, doc. Tu es la femme la plus forte que je connaisse. Gunny et moi, nous sommes là pour te protéger.

Elle médita ses paroles, puis se dressa sur la pointe des pieds pour l'embrasser au coin de la bouche.

— Merci d'avoir dit ça. Ça m'aide à le croire. Bonne nuit, Jedediah.

Quand elle eut fermé sa porte et éteint la lumière, Burke vérifia les portes et les fenêtres une dernière fois. Puis il se déchaussa et s'allongea sur le canapé, fourrant son pistolet sous l'oreiller.

Ils étaient revenus à Jedediah. Il poussa un soupir, de fatigue et de soulagement mêlés. Il n'avait pas tout gâché en exprimant ses sentiments. Bien sûr, il voulait davantage qu'un bécot sur la joue, davantage qu'une porte fermée.

Mais il savait que Hazel était en sécurité, et pour l'instant, c'était tout ce qui comptait.

7

« Hé, ma puce. Je sais que je ne suis pas censé te contacter, mais il faut que je te parle. C'est vraiment important. »

Hazel connaissait par cœur le premier message vocal de son ex. Ainsi que le deuxième. Et les trois suivants.

Son téléphone vibra dans sa poche, indiquant qu'elle venait d'en recevoir un sixième. Comment Aaron osait-il la contacter ?

L'appel de son persécuteur la veille au soir l'avait laissée vulnérable et effrayée. Mais en se réveillant, elle avait trouvé Jedediah dans la cuisine, buvant un café et lisant les nouvelles comme si tout était normal, et cela avait fait beaucoup pour restaurer son équilibre. Non seulement Burke constituait une présence familière, mais son autorité tranquille donnait l'impression qu'il n'y avait rien au monde qu'il ne puisse affronter. Cela l'incitait à croire qu'elle pouvait aussi l'affronter.

Mais cet équilibre avait promptement été rompu pour une raison très différente. Assise près de lui avec son propre café, elle avait senti le parfum de sa douche, la chaleur irradiant de son corps, et elle s'était surprise à regretter leurs baisers la veille au soir.

Burke était l'un de ses meilleurs amis. Et il était aussi solide, sexy et capable de baisers incroyables.

Durant quelques minutes, la veille, elle avait brûlé de

passion dans ses bras, intimement consciente de sa séduction d'homme mûr. Jedediah avait fait beaucoup plus que lui donner un sentiment de sécurité. Il l'avait fait se sentir désirable, ardente, avide de vivre. Après toutes ces années à se renier, il lui avait donné envie d'être à nouveau avec un homme. Être une femme à laquelle il ne pouvait résister était grisant. Il lui avait dit qu'il l'aimait. Mais avait-elle ce qu'il fallait en elle pour aimer à nouveau ?

Les vibrations du téléphone dans sa poche étaient la preuve éclatante que des choix désastreux pouvaient gâcher des vies entières. Ces six messages ne faisaient que lui rappeler ses erreurs. Le premier était amical et presque navré. Mais au fur et à mesure, l'irritation avait pris le dessus. Aaron était toujours l'homme dangereux et désespéré qu'il était devenu avant leur divorce.

« Hazel, c'est Aaron... Décroche ! J'ai le droit de voir mes filles ! Tu m'as dit une fois que tu me pardonnais. Je sais que tu ne le croiras pas, mais tu comptes toujours pour moi. Et j'aime mes filles ! Je ne suis plus celui que j'étais il y a seize ans. J'ai changé en prison. Tu dois me laisser être à nouveau leur père ! »

L'ordonnance de protection, qui durait depuis seize ans, avait de bonnes raisons d'être. Il avait mis ses enfants en danger, trahi sa confiance et essayé de la tuer. Elle ne voulait plus entendre parler de lui.

Un harceleur qui voulait la tuer

Jedediah qui parlait d'amour.

Aaron qui la harcelait au téléphone.

Comment sa vie tranquille avait-elle pu laisser place à ce chaos ?

— Doc ?

La main de Todd Mizner se referma sur son épaule et Hazel sursauta.

— Désolé. Tout va bien ? demanda-t-il en reculant.

Elle lut de l'inquiétude dans ses yeux bleus et hocha

brièvement la tête. Il fallait qu'elle se concentre sur ce qu'elle faisait.

Levant les yeux de la table d'examen, elle croisa le regard fixe de son client, Wade Hanson. Âgé d'une soixantaine d'années, en surpoids, vêtu d'une tenue de travail qui avait vu des jours meilleurs, il avait quelque chose d'intimidant. Et son irritation due à son manque de concentration à elle était compréhensible. Le chien qu'il avait amené, un berger d'une maigreur alarmante, avait besoin d'un vétérinaire, pas d'une femme distraite par ses propres problèmes. Mais la posture combative de Hanson, ses bras croisés sur son énorme bedaine et ses puissantes mâchoires remuant une chique ne faisaient rien pour la rasséréner.

— Ce chien ne va pas bien.

Elle leva le menton et vit que Hanson l'observait sous la visière sale de sa casquette. Il reposa promptement les yeux sur le chien, tandis qu'elle déplaçait son stéthoscope pour confirmer son diagnostic initial.

— Mais vous pouvez la soigner, non ?

Hanson parlait sans bouger les lèvres. C'était sans doute mieux car elle n'avait pas envie de voir ses dents tachées de nicotine. Il lui faisait l'effet d'un baril de poudre prêt à exploser – une analogie perturbante compte tenu des événements récents. Hazel se demandait à qui s'adressait la colère qu'elle sentait bouillonner en lui.

Une nouvelle vibration dans sa poche la prévint qu'Aaron avait laissé encore un message. Ignorant les récriminations de son ex autant que le regard critique de Hanson, elle acheva son auscultation. Outre que le chien était visiblement hypertypé, elle voyait ses côtes et ses hanches saillir sous son pelage tacheté. Un chien errant aurait eu plus de masse corporelle que cette pauvre bête. Cependant, elle n'avait pas de fièvre ou de grosseur indiquant une maladie grave. Et Hazel ne voulait pas lui faire une prise de sang pour vérifier la présence de parasites avant de l'avoir stabilisée et d'avoir reconstitué son volume sanguin.

— Cette race de chiens est faite pour le travail. Athena devrait être massive et musclée. Il faut aussi la stériliser. Vous auriez dû me l'amener plus tôt.

Et lui jeter quelques miettes de ce qui avait donné une panse pareille à Hanson.

— Une négligence pareille ne date pas d'hier.

Comme l'animal ne pouvait parler, Hazel devait questionner le maître.

— Elle garde ce qu'elle mange ?

Voyant qu'il ne répondait pas, elle se hérissa.

— On l'a nourrie, au moins ?

Wade gratta sa barbe broussailleuse et grommela :

— Ce n'est pas moi. Margery l'a prise pour me faire enrager. J'ai fait que la lui reprendre.

Intéressant détournement de ses interrogations. Quelques jours de plus sans soins et l'animal n'y survivrait pas.

— C'est votre femme qui a fait ça ?

— Ex-femme. Athena aurait dû rester avec moi quand elle est partie. Mais cette bonne femme égoïste...

— Je vois.

Malheureusement, ce n'était pas la première fois que Hazel voyait un animal être victime d'une séparation hostile. Si ça se trouve, Hanson mentait et il avait pris le chien malgré son ex. De toute façon, elle veillerait à ce qu'Athena reçoive les soins dont elle avait besoin. Hazel posa le stéthoscope sur le comptoir derrière elle et glissa ses bras sous le chien pour l'aider à se relever.

— Todd ? La priorité est de la mettre sous perfusion.

Todd prit l'animal et le serra contre sa poitrine.

— Vous voulez que j'essaie de lui donner un peu de nourriture ? Pour voir si elle la garde ?

Hazel hocha la tête.

— Oui, mais très peu. Je suppose qu'elle mangera tout ce qu'on lui donne, mais elle ne pourra pas le digérer.

Elle remarqua avec intérêt que M. Hanson, qui prétendait être tellement attaché à cette chienne, ne tenta pas de la caresser ou de lui parler tandis que Todd l'emportait hors de la pièce. Rien de suspect là-dedans, bien sûr.

— Depuis combien de temps avez-vous Athena ? demanda Hazel, une fois que la porte se fut refermée sur Todd.

— Je vous l'ai dit. Juste quelques jours. Margery l'avait prise.

Hazel chaussa ses lunettes et prit son écritoire pour noter quelque chose sur la fiche.

— Et avant ça, depuis combien de temps l'aviez-vous ? Vous l'avez prise quand c'était un chiot ? Vous l'avez recueillie dans la rue ?

— Elle n'arrêtait pas de venir au travail, mendier de la nourriture.

Même en décroisant les bras, Hanson avait toujours une expression défensive.

— Je travaille dans une entreprise de travaux publics. Nous refaisions la chaussée du côté de Jackson County. Je suppose que quelqu'un l'a abandonnée par là.

C'était malheureusement sans doute vrai. Peut-être croyait-il avait fait une bonne action en ramenant le chien chez lui. Mais ce n'était pas le cas s'il ne savait pas comment s'en occuper.

— Est-elle à jour de ses vaccins ? A-t-elle même été vaccinée ?

Il retira sa casquette et gratta ses cheveux blancs clairsemés.

— Je sais pas.

Ce n'était pas la réponse qu'elle espérait.

— Ne le prenez pas mal, monsieur Hanson, mais... Avez-vous les moyens d'avoir un chien ? Certaines cliniques vétérinaires fournissent de la nourriture, des laisses ou des paniers aux maîtres qui ont besoin d'un coup de main. Voudriez-vous que je vous mette en contact avec elles ?

Marmonnant quelque chose dans sa barbe, Hanson revissa sa casquette sur son crâne et se mit à faire les cent pas.

— C'est quoi, toutes ces questions ? Vous pouvez vous occuper d'elle ou pas ?

À moins de trouver des symptômes de parasite ou de maladie, le diagnostic était simple.

— Pour le moment, nous allons la traiter pour sous-alimentation et déshydratation.

Elle retira ses lunettes, serra l'écritoire contre sa poitrine et croisa le regard plein de ressentiment qu'il lui jetait par-dessus la table. Il en voulait sûrement à toutes les femmes. Elle allait procéder avec prudence, mais le chien ne repartirait ni avec Hanson ni avec sa femme, pas avant que le contrôle animal ait étudié l'affaire. Et elle savait très bien qui était responsable de l'état déplorable de la chienne.

— J'aimerais garder Athena quarante-huit heures, pour la mettre en observation et veiller à ce qu'elle ait les soins nécessaires. Quand elle sera plus solide, nous lui ferons des analyses sanguines, urinaires et biochimiques pour voir s'il y a des causes sous-jacentes à sa malnutrition. Je vous appellerai pour vous donner les résultats, bien sûr.

— Vous me prenez mon chien, c'est ça ? marmonna-t-il en glissant sa chique au creux de l'autre joue.

Ce geste était sûrement une soupape pour contenir sa colère, songea Hazel.

— Vous allez me faire avoir des ennuis avec la loi.

Il fit le tour de la table en laissant traîner ses doigts sales sur le comptoir, ainsi que sur les poignées des tiroirs et des placards.

— Je vous l'ai dit, c'est Margery qui l'a laissée comme ça.

Hazel se retourna pour ne pas le perdre de vue.

— Je n'ai pas autorité pour prendre votre chien, monsieur Hanson. Mais si je ne trouve aucune raison médicale à sa perte de poids, je signalerai de la cruauté animale de la part de votre ex-femme.

Elle mettrait aussi son nom sur ce rapport, en tant que propriétaire du chien.

— Faites donc ça.

Il s'immobilisa près de la porte et étreignit la poignée.

— Elle a pris tout ce qu'il me restait. Et ce n'était pas grand-chose. Encore heureux que j'aie pu reprendre Athena.

— Les divorces peuvent être difficiles. Même dans les meilleures circonstances.

Il lui fit face, désignant du menton ses mains serrées autour de l'écritoire.

— Je vois que vous n'avez pas d'alliance. Vous êtes divorcée, docteur Cooper ?

Il posa une main sur la table en métal et l'autre sur le comptoir. Puis il pressa une touche de son ordinateur avant de peser sur la balance qu'elle utilisait pour les chiots et les chatons. Le berceau rebondit quand il le lâcha.

Hazel respectait les ouvriers et savait qu'il était difficile de rester propre en travaillant sur un chantier. Mais il s'agissait d'une clinique et elle devait prendre en compte le facteur stérilité. En le voyant avancer la main vers la poubelle à seringues fixée au mur, elle lui saisit le poignet.

— Monsieur Hanson, il y a un risque biologique potentiel. Certains de ces équipements sont très chers, aussi. Je vous demanderai de ne pas y toucher.

— Oui, madame.

Elle ne put décider si cet éclair de dents jaunies était un sourire ou un rictus. Mais il recula et croisa à nouveau les bras sur son ventre, dans la posture de défi qu'il avait conservée durant toute la consultation.

— Vous avez une belle clinique, docteur Cooper. C'est votre ex qui a payé pour tout ça ?

Hazel se hérissa en entendant cette question.

— Je vous demande pardon ?

— C'est votre pension alimentaire qui l'a financée ?

Pension alimentaire ? C'était une plaisanterie. Quand son mariage avait pris fin, il n'y avait plus d'argent du tout. Elle avait démarré la clinique et payé son prêt étudiant sur ses propres ressources. Elle n'avait besoin de personne pour être une bonne vétérinaire et une femme d'affaires avisée. Mais Wade Hanson était un inconnu. Il n'avait pas besoin de connaître son histoire.

— Je suis ici pour m'occuper d'Athena, pas pour vous raconter ma vie.

Comme il ne faisait pas mine de partir, elle passa devant lui et lui ouvrit la porte.

— Je veillerai à ce qu'elle mange et qu'elle fasse ses besoins. Maintenant, si vous voulez bien m'excuser, j'ai un autre rendez-vous.

— Vous n'avez pas répondu à ma question.

— Je n'ai pas l'intention de le faire.

Quels que soient ses préjugés envers son ex-femme ou les femmes en général, Hazel n'allait pas le laisser s'en tirer comme ça.

— Vous remarquerez que c'est mon nom qui est affiché sur cette porte, monsieur Hanson.

Il émit un grognement, de scepticisme ou de défiance. S'il voulait de la sympathie ou de la pitié, mieux valait qu'il s'adresse à un psychologue.

— Pigé, docteur Cooper.

Il franchit la porte ouverte, puis, se retournant vers elle, ajouta :

— Mais vous avez pigé aussi. J'ai l'intention de garder ma chienne. Aucune bonne femme ne me la prendra. Je vous appellerai ou je passerai demain pour voir comment elle va.

La porte intérieure s'ouvrit derrière elle. Hazel n'avait

jamais été aussi heureuse de voir Todd. Cette irruption fit enfin partir Hanson.

— Mais je vous en prie, répondit-elle avec un sourire hypocrite avant de refermer la porte sur lui.

Elle poussa un soupir de lassitude et se redressa pour regarder Todd.

— Vous avez installé Athena ?

— Elle supporte bien la perfusion, dit-il. Et elle a englouti sa pâtée.

Il entrouvrit la porte et jeta un coup d'œil dans le hall avant de la refermer.

— Vous avez vu ce type ? Tout ce qui l'intéresse, c'est reprendre le chien à sa femme, pas s'en occuper lui-même. Vous allez le signaler pour cruauté animale ?

Elle aurait aimé le signaler pour cruauté animale, mépris envers les femmes, incapacité à se laver et comportement effrayant.

Au lieu de cela, elle hocha simplement la tête, remit ses lunettes et afficha le dossier d'Athena sur l'écran pour transcrire ses notes.

— Peu importe que ce soit Hanson ou sa femme qui ait laissé le chien dans cet état. Quelqu'un doit assumer ses responsabilités.

— Hé, ça va ?

Si Todd avait posé une main sur elle, elle aurait sûrement explosé. Mais peut-être était-il enfin en train d'apprendre les bonnes manières.

— Vous avez l'air un peu secouée. Vous avez peur que Hanson se venge ?

Elle avait peur de beaucoup de choses, ces derniers temps. Mais elle n'allait pas se confier à son assistant, de crainte de l'encourager.

— C'était une longue journée. Mais ça va. Merci de vous inquiéter.

Les sourcils de Todd se rejoignirent au-dessus de ses lunettes. Cependant, voyant qu'elle n'ajoutait rien, il ouvrit un placard et prit une bouteille de désinfectant et du papier absorbant.

— Vous voulez que je nettoie ici ?

— Non, je vais le faire. Je dois d'abord saisir ces détails avant d'appeler les autorités.

En outre, elle devait écouter ses messages. S'ils étaient tous d'Aaron, elle le signalerait à son agent de probation. Elle continua à taper.

— Dites à la réception que je prends une courte pause. Je ne tarderai pas.

— Bien sûr.

Il sortit de la pièce en refermant derrière lui.

Seule pour la première fois ce jour-là, Hazel tira un tabouret à roulettes et se laissa tomber dessus. Elle poussa un soupir las qui fit voleter sa frange, sauvegarda ses notes puis prit son téléphone dans sa poche.

Six appels en absence, tous d'Aaron.

Plus un appel dont elle ne reconnut pas le numéro.

Était-ce l'homme qui l'avait menacée la veille ? Burke lui avait dit qu'il était facile de se procurer plusieurs téléphones à carte prépayée.

Peut-être était-ce un faux numéro.

Ou peut-être était-ce le harceleur qui voulait encore lui déclarer son amour, l'effrayer et la menacer.

Après avoir appelé sa boîte vocale, elle posa le téléphone sur le comptoir, arracha une poignée de feuilles de papier absorbant et prit le flacon de désinfectant. C'était une manière de s'occuper pendant qu'elle écoutait.

Les deux premiers messages d'Aaron, relativement polis, laissaient place à des exclamations irritées puis à de violentes tirades.

« *Ne m'oblige pas à remplir ta boîte de messages ! Prends*

ce fichu téléphone et parle-moi ! Ou dis-moi quand et où nous pouvons nous voir. Je dois te parler ! J'ai entendu parler de ce qui est arrivé à Polly. Et si elle avait été dans sa voiture, Hazel ? Visiblement, tu ne peux pas gérer tout ça toute seule. Au diable ton indépendance ! Tu as besoin de moi. Les filles ont besoin de moi. Je suis leur père et je m'inquiète pour elles ! »

Quelques secondes de silence s'écoulèrent et Hazel cessa de frotter, pensant que le message était terminé. Mais alors qu'elle allait l'enregistrer, Aaron poussa un soupir bruyant et reprit d'un ton plus calme :

« Je te reprochais de m'avoir envoyé en prison. Mais ça, c'est peut-être à cause de moi. J'ai peut-être des ennemis. Laisse-moi vous aider. »

Le message se termina par son numéro et un bip. Hazel l'enregistra et reprit son récurage frénétique de toutes les surfaces touchées par Hanson. Si seulement elle avait pu aussi effacer le souvenir de tous les hommes qui lui en voulaient dernièrement – de tous les hommes qui pouvaient être les auteurs de cette torture psychologique.

« J'ai peut-être des ennemis. »

Tu crois ? Trois mille ennemis qui ont perdu leurs économies par ta faute. Plus l'homme que tu as dénoncé comme ton complice, dans l'espoir d'obtenir une réduction de peine.

Sans compter les ennemis qu'Aaron avait pu se faire en prison.

Le dernier message débuta, ralentissant Hazel. Elle s'immobilisa et fixa l'appareil, comme s'il était responsable de l'air glacial autour d'elle.

Une respiration mesurée, puis des craquements et un léger sifflement. Quand son interlocuteur prit la parole, sa voix lui parut bizarrement familière.

« Dix... Neuf... Huit... Vous entendez le tic-tac ? »

Aaron avait-il pu déguiser sa voix ? Avait-il forcé un ami

à appeler ? Ou s'agissait-il d'un autre obsédé, qui ne s'était pas encore identifié ?

« Ma patience s'épuise, ma bien-aimée. Donnez-moi ce que je veux ou je le prendrai moi-même. »

— Prendre quoi ? ? ! !

Elle posa le flacon avec force sur le comptoir.

— Qu'est-ce qu'il veut, à la fin ?

Un coup discret à la porte lui fit prendre conscience qu'elle avait élevé la voix. L'avait-on entendue depuis le hall ?

Elle éteignit son portable d'un doigt rageur et le fourra dans sa poche tandis qu'Ashley se faufilait dans la pièce. Les yeux plissés par l'inquiétude, elle referma la porte derrière elle.

— Maman ? Ça va ?

— Bonjour, chérie.

Hazel jeta le papier absorbant souillé et rangea la bouteille de désinfectant. Ces quelques secondes lui permirent de reprendre contenance avant de se tourner vers sa fille.

— C'est mon prochain patient ? demanda-t-elle en désignant l'écritoire à pince.

— Ton dernier rendez-vous de la journée. C'est un chat.

Ashley serrait l'écritoire contre sa blouse rose.

— C'était qui, au téléphone ?

— J'écoutais mes messages, répondit Hazel en tendant la main pour prendre la fiche du patient.

Au lieu de la lui tendre, Ashley la mit derrière son dos.

— De qui ? Je n'arrive pas à comprendre si tu es inquiète ou en colère, mais ça ne présage rien de bon. J'espérais que tu serais de meilleure humeur, parce que je voulais te demander une faveur.

— Quelle faveur ?

Ashley désigna le visage de sa mère.

— Explique-moi d'abord ton expression.

De deux maux mieux valait choisir le moindre. À moins qu'il soit idiot de choisir entre deux menaces.

— Tu as reçu des appels de ton père dernièrement ?

— De papa ? Papa t'a appelée ?

Ashley secoua la tête.

— Non. Pas depuis qu'il est sorti de prison et qu'il voulait nous voir, Polly et moi, derrière ton dos.

S'approchant, elle s'appuya de la hanche au comptoir.

— Je ne reconnaîtrais même pas sa voix, je crois. Qu'est-ce qu'il t'a dit ?

Quelle était la meilleure façon d'expliquer cela sans déformer la perception qu'avait sa fille de son père ?

— Il a vu les nouvelles à propos de la voiture de Polly et de la bombe. Il voulait être sûr que vous alliez bien toutes les deux.

— Ah bon, maintenant ça l'intéresse ? Il y a seize ans, il s'en fichait pas mal, que les gens soient en colère contre nous.

— Il a mûri. Il a eu beaucoup de temps pour réfléchir à ce qu'il a fait et à ce qu'il a perdu.

Hazel fourra les mains dans les poches de sa blouse et haussa les épaules.

— Il dit qu'il a changé en prison.

— Oui, mais dans quel sens ? Ça l'a seulement rendu plus retors qu'avant ? Ou bien tu crois qu'il a vraiment de l'affection pour nous ?

— Je ne peux pas te répondre. Je sais qu'il vous adorait quand vous étiez petites.

Hazel s'adossa aussi au comptoir et heurta gentiment l'épaule de sa fille.

— Je vous ai toujours promis que je ne m'y opposerai pas si vous vouliez voir votre père une fois devenues grandes.

— Oui, toi aussi, il t'aimait...

Ashley secoua la tête.

— Maman, nous savons ce qu'il t'a fait. Même maintenant que je suis assez grande pour comprendre ses motivations, je ne peux pas lui pardonner. Il ne savait pas être un bon père à l'époque et je doute qu'on apprenne ça en prison.

— Alors tu ne veux plus aucun contact avec lui ?

Hazel saisit la queue-de-cheval d'Ashley, prise dans l'encolure de son corsage, et la lissa dans son dos.

— Ne me réponds pas tout de suite. Penses-y.

— Je n'ai pas besoin d'y penser. Polly et moi, on en a discuté plus d'une fois. Nous n'avons pas envie de le connaître. Nous ne voulons pas qu'il fasse partie de notre vie.

— Je lui parlerai, alors. Ou plutôt, je demanderai à mon avocat de le faire.

De meilleure humeur, Hazel se redressa.

— Et maintenant, quelle était cette faveur ?

L'expression d'Ashley se plissa en un sourire irrépressible.

— Peut-être que je peux t'aider à finir la journée sur une meilleure note.

Son sourire était contagieux.

— Je suis pour à cent pour cent, répondit Hazel.

— Tu as besoin de moi pour ton dernier rendez-vous ? Joe va venir me chercher pour m'emmener dîner. J'aimerais me changer avant qu'il arrive.

— Joe va venir ici ?

— Oui. Je pensais que tu aimerais le rencontrer par toi-même et constater combien il est gentil. Après tout ce qui s'est passé hier, je me suis dit que ça te rassurerait un peu.

Hazel acquiesça, appréciant cette prévenance.

— Peut-être bien.

— Génial !

Ashley lui tendit l'écritoire.

— Voilà la fiche de M. Jingles. Apparemment, c'est un chat adopté récemment.

Hazel survola la feuille.

— Je pense que je pourrai me débrouiller sans aide pour un chat.

Ashley était déjà en train de sortir quand Hazel l'arrêta.

— Attends. Et Polly ? Elle sera toute seule, ce soir ?

— J'ai déjà parlé au sergent Burke. Il ira la chercher à l'hôpital pour la ramener à la maison. Polly est d'accord. Elle doit étudier pour un examen demain, alors elle n'a pas l'intention de sortir.

Ashley la serra brièvement dans ses bras, puis s'en fut en dansant.

— Merci. Je te préviendrai dès que Joe sera là.

— Attends. Ash ?

Elle suivit sa fille dans le hall.

— Quand as-tu parlé au sergent...

— Excusez-moi ? Je suis la maîtresse de M. Jingles.

Une main manucurée se tendit vers elle, l'arrêtant net. Elle prit machinalement la main de la femme.

— Merci de me recevoir si tard, docteur Cooper.

Brune et mince, la femme portait un élégant tailleur gris et tenait à la main une cage avec un chat tout aussi mince et noir de poil qu'elle.

— Je m'appelle Shannon Bennett.

8

Burke vérifia l'heure à sa montre, jura et accéléra autant qu'il le pouvait sans mettre sa sirène.

Il était le seul à être pressé, apparemment. Si la peur qu'il lisait parfois dans les yeux de Hazel ne lui faisait pas l'effet d'un coup de poing, il ne se serait pas autant préoccupé d'être en retard. Mais il était près de 17 h 30. Et, bien qu'il sache qu'elle serait la dernière à quitter la clinique, il avait été retardé par la fouille de l'aéroport, laquelle avait requis les efforts conjoints du KCPD et des agents de sécurité après qu'on avait découvert un bagage suspect dans une conduite sur un parking. Heureusement, ce n'était qu'un cas extrême de bagage égaré, et l'individu agité qui avait donné l'alerte avait été retrouvé dans sa voiture, sur un autre parking. On l'avait appréhendé et emmené à l'hôpital. Moyennant quoi, les vêtements de Burke étaient trempés de pluie, ses bottes boueuses et il sentait comme un chien mouillé.

Il avait cependant promis à Hazel d'être là pour la protéger. Connaissant son goût pour l'indépendance, elle rentrerait chez elle comme elle le faisait toujours. Elle était forte et intelligente. Mais un tordu qui en savait autant sur elle et sur les explosifs représentait une dangereuse inconnue. Lui avait-il au moins rappelé d'inspecter son véhicule avant d'y monter ? Se souviendrait-elle d'observer son environnement, de noter tout ce qui ne paraissait pas à sa place ? L'appellerait-elle si quelque chose semblait effectivement bizarre ?

Il scruta la rue entre le balayage régulier des essuie-glaces et brûla un feu orange pour pénétrer dans la zone industrielle où était située la clinique. Même si la journée avait été longue, il voulait que Gunny inspecte la voiture de Hazel.

Il jeta un coup d'œil à son téléphone posé sur le tableau de bord, se demandant s'il devait la rappeler. Mais, comme ses deux précédents appels avaient abouti sur sa boîte vocale, il préféra se concentrer sur la circulation. Soit elle était occupée, soit il était déjà en retard.

Sa tension retomba d'un cran quand il avisa l'enseigne familière de la clinique. Il mit son clignotant, ralentit... et dut freiner brusquement pour éviter une grosse berline grise garée devant l'entrée, au risque d'accrocher le pare-chocs.

Contournant prudemment le luxueux véhicule, Burke pénétra dans le parking presque vide. Soulagé de voir le pick-up de Hazel, il s'arrêta sur un emplacement et enfila sa veste encore humide. À cet instant, il entendit des pneus chuinter sur la chaussée mouillée. Descendant de voiture, il ajusta sa casquette pour se protéger de la pluie et vit les feux de la berline s'éloigner. Le logo de la police sur les flancs de son pick-up avait peut-être fait réfléchir la conductrice quant au risque de déclencher un accident. Ou bien elle s'était garée là sans y penser.

Une minute... *Impossible.*

Il fit sortir Gunny et gagna la rue au petit trot. Mais la berline s'était déjà fondue dans la circulation. Une brune dans une belle voiture ? Elle portait des lunettes de soleil malgré le temps. Il n'avait pas vu son visage et il ignorait quelle marque conduisait son ex, mais pouvait-ce être elle ?

Comment aurait-elle su qu'il venait ici ? Avait-elle interrogé un de ses hommes ? Il n'était plus en service, donc même l'opératrice ignorait sa localisation. Était-elle tellement déterminée à renouer qu'elle le suivait partout ?

Tandis que la pluie lui martelait le crâne, il fit mine de prendre son téléphone. Mais non. Il ne donnerait pas à son ex la satisfaction de lui demander où elle était. Il laissa retomber la main et caressa Gunny.

Peut-être n'était-ce pas du tout Shannon. Depuis son appel de la veille, il se disait qu'il allait devoir mettre les choses au point avec elle. Lui faire comprendre qu'ils ne se remettraient jamais ensemble. Son cœur appartenait à une autre désormais.

Il n'avait sans doute fait que projeter l'image de Shannon sur une brune quelconque, de la même manière qu'un témoin sous le coup de l'émotion identifiait à tort un suspect.

À moins que... Burke essuya la pluie sur ses joues et son menton et se tourna vers la porte de la clinique. Shannon épiait-elle Hazel ? Voulait-elle jauger sa rivale ? Cela valait peut-être la peine de vérifier quelle voiture elle conduisait et, le cas échéant, de lui rendre visite. Il y avait déjà tant d'obstacles à sa relation avec Hazel. Les menaces, la préservation de leur amitié, l'entêtement de Hazel elle-même. Il n'avait pas besoin en plus d'une ex jalouse et manipulatrice.

D'un ton pressant, il ordonna à Gunny de flairer la voiture de Hazel.

Il faisait remonter le chien dans son pick-up après l'avoir séché rapidement et lui avoir donné un biscuit, quand les portes de la clinique s'ouvrirent. Hazel les franchit et ouvrit un parapluie bleu.

Prenant Cleo dans ses bras, elle la tendit au jeune couple qui attendait derrière elle. Il reconnut les longs cheveux blonds d'Ashley quand les deux femmes s'étreignirent. Le jeune homme, un brun avec des tatouages sur le cou et un bandana noué autour de la tête, lui était inconnu. Burke remua les pieds, se forçant à rester tranquille. Ashley et lui portaient tous deux de volumineux vêtements imperméables. Burke avait remarqué une grosse moto garée à proximité et supposait qu'elle appartenait à Monsieur Tatouage.

Hazel serra la main du jeune homme et se retourna en voyant Ashley sourire et agiter la main dans sa direction.

— Salut, Burke !

Il toucha la visière de sa casquette.

— Hé, Ash.

À cet instant, Ashley rendit le chien à sa mère, la poussa en avant et entraîna l'homme dans l'autre sens, tout cela dans un mouvement fluide digne d'un as de l'évasion. Burke secoua la tête devant la manœuvre. Au moins une des femmes Cooper était en faveur de son rapprochement avec Hazel. Ashley et l'homme qui était apparemment son petit ami descendirent les marches du perron et sortirent des casques du top-case de la moto.

Quant à Hazel, elle parcourut la rampe bien plus lentement, rejoignit Burke près de son pick-up et déposa Cleo et son sac à l'intérieur avant de se tourner vers lui. Tout en l'abritant de son parapluie, elle lui dit :

— Alors te voilà à nouveau. Ça va devenir une habitude ?

— De veiller à ta sécurité ? Oui, je pense.

Elle détailla son allure des pieds à la tête et plissa les yeux.

— Tu as eu un problème ?

— Une longue journée. Mais elle s'est bien terminée.

— Je vous ai vus, Gunny et toi, inspecter ma voiture.

— Juste un instinct de protection surdéveloppé, plaisanta-t-il. Pour m'assurer que Cleo et toi rentrerez saines et sauves à la maison.

Il désigna du pouce son véhicule et le chien las qui reposait à l'intérieur.

— Gunny n'a trouvé aucun explosif. Je ne vous aurais pas laissés partir, toi et la boule de poils, si c'était le cas.

Elle sourit enfin, comme si elle était contente de le voir.

— Cleo et moi, nous te remercions. Tu viens dîner ?

— Serai-je le bienvenu ?

— Pour me tenir compagnie ? Je crois bien, répondit-elle sur le même ton plaisant.

Il sentit son pouls accélérer un peu à l'idée de l'embrasser. La pluie les isolait dans une sorte de cocon sous le parapluie. Heureusement, ses vêtements humides et le rappel de ses tâches étaient là pour tempérer ses instincts mâles.

— Je ne viendrai pas tout de suite. Il faut que je raccompagne Polly chez elle, et ensuite j'ai quelques pistes à explorer pour ton affaire.

— Des pistes ? Quel genre de pistes ?

Il voulait prendre contact avec Justin Grant et le labo pour avoir des détails sur les bombes, en pièces détachées ou non, mais il pensait aussi à la brune qui avait filé dans sa voiture.

— Qui était cette femme qui vient de partir ?

Hazel survola le parking du regard.

— La brune dans la BMW…

— Ma dernière cliente. Une visite de routine pour son chat, M. Jingles. Elle était bavarde, mais son chat allait très bien.

Elle désigna du menton le couple qui enfourchait la moto.

— Ashley, Joe et moi étions les derniers à partir.

— Ta dernière cliente ne s'appelait pas Shannon Bennett par hasard ?

— Si, comment le sais-tu ?

Elle se pencha vers lui.

— Attends. *Ta* Shannon, tu veux dire ? Je me concentrais sur son chat et je n'ai pas pensé… Est-ce qu'elle est venue voir de quoi j'ai l'air ? Elle pense qu'il y a quelque chose entre nous ?

Oh oui, il y avait quelque chose entre eux. Quant à savoir quoi exactement, cela restait à définir.

— Peu importe ce qu'elle pense. Shannon ne fait plus

partie de ma vie depuis longtemps, et je ne veux pas qu'elle fasse partie de la tienne.

— Elle a attendu que tu arrives...

Hazel repoussa sa frange, qui collait en mèches désordonnées sur son front.

— C'est elle, ta piste ? Tu penses qu'une femme pourrait être à l'origine de ce qui m'arrive ?

Burke n'écartait a priori personne. Mais son ex-femme était tout en bas de sa liste de suspects.

— Shannon ne saurait pas où trouver des explosifs et encore moins assembler une bombe.

— Elle aurait pu embaucher quelqu'un.

Elle repoussa à nouveau sa frange d'un geste irrité.

— Si elle m'en veut de t'avoir volé à elle...

— Je prends mes décisions depuis longtemps, maintenant. Personne ne me vole. C'est moi qui choisis.

— Et tu me choisis...

— Absolument.

— Mais si elle est jalouse, nous devrions...

Le sourire de Hazel s'était évanoui et Burke voulait le voir refleurir.

— Oublie Shannon. Notre mariage est terminé depuis des années. Je lui parlerai. Elle ne t'ennuiera plus.

Il ne voulait pas donner à Hazel le moindre prétexte pour écarter les sentiments qui émergeaient enfin entre eux.

— Rentre directement chez toi.

Il sortit ses clés de sa poche et fit un pas sous la pluie.

— Je te rejoins dès que j'aurai fini. Et j'apporterai le dîner.

— Ce n'est pas nécessaire.

Il s'éloigna en direction de sa voiture.

— Je serai là dans une heure, une heure et demie maximum.

Hazel le rattrapa, continuant de les abriter sous le parapluie.

— Jedediah...

— Gunny s'inquiète pour Cleo. Il veut être sûr qu'elle est en sécurité pour la nuit.

Elle arqua un sourcil.

— Gunny s'inquiète ?

Ce ton bébête était moins dangereux que son étalage de sentiments la veille, songea Burke.

— Si Gunny avait le permis de conduire, il viendrait de lui-même. Mais il a besoin de moi comme chauffeur.

— Eh bien, dis-lui que nous avons envie de quelque chose de léger ce soir, une salade, par exemple. C'est la seule manière de justifier le sundae à la glace que nous avons l'intention de manger.

— Avec ta sauce caramel maison ?

Il la revit en train de lécher sa cuillère et se demanda pourquoi son corps réagissait de façon aussi aiguë à l'idée qu'elle lèche quelque chose. Comme lui, par exemple. *Waouh.* Il avait besoin de sentir la pluie lui éclabousser la figure. Depuis qu'il avait cédé à ce baiser, son corps ne semblait plus lui appartenir.

— Il y en aura assez pour trois ?

— J'y veillerai.

Elle jeta un coup d'œil à sa voiture.

— Cleo a hâte de revoir Gunny.

— Et Gunny est très excité aussi.

Ils ne trompaient personne avec leurs bêtises, surtout pas eux-mêmes. Hazel tendit la main et brossa l'eau accumulée sur ses épaules. Puis ses doigts s'accrochèrent à sa veste pour redresser son col. Un geste désinvolte, mais qui ajoutait à l'énergie qui bourdonnait en lui.

— Tous ces sous-entendus ne sont pas bons pour la paix de mon esprit, avoua-t-elle.

C'était rassurant d'entendre que même si elle luttait contre leur attraction mutuelle, elle ne la niait pas.

— Ça me donne l'impression que toi et moi commençons à devenir un *nous*.

Du bout des doigts, il remit sa frange en place sur la peau lisse et chaude de son front.

— C'est le cas, Haze. Je crois en nous. Et un jour, tu y croiras aussi. Du moment que nous progressons ensemble, j'irai aussi lentement que tu veux.

Hazel secoua la tête.

— Ce n'est pas juste pour toi.

Il lui caressa la joue.

— Mais tu vaux la peine d'attendre.

Elle l'observa quelques secondes en silence, jaugeant sa sincérité, avant de lui presser un baiser dans la paume de la main.

— Je veux savoir tout ce que tu auras découvert.

— Je te le dirai.

Elle replia les doigts sur sa veste, comme si elle avait oublié qu'elle le tenait déjà. Lui n'avait pas oublié.

— Et merci de t'occuper de Polly ce soir. Tu auras beaucoup de brownies pour ça.

Il aimait les brownies. Il aimait encore plus l'idée de les manger avec elle.

— Tu as élevé deux filles formidables. Je suis heureux de les aider quand je peux.

La moto se mit à rugir, attirant leur attention vers l'autre bout du parking. Avec ses muscles, ses tatouages et sa Harley, le cavalier d'Ashley avait l'air d'un voyou. Mais cela ne suffisait pas à faire de lui une menace. Le jeune homme s'assurait qu'Ashley avait bien mis son casque et il avait attendu que les deux femmes aient fermé la clinique. Ashley lui passa les bras autour de la taille et il orienta sa monture en direction de la rue.

— Au revoir, maman et Burke ! cria Ashley en agitant la main.

— Amusez-vous bien ! répondit Hazel, mais ils étaient déjà partis.

Burke la regarda serrer les doigts autour du manche de son parapluie. Un peu plus et le bois allait casser.

— C'est son petit ami ?

— J'en ai peur. Joe Sciarra. C'est un videur qu'elle a rencontré dans un bar. Je dois reconnaître qu'il est charmant et bien élevé, même s'il a l'air d'appartenir à un gang.

— Tu veux que je vérifie ses antécédents ?

Des yeux gris se braquèrent sur lui.

— Tu peux le faire ? Ce n'est pas abuser de ta position dans la police ?

— Oui et non.

— Je ne veux pas que tu aies des ennuis à cause de moi.

— L'un des avantages de diriger la brigade, c'est que j'ai assez d'influence pour demander des faveurs quand j'en ai besoin. Le service me laisse un peu de marge si je le demande. Et il y a eu assez de menaces pour qu'il soit justifié de vérifier les antécédents de tous ceux qui paraissent suspects.

Elle médita sa réponse un moment puis hocha la tête.

— Alors, pendant que tu y es, tu pourrais vérifier ceux de Wade Hanson ?

— Qui est-ce ?

— Un de mes clients. Il a une dent contre les femmes. Mais je viens de le rencontrer, alors il n'a pas pu m'envoyer toutes ces lettres.

Un mauvais pressentiment saisit Burke.

— Il t'a menacée ?

— Pas directement.

— Bon sang, Haze, je t'ai dit de m'appeler...

Elle plaqua une main sur sa poitrine, le calmant gentiment.

— Ne m'empêche pas de faire mon travail. Tout comme je ne t'empêche pas de faire le tien. Je le soupçonne d'avoir maltraité son chien ou d'avoir omis de signaler des maltraitances. Je l'ai signalé au contrôle animal et je doute que cela lui fasse plaisir.

Burke recouvrit sa main de la sienne. Il devait reprendre son calme et ne pas jouer les hommes préhistoriques.

— Wade Hanson. D'accord. Autre chose que tu voudrais me dire ? la taquina-t-il, essayant d'alléger l'atmosphère.

Il ne s'attendait pas à la voir froncer les sourcils. Ah, bon sang ! Il y avait autre chose.

— Qu'est-ce que c'est ?

— Plus tard. Je voudrais que tu écoutes des messages sur mon téléphone.

Hazel se dressa sur la pointe des pieds pour déposer un baiser au coin de sa bouche. Il accepta ce cadeau sans chercher à obtenir plus.

— Va faire ce que tu as à faire. Trouve des réponses pour moi. Et dis à Gunny de ne pas être en retard.

Les parties basses de la ville devaient être inondées désormais, se disait Hazel. Mais la pluie lui épargnait les questions des voisins. Il n'était pas rare que les autres résidents s'arrêtent pour échanger des salutations ou caresser Cleo. Et Hazel n'avait pas envie qu'on lui demande pourquoi elle ne sortait pas de l'enceinte grillagée de son immeuble pour la promener.

« Parce que quelqu'un menace de me faire exploser. »

Non, elle n'avait pas envie de devoir expliquer cela ni d'inventer un mensonge pour les convaincre qu'ils étaient tout de même en sécurité.

L'un des avantages d'un chien à trois pattes, c'était qu'elle n'avait pas à le promener très loin. Quelques tours de parking suffisaient à Cleo pour faire ses besoins et il était facile de nettoyer après elle.

L'un des désavantages d'un chien à trois pattes, c'était qu'elle n'avait pas à le promener très loin. Sécurité mise à part, Hazel étouffait derrière ces barreaux. Une brume d'humidité filtrait, alourdissant l'air de senteurs d'huile, de chien et de végétation gorgée d'eau. Cela aurait été une folie, mais elle avait terriblement envie de contempler les trottoirs mouillés et de sentir l'air nocturne et la pluie lui rafraîchir la peau. Le vent aurait emporté le malaise qui la faisait sursauter au moindre bruit et compter les minutes jusqu'à l'arrivée de Burke.

Elle avait besoin se réfléchir à ce qu'elle ressentait et de décider de son futur. Burke était un ami trop cher pour qu'elle lui donne de faux espoirs. Il n'était pas question de se montrer égoïste et de l'embobiner simplement pour ne pas perdre son affection. Mais elle était adulte et son corps réclamait à grands cris les baisers et les caresses qui avaient réveillé un désir depuis longtemps endormi. Et puis aucune femme ne se serait volontairement privée de la tendresse et du respect avec lesquels il la traitait.

Hazel aimait beaucoup Burke. Elle aimait être, manger, travailler et parler avec lui. Ils aimaient tous deux les animaux, avaient tous deux soif de justice et voulaient tous deux protéger les gens qu'ils aimaient. Et elle devait reconnaître qu'elle le désirait, avec son corps tonique, sa barbe un peu piquante et son sens de l'humour taquin. Mais l'aimait-elle ? Pouvait-elle lui abandonner son cœur ?

Parce que si elle changeait de vie – si elle s'autorisait à aimer de nouveau – elle ne le ferait pas à moitié. Jedediah Burke n'était pas non plus le genre d'homme à faire les choses à moitié. Ce qui signifiait que ce ne serait pas non plus une moitié de chagrin si elle se trompait.

Bien que la part rationnelle de son esprit insiste pour discuter de la question, Hazel soupçonnait qu'au fond d'elle elle avait déjà pris sa décision. Le fait qu'elle n'ait pas envie de monter à son appartement toute seule était significatif. Après tout, Ashley et Polly – et Burke – avaient peut-être raison. La seule chose qui se tenait entre elle et cette chance de bonheur, c'était elle-même.

Et le monstre qui lui promettait de la réduire en mille morceaux.

— Sacrément encourageant, docteur Coop, se marmonna-t-elle. Cleo, que devrais-je faire, à ton avis ?

Cleo redressa la tête en entendant son nom, et Hazel se baissa pour lui gratter les oreilles. Au bout de quelques secondes, la chienne préféra néanmoins mettre la truffe à ras de terre pour suivre une odeur.

— Sage conseil, ironisa Hazel. Occupe-toi au lieu de t'inquiéter.

Elle décida donc de s'occuper. Prenant son téléphone, elle appela Polly.

— Salut, maman ! Tu veux savoir comment je vais ou comment va le sergent Burke ? plaisanta sa plus jeune fille. Il m'a déposée il y a une heure et m'a dit qu'il allait s'arrêter au commissariat faire quelques recherches. Il m'a demandé si tu aimes la salade de tacos. J'ai dit oui.

— Il vient dîner ce soir.

— J'avais compris.

En se fiant au rythme cadencé de sa voix, Hazel comprit que sa fille était en train de faire du sport.

— Tu n'es pas en train de courir dans la rue, n'est-ce pas ?

— Non, madame l'angoissée, la taquina Polly. Je fais du yoga. Avec un DVD. Je ne vais pas attraper de rhume ni me faire embêter par des voyous.

Hazel suivit Cleo le long du muret en béton.

— Ça ira ce soir ? Tu veux venir ici jusqu'au retour d'Ashley ?

— Et vous tenir la chandelle ? Non, merci.

— Ce n'est pas une soirée romantique.

— Ça devrait l'être.

En contrepoint des profondes inspirations de Polly, Hazel poussa un soupir.

— J'ai besoin de régler certaines choses avant de m'engager dans une nouvelle relation.

— Maaaaman... Tu as eu seize ans pour régler les choses. Tu as le droit d'être heureuse. Si tu ne saisis pas ta chance, quelqu'un d'autre le fera.

Au bout du parking, Cleo tira sur sa laisse, entraînant Hazel vers la rampe donnant accès à la rue. Que se passait-il ? Un chat avait-il sauté par-dessus la grille ? Hazel tira un petit coup sur la laisse.

— Allez, ma fille. Tu ne veux pas te mouiller, et moi non plus.

— Apparemment, tu dois t'occuper de Cleo. Je jure que tu gâtes ce chien davantage que tu ne nous as jamais gâtées, Ash et moi, dit Polly avec un sourire dans la voix.

Hazel se rappela l'époque où, pleine d'énergie, elle était certaine que tout irait bien si elle travaillait assez dur et restait optimiste et loyale. C'était une éternité auparavant, bien avant l'arrestation d'Aaron et le divorce. Avant la nuit où elle avait failli mourir.

Elle planta les talons dans le sol en sentant Cleo tirer à nouveau sur sa laisse. Quand était-elle devenue aussi vieille et cynique ? Depuis combien de temps survivre était-il devenu plus important pour elle que vivre ? Trop longtemps. Ce n'était pas ce qu'elle avait enseigné à ses filles. Pourquoi ne mettait-elle pas en pratique ce qu'elle leur avait prêché ? Parce qu'elle avait cinquante ans ?

— Maman ? Tu es toujours là ?

— Oui. Désolée, j'étais distraite.

Hazel se promit de changer de vie. Tout de suite, sans plus tergiverser. Et si Jedediah Burke devait faire partie de cette renaissance spirituelle, qu'il en soit ainsi.

— Tu es une jeune femme très avisée, Polly Cooper.

— Hum. Merci ?

— Il faut que j'y aille.

Elle suivit Cleo d'un regard distrait. Mais elle remarqua alors une forme étrange contre le portail. L'éclairage du parking jetait des ombres distordues et elle ne put distinguer de quoi il s'agissait. Des touffes de poil ? Un animal s'était-il réfugié là pour échapper à la pluie ?

— Je crois que j'ai pris une décision.

— Tant mieux. Parler au téléphone nuit à ma concentration.

Polly rit avant d'inspirer profondément.

— Appelle-nous si tu as besoin de quelque chose. Bonne chance avec Burke. Je t'aime.

— Je t'aime aussi. Bye.

Cleo donnait des coups de patte à la chose poilue, essayant de la tirer à travers la grille. Était-ce… une queue ?

— Cleo, arrête.

Hazel s'agenouilla et caressa sa chienne pour la calmer.

— Qu'est-ce que tu as trouvé ?

Le corps auquel appartenait cette queue ne bougeait pas. Raccourcissant la laisse, Hazel éloigna la chienne de cette créature qui pouvait être malade ou pire. Puis, allumant la lampe de son smartphone, elle l'orienta vers la grille. Un soupir de compassion lui échappa. Un chat.

— Mon pauvre, que t'est-il arrivé ?

La vétérinaire en elle se reprit rapidement. Un chat de gouttière avait dû se blottir là pour mourir. Ou alors un être humain dépourvu de cœur l'y avait jeté pour s'épargner les frais d'une crémation.

Hazel pressa le pas en direction de la porte piétonne. Elle voulait s'assurer que le chat n'avait pas de maladie contagieuse, voire le ramener à la clinique pour chercher la présence d'un transpondeur. Elle avait déjà contacté le contrôle animal dans la journée, elle ne craignait pas de mettre un autre maître indélicat devant ses responsabilités, s'il y en avait un.

Mais elle se figea avant de pousser la porte. Du côté de

la rampe automobile, quelque chose était posé contre la porte. Un objet aux lignes nettes, recouvert de papier brun.

Remplie d'appréhension, elle s'accroupit pour inspecter le paquet oblong. Elle n'eut pas besoin de voir son nom et son adresse pour comprendre qu'il lui était destiné. Mais elle les lut tout de même.

Elle frissonna dans l'air humide. Prenant Cleo dans ses bras, elle s'obligea à respirer pour ne pas s'évanouir de peur. Ou de colère.

Pas encore. Pas ici.

Hazel prit une photo avec son téléphone et l'envoya à Burke.

Il est venu ici. Il a laissé ce paquet. J'appelle le 911.

Une ombre tomba sur elle, et Cleo gigota dans ses bras, aboyant furieusement.

Hazel leva les yeux. Et poussa un hurlement.

9

Un masque de Halloween aux traits grotesques la fixait. L'identification du déguisement ne rendait pas moins effrayant le monstre qui l'avait fait sursauter. Derrière le masque, ses yeux étaient obscurs, impossibles à identifier.

Dans sa hâte à battre en retraite, Hazel tomba sur les fesses et recula en rampant, serrant une Cleo déchaînée contre elle. La grille et les serrures à code lui interdisaient l'entrée, mais cela n'empêcha pas l'homme de passer une de ses mains gantées de noir entre les barreaux d'acier. Et de respirer.

Il ne dit pas mot, mais elle l'entendit inspirer par à-coups, comme s'il était essoufflé d'avoir couru. Avait-il espéré qu'elle sorte pour examiner le chat ? Ou qu'elle marche sur la bombe en ouvrant la porte ? À moins qu'il ait voulu se saisir d'elle de l'autre côté de la grille ? Peut-être était-il simplement excité de voir à quel point il lui faisait peur.

Elle se remit promptement debout, serrant sa chienne écumante de rage.

— Ne m'approchez pas, avertit-elle.

La seule chose qui bougeait était la poitrine de l'homme, qui enflait et retombait au rythme de sa respiration. Ses vêtements noirs trempés de pluie dégoulinaient sur le trottoir. Il était probablement là depuis un bon moment, l'épiant sans qu'elle s'en aperçoive. Il l'avait observée, attendant qu'elle soit seule. Il n'était qu'une silhouette sans forme et sans visage, obscure et volumineuse, suintant la malveillance. Le bas de son masque se pinça quand il inspira fortement, et durant une seconde elle crut qu'il allait parler. Mais il mit la main dans sa poche et en tira une enveloppe. Les trous noirs de ses yeux braqués sur elle, il roula l'enveloppe et la poussa à travers la grille. Hazel la regarda tomber sur le béton humide devant elle.

— Je ne la lirai pas.

Il lui était difficile d'arracher le regard des orbites aveugles où auraient dû se trouver les yeux du monstre.

— Gardez vos fichues lettres.

Elle jeta un coup d'œil au paquet, puis au cadavre du chat.

— Cessez de m'apporter des cadeaux tordus. Vous devez me laisser tranquille, moi et ma famille. Je n'ai pas peur, vous me mettez seulement en colère.

Il s'approcha encore et elle fit un bond en arrière, se faisant mentir elle-même. D'accord, elle était en colère *et* elle avait peur. Mais elle n'était pas impuissante, pas entièrement.

Entre le martèlement étouffé de la pluie, les aboiements de Cleo et le tourbillon de ses émotions, il lui fallut quelques secondes pour prendre conscience de ses pensées, *Fais quelque chose. Défends-toi.*

Soudain, elle s'aperçut qu'elle avait toujours son téléphone à la main, et elle le leva pour prendre une photo de l'homme. Il tressaillit devant le flash et se détourna un instant.

— Qu'est-ce que vous en dites ? J'appelle la police. Je vais leur envoyer cette photo de vous.

Hazel adressa le cliché à Burke, puis prit une autre photo. Et encore une autre.

L'homme lui fit de nouveau face, s'étant sans doute rappelé qu'elle ne pouvait pas le voir sous son déguisement. Qu'il avait l'avantage de la force et de l'anonymat.

Le téléphone de Hazel vibra à nouveau, et elle lut un flot des textos de Burke.

J'arrive.

Le suivant lui ordonnait :

Monte chez toi et enferme-toi. J'ai averti le dispatcheur. Les secours arrivent.

Éloigne-toi de lui !

Hazel recula d'un pas. Sans arme, il ne pouvait lui tirer dessus. Avec la grille entre eux, il ne pouvait la toucher. Et pourtant...

Son diabolique soupirant s'appuya contre la grille, la déformant légèrement sous le poids de son corps. Il replia ses doigts gantés sur les barreaux, puis les tendit vers elle, lui donnant l'impression qu'il pouvait la toucher.

— Ne vous approchez pas de moi.

Hazel tremblait assez fort pour que Cleo interrompe ses aboiements et lui lèche la joue.

— Ça va, ma fille.

Mais ça n'allait pas. Si Hazel cédait à son imagination, l'homme allait se dématérialiser pour se glisser entre les barreaux et se saisir d'elle.

— Donnez-moi ce que je veux, souffla-t-il dans un murmure atone, daignant finalement parler.

Reconnaissait-elle cette voix ? L'accent lui évoquait quelque chose de familier, mais elle n'arrivait pas à le situer. Pouvait-elle reconnaître l'homme à sa stature ? Son odeur ? Autre chose ? Elle serra plus fort Cleo.

— Qui êtes-vous ? Que me voulez-vous ?

Puis elle vit l'engin électronique qu'il tenait à la main, assez petit pour tenir dans sa paume. Il le toucha du pouce. Un smartphone minuscule ? Une télécommande ? Quoi que ce fût, elle ne crut pas une seconde que c'était inoffensif.

— Qu'est-ce que c'est ? lança-t-elle.

— *On...*

Il fit sauter le couvercle à une extrémité et pressa un bouton. Hazel reporta les yeux sur le paquet et recula instinctivement.

— *Off*...

Elle tressaillit en le voyant presser à nouveau le bouton, s'attendant à une explosion qui la réduirait en bouillie. Elle le regarda.

— Il y a des gens innocents dans cet immeuble. Il n'y a pas que vous et moi à qui vous feriez du mal. Ou bien vous vous fichez du nombre de gens que vous pouvez détruire ?

Il répondit d'un grognement coléreux. Puis il se jeta contre la grille, la faisait vibrer tout autour du parking.

— Vous devriez parler, siffla-t-il.

— Moi ? Qu'est-ce que j'ai fait ?

Hazel composa le 9.

— J'en ai assez de ce petit jeu. J'appelle la police.

Puis le 1...

— Pourquoi ne restez-vous pas ici pour me parler ? Vous leur donnerez l'occasion de vous rencontrer.

Un autre 1 et elle pressa le bouton d'appel, avant de porter l'appareil à son oreille.

— Je suis le Dr Hazel Cooper. Un homme me menace ici, dans mon immeuble. Il a un paquet – je pense que c'est une bombe. Il a déjà fait exploser la voiture de ma fille.

Elle donna le nom des inspecteurs qu'elle connaissait.

— J'ai alerté le sergent Burke. Jedediah Burke. C'est un ami. Il dirige la brigade canine. Il aura besoin de renforts.

L'homme au masque ne bougea pas, sauf pour resserrer ses poings autour des barreaux. Entendre que la brigade de déminage et le très méchant chef de la brigade canine étaient en route ne suffisait pas à le faire bouger.

— Ils seront là dans une minute, l'avertit Hazel, en répétant les mots de l'opératrice. Le KCPD vient vous arrêter.

Sa seule réaction fut de lâcher la grille et d'en caresser lentement les barreaux dans une affreuse pantomime.

Hazel frissonna.

— Arrêtez ça.

L'homme caressa le métal encore une fois avant de tourner les orbites vides vers l'enveloppe qu'il lui avait fait passer.

Hazel secoua la tête, refusant de lui obéir.

— Qu'ai-je fait pour mériter que vous me tuiez ? Que vous vous tuiez ? Si vous déclenchez cette bombe, vous mourrez aussi. Ce ne serait pas une grande victoire, si ?

Pas de réponse.

— C'est vous qui avez tué ce pauvre chat ?

Il leva l'appareil et poussa le bouton.

— *On*, murmura-t-il.

Alors qu'elle n'avait qu'une seule envie, qu'il s'en aille, Hazel prit conscience qu'elle devait le faire patienter jusqu'à l'arrivée de la police.

— D'accord. Je vais lire votre lettre.

Elle posa Cleo à terre mais la garda en laisse – à bonne distance de l'homme – et se pencha pour ramasser l'enveloppe. La lettre tapée ne contenait pas grand-chose.

Vous serez à moi. Savez-vous ce que je veux de vous ? Ce que j'ai besoin que vous me donniez ? Tout.

« Tout » ? Et pas « Je vous veux », mais « ce que je veux de vous ».

Frappée de compréhension, Hazel leva les yeux vers son persécuteur. Ce n'étaient pas des lettres d'amour, mais de vengeance. Dans l'esprit de ce salopard, les bombes et les menaces étaient une rétribution. Pour quoi ? Un affront imaginaire ? Une vengeance pour quelque chose qu'Aaron avait fait en prison ? Pensait-il à tort que lui faire du mal ferait du mal à son ex-mari ?

Ou bien était-ce Aaron lui-même ? Après toutes ces années,

le reconnaîtrait-elle s'il était déguisé ? Était-ce une version tordue de ce qu'Aaron lui avait fait il y avait si longtemps ?

— Aaron ?

Elle plissa les yeux dans l'éclairage cru du parking, essayant de voir ses yeux, de distinguer une forme familière sous le jean et le sweat avachis.

— C'est toi ? Pourquoi fais-tu ça ?

Tout ce qu'il fit fut de respirer.

Ce n'était peut-être pas son ex. Mais, de toute façon, ce n'était pas Aaron qui s'était sali les mains la dernière fois.

— Pourquoi ?

Il n'y eut pas de réponse, bien sûr. Elle se pencha vers la grille, la frappa du plat de la main. Le fracas fit aboyer Cleo. Mais l'homme fit un bond en arrière devant cette agression symbolique. Très significatif. Cela ressemblait beaucoup à Aaron, aussi.

— Lâche ! Montrez-moi votre visage ! Parlez-moi comme un homme normal !

Elle détestait les larmes qui lui piquetaient les yeux. C'était un mélange toxique de choc, de peur, de colère à l'idée que sa vie puisse ressembler à nouveau au cauchemar auquel elle avait survécu seize ans auparavant.

— Dites quelque chose, supplia-t-elle sur un ton plus doux. Je ne comprends pas. Je suis lasse d'avoir peur.

La poitrine de l'homme se contracta et ondula. Elle comprit qu'il riait.

Elle avait avoué sa peur de lui, de ses tortures, et cela le faisait rire. Hazel recula devant ce son moqueur.

Grosse erreur, docteur Coop. Tu viens de lui donner ce qu'il voulait.

Une partie de ce qu'il voulait, en tout cas. « Tout » incluait sans doute beaucoup plus que cette angoisse. La panique, la torture… Ou la mort.

— Bon, fit-il d'une voix sans vie.

Il pressa le bouton de l'appareil qu'il tenait et replaça le couvercle.

Off.

Puis, d'un seul doigt, il suivit un barreau. Hazel frissonna en l'imaginant la toucher de même.

— Je vais prendre ça comme un acompte sur ce que vous me devez.

Elle fronça les sourcils. Pourquoi ne pouvait-elle reconnaître cette voix ? Ou bien s'imaginait-elle seulement qu'elle l'avait déjà entendue ?

Elle reprit Cleo dans ses bras et, une fraction de seconde, souhaita que le petit schnauzer soit aussi fort que Gunny. Elle lui ordonnerait de mordre ce doigt stupidement suggestif. De planter les crocs dans sa chair et de mâchonner ce masque hideux. Si seulement Burke était là.

Le hurlement d'une sirène arracha Hazel à ces pensées. Elle se redressa.

— Vous êtes fait.

Il secoua la tête en un non silencieux. Puis il ramassa le paquet et le chat mort et s'éloigna, au moment même ou les phares de la première voiture de police éclairaient les arbres de l'autre côté de la rue.

— Attendez !

Hazel se rua vers la sortie piétonne tandis que l'homme courait sur le trottoir et disparaissait dans la nuit pluvieuse. Si le KCPD ne l'arrêtait pas tout de suite, il serait libre de revenir la hanter, de faire du mal à quelqu'un d'autre. À l'une de ses filles ? À ses voisins ? À ses collègues et ses patients ?

Ses menaces avaient crû au point qu'elle était certaine qu'il voulait sa mort. Mais combien d'innocents incluaient sa conception de « tout » ?

Elle poussa la lourde porte et courut sous la pluie.

— Vous ne vous en sortirez pas comme ça !

Les sirènes étaient assourdissantes. La première voiture de

police était déjà dans la rue. Elle s'immobilisa, éclaboussée par la pluie. Cleo se blottit contre elle tandis qu'elle scrutait l'obscurité zébrée de gouttes de pluie brillantes entre les gyrophares et les réverbères. Elle ne pouvait pas voir le coin de l'immeuble, moins encore l'homme. Elle fit un pas de plus, puis un autre et poursuivit son chemin.

— Ne partez pas maintenant ! Vous n'êtes pas aussi courageux quand vous n'avez pas de bombe pour me menacer, n'est-ce pas ? Je veux vous parler...

Un gros pick-up noir et blanc vira sur la rampe du parking, s'arrêtant dans un hurlement de pneus. Hazel fit un bond en arrière pour éviter le véhicule.

— Non !

Elle contourna la voiture, essayant d'apercevoir son persécuteur.

— Il s'enfuit !

— Hazel !

Le pick-up oscillait encore quand Burke sauta de derrière le volant. Laissant le moteur en marche, il contourna le capot avant et la prit par la taille.

— Que diable fais-tu dehors ?

— Arrête-le !

Elle recula à petits pas rapides devant lui.

— La seule chose qui m'a empêché de devenir fou, c'était de savoir qu'il y avait cette grille entre vous, lui dit Burke.

Elle referma un poing sur sa veste, tout en tentant de le contourner.

— Il est parti par là ! À l'angle de la rue... Je ne pouvais pas sortir tant qu'il était là ! Il faut l'attraper... !

— Non.

Burke la plaqua contre le mur de briques, pressant son corps contre elle. Manifestement, il ne voulait pas la laisser passer.

— Bon sang, Burke !

Elle le repoussa. En vain.

— Je ne veux pas perdre... Je ne...

Elle crispa lentement les doigts sur sa veste, son gilet, sa chemise. Sur sa peau en dessous. Avait-elle jamais pris conscience de sa taille, de sa stature ? Elle ne voyait rien au-delà de la ligne de ses épaules. Il semblait aussi inamovible que le mur dans son dos. Mais la panique l'empêchait de se reposer sur lui.

— Je ne veux pas qu'il s'en sorte ! Il a une bombe ! Il va faire du mal à quelqu'un ! Il reviendra ! Il faut le poursuivre !

— C'est mon boulot. Ta sécurité passe en premier.

Il prit son visage entre ses mains et l'inclina pour observer son expression.

— Est-ce que ça va ?

L'expression chaude de ses yeux couleur de whisky la calma un peu. Elle hocha la tête.

— C'est Cleo qui l'a repéré. Je la promenais dans le parking. Il avait laissé un chat mort contre la grille. Comme un appât. Puis j'ai vu le paquet, et la chienne a commencé à aboyer et soudain, il était...

Elle resserra son bras autour de Cleo, se rappelant le masque diabolique et les yeux sans vie. Mais elle sentit Burke lui caresser les lèvres du pouce et elle revint au présent. À la chaleur du corps de Burke, à son attitude protectrice.

Lâchant le devant de son uniforme, Hazel posa une main sur son cœur.

— Il était là. Comme toi et moi maintenant, avec seulement la grille entre nous. Cleo était déchaînée. J'ai reculé et j'ai essayé de le faire parler après t'avoir envoyé mon texto.

Burke caressa la tête de Cleo.

— Brave bête. Tu as protégé ta maman.

Ce compliment à son petit schnauzer lui fit l'effet d'une caresse sur ses nerfs hypertendus. Elle tourna la tête vers l'enveloppe enroulée, de l'autre côté de la grille.

— Il y a une autre lettre.

— Tu l'as lue ?

Hazel acquiesça.

— Je ne voulais pas la lire. Mais j'ai pensé que cela ferait durer les choses jusqu'à ce que vous arriviez. Elle est comme les autres... horrible et obsessionnelle. Sauf que... Je ne pense pas qu'il s'agit d'amour. Le voir en face m'a fait comprendre qu'il s'agit de vengeance.

— Vengeance pour quelle raison ?

Hazel haussa les épaules et secoua la tête.

— Ce n'est pas une toquade comme je le croyais au début. Il est... en colère contre moi. Je ne sais pas pourquoi. Il veut me punir.

Burke fit mine de la prendre dans ses bras, mais, avec le chien entre eux et l'arrivée d'une seconde puis d'une troisième voiture de patrouille, il finit par glisser la main sur sa nuque et masser brièvement son épiderme sensible. Quand il recula, elle remarqua le gyrophare d'une quatrième voiture du KCPD qui bloquait le carrefour au bout de la rue. Un autre véhicule s'arrêta à l'autre extrémité pour arrêter la circulation, tandis qu'une camionnette du SWAT s'immobilisait dans le parking de l'autre côté de la rue.

— Tu as mobilisé les troupes, on dirait.

— Nous prenons très au sérieux les menaces à la bombe.

Il papillonna du bout des doigts dans ses cheveux, envoyant un ruisselet de chaleur dans son corps.

— Je prends très au sérieux ta protection.

Elle leva une main pour enrouler ses doigts autour de sa manche trempée.

— Je sais. Et je sais que tu veux être davantage qu'un protecteur. Une part de moi le veut aussi. Mais j'ai besoin que tu comprennes quel genre de casseroles je traîne, si nous devons poursuivre cette relation.

Une vive lueur d'intérêt assombrit ses yeux.

— C'est une conversation que je compte bien avoir avec toi. Mais il faut que j'agisse en flic, pour l'instant. Plus tard, d'accord ?

— OK.

— Sergent Burke ?

Deux agents, portant des capes en plastique et des casquettes du KCPD, étaient apparus derrière son épaule.

Burke cilla, et la chaleur de son regard s'évanouit. Le sergent de police remplaça l'homme qu'elle aimait. Il déplaça sa main dans une position plus neutre sur son épaule et se tourna vers les deux jeunes policiers.

— Le suspect courait vers Broadway il y a quelques minutes, leur dit-il. Sweat à capuche noir, jean sombre, masque de Halloween. Voyez si vous le repérez, mais restez à distance. Il y a des chances qu'il transporte une bombe.

— Oui, monsieur.

Les policiers se mirent à courir le long de la rue, se séparant pour couvrir les deux trottoirs.

Elle reconnut le policier suivant, Justin Grant, quand il vint se placer aux côtés de Burke. Ses yeux verts la dévisagèrent.

— Ça va, docteur Coop ?

Burke la relâcha et la poussa vers lui.

— Elle reste avec toi. Ne la perds pas de vue.

Il lui jeta un dernier regard avant de donner ses ordres à Justin.

— Briefe Bellamy et Cartwright quand ils arriveront. Emmène-la là-haut. Je te contacte par radio si je trouve quelque chose.

Burke hésita un instant, comme incertain de ses prochains actes. Sa réticence à la quitter rappela à Hazel l'indépendance qui l'avait soutenue pendant plus de seize ans. Elle l'aimait pour son inquiétude, mais le meilleur moyen d'arrêter le poseur de bombe était de l'assurer qu'elle pouvait puiser dans ses forces.

Elle posa les doigts en éventail sur sa poitrine.

— Vas-y. Fais ton travail. Gunny te protégera.

Puis elle déposa un bref baiser sur ses lèvres. Sur ce, elle recula et regarda le blond dégingandé.

— Justin me protégera, moi.

Sans cesser de fixer sur elle ses yeux sombres, Burke hocha la tête. Puis, rentrant le cou dans les épaules, il courut à petites foulées vers sa voiture.

Elle entendit Gunny gémir d'excitation quand il prit sa laisse. Quand il ouvrit la portière arrière, le berger tchèque se mit à danser dans sa cage.

— Prends soin de lui, Gunny ! cria-t-elle.

— Allez, mon garçon.

Burke attacha son compagnon à quatre pattes, et le berger sauta à terre près de lui.

— Tu as encore l'énergie de travailler aujourd'hui ?

Gunny le regarda et agita la queue avec impatience, attendant ses ordres.

— Gunny, *Fuss* !

Ils s'éloignèrent à vive allure, à la suite des deux policiers.

Hazel regarda l'homme et son chien disparaître dans la nuit pluvieuse. Au petit trot, ils s'en allaient livrer bataille contre le monstre qui voulait sa mort.

10

Hazel sursauta en sentant la main de Justin sur son coude.

— Burke m'a dit de vous emmener à l'intérieur, et je fais ce qu'il me dit.

— Ça ira pour lui, n'est-ce pas ?

Hazel tapa le code pour déverrouiller la porte d'entrée piétonne.

— Je veux qu'il se concentre sur sa propre sécurité, pas la mienne.

— Le quartier grouille de flics, luiassura Justin. Il ne sera pas seul avec ce type.

— Mais il fait si noir. Les réverbères ne pourront pas grand-chose jusqu'à ce que la pluie cesse. Je n'ai pas vu l'homme avant qu'il soit pratiquement sur moi.

Son cœur était serré comme dans un poing.

— Une bombe et... ce monstre... peuvent faire beaucoup de dégâts.

Justin la suivit à l'intérieur, refermant la porte derrière lui.

— Ça peut paraître bizarre, mais les meilleurs yeux, ce sont le nez de Gunny. Il flaire la menace longtemps avant que Burke ou quiconque la voie.

— Tous ces hommes et ces femmes qui sont venus, ils ne sont pas sous les ordres de Burke, n'est-ce pas ? demanda Hazel. Je sais que vous n'en faites pas partie.

Le sourire de Justin soulagea un peu son inquiétude.

— Je ne connais personne dans la police qui ne sauterait pas quand le sergent Burke dit de sauter. Et nous avons beaucoup sauté ces derniers temps.

— À cause de moi ?

— Nous lui devons tous une faveur ou une autre. Ses chiens et lui nous ont sauvés plus souvent qu'à leur tour.

Justin retira sa casquette et la fit claquer contre sa cuisse pour en retirer l'excès d'eau avant de la remettre sur ses cheveux blonds.

— En plus, il était temps qu'il trouve de quoi s'occuper, en dehors du travail et de l'entraînement des chiens. Cela met une fin à ces discussions embarrassantes avec ma femme, qui voulait que je le présente à ses amies. Je ne cessais pas de lui dire qu'il est de cette rare espèce d'hommes qui préfèrent rester seuls que se mettre avec la mauvaise femme.

Il lui décocha un clin d'œil.

— Et je mettrai ma main au feu que vous êtes la bonne.

La bonne. Burke préférait rester seul plutôt que d'être avec une autre femme. Le cœur de Hazel se réchauffa à cette idée, mais la pression qu'elle s'imposait pour se protéger la fit simultanément frissonner. Tout le monde à Kansas City savait donc que Burke avait des sentiments pour elle ?

— Je ne suis pas certaine d'être la femme idéale pour lui.

— Il décide lui-même de ce dont il a besoin. Il ne joue pas les idiots et il n'est pas déloyal.

Justin sortit un sachet plastique de sa poche.

— Vous savez certainement combien il lui est difficile de faire confiance après l'enfer que lui a fait traverser son ex.

Hazel tressaillit à ces mots. Elle dut s'avouer qu'il y avait un peu de jalousie derrière cette réaction. Shannon Bennett possédait autrefois le cœur de Jedediah. Elle avait dormi dans son lit, s'était nichée contre son épaule. Il l'avait fait rire, lui avait parlé gentiment et lui avait donné des baisers à faire fondre de tendresse – toutes ces choses dont elle ne pouvait plus nier qu'elle les voulait aussi. Mais par-dessus tout, elle n'arrivait pas à imaginer qu'on puisse blesser volontairement l'homme pour qui elle avait tant d'affection.

— Je sais qu'elle l'a trompé.

Justin eut un ricanement nasal.

— Et pas qu'une fois. Chaque fois qu'il partait en campagne, elle entamait une nouvelle liaison.

Le cœur de Hazel se serra, mais Justin poursuivit sans s'émouvoir :

— Les hommes aiment qu'on ait besoin d'eux, mais c'est rassurant de savoir que votre femme s'en sort quand vous n'êtes pas là. C'est sans doute pour cette raison que Burke aime tant ses chiens. Ils sont loyaux jusqu'à la moelle.

Était-ce ainsi que Burke la voyait ? Comme une femme indépendante et loyale ? Malgré le déclin de son mariage, elle n'avait jamais envisagé l'infidélité. Bien sûr, il aurait fallu pour cela qu'elle se fie assez à un homme. Elle savait qu'elle était la femme que Burke voulait. Mais était-elle celle dont il avait besoin ? Avait-elle en elle ce qu'il fallait pour lui donner l'amour et la confiance qu'il méritait ?

Heureusement, Justin revint à l'enquête. En le voyant sortir un outil multi-usages pour saisir la lettre, Hazel lui dit que l'homme au masque de Halloween portait des gants.

— Vous ne trouverez pas d'empreintes dessus.

— Laissons le labo en juger.

Il glissa la lettre et l'enveloppe dans le sachet et le scella.

— Je veux qu'ils cherchent des traces d'explosifs. Ce serait une signature, au même titre que des empreintes.

Puis il se redressa, l'escorta vers l'ascenseur et pressa le bouton d'appel.

— Allons-y.

Dans l'ascenseur, Justin inscrivit la date et le lieu sur le sachet. Il lut la lettre et marmonna un juron.

— Ce type est un sacré zozo. Pas étonnant que Burke

fasse des heures supplémentaires pour trouver sa piste. Vous pouvez me dire quelque chose sur le paquet ?

Hazel gratta machinalement Cleo entre les oreilles. L'épuisement la gagnait maintenant que le pic d'adrénaline se dissipait.

— Je n'ai pas vu à l'intérieur. Cela avait la forme d'une boîte à chaussures. Enveloppée dans du papier brun. À mon adresse. Il l'a emportée avec lui.

Quand ils parvinrent au quatrième étage, Hazel posa Cleo par terre et déverrouilla la porte de son appartement.

— Attendez.

Après avoir fait pivoter le pêne, Justin lui demanda d'attendre près de la porte. Tout comme Burke, le jeune officier inspecta tout l'appartement, regardant sous les lits et dans les placards, vérifiant les fenêtres et l'issue de secours avant de revenir vers elle.

— Tout va bien. Vous pouvez vous détendre.

Me détendre. Bien sûr. Hazel était très consciente de la différence entre la fatigue et la détente.

Mais elle remercia Justin pour sa présence. Puis elle détacha Cleo, et la chienne alla à la cuisine laper une grande quantité d'eau. Hazel se débarrassa de ses chaussures sur le paillasson près de l'entrée et retira sa veste humide avant de suivre l'animal. Elle rinça la cafetière et mit du café à passer avant d'entendre Justin tirer un tabouret derrière elle.

— Burke m'a dit que vous avez pris des photos de l'homme et du paquet.

Son ton était amical, mais il était tout aussi professionnel que Burke.

— Montrez-les-moi.

Hazel prit son téléphone dans la poche de son jean et le posa sur le comptoir.

— Vous ne pourrez pas en déduire grand-chose, j'en ai peur.

— Vous seriez surprise. La clé pour trouver un poseur

de bombe est d'identifier sa signature : la manière dont il assemble son engin, les composants qu'il choisit.

Justin survola les photos une par une.

— Par exemple, comment a-t-il ramassé le paquet quand il est parti ? Le déplaçait-il avec précaution ? Veillait-il à le garder parallèle au sol ?

Hazel croisa les bras et s'aperçut que son T-shirt mouillé lui collait à la peau. Cela ne contribuait pas à la réchauffer. Elle contempla la baie vitrée derrière Justin et se demanda si Burke et Gunny étaient mouillés aussi. S'ils avaient froid. S'ils étaient fatigués. S'ils étaient face à l'homme au masque diabolique. Elle entendrait une explosion, même au loin, même avec l'orage, n'est-ce pas ?

— Il s'en sortira. Gunny ne laissera personne lui faire du mal, dit Justin.

Elle reporta son attention sur lui et le vit poser sa casquette sur le comptoir avant de poursuivre tranquillement :

— Maintenant, parlez-moi du paquet lui-même.

— Vous essayez de me distraire pour que je ne m'inquiète pas pour Jedediah.

Il arqua un sourcil doré.

— Ça marche ?

— Non. Je m'inquiète toujours.

Elle réussit à lui rendre son sourire.

— Mais je peux faire plusieurs choses en même temps.

L'odeur du café remplit la cuisine quand elle leur versa deux mugs.

— Il a pris la boîte par un bout et l'a coincée sous son bras comme un ballon de foot.

Elle revit ses orbites vides et réentendit son souffle laborieux tandis qu'il disparaissait sous la pluie.

— Il a couru. Autant qu'il le pouvait avec son souffle court.

Justin refusa son offre de crème et de sucre et prit une gorgée, donnant à peine au café le temps de refroidir.

— Ce n'est pas un engin activé par le mouvement, alors. Il l'a probablement programmé pour le faire exploser au moment opportun avec un portable. Les poseurs de bombe utilisent souvent ce moyen : ils veulent être témoins des dégâts qu'ils causent, mais à distance.

Un frisson parcourut la peau de Hazel à cette image.

— Comme les drogués ? Sauf que leur drogue est l'explosion ?

— Exactement.

Elle se souvint de l'appareil électronique que son persécuteur caressait du pouce.

— Attendez une minute.

Elle reprit son téléphone et fit défiler les photos avant de désigner une image floue.

— Ce n'est pas une bonne photo, mais il tient un appareil dans sa main. Il n'arrêtait pas de dire qu'il l'allumait et l'éteignait. Et moi, je n'arrêtais pas de me dire qu'il allait faire exploser la bombe.

— C'est un disjoncteur. Il armait et désarmait la bombe. C'est très significatif.

Justin mit de côté le téléphone de Hazel pour prendre des notes sur le sien.

— Il utilisait peut-être un minuteur. Il arrêtait le compte à rebours pour poursuivre la conversation ou vous forcer à faire ce qu'il voulait.

L'homme voulait qu'elle lise sa lettre. Il voulait savoir qu'il avait le pouvoir de vie et de mort sur elle. Hazel se laissa tomber sur un tabouret tandis que Justin formulait ses pensées à voix haute.

— Mais démarrer ou arrêter un compte à rebours comme ça, c'est un peu jouer à la roulette russe. Un faux contact ou un oubli, et boum ! Il avait peut-être un scénario suicide en tête – que vous finissiez ensemble. Dans ce cas, il n'aurait pas voulu avoir la police pour témoin. Cela aurait trop dépersonnalisé l'événement. À moins que la bombe n'ait pas été fonctionnelle du tout.

Il lui jeta un coup d'œil par-dessus son épaule.

— Une autre fausse bombe pour vous terroriser.

Des poseurs de bombe ? Des disjoncteurs ? Des scénarios suicides ? Cet homme décontracté avait une connaissance déconcertante des engins explosifs et des manières dont on pouvait tuer. Sans parler de savoir lui-même désarmer des bombes.

— Votre femme doit être très courageuse, vu les risques que vous prenez.

Il hocha la tête.

— La plus courageuse. Vous saviez qu'Emilia m'a secondé dans une opération d'infiltration, au début de notre relation ? Bien sûr, c'est moi qui l'y ai forcée accidentellement.

— Accidentellement ?

Justin rosit légèrement. De regret ? De gêne ? De plaisir ?

— Ma mission avait mal tourné. J'avais besoin d'elle pour m'en sortir. Elle a été brillante.

Tandis que Justin lui racontait comment sa femme médecin et lui s'étaient rencontrés aux urgences et qu'un baiser destiné à protéger sa couverture avait débouché sur l'arrestation d'un poseur de bombes et, finalement, à un mariage et une famille, Hazel réchauffa de la soupe et prépara des sandwichs pour Justin, Burke et elle-même. Puis elle alla enfiler des vêtements secs et sortit des mugs et des serviettes pour les agents qui allaient venir l'interroger. Elle passa un bref appel à chacune de ses filles. Polly lui parla de Garrett Cho, l'officier assigné à la surveillance de leur appartement. Ashley, quant à elle, était toujours avec Joe Sciarra, qui prit le téléphone pour luiassurer qu'il veillait sur elle et la ramènerait chez elle de bonne heure. Hazel ne doutait pas que le videur puisse se défendre et défendre sa fille aînée, mais il lui était difficile de laisser ses filles seules, même s'agissant de jeunes femmes adultes et responsables.

Une heure s'écoula avant que Hazel entende un coup à la porte – elle renversa un peu de son café. Contrairement aux deux inspecteurs qui étaient venus un peu plus tôt, elle avait donné à Burke le code d'accès, et elle comprit qu'il était monté directement à son appartement.

Mais elle sursauta tout de même à ce bruit inattendu. Déjà debout, Justin traversait la pièce, une main sur la crosse de son arme.

— C'est moi, Haze, s'annonça Burke. Dis à Justin de me laisser entrer.

Le temps que Justin ouvre la porte, Hazel avait pris une serviette et les rejoignait.

— Attention aux traces de pattes boueuses, avertit Burke. Gunny, *sitz*...

— Ça ne fait rien.

Gunny fila devant elle, laissant une traînée de boue sur le parquet. Les deux chiens se reniflèrent avant de se blottir ensemble sur la couverture que Hazel avait sortie pour le plus gros. Hazel secoua la serviette et tamponna l'humidité sur le visage et le cou de Burke.

— Laisse-le se réchauffer et se reposer. Il n'a rien, n'est-ce pas ?

— Non, rien.

— Et toi ?

Burke, qui tenait son barda d'une main, éleva un sac en papier froissé de l'autre. Il avait de la boue jusqu'aux genoux et les poils de sa barbe étaient parsemés de gouttes de pluie.

— Je crains que le dîner ne soit froid et mouillé. Moi aussi.

Hazel s'en fichait. Elle lui jeta la serviette autour du cou et lui glissa les bras autour de la taille. Tandis que l'humidité de ses vêtements se communiquait aux siens, elle se plaqua contre lui, fourra sa tête sous son menton et le serra très fort sans rien dire. Enfin, elle sentit la chaleur revenir dans son corps et un gros soupir lui soulever la poitrine. Il lâcha les deux sacs à terre, et elle poussa elle-même un soupir de soulagement quand ses bras solides l'enveloppèrent.

— Je vais te tremper, doc.

Sa voix était un grondement rauque contre son oreille.

— Laisse-moi te tenir une minute.

— Ça ne me déplaît pas du tout. Mais je vais bien, Haze.

Il fit un pas de côté, l'entraînant avec lui pour que Justin puisse refermer la porte derrière eux.

— Vous avez eu des problèmes ? demanda-t-il à son ami.

Celui-ci secoua la tête.

— Les inspecteurs ont pris sa déposition. Le Dr Coop m'a laissé bavarder sur Emilia, les gosses et moi.

— Et tu as la langue bien pendue, le taquina Burke. Je suis étonné que tu ne l'aies pas endormie.

— Tu veux être sérieux, une minute ?

Hazel lui donna une tape sur le derrière avant de le serrer à nouveau.

— La plupart des gens fuient devant une bombe. Mais Gunny et toi, vous courez à sa rencontre. Justin essayait de me distraire pour que je ne pète pas un plomb.

— Péter un plomb, toi ? Madame Sang-froid en personne ?

Il la serra étroitement contre lui.

— Impossible.

Le nylon de son blouson était froid contre sa joue. Mais là où son front reposait, contre son cou, elle sentait le chaud battement de son pouls. Il plaisantait avec son ami et la taquinait. Rien que de normal. Il était en un seul morceau. Il allait bien. Elle allait bien aussi, maintenant qu'elle constatait son comportement posé. La tension qui l'habitait ayant rétrocédé à un niveau supportable, le besoin d'être pragmatique revint. Hazel recula et retira à Burke sa casquette trempée pour la suspendre au portemanteau près de la porte, avant de repousser les pans de sa veste et de la descendre sur ses épaules.

— Il a filé, hein ?

Il attendit qu'elle suspende sa veste au portemanteau avant de répondre.

— Il devait avoir une voiture et il a pris la fuite avant que nous installions les barrages. Gunny a perdu sa trace.

Burke se tint tranquille pendant qu'elle s'occupait de lui, sentant peut-être qu'elle avait besoin de se rendre utile, ne serait-ce que pour le sécher et le réchauffer. Elle fit descendre la fermeture Éclair de son gilet et découvrit que ses vêtements en dessous étaient tout aussi mouillés. Mais quand elle détacha sa ceinture et la souleva, il la lui prit des mains et la posa sur son sac, près de lui. Puis il enleva sa chemise d'uniforme et son T-shirt et entreprit de se sécher.

— Tu as appelé les filles ? Tout va bien ?

N'ayant plus rien d'autre à faire que de s'interroger et s'inquiéter, Hazel tira un tabouret pour que Burke s'assoie et retire ses bottes.

— Polly est chez elle. Il y a un policier du nom de Cho devant son immeuble.

— Cho est un type bien.

Burke se frictionna la tête avec la serviette.

— Le petit ami n'est pas avec elles, si ?

L'inquiétude remonta en elle et elle renversa le tabouret par mégarde.

— Non. Joe et Ashley ne sont pas encore rentrés. Joe parlait comme un garde du corps. Il m'a promis de la raccompagner chez elle. Elle m'appellera sûrement dès qu'elle sera rentrée. Pourquoi, tu as un mauvais pressentiment à son propos ?

Ses yeux bruns se braquèrent sur les siens.

— J'ai un mauvais pressentiment à propos de tous ceux que je n'ai pas personnellement autorisés à entrer en contact avec les femmes Cooper.

Ce sévère rappel fit reculer sa panique d'un cran. S'agenouillant, elle défit les lacets de ses bottes.

— Donc, rien de spécifique. Tant mieux.

— Peut-être pas, avoua Burke. Le seul Joseph Sciarra que j'ai trouvé dans le fichier a soixante ans. Impossible que ce motard soit si vieux. J'étais en train d'élargir la recherche quand tu m'as envoyé ton texto.

— Joe est peut-être un surnom ? hasarda Hazel, mal à l'aise à l'idée qu'un homme mente à sa fille.

— C'est une possibilité. Mais ça peut être quelque chose d'aussi innocent qu'un pseudo pour son boulot de videur. Ainsi, les clients mécontents ne peuvent pas le retrouver après son travail.

Burke suspendit son gilet au crochet, à côté de sa veste.

— J'ai l'intention d'avoir une conversation avec lui demain.

— Dois-je rappeler Ashley ?

— Pour lui dire quoi ?

Il retira ses bottes et les posa sur le paillasson près de la porte.

— Joe ne peut pas être l'homme que tu as vu puisqu'il est resté avec elle toute la soirée.

Bien sûr, c'était logique. Son tourmenteur ne pouvait pas être à deux endroits en même temps, et elle avait parlé avec Joe au téléphone. Hazel hocha la tête et afficha un sourire triste.

— Je suis leur mère. Je ne devrais pas les effrayer davantage. J'imagine qu'il m'est difficile de faire confiance à n'importe quel homme, maintenant.

Il lui releva le menton pour la regarder dans les yeux.

— N'importe quel homme ?

Elle tourna les yeux vers le salon, où Justin transmettait des informations à un autre membre de l'équipe. Puis elle pressa le poignet de Burke entre ses doigts et sourit.

— Avec quelques exceptions notables.

— Tu me vois ravi d'en faire partie.

Il lui caressa les lèvres du pouce avant de la relâcher.

— Si nous n'avons pas de nouvelles d'Ashley d'ici une heure, disant qu'elle est avec Polly et Cho, nous l'appellerons.

— D'accord.

Elle passa à l'autre botte.

— Et toi ? L'homme diabolique ne t'a pas menacé, n'est-ce pas ?

— L'homme diabolique ?

— Le masque de Halloween qu'il portait. Je l'ai vu de près ce soir.

— Comme s'il avait besoin d'un surnom. Non. Je ne l'ai pas vu. Seulement la photo que tu m'as envoyée.

Il la remit sur ses pieds. Les mains posées sur sa taille, il caressa la peau entre son sweat-shirt et son jean.

— Tu es sûre que tu n'es pas blessée ou en état de choc ? Qu'est-ce qu'il t'a dit pour t'effrayer comme ça ?

Les paroles de l'homme n'avaient pas été aussi destructrices que son rire. Elle s'était rebellée contre ses menaces et ses affirmations cryptiques. Mais son rire lui avait fait aussi mal que les coups du tueur engagé par Aaron. Si elle n'avait pas été vétérinaire… Si elle n'avait pas eu une seringue et un tranquillisant dans sa trousse…

Cette nuit-là, son agresseur avait ri de la même manière. Jusqu'à ce qu'elle lui plante son aiguille dans la cuisse.

Le jour suivant, quand elle avait quitté l'hôpital, elle s'était rendue directement au bureau du district attorney et lui avait dit qu'elle était prête à témoigner contre son mari. Elle était aussi allée voir son avocat avant la fin de la journée pour entamer la procédure de divorce.

— Haze ?

Les doigts calleux de Burke effleurèrent sa frange avant de se poser sous son menton.

— Tu m'effraies un peu. Dis-moi ce qu'il s'est passé.

— Rien de nouveau.

Elle regarda Justin par-dessus son épaule. Sa présence était un prétexte pour garder un peu plus longtemps ses secrets. Arborant un faible sourire, elle s'échappa de ses bras.

— Je suis morte de fatigue, mais je ne suis pas blessée.

Il plissa les yeux, une question sur le bout des lèvres, à laquelle elle ne se sentait pas de répondre. Elle lissa donc ses cheveux et emporta la serviette humide dans la buanderie attenante à la cuisine.

— Le café est chaud. Tu en veux une tasse ?

Sans attendre sa réponse, elle lui versa un mug. Depuis la cuisine, elle entendit le bruit de la seconde botte heurter le paillasson.

— Au moins, il a emporté la bombe avec lui, non ? Si c'était bien ça.

Avant de prendre conscience de sa présence, elle entendit le roulement grave de sa voix derrière elle.

— En tout cas, c'était une bombe en devenir. Gunny l'a flairée près du portail.

Il prit le mug de ses mains tremblantes, en testa la température et but une longue gorgée. Justin entra à cet instant, leur rappelant qu'ils n'étaient pas seuls.

— Ça confirme la présence d'explosifs. J'ai pris la déposition du Dr Coop, quelques photos nettes et une idée assez précise du type de bombe que l'homme assemble. Je vais transmettre le rapport. Tout ira bien pour toi ?

Avec un hochement de tête, Burke posa son café et raccompagna son ami à la porte.

— J'ai compris. Merci, Justin.

Les deux hommes se serrèrent la main.

— Si tu as besoin de quelque chose, appelle. Cartwright et Bellamy disent qu'ils posteront un agent dehors une fois qu'ils auront ratissé le voisinage et parlé aux témoins. Ils ont aussi expliqué à quoi s'attendre à l'homme qui monte la garde chez vos filles. Une capuche de couleur sombre, un masque de Halloween, un paquet enveloppé dans du papier brun...

— Je te dois une faveur.

Burke ouvrit la porte.

— Tu ne me dois rien, vieux. Toi et ce clébard, vous nous avez sauvé la vie plus d'une fois, à moi et à mon équipe. Il était temps que je te rende la pareille.

Justin tira sa casquette sur son front et en inclina le bord pour saluer Hazel.

— Docteur Coop...

— Merci pour tout.

Le jeune homme cligna de l'œil et s'engagea dans le couloir. Burke referma le verrou derrière lui et se retourna pour regarder Hazel à l'autre bout de la pièce.

— J'ai besoin d'une bonne douche et Gunny a besoin de nourriture et de repos.

En d'autres termes, il voulait qu'elle prenne soin d'elle-même. Qu'elle se comporte mieux que ne l'avait fait son ex-femme. Elle rassembla ses derniers vestiges de force.

— Je vais te servir une assiette et m'occuper de Gunny pendant que tu te changes. Si tu laisses tes vêtements dans le panier à linge, je les mettrai à la machine.

Au lieu d'acquiescer ou de réagir comme elle s'y serait attendue, Burke traversa la cuisine, prit son visage entre ses mains et captura ses lèvres pour l'embrasser avec beaucoup, beaucoup de soin. Le désir fit des étincelles en elle et Hazel se dressa sur la pointe des pieds pour presser sa bouche contre la sienne. Ses lèvres s'entrouvrirent pour l'accueillir. Sa langue s'élança à la rencontre de la sienne, et elle sentit un goût de café et de désir. Elle agrippa le devant de son T-shirt, puis plongea les doigts dans les pointes mouillées de ses cheveux. Ses hanches heurtèrent le comptoir quand les cuisses musclées de Burke se pressèrent contre elle. Son baiser infusait son corps de chaleur. L'assurance teintée de désespoir avec laquelle sa bouche s'emparait de la sienne lui donna un coup au cœur. Ses émotions à vif s'apaisèrent sous ses coups de langue, la pression de son corps et l'emprise avide de ses mains.

C'était ce dont elle avait besoin. Le baiser d'un homme bon. La célébration de la vie. Jedediah Burke effaçait sa solitude. Il partageait son fardeau et faisait battre son cœur. Il lui donnait l'impression que l'isolement émotionnel qui l'avait protégée si longtemps était une erreur – qu'elle pouvait vivre plus pleinement, aimer plus complètement.

Mais avec presque autant de résolution qu'il en avait mise à entamer le baiser, Burke recula avec un soupir entrecoupé. Il pressa ses lèvres sur son front un instant, et elle sentit la chaleur de leur baiser se dissiper sur sa peau fraîche.

— J'aurais dû faire ça plus tôt, avoua-t-il. J'ai eu tellement peur qu'il te fasse mal.

Il se pencha en arrière et repoussa sa frange du bout des doigts pour étudier son expression. Sa poitrine se souleva dans un grand soupir qui montrait plus de contrôle de soi que les gémissements qu'elle venait de laisser échapper.

— Tu es sûre que ça va ?

Où avait-il appris à embrasser comme ça ? Maintenant qu'elle avait goûté aux profondeurs de sa passion, elle était devenue accro à leurs embrassades. Elle se sentait faible mais revigorée, totalement confuse et absolument sûre d'elle.

— Serait-ce trop sentimental de dire que je me sens mieux ?

Il rit légèrement.

— Alors tu peux compter sur mon côté sentimental aussi.

Mais son expression lasse était d'un sérieux mortel.

— Tu te comportes bizarrement depuis que je suis arrivé. Justin t'a-t-il dit quelque chose qui t'a bouleversée ? Ou les inspecteurs ?

Hazel joua avec le col de sa chemise humide avant de croiser son regard.

— J'arrive à me contenir jusqu'à maintenant, non ? Contentons-nous de cela.

— Doc, tu sais que tu peux tout me dire. À propos de l'affaire, à propos des casseroles dont tu parlais tout à l'heure... Tout.

— Je sais. Je le ferai, lui promit-elle. Mais commençons par le début.

Elle le fit pivoter et le poussa légèrement en direction de la salle de bains.

— Va prendre une douche avant d'attraper un rhume. Ou bien je recommencerai à m'inquiéter pour toi. Et les seuls médicaments que j'ai ici sont pour les chiens.

— Je ne ris pas, Haze. Tu es sûre que ça va ?

Elle haussa les épaules et lui fit une réponse honnête.

— J'ai juste besoin d'un peu de temps seule pour digérer... tout ça. Ma vie change et je dois m'assurer que je prends les bonnes décisions.

— Je comprends, répondit-il, sachant qu'il faisait partie de ces décisions.

Il se rappela son sac près de la porte d'entrée et alla le chercher.

— En général, je me douche rapidement. Tu veux que je fasse durer un peu plus ? Pour te donner plus de temps ?

Elle secoua la tête.

— Prends le temps qu'il te faut. J'entrerai tout à l'heure pour prendre tes vêtements.

Cinq minutes plus tard, avec le bruit de l'eau et le sifflotement de Burke en fond, la décision de Hazel était prise. Avant que Burke n'entre dans sa vie, cinq ans auparavant, elle n'était pas complète. Ce n'était pas sans raison qu'elle s'était tournée vers lui quand ces lettres l'avaient effrayée. Pas sans raison qu'elle s'inquiétait des dangers qu'il affrontait. Pas sans raison qu'elle n'avait jamais envisagé de donner son cœur, son âme et ses baisers à un autre homme.

Elle aimait Jedediah Burke. Elle l'aimait avec une intensité aussi effrayante qu'excitante.

Elle s'était contentée de survivre pendant trop longtemps. Elle ne pouvait prêcher à ses filles de vivre pleinement et de choisir un homme bon si elle ne faisait pas la même chose pour elle-même. Jedediah était son partenaire dans tous les sens du terme.

Sauf un.

11

Hazel frappa doucement à la porte de la salle de bains et attendit la réponse avant de la pousser. Un nuage de vapeur parfumée l'accueillit. Elle pénétra dans la petite pièce pour ouvrir le panier à linge. Comme la vapeur s'évacuait par la porte, elle vit un sac sous le lavabo et une trousse de toilette ouverte sur la tablette.

Les bras chargés de vêtements humides, elle s'immobilisa, le regard fixé sur la silhouette de Burke à travers la vitre dépolie. Lui aussi s'était arrêté de bouger. Il devait se rincer les cheveux ou laisser l'eau ruisseler sur lui. Son corps était arqué en avant, ses bras musclés appuyés sur la paroi carrelée, sa tête baissée sous le jet d'eau. Même si elle n'avait pas une image claire de lui, son cerveau enregistrait tous les détails. Les traces argentées dans ses cheveux bruns. La largeur de ses bras et de ses épaules. La courbe gracieuse de son dos et de ses fesses. L'odeur épicée du savon et les senteurs âcres de saleté et de sueur s'écoulant dans la canalisation. Quelque chose de purement féminin s'éveilla au fond d'elle. Quelque chose de protecteur et de vaguement possessif.

Elle était vétérinaire, pour l'amour du ciel. Elle savait tout de l'anatomie, aussi bien humaine qu'animale. Elle avait été mariée autrefois. Mais il n'y avait rien de clinique dans sa réaction à la présence de Burke, rien de naïf dans le courant qui passait entre eux quand ils étaient près l'un de l'autre.

C'était ainsi que la vie pouvait être, ainsi qu'elle aurait dû être si seulement elle avait d'abord aimé cet homme.

Comme elle l'aimait maintenant.

Burke secoua la tête et changea de position, tendant le bras pour prendre le gant de toilette posé au sommet de la porte.

— Désolé pour la boue. Je nettoierai. Et il faudra peut-être laver le pantalon à part, tu sais.

Hazel laissa tomber les vêtements qu'elle tenait. Elle devait faire ça tout de suite.

— Mon ex-mari... Aaron...

Elle inspira à fond dans l'air humide pour ravaler la bile qui lui montait dans la gorge.

— Il y a seize ans, Aaron a payé un homme pour me tuer. Pour m'empêcher de témoigner contre lui.

Le juron de Burke fut concis et incisif. Le mouvement cessa derrière la vitre, bien que l'eau continue de frapper le carrelage.

C'était comme d'arracher un pansement. Elle avait commencé, et maintenant le passé suintait comme du pus. En outre, il était plus facile de dire la vérité sans que Burke lise ses émotions dans ses yeux.

Elle devait le lui dire. Elle devait tout lui dire. Elle avait besoin que Burke sache pourquoi elle avait tant de mal dans le domaine des relations.

— Il a engagé un de ses amis – un homme qui travaillait de temps à autre pour lui. Aaron s'est servi de l'argent que j'avais mis de côté pour les filles pour le payer. J'étais à la campagne, on m'avait appelée pour une urgence, un chien écrasé par une voiture.

Elle avait envie de rire devant cette analogie prophétique, mais elle n'en avait jamais été capable.

— Le chien était peut-être déjà mort. Ou bien il n'avait jamais existé. C'est Aaron qui a pris l'appel. Le juge n'avait pas encore fait saisir notre maison, si bien que nous vivions toujours ensemble. Nous faisions chambre à part, mais son avocat disait que c'était bon pour l'image d'Aaron qu'on croie que nous formions toujours un couple. Il savait que le district attorney m'avait contactée.

— Aaron t'a piégée.

La posture de Burke changea derrière la vitre. La lassitude d'une longue journée fit place à la vigilance du flic qu'il était. Il se rinça rapidement.

— Je veux tout savoir.

— Je n'ai pas vu les phares avant qu'ils soient sur moi. Il a embouti ma voiture et m'a renversée dans le fossé.

Burke ferma l'eau et prit la serviette sur la porte de la douche.

— La ceinture et les airbags m'ont sauvé la vie. Mais j'étais très secouée et désorientée quand je suis sortie par une vitre brisée. Je connaissais l'ami d'Aaron. J'ai cru qu'il allait me sauver. Qu'il s'était arrêté pour m'aider. J'étais tellement reconnaissante. Je lui ai demandé s'il avait vu le chien écrasé. Puis il m'a cogné la tête contre le flanc de la voiture. Et il a essayé de m'achever à coups de poing et de pied.

Ravalant un chapelet de jurons, Burke sortit de la douche en nouant la serviette autour de ses hanches.

— Hazel...

Le voyant lui tendre les bras, elle fit un pas en arrière et s'enveloppa de ses propres bras. Il recula sur le tapis de bain, sentant peut-être combien elle était fragile. Cela le tuait sans doute de ne pas pouvoir la réconforter. Il fourragea dans ses cheveux humides.

— Je sais que ce n'est pas tout.

Sa voix était tendue, grave.

— Tu es ici. Dis-moi comment tu as survécu.

Elle contempla son nombril, souligné par une ligne de poils sombres. Son ventre était plat, sa peau emperlée d'eau et rougie par la chaleur de la pièce ; ses muscles étaient durs.

Mais ce qui l'excita le plus fut cette maîtrise incroyable, cette patience infinie, qui lui donnait l'impression qu'elle pouvait tout lui dire. Il respectait son besoin de se frayer son propre chemin, d'approcher cette relation à l'allure qui lui convenait. Couvert de boue et avec des poils de chien sur son uniforme ou bien nu comme le jour de sa naissance, Burke n'était pas seulement l'homme qu'elle voulait – c'était l'homme dont elle avait besoin.

Elle leva le regard pour scruter ses yeux couleur de whisky et les vit l'observer avec autant d'intensité.

— L'ami d'Aaron s'est moqué de moi. Il avait l'air dingue. Saoul, ou sous l'emprise de la drogue, je ne sais pas. Il a dit en plaisantant qu'il allait rembourser l'argent, que le boulot était trop facile. Il allait me remettre dans la voiture, attacher ma ceinture, y mettre le feu et faire passer ma mort pour un accident. Une fois à l'intérieur, j'ai pu atteindre ma trousse. J'avais une seringue déjà remplie de tranquillisant, au cas où le chien n'aurait pas coopéré. Je la lui ai enfoncée dans la cuisse. Il s'est évanoui avant moi. J'ai appelé la police. Je ne me rappelle rien d'autre jusqu'à ce que je me réveille dans l'ambulance.

— Voilà ma Hazel. Tu t'es servie de ta tête et tu t'es défendue.

Il desserra les poings.

— C'est là que tu as décidé de témoigner contre ton ex ?

— La tentative de meurtre prémédité a valu une peine beaucoup plus longue à Aaron que l'escroquerie et le détournement de fonds.

Burke fit un pas un avant. Elle ne se déroba pas.

— Et l'homme qu'il avait engagé pour te tuer ?

— Le tranquillisant que je lui ai administré a dû interagir avec ce qu'il avait dans le corps. Les ambulanciers n'ont pas pu le ranimer.

Les doigts de Burke tapotèrent sa trousse de toilette, puis effleurèrent son coude. Hazel se déplaça un peu pour que son coude repose dans sa main. Elle venait d'avouer qu'elle avait tué un homme, mais elle ne voyait aucun reproche dans ses yeux et ne sentait aucune pitié dans son geste.

— Tu n'as pas été accusée, n'est-ce pas ?

Elle secoua la tête.

— Les preuves matérielles et le versement d'Aaron ont prouvé qu'il s'agissait de légitime défense. Mon témoignage a donné au district attorney la victoire qu'il attendait et a fini par doubler la peine d'Aaron.

Burke se rapprocha d'un demi-pas, et écarta doucement les mèches de cheveux sur son front.

— Je n'ai jamais rencontré ton ex, n'est-ce pas ?

Malgré la douceur de sa caresse, chacune de ses syllabes était chargée de tension.

— J'en doute. J'ai demandé une ordonnance de protection pour le tenir à l'écart d'Ashley, de Polly et de moi-même.

Elle haussa les épaules.

— Il m'appelle parfois.

La caresse apaisante cessa. Hazel captura la main de Burke et la posa sur sa joue.

— Je ne réponds pas. Les filles se souviennent à peine de lui. Polly ne le reconnaîtrait sans doute même pas. Elle était si jeune quand il est parti.

Burke hocha simplement la tête comme si une sorte de trêve avait été conclue.

— Tu penses que c'est ton ex derrière cette campagne de terreur ?

— Je ne sais pas. Ça pourrait être lui, qui essaie de me punir de ma trahison. Ou bien quelqu'un qu'il a engagé.

— Je vais me renseigner sur les endroits où il a vécu depuis sa sortie de prison.

Il lui caressa les lèvres du pouce avant de s'écarter.

— Que veux-tu que je fasse maintenant ?

Il n'y avait nulle part où aller dans cette petite pièce. Et Hazel ne voulait pas qu'il s'en aille.

— J'avais juste besoin que tu m'écoutes. Je veux que tu comprennes pourquoi je t'ai repoussé si longtemps en prétextant que l'amitié suffisait.

Les rides se creusèrent autour de ses yeux quand il demanda :

— Tu veux que nous redevenions juste amis ?

— Non.

Elle toucha du bout des doigts les plis d'inquiétude sur son visage, dans l'espoir de les apaiser.

— Je pense que toi et moi sommes destinés à être davantage que des amis. Mais je veux que tu comprennes qu'à cause de tout ce que j'ai traversé, j'ai eu vraiment du mal à faire confiance aux hommes durant toutes ces années. J'ai donné mon cœur à un homme qui pensait que me tuer était une meilleure solution qu'avouer sa culpabilité. Je croyais que nous pourrions au moins divorcer de façon amicale et nous donner la main pour élever nos filles. Ça ne me rend pas très perspicace quant aux relations, si ?

C'était elle qui se rapprochait maintenant, pour le rassurer. Elle fit courir ses doigts sur les poils de sa barbe, puis passa à son cou et au creux de son épaule.

— Je sais que tu n'es pas du tout comme Aaron. Mais mes doutes à mon sujet sont toujours là. Je ne les ai jamais affrontés parce que j'avais une vie à vivre. Des enfants à élever, une clientèle à bâtir. Cela a toujours été plus facile de réprimer mes émotions que de les affronter. Mais tu me fais penser à ce que je ressens, à ce que je veux, à ce dont j'ai besoin. J'ai peur de tout perdre à nouveau. Je veux être plus courageuse que je ne le suis. Pour toi. Pour nous. Mais...

Il saisit sa main et la porta à ses lèvres, pressant un chaud baiser sur ses articulations.

— Tu es la femme la plus courageuse que je connaisse. Tu t'es défendue contre un homme qui voulait ta mort. Tu as gardé ton sang-froid face au danger. Tu as vécu ta vie comme tu le devais afin de ne pas être à nouveau blessée. Et regarde tous ces animaux, ces gens que tu as aidés en chemin. Tu as le droit de vivre comme tu l'entends, de choisir avec qui tu veux partager ta vie, de vivre...

— Je te choisis toi.

Elle prit les mains de Burke et les posa sur sa taille. Ses doigts caressèrent sa peau sous son sweat-shirt, mais restèrent où elle les avait posés. Ses narines se gonflèrent d'une inspiration entrecoupée. Hazel éprouvait comme lui le besoin de se taire et de passer aux contacts physiques qu'ils désiraient tous deux. Elle posa les mains sur sa poitrine.

— Je veux que tu fasses partie de ma vie. Mais j'ai peur de ne pas être douée pour « nous » et je ne veux pas te faire mal, jamais.

Elle avait découvert un téton masculin sous les boucles drues de son torse. Ses pectoraux se crispaient involontairement à ce contact. Mais il lutta pour se contrôler jusqu'à ce qu'elle ait dit tout ce qu'elle avait à dire.

— Haze...

— Et si je ne te rends pas heureux ? Je sais que je mets ta patience à rude épreuve. Pourquoi, au nom du ciel, voudrais-tu être avec une femme qui te joue la douche écossaise et sent le caca de chien et l'antiseptique ? Enfin, pas tout le temps.

Un son guttural gronda dans sa poitrine.

— Tu me fais rire. Et je ne riais pas assez avant que je te rencontre. J'ai davantage en commun avec toi qu'avec quiconque que j'aie rencontré. Sauf Gunny, peut-être.

Ce fut au tour de Hazel de rire.

— Moi non plus, je ne riais pas assez avant toi.

— Tu as des cheveux sexy et la plus belle des bouches.

Ses doigts se faufilèrent sous la ceinture de son jean.

— Et un derrière adorable...

— J'ai donné le jour à deux bébés. Je mange trop de

gâteaux et je n'ai pas été avec un homme depuis des années. Des années, Jedediah.

— Et je suis peut-être sur le calendrier des beaux mecs ?

— Tu devrais l'être.

Elle prit son visage entre ses mains et admira les rides autour de ses yeux, la forme nette de sa bouche et l'angle de son nez. Il n'était pas parfaitement beau, mais elle l'aurait décrit comme parfaitement masculin.

— Tu obtiendrais mon vote.

Il ferma les yeux quelques secondes avant que ses cils bruns ne se relèvent et que ses yeux la dévorent, tout comme elle le buvait du regard.

— Est-ce que tu sais à quel point je veux être avec toi ?

Hazel hocha la tête. Les années et les doutes fondaient comme neige au soleil sous la chaleur de ce regard.

— Je veux être avec toi. Aide-moi à guérir. Je t'en prie.

Il perdit la bataille une fraction de seconde avant elle. Ses mains se crispèrent autour de son derrière, la plaquant contre lui, mais Hazel nouait déjà les bras autour de son cou. Elle enveloppa sa nuque encore humide et inclina sa bouche vers la sienne. Leurs lèvres se heurtèrent comme des vagues sur le rivage. Leurs langues se mirent à danser, se retirant comme la marée pour revenir plus fort. Hazel déversa son cœur dans cette tendre lutte. Elle se cramponna à son crâne, planta les doigts dans les muscles souples de son dos.

Comme le courant de l'océan, la douleur reflua et le désir prit sa place. Ses mamelons durcirent et ses seins s'alourdirent au contact de la poitrine de Burke. Il glissa les mains sous ses vêtements, et chacune de ses caresses accrut la tempête qui montait en elle. Il interrompit leur baiser juste assez longtemps pour lui retirer son sweat-shirt, puis ses lèvres revinrent, éraflant la peau douce de son cou, éveillant ses terminaisons nerveuses avec le chatouillement de sa barbe, les apaisant avec la râpe chaude de sa langue.

Son jean l'irritait à mesure que la tension montait dans son corps. Elle avait une conscience aiguë de la serviette qui les séparait. Trop de vêtements, pas assez de peau. S'était-elle déjà sentie aussi excitée ? Aussi exigeante ? Aussi puissante ? Tandis que la bouche de Burke laissait une traînée enflammée sur ses seins, elle fit glisser ses mains dans son dos jusqu'à la serviette humide autour de ses hanches. Elle inhala la senteur épicée de sa peau avant de le mordiller dans le cou, lui arrachant un grognement.

— Dis-moi que je ne te fais pas peur...

— Pas du tout.

Sa bouche se referma, tiède et humide, sur un mamelon fièrement dressé, l'aspirant à travers la dentelle de son soutien-gorge. Hazel poussa un petit cri en sentant une flèche brûlante pénétrer son cœur.

— Tout ce que j'ai entendu, c'était que tu me choisis. Que tu me veux. As-tu une idée du temps pendant lequel j'ai attendu d'entendre cela ?

— Aussi longtemps que j'ai eu envie de le dire ?

— Je me sens plus proche de toi maintenant que je ne l'ai jamais été.

Il déplaça sa bouche sur son autre sein, et elle se tortilla contre lui, avide de sensations.

— La confiance est un don précieux. Et la tienne est dure à gagner. De savoir que je l'ai gagnée – pour ça, pour tout – ça me fait te désirer encore plus.

— Jedediah...

— Oui ?

Elle referma le poing sur la serviette.

— Trop de vêtements.

Elle tira.

Il chercha sa bouche et ils rirent ensemble quand la serviette atterrit à ses pieds.

Aussi facilement qu'elle l'avait débarrassé de la serviette, il déboutonna son jean et le repoussa avec son slip sur ses hanches. Le soutien-gorge y passa ensuite et il la saisit derrière un genou pour la renverser et appliquer toutes sortes de pressions délicieuses à l'endroit le plus sensible de son corps. La dureté de son membre lui dit qu'il était tout aussi prêt qu'elle.

— Préservatif ? grogna-t-il contre sa peau.

Hazel étouffa un juron.

— Je ne prends plus la pilule depuis des années. Bien sûr, je n'en avais pas besoin. Je ne sais pas si les filles ont laissé...

Il fit taire sa panique d'un baiser ferme.

— Ce n'est pas un problème. Mon pantalon ?

— Près du panier à linge. Je n'ai pas eu le temps...

Il la fit tourner sur elle-même et lui donna une petite claque sur le derrière.

— Je te rejoins tout de suite.

Il alla prendre un préservatif dans son portefeuille et fut là avant même qu'elle ait fini de repousser les couvertures. Quand il l'eut enfilé, il déposa Hazel sur le lit et la suivit, se glissant entre ses cuisses pour la pénétrer. Elle se tendit quelques instants, mais il se tint immobile jusqu'à ce qu'elle se détende et l'accueille en elle. Puis ce fut elle qui vint à sa rencontre, le pressant de la remplir. Elle se sentait plus femme, plus vivante que depuis des années. Elle le voulait. Entre les mains de Burke, elle se sentait belle et sexy. Il ensorcela son corps jusqu'à ce qu'elle jouisse entre ses bras, et il chevaucha la même vague pour trouver son plaisir. Son gémissement guttural l'enivra autant que n'importe quel mot d'amour murmuré à son oreille.

Quelque temps plus tard, après que Burke lui avait apporté un gant de toilette et ait fermé la porte pour empêcher les chiens de les rejoindre, Hazel se laissa aller en arrière contre l'oreiller et exhala un soupir de satisfaction. Ils étaient allongés côte à côte, leurs corps nus refroidissant peu à peu après leurs ébats intenses.

Burke prit sa main, posée entre eux.

— Ça va ?

Elle entremêla ses doigts aux siens.

— J'aimerais pouvoir dire que c'est comme la bicyclette, qu'on n'oublie pas. Mais… Ça n'a jamais été comme ça. Je ne sens plus mes os. C'est une sensation merveilleuse.

Elle tourna la tête pour contempler son visage, sur l'oreiller à côté d'elle, et sentit quelque chose de fragile tirailler son cœur.

— Et toi ?

Il roula sur le flanc pour lui faire face.

— Tu valais la peine d'attendre.

Pouvait-elle encore douter qu'elle aimait cet homme ? Il était bon pour son ego, bon pour son corps, bon pour elle, point.

Mais que retirerait-il de leur relation, en dehors de sérieux avantages en nature et de soins vétérinaires pour ses chiens ?

— Jedediah…

— Docteur Cooper…

Quand il se pencha pour l'embrasser, son estomac se mit à gronder, lui coupant la parole. Ces sérieux avantages lui suffisaient peut-être.

Riant contre ses lèvres, elle lui tapota l'estomac. Mais sentant tressauter ses muscles, elle retira sa main pour ne pas être tentée de recommencer tout de suite.

— Nous ferions bien de pourvoir à d'autres besoins.

Saisissant cette opportunité d'achever leur rencontre sur une note positive, elle sortit du lit et ouvrit son placard pour y prendre un T-shirt et un pantalon de pyjama.

— Nous avons oublié le dîner. Nous devrions manger avant de tomber d'inanition.

Évitant l'air interrogateur de Burke, Hazel s'habilla

rapidement et enfila une paire de chaussettes et un sweat à capuche. Burke l'imita plus lentement, balançant ses jambes au bord du lit et la regardant plusieurs secondes avant de traverser le couloir pour aller à la salle de bains.

— Je vais sortir les chiens pendant que tu réchauffes les plats.

Près de deux heures plus tard, Hazel était blottie en chien de fusil sur le lit, essayant de rester au chaud. Ses chaussettes, son sweat et son châle ne suffisaient pas chasser les pensées qui la glaçaient. Au bruissement de son jean et à son parfum épicé, elle comprit que Burke se tenait sur le seuil de la chambre.

Depuis combien de temps était-il là ? Peut-être était-il venu voir si elle allait bien ou se demandait-il s'il devait la rejoindre. Elle était allée volontairement bien au-delà de l'amitié ce soir, et il n'aurait pas été juste de revenir sur cette proximité. Pas pour Burke. Ni pour elle.

— Je ne dors pas.

Roulant sur elle-même, elle le découvrit appuyé au chambranle, une tasse de décaféiné à la main.

— Tu n'as pas besoin de me surveiller vingt-quatre heures sur vingt-quatre.

Il secoua la tête et entra dans la chambre.

— C'est une habitude dont je ne parviens pas à me défaire.

Le matelas sombra sous son poids quand il s'assit à côté d'elle.

— Tu vas bien ?

Il posa le mug sur la table de chevet et remonta le châle sur elle.

— Après avoir dénudé ton cœur – et pas que –, tu devrais être épuisée. Tu as à peine touché au dîner. Et tu n'as pas mangé de glace, alors je sais que quelque chose ne va pas.

Ignorant ses efforts pour la border, Hazel s'assit, les genoux repliés contre la poitrine.

— En dehors d'un dingue qui veut me faire exploser ?

Il ne sourit pas à cette plaisanterie.

— Oui. En dehors de ça. Tu ne regrettes pas ce qu'il s'est passé entre nous, n'est-ce pas ?

— Même si j'ai profité de ta gentillesse ?

— Ma gentillesse ?

Un éclat de rire lui échappa et il posa une main sur son genou.

— Je rêve de faire l'amour avec toi depuis plusieurs années.

— Mais tu as gardé tes distances parce que je le voulais.

— Avant de ne plus le vouloir. Je ne pense pas que je pourrai jamais me rassasier de toi, doc. Mais je m'interroge sur le timing. Tu as souffert d'un stress énorme. Et tout ce que tu m'as raconté… c'était une catharsis majeure pour toi.

Elle ne pouvait le contredire.

— J'avais besoin de me sentir à nouveau moi. Comme si la vie était normale et que je pouvais te désirer de façon saine.

— Je comprends que c'est ce que tu appelles la guérison. Mais maintenant que tu as eu le temps de penser…

Il lissa sa frange sur son front.

— Que se passe-t-il dans ta tête ? Aide-moi à comprendre.

Hazel prit sa main et l'emprisonna entre les siennes. Elle était forte, un peu rêche sur les bords, mais infiniment tendre, tout comme l'homme à laquelle elle appartenait.

— Ce soir… L'homme diabolique… Il a ri de moi, Jedediah. J'essayais de le mettre sur la défensive, de le provoquer pour qu'il reste jusqu'à l'arrivée du KCPD. Mais j'ai laissé échapper que j'avais peur, et cela l'a fait rire. Il m'a dit qu'il prenait ça comme un acompte sur ce que je lui devais.

Les doigts de Burke fléchirent entre ses mains, seul signe d'émotion.

— Comme l'assassin engagé par ton ex. Tu m'as dit qu'il

avait ri. Qu'il avait plaisanté sur l'argent. Il me faudra son nom aussi, à propos. Au cas où un de ses parents ou de ses amis voudrait se venger.

Elle acquiesça.

— Ça lui a fait plaisir. Il prend son plaisir à jouer avec moi.

— Il veut te mettre à bout.

— Et il y réussit.

Hazel recroisa les bras autour de ses genoux.

— J'ai été tout à fait honnête avec toi, je t'ai raconté des choses que même mes filles ne savent pas. Je sais que tu veux que je sois forte. Et j'aimerais penser que je le suis. Mais ce harcèlement incessant – et tous les souvenirs qu'il évoque –, ça m'épuise. Cela me fait remettre en question tout ce que je dis, je pense ou je fais. La dernière fois, j'ai eu peur pour ma vie…

Burke l'attira sur ses genoux.

— La dernière fois, tu ne m'avais pas. Je te protégerai.

Elle se blottit contre lui et fourra la tête sous son menton.

— Comme Gunny te protégera toujours.

Il acquiesça.

— Fais-toi confiance, Haze. Fais-moi confiance.

Elle lui faisait confiance. Mais s'ils devaient avoir un avenir ensemble, elle avait besoin de savoir si elle pouvait tenir sa part du marché.

— Et tu peux aussi me faire confiance ? Je sais que ton ex-femme… Tu ne pouvais pas compter sur elle.

— Non, en effet, dit-il en se rallongeant sur le lit et en l'entraînant avec lui. Tu es une femme d'une autre classe. Elle n'aurait jamais été aussi honnête que toi. Elle n'a jamais cru que je pouvais être là pour elle. Quand elle voulait qu'on la réconforte, qu'on la distraie, qu'on lui donne la réplique, elle cherchait quelqu'un pour ça. Elle le fait toujours. Bon sang, elle m'appelle encore quand son mari actuel ne lui suffit pas.

— Tout le monde n'est pas fait pour être le conjoint d'un homme ou d'une femme en uniforme.

— C'est vrai. Shannon était douce, gentille et tout et tout, quand nous étions encore à l'école. Mais je suis entré dans l'armée. Puis dans la police. J'ai vu le monde - le bon, le mauvais, le bizarre, et des trucs que j'aimerais pouvoir oublier. J'ai mûri. Je ne sais pas si elle le fera jamais.

Il remua sur le lit, les faisant remonter vers les oreillers.

— Tu es adulte, Hazel. Tu es mon égale. Tu as affronté plus de choses qu'elle n'a jamais eu à le faire. Et tu l'as fait sans compromettre ton intégrité. Tu as puisé dans tes ressources. Tu m'as demandé mon aide, mais tu ne t'attendais pas à être sauvée.

Hazel changea de sujet, soupçonnant qu'il préférait parler de quelque chose de moins personnel, même si elle sentait qu'il y avait d'autres choses dans son passé.

— Que voulait dire Justin quand il t'a dit que Gunny et toi vous l'aviez sauvé, lui et son équipe ?

Sans doute Burke comprit-il que c'était une diversion, car il lui serra la main.

— En cas d'alerte, la brigade canine est déployée en même temps que la brigade de déminage. Nous fouillons les bâtiments, pour nous assurer qu'il n'y a pas d'autres explosifs dans la zone.

— Et vous avez déjà trouvé d'autres explosifs comme ça ?

— Oui.

Cette réponse toute simple cachait sans doute une bonne dose de danger.

— Tu t'occupes de beaucoup de gens, n'est-ce pas ? observa-t-elle. Je ne veux pas être un autre fardeau pour...

— Ne finis pas cette phrase.

Un doigt calleux se pressa contre ses lèvres.

— Parce que je suis ici par choix, pas à cause de mon métier. Pas à cause de ces ébats passionnés.

— Tu resteras avec moi ? demanda-t-elle.

— Je pensais que c'était le plan.

Il désigna le couloir.

— Je serai juste à côté. Gunny s'est déjà couché.

— Non. Est-ce que tu restes ici ?

Elle tapota le lit à côté d'elle.

— Pour dormir. Est-ce trop te demander à toi ou à ta patience ?

Il roula sur le flanc et l'attira contre sa poitrine.

— Te tenir entre mes bras ? Je crois que je peux le supporter.

— Tu sens bon, murmura-t-elle dans un soupir somnolent. Justin n'aurait pas dû te traiter de vieux. Tu es un homme, point. Chaud, solide. Tu embrasses comme un dieu, entre autres talents. J'adore te toucher. Ça me fait du bien.

— Ça te rassure ?

Elle hocha la tête et il déposa un baiser sur son front.

— Alors ferme les yeux, doc.

Elle lui obéit. Quelques minutes plus tard, physiquement et émotionnellement épuisée, elle sombra dans un sommeil de plomb.

12

Son arme sur la table de chevet et Gunny endormi près de la porte, Burke baissa finalement la garde assez longtemps pour s'endormir. Les chiens l'alerteraient bien avant que le danger ne les atteigne. Sept ou huit heures de sommeil ne lui feraient pas de mal et restaureraient son énergie. Il avait brûlé la chandelle par les deux bouts en veillant sur Hazel, en enquêtant sur son persécuteur et en effectuant ses heures au centre d'entraînement.

Et puis il y avait eu leurs ébats frénétiques. Un bienheureux sentiment de paix se répandait dans ses membres et son cœur.

Il était le seul homme que Hazel voulait, il en était certain. Plus certain qu'il ne l'avait jamais été. Il se délectait de savoir qu'elle le désirait assez pour vouloir le séduire, qu'elle avait suffisamment besoin de lui pour lui confier ses secrets. Elle remettait son corps, sa vie, entre ses mains. Et même s'il se demandait si elle se l'avouerait, elle lui remettait son cœur.

Un bourdonnement tenta de le tirer de ses rêves, et il remua dans son sommeil. Comme un homme de la moitié de son âge, il avait de nouveau envie d'elle, de la sentir se presser autour de lui, de l'entendre crier son nom. Même si les images étaient vagues, les sensations étaient aussi réelles que la chaleur qui enveloppait son corps, ouvrant chacun de ses pores, enflammant le sang qui courait dans ses veines. Il avait déjà rêvé de Hazel auparavant, mais jamais de manière aussi aiguë. Rire après rire, conversation après conversation, il était tombé de plus en plus amoureux d'elle. Maintenant, il voulait retenir cette intimité enfin partagée. Il avait à nouveau quelqu'un dans sa vie, après tout ce temps. Il avait attendu que tout soit parfait, il l'avait attendue, elle. Maintenant, il avait davantage qu'une amie, davantage qu'un fantasme soigneusement tu. Il avait une partenaire. Il serait en sécurité avec elle. Il pourrait se montrer tel qu'il était, faire ce qu'il avait à faire, sans jamais s'inquiéter qu'elle ne comprenne pas son sens du devoir. Elle avait le même – envers ses filles, envers ses patients. Elle ne le quitterait pas pour quelqu'un d'immédiatement disponible. Et il ne la quitterait pas. C'était son rêve depuis si longtemps. Il savait où il voulait emmener cette relation, et il savait ce qu'il allait lui demander.

Il l'emmènerait dîner. Non, il l'emmènerait au parc et il attacherait la bague au harnais de Gunny, et...

Ce bourdonnement gâchait l'avenir qu'il imaginait avec elle. Il ouvrit les yeux dans l'obscurité. Reprenant rapidement ses esprits, il se souvint qu'il était dans la chambre de Hazel. Une cuisse en travers de ses jambes avait réveillé son érection, et il baignait dans la chaleur. Il ne se souvenait pas de s'être mis sous les couvertures, et il s'aperçut qu'effectivement il ne l'avait pas fait. Non seulement Hazel s'était enroulée dans son châle, mais les chiens les avaient rejoints sur le lit.

Et le téléphone sonnait.

— Bon sang...

Il n'était pas de garde avant trente-deux heures. Quelque chose de grave avait dû se passer pour qu'on l'appelle. Il tapota la poche arrière de son jean.

— Où est mon téléphone ?

Hazel était également réveillée. Elle tendit le bras vers la table de chevet de son côté.

— C'est le mien, marmonna-t-elle en déplaçant Cleo pour le prendre.

Burke écarta Gunny de ses pieds et lui ordonna de descendre du lit.

— Quelle heure est-il ?

— Trop tôt pour un appel.

Elle tâtonna assez longtemps pour qu'il décide d'allumer la lampe de son côté.

— Bien trop tôt. Je ne suis pas de garde cette nuit, alors ce doit être un de mes patients… Oh ! Seigneur !

Elle pressa le bouton d'appel et s'assit brusquement.

— Ashley ?

— Maman !

Il entendit un faible cri de panique et s'assit lui aussi, instantanément en alerte. Il passa un bras autour des épaules de Hazel.

— Mets-la sur haut-parleur.

— Chérie, que se passe-t-il ?

La tension irradiait du corps de Hazel. Ashley haletait ou sanglotait, ou les deux.

— Il faut que tu viennes me chercher ! Ma voiture est encore à la clinique. J'appellerai bien Polly, mais je crois que ce serait dangereux pour elle de venir ici.

Le bruit reconnaissable de verre cassé fit sursauter Hazel.

— Qu'est-ce que c'était ? Où es-tu ? Est-ce que tu vas bien ?

Ces jurons et ces vivats à l'arrière-plan ne lui disaient rien qui vaille.

Burke posa une main sur l'épaule de Hazel et parla dans l'appareil.

— Ashley, où es-tu ? Que se passe-t-il ?

— Sergent Burke ?

Il n'y avait pas le temps de lui expliquer pourquoi il était là.

— Réponds, Ashley.

Comme la plupart des gens, elle réagit au calme de sa voix.

— Joe m'a amenée dans un bar de motards, le Sin City. J'ai compris que c'était un bouge avant même de voir un ivrogne tomber dans les pommes. Joe m'a dit que c'étaient ses amis. Sauf que quelqu'un a fait quelque chose à la moto d'un autre – je ne sais pas exactement quoi. Et un type a commencé à dire que je devrais payer pour les dégâts.

Elle poussa un cri bref et Burke entendit des chaises se renverser. Un signe certain qu'une bagarre avait éclaté.

— Il ne parlait pas d'argent...

Hazel frissonna.

— Oh mon Dieu !

— À ce moment-là, Joe lui a donné un coup de poing... Oh ! Elle devait avoir esquivé la chute d'un homme ou d'un objet.

— Tu peux venir ?

— Je connais l'endroit.

Burke était déjà sorti du lit, enfonçant son T-shirt dans son pantalon et prenant sa ceinture avec son insigne et son arme. Il ne prit pas le temps de renfiler son uniforme.

— Tu peux aller aux toilettes des femmes et t'y enfermer ? Ou passer de l'autre côté du bar et t'accroupir ? Il est solide.

— Ils se battent dedans.

Ashley respirait très vite, soit parce qu'elle bougeait, soit parce qu'elle avait peur.

— Je ne serais pas plus en sécurité dehors ?

— Pas dans ce quartier.

Hazel s'était levée aussi, et avait fait le tour du lit pour maintenir le téléphone à sa portée pendant qu'il s'habillait.

— Où est Joe ? demanda-t-elle.

— Dans le parking, peut-être ? C'est là que la dispute a commencé. C'est comme des gangs qui prennent parti. Je suis rentrée dans le bar pour le signaler et le barman a appelé la police.

— Bon. Ils seront là dans quelques minutes. Ce n'est pas

loin du commissariat. Dis-leur que tu es une de mes amies. J'arrive.

Burke traversa le couloir pour prendre des chaussettes et un pull dans son sac, toujours dans la salle de bains. Hazel le rejoignit.

— Tu peux t'abriter quelque part ?

Ashley réfléchit aux possibilités, puis se mit en marche.

— La pièce est longue et étroite, je ne pense pas que je peux aller jusqu'aux toilettes au fond. Je vais me mettre derrière le bar.

Une voix calme et grave s'éleva, plus proche que les bruits de bagarre.

— *Venez avec moi, mademoiselle.*

— Qui est-ce ? demanda Burke.

— Je ne sais pas.

Il y eut un bruit de chute, puis un gémissement de douleur.

— *Oh ! arrêtez ! Est-ce que ça va ?*

— Chérie, à qui parles-tu ? voulut savoir Hazel tout en tendant sa deuxième chaussure à Burke.

— Un homme. Je ne le connais pas, répondit Ashley. Un homme âgé qui était assis au bar. Un type vient de le heurter du coude en voulant frapper quelqu'un d'autre.

— *Venez avec moi.*

Des coups se firent entendre, puis des insultes, avant que les bruits s'éloignent.

Ashley reprit la parole.

— *Est-ce que ça va ? J'ai une formation médicale. Voilà. Pressez la serviette dessus. Je vais chercher des glaçons.*

Puis la voix grave, essoufflée, revint à portée d'oreille.

— *Je peux vous emmener quelque part. À la maison ? Chez des amis ? Dans un café ? N'importe où plutôt qu'ici, non ?*

Son rire se termina par une quinte de toux.

— Ne pars avec personne, ordonna Burke en pressant le pas vers la porte.

Hazel le suivit.

— Je viens te chercher.

— Nous venons te chercher. Sois prudente, chérie.

Hazel raccrocha.

Burke jeta un coup d'œil à son pyjama et ses chaussettes.

— Je pars dans deux minutes. Dès que j'aurai harnaché Gunny.

Elle enfila ses chaussures près de la porte et s'empara de sa veste.

— Je n'ai besoin de rien d'autre.

Pour Hazel, il était hors de question de rester enfermée dans la voiture tandis que Burke allait chercher sa fille au milieu des motards. Mais il l'avertit avec sévérité qu'il ne pourrait pas la protéger tout en secourant Ashley, et elle accepta d'attendre à l'extérieur du pick-up, là où elle pourrait voir ce qui se passait de l'autre côté de la rue. Comment sa fille s'était-elle retrouvée mêlée à ce bazar ?

Hazel avait prêté main-forte sur des lieux de catastrophes naturelles où il y avait moins de voitures de police et d'agents en uniforme. Le Sin City[1] portait bien son nom, aucune personne de bon sens n'y aurait mis les pieds. La dispute de Joe Sciarra avait apparemment exacerbé la rivalité entre gangs. Et Ashley s'était trouvée prise entre deux feux, pendant que son petit ami – futur ex-petit ami espérait Hazel – prenait le parti de ses potes au lieu de la sortir de la mêlée.

La pluie avait enfin cessé, mais la chaussée mouillée reflétait les gyrophares et les phares antibrouillard des voitures de police, déformant les silhouettes des clients. Motards, policiers, badauds se mouvaient dans l'obscurité comme des spectres : vers les ambulances, vers le parking

1. La ville du péché. (N.d.T.)

pour reprendre leurs véhicules, ou vers les voitures de patrouille en attente.

Hazel poussa un soupir de soulagement en voyant Burke apparaître sur le seuil du bar, le bras passé autour d'Ashley.

— Ashley !

Elle trépignait d'impatience de courir vers sa fille, mais elle se souvint de l'avertissement de Burke. En voyant la foule s'ouvrir devant eux, la fierté l'envahit. Burke savait se frayer un chemin. Une telle autorité émanait de lui que ses collègues le respectaient et les criminels l'évitaient. Il aurait dû avoir des enfants, pensa-t-elle avec tristesse, il aurait fait un père formidable. Un protecteur. Une figure paternelle. Un ami. Un amant. Et il était à elle. Tout à elle. Si elle avait assez de courage pour le faire sien.

Quand elle ne put plus attendre une seconde de plus, Hazel traversa la rue en courant.

— Ashley !

— Maman !

Sa fille aînée lâcha Burke et tomba dans les bras de Hazel.

— Je suis tellement heureuse que tu sois là. Est-ce que tu vas bien ?

Elle prit le visage de sa fille entre ses mains. Celle-ci était un peu pâle, mais ne paraissait pas blessée.

— Je vais bien, maman, dit Ashley en la rassurant d'un sourire. Mais j'ai eu une sacrée frousse. Je n'ai jamais été aussi contente de voir arriver Burke.

— Je connais ce sentiment.

Hazel leva les yeux vers l'homme qui attendait patiemment à côté d'elles. Elle posa une main sur sa joue barbue, se dressa sur la pointe des pieds et lui déposa un baiser sonore sur la bouche.

— Merci, murmura-t-elle, puis elle l'embrassa encore, s'attardant sur ses lèvres. Merci.

Quand elle reposa les talons à terre, le désir tournoyait

dans les yeux sombres de Burke et sa fille souriait jusqu'aux oreilles.

— Hum, qu'est-ce qu'il se passe ? demanda Ashley en les désignant tour à tour. Et tu portes ton pyjama sous ton manteau ?

— Oh ! chérie, commença Hazel. Il s'est passé tant de choses...

— Attends une minute.

Le sourire d'Ashley s'était évanoui et elle rougit quand son regard se posa sur quelqu'un derrière Burke.

— Il faut que j'aie une petite conversation.

— Waouh !

Burke tendit la main pour l'empêcher de foncer dans le chaos, mais Hazel l'attrapa, lui demandant silencieusement de ne pas intervenir.

Un homme tatoué et menotté était escorté vers une voiture de patrouille.

— Laisse-la faire.

— Pas toute seule.

Burke serra la main de Hazel et l'entraîna avec lui. Hochant la tête à l'adresse du policier qui montait la garde, Burke assista à la rencontre avec Sciarra sans intervenir.

L'œil gauche de Joe était noir et gonflé, et on aurait dit qu'on avait écrasé une fraise sur sa joue. Mais Ashley se souciait comme d'une guigne qu'il soit blessé. La fille de Hazel était furieuse.

— On m'a dit que c'est toi qui as entamé la bagarre. Tu m'as amenée ici alors que tu savais que tu allais échanger des coups avec le gros lard là-bas ?

— Hé !

Les protestations de l'homme ainsi interpellé furent coupées court par une petite policière en uniforme, qui le fit monter à l'arrière d'une voiture de patrouille.

Ashley attendit une réponse de l'homme qu'elle avait fréquenté.

— Ça n'a rien de personnel. Je devais une faveur, et Digger avait besoin d'argent. Tu étais assez marrante pour que le marché en vaille la peine.

— Quel marché ? Avec qui ? exigea de savoir Ashley.

— C'était une situation gagnant-gagnant, chérie.

Il lui fit un clin d'œil.

— Je sais que tu aimes sortir avec un voyou.

— De quoi parles-tu ? Qu'est-ce qui se passe ?

Joe survola la rue et le parking avant de désigner un type en jean et blouson, qui s'éloignait discrètement.

— Demande-le-lui.

Une impression de déjà-vu traversa Hazel comme un courant électrique quand elle vit la queue-de-cheval grisonnante et la barbe hirsute de l'homme en question. Elle lâcha la main de Burke et fit un pas vers l'homme. Puis un autre, et encore un autre. La fureur l'envahit, chauffée à blanc, et elle se mit à courir.

— Haze ! cria Burke.

Il l'attrapa par le bras.

— Mais qu'est-ce que vous avez, les femmes Cooper ? J'essaie de vous éloigner du danger. Où vas-tu ?

— Cet homme. Je le connais.

Elle tapota la poitrine de Burke, pour qu'il saisisse l'urgence de rattraper l'homme.

— À l'hôpital Saint-Luke. C'est l'un des SDF dont Polly s'occupe.

Ashley apparut derrière elle, observant l'homme qui venait de jeter un coup d'œil derrière lui et pressait le pas.

— Il a essayé de séparer les combattants. Il m'a aidée à m'éloigner. Mais il a pris un sacré coup de poing. Ça lui a coupé la lèvre et ensanglanté le nez. Ils étaient trop remontés pour qu'il puisse faire grand-chose. Mais je devrais le remercier d'avoir essayé.

L'homme se retourna et Hazel jura. Même de loin, elle le reconnaissait. L'homme la regarda un instant, puis pivota sur lui-même et disparut dans une ruelle.

— Fais monter Ashley dans ton pick-up.

Burke resserra les doigts.

— Tu ne vas pas suivre un inconnu dans une ruelle obscure au milieu de la nuit.

— Alors viens avec moi.

Elle se dégagea des mains de Burke.

— Aaron !

Il la relâcha.

— Aaron, comme dans Aaron Cooper ?

— Papa ? fit écho Ashley.

Burke appela un jeune agent et lui dit de garder un œil sur Ashley. Gunny et lui rattrapèrent rapidement Hazel dans l'allée. Elle fit halte près d'un tas de conteneurs et de sacs-poubelle qui sentaient la litière. Un décor convenant à cette rencontre.

L'homme se retourna dans la lumière projetée par le bâtiment voisin. Son visage était plus ridé, mais elle reconnaissait ces yeux bleus. Jadis, elle les aimait. Plus tard, ils avaient hanté ses cauchemars.

— Que diable fais-tu ici, Aaron ?

Son allure dépenaillée formait un contraste frappant avec le porteur de costume cravate qu'elle avait connu.

— Hazel. Comment va, ma puce ?

— Ne me donne pas du « ma puce ». Ce n'est pas une coïncidence. Que fais-tu au Sin City ce soir en particulier ?

— J'essayais de sauver ma petite fille.

Hazel leva les yeux au ciel – un ciel étoilé – et se mordit la langue avant de répondre.

— Tu étais aussi à l'hôpital avec Polly, n'est-ce pas ? Tu es vraiment sans domicile fixe ?

Il haussa les épaules.

— J'ai un appart.

Il fixa le regard sur l'homme debout derrière elle.

— Rien d'aussi luxueux que la maison où nous vivions.

— C'était une façade de conte de fées, pas une maison.

Elle aurait pu découvrir la vérité, mais jusqu'au jour où elle avait failli mourir, elle avait refusé de comprendre que son mariage n'était qu'une mascarade et qu'on ne pouvait se fier à son mari. Son amour et sa loyauté n'avaient rien signifié pour lui. Quant à lui, ses tentatives pour lui faire prendre des vessies pour des lanternes ne signifiaient plus rien pour elle.

— Tu t'es insinué dans la vie de Polly, c'est ça ?

— Elle et moi, nous sommes amis.

— Amis ?

— Elle a bon cœur. Comme toi avant, dit-il en souriant d'un air matois.

— Sait-elle qui tu es ?

— Elle me connaît comme Russell, un vétéran de l'armée qui a du mal à se réadapter à la vie civile.

Hazel ne s'attendait pas à ce qu'il avoue sa tromperie. L'ancien Aaron se serait cramponné à son mensonge jusqu'à la fin – à moins qu'un autre mensonge puisse le sauver.

— Ce n'est pas si loin de la vérité. J'essaie de me réadapter à la vie hors de prison. À me faire des amis. À trouver un travail correct. À ne pas être jugé.

— Pourquoi te jugerait-on, hein ? Un ex-condamné...

Son ton mordant fit presque honte à Hazel.

— En fait, elle ne m'a même pas reconnu. Elle ne se souvient pas du tout de moi.

— Tu étais en prison, pas dans l'armée. Et tu y étais à cause des décisions que tu as prises. Tu aurais pu te conduire bien, avouer ta culpabilité et rembourser ce que tu avais volé. Tu serais sorti dix ans plus tôt et tu aurais eu tout le temps de connaître tes filles.

Il ne pouvait justifier d'aucun acte en sa faveur.

— Si je ne peux plus être leur père, alors je veux les connaître comme je peux.

— En t'introduisant en douce dans leur vie ? Sais-tu combien c'est effrayant ? Comment savais-tu qu'Ashley sortait avec son ami ce soir ? Comment savais-tu qu'il y aurait une bagarre...

Elle secoua la tête, ne regrettant plus son sarcasme.

— Quel mauvais coup es-tu en train de préparer, cette fois ?

— Je ne leur fais pas de mal. Je veux juste faire partie de leur vie.

Quand il fit un pas vers elle, elle sentit une main solide se poser au creux de ses reins. Burke la croyait capable de confronter son ex, mais il lui faisait savoir, ainsi qu'à Aaron, qu'il était là si elle avait besoin de lui. Ayant pris la mesure de l'homme et du chien, Aaron recula d'un demi-pas.

— Polly, c'était facile. Mon agent de probation m'a inscrit au programme de soins de Saint-Luke pour les SDF. J'ai su que c'était elle dès que je l'ai vue. Elle te ressemble comme deux gouttes d'eau à ton âge.

Il fronça les sourcils.

— Sauf pour les cheveux. Qu'as-tu fait aux tiens ?

Sans importance.

— Et Ashley ?

Il repoussa les pans de son blouson et fourra les mains dans les poches. Une fraction de seconde, elle sentit les doigts de Burke se crisper dans son dos. S'était-il attendu à voir une arme ? Un détonateur ? La tension retomba lentement tandis qu'Aaron poursuivait :

— Je connaissais Joe Sciarra de la prison. Je lui avais

donné des conseils, si bien qu'il avait un petit magot qui l'attendait à sa sortie.

— Je ne vais pas te demander si ces conseils étaient légaux ou non. Tu as suggéré à un type qui te devait une faveur de charmer ta fille et de l'entraîner dans une situation où elle aurait pu être blessée ?

— Il n'était pas censé faire du mal à Ash. Juste l'effrayer. Ensuite, je serais arrivé et je l'aurais sauvée. Elle m'aurait été reconnaissante. Mais tout est parti en vrille.

Hazel avait envie de le gifler pour avoir manipulé ses filles. Mais cela l'aurait obligée à le toucher, et cette pensée lui était odieuse.

— Comment oses-tu mettre ta fille en danger avec des caprices égoïstes ?! Je suppose qu'il y a des habitudes qu'on ne perd jamais !

— Je suis désolé, ma puce, mais tes fichues ordonnances de protection m'ont forcé à me débrouiller.

Hazel secoua la tête devant ce gâchis.

— Je pense à tout ce que tu aurais pu faire de bien. À tout ce que tu aurais pu accomplir. Si tu t'étais servi de tes compétences relationnelles pour aider les autres...

— J'aurais pu, j'aurais dû, bla bla bla...

Elle se sentit presque navrée devant ce cynisme qui le vieillissait. Mais un instant seulement.

— Écoute, il faut que je te parle de quelque chose, poursuivit-il. Je m'inquiète pour toi.

— Je ne suis pas tes affaires.

— Bien sûr. C'est à ça que sert Monsieur Nouveau-Petit Ami.

Il jeta un regard condescendant à Burke, puis revint à elle.

— Alors disons que je m'inquiète pour les filles. C'est pour ça que je voulais me rapprocher d'elles. Je pense que quelqu'un m'en veut. Tu comprends ? Quinze ans derrière les barreaux, il y a beaucoup de gens à qui ça n'a pas suffi...

— Je ne peux pas te parler maintenant, Aaron. Je dois m'occuper d'Ashley.

Elle se détourna et fit quelques pas. Elle avait voulu la confirmation qu'Aaron s'était infiltré dans leur vie, et l'avertir qu'elle ne tolérerait plus ses petits jeux. Mais elle n'avait pas envie de rester pour jouer les gentilles ni soulager sa conscience.

— Gunny, *fuss*, ordonna Burke, lui emboîtant le pas.

Mais Aaron n'avait jamais aimé qu'elle s'affirme.

— Ce type me suit partout où je vais. À Saint-Luke. À ta clinique...

Hazel pivota sur elle-même.

— Tu es venu à la clinique ?

— Je l'observe parfois de l'autre côté de la rue. Je regarde ce que j'ai perdu. Tu as construit un sacré truc.

Il adressa un sourire suffisant à Burke.

— Ne vous inquiétez pas, je reste à cent mètres. Vous ne pouvez pas m'arrêter pour m'être garé dans un parking public.

Aaron avait été là tout ce temps ?

— Je savais qu'on m'épiait, mais je pensais... Tu dois arrêter ça.

— Je pense qu'il me suit. Ou qu'il suit les filles...

Il ravala un juron. Était-il en train de perdre son calme ?

— Pendant que tu baises avec ton petit copain, j'ai gardé un œil sur Ash et Polly. J'ai essayé de te dire que quelque chose clochait, mais tu n'as pas pris mes appels.

— Pourquoi croirais-je quoi que ce soit venant de toi ?

La colère d'Aaron explosa.

— J'ai le droit de protéger mes enfants ! Si tu les mets en danger...

— Venant de toi, c'est un peu fort !

— Temps mort, intervint Burke. Les priorités, Haze.

Il se rapprocha d'Aaron.

— Parlez-nous de l'homme que vous avez vu.

— Je n'ai rien à vous dire. Même si vous portez un insigne. Surtout parce que vous portez un insigne.

— Si vous voulez vraiment vous conduire en homme et protéger vos enfants, dit Burke d'une voix tendue, vous feriez mieux de parler.

Hazel entendit la menace dans sa voix.

— L'homme que vous avez vu fait joujou avec des bombes.

— Des bombes ?

Aaron fronça les sourcils, l'air sincèrement déconcerté par cette affirmation.

— La voiture de Polly ? C'est lui qui a fait ça ?

Burke hocha sèchement la tête.

— Il est venu à la clinique et chez Hazel avec des explosifs. Il sait sans doute où vivent vos filles. Je dois le trouver avant qu'il presse le bouton qui pourrait emporter toute votre famille et un tas d'innocents.

— Des bombes... ?

Aaron n'en revenait pas.

— Vous le connaissez ? insista Burke.

— Pas vraiment, dit Aaron en haussant les épaules. Mais je recevais des lettres anonymes en prison d'un type qui disait qu'il m'attendrait quand je sortirai, pour me détruire comme j'avais détruit sa vie.

Un frisson parcourut le dos de Hazel.

— Oh mon Dieu !

— Vous avez toujours une liste des clients que vous avez escroqués ? demanda Burke.

Pour toute réponse, Aaron lui adressa un regard noir.

— Elle est probablement dans les archives du district attorney, répondit Hazel. Ils ont tous été listés dans les poursuites.

Burke hocha la tête et prit son téléphone.

— Ça fait longtemps, mais je vais passer quelques appels. Je vais réveiller quelqu'un pour savoir si la prison a des traces de l'expéditeur de ces lettres et les croiser avec les noms du bureau du DA. Peut-être que l'un de vos clients a un emploi en relation avec des explosifs. Au moins, on pourra déterminer si les lettres viennent de la même personne. Tiens...

Il passa la laisse de Gunny à Hazel.

— Tu connais la plupart des ordres. Sers-t'en au besoin.

Il jeta un regard appuyé à Aaron avant de s'éloigner de quelques pas pour utiliser son téléphone.

Dès qu'ils furent seuls, Aaron se mit sur la défensive.

— Si ce type était un de mes clients, il ne peut pas me reprocher d'avoir perdu son argent. Il y a toujours un risque avec les investissements. Ça arrive.

Ça arrive. Par la faute d'un homme qui avait inventé un stratagème pour canaliser l'argent de ses clients sur un compte offshore, tout en continuant de les ponctionner.

— Tu ne comprends toujours pas que tes actes ont des répercussions qui affectent tout ton entourage. Nous payons toujours le prix de ta cupidité. Tu n'es peut-être pas impliqué directement dans ce qui nous arrive, mais si cet homme était l'un de tes investisseurs, tu es responsable.

— Les années ont été douces avec toi, ma puce.

Son ton mélancolique n'eut aucun effet sur elle.

— Mais tes longs cheveux me manquent.

— Ça me donnait trop de travail. *Toi*, tu me donnais trop de travail.

— J'étais riche, Hazel. Tous les quatre, nous serions heureux si seulement tu t'étais tue.

Le voyant tendre la main pour toucher ses cheveux, Hazel s'écarta.

— Gunny ?

Le gros chien gronda à ses côtés. Aaron recula et leva les mains d'un air soumis.

— *Sitz.*

Le grand berger s'assit.

— Tu as changé.

— Toi tu n'as pas changé.

Pas plus que les menaces autour d'elle.

— Dis-moi tout ce que tu sais sur l'homme que tu as vu. Les seules fois où j'étais assez près pour l'identifier, il faisait noir et il portait un masque.

Finalement, soit pour ses filles, soit pour éviter d'affronter Gunny, Aaron acquiesça.

— Il a plus ou moins ma taille. Mais avec de la bedaine. J'ai fait beaucoup de sport en prison. Les vêtements larges font partie de mon déguisement.

Sans s'émouvoir de sa vanité, Hazel caressa la tête de Gunny et attendit qu'il poursuive.

— C'est un blanc. Il fait un métier manuel, je dirais. Un mécanicien, peut-être. Il porte un uniforme sous son sweat. Il a les mains sales. Les cheveux blancs. Je n'ai jamais bien vu son visage.

Comme il ne ratait jamais un indice important, Burke se joignit à la conversation.

— Autre chose ? Vous avez vu la voiture qu'il conduisait ?

Aaron secoua la tête.

— Il était toujours à pied quand je l'ai vu.

Mais il claqua soudain des doigts.

— Le tabac ! Je l'ai vu chiquer plus d'une fois.

Une chique. Pourquoi cela lui semblait-il familier ? Connaissait-elle quelqu'un qui chiquait ? Tandis que les rouages tournaient dans son cerveau, elle sentit la main de Burke se poser à nouveau dans son dos.

— Vous pouvez partir, pour cette fois, Cooper. Mais si vous violez encore une fois l'ordonnance de protection, je serai là.

Le regard noir d'Aaron fut moins appuyé cette fois. Sans remercier Burke pour son indulgence, il se tourna vers Hazel.

— Tu veux bien demander aux filles si elles sont d'accord

pour me rencontrer ? À moins que tu ne leur aies empoisonné l'esprit à mon sujet.

— Je le leur demanderai. Je ne te garantis rien. Ce sera leur choix. Et franchement, tes mensonges ne font pas un bon début. Il faudra que tu acceptes ce qu'elles décident. Je ne te laisserai pas leur faire encore du mal.

— Merci.

Se retournant, il s'éloigna en direction du prochain carrefour.

— Hé, Aaron !

Il pivota pour l'écouter.

— Si tu veux vraiment une relation avec elles, plus de petits jeux, plus de mensonges. Sois patient. Sois authentique.

Comme l'homme qui l'accompagnait. Elle serra la main de Burke et sortit de la ruelle.

— Je veux voir ma fille, maintenant.

Burke ajusta ses lunettes de soleil sur son nez en conduisant. Au sortir du centre d'entraînement, la chaleur du soleil sur sa peau lui semblait prophétique. Après tant de jours de pluie, cette embellie automnale lui faisait l'effet d'une nouvelle page qui s'ouvrait dans sa vie, au lieu du dernier salut de l'été.

Il avait peu dormi durant la nuit, mais il se sentait plus revigoré que fatigué. Sa vie était en train de changer, et il était prêt pour cela. Sa patience avec Hazel avait fini par payer. Ils avaient quelque chose maintenant, une relation. Et une fois qu'il aurait mis le poseur de bombes derrière les barreaux, il avait l'intention de rendre cette relation permanente. Il ignora son sourire niais dans le rétroviseur.

Après avoir laissé le Sin City aux mains du KCPD, ils étaient rentrés directement à l'appartement d'Ashley et de Polly, où les trois femmes avaient tenu réunion entre rires et larmes, embrassades affectueuses pour lui et morceaux de fromage pour Gunny. Sur son insistance, Ashley et Polly avaient préparé chacune un sac et il avait chargé ces derniers dans la voiture. Bien qu'il ait été un peu sidéré par le volume d'affaires que chacune d'elles avait fourré dedans, elles s'étaient montrées rapides et efficaces comme leur mère. Puis il avait renvoyé l'agent Cho et les avait conduites toutes trois chez Hazel, où cette dernière avait servi du chocolat chaud à ses filles, les avait encouragées à parler aussi tard qu'elles le voulaient et leur avait annoncé succinctement qu'il dormirait dans sa chambre. Avec elle. Si elles avaient des objections à cet arrangement, elles pourraient en parler le lendemain matin.

Il n'avait pas su s'il devait rire ou être nerveux au petit déjeuner ce matin-là, d'un calme irréel.

Garrett Cho était allé chercher Polly et l'avait conduite à ses cours à Saint-Luke. Burke avait réprimé une envie pressante de prendre le jeune homme à part et de l'interroger sur son intérêt pour Polly. Puis il avait conduit Hazel et Ashley au travail, et était allé au centre d'entraînement se mettre au courant des suites de ses appels concernant les pistes recueillies auprès de l'ex de Hazel. Certaines étaient fructueuses, car les inspecteurs Bellamy et Cartwright avaient extrait quelques suspects de la liste des victimes d'Aaron. Si l'un d'eux avait à voir avec des explosifs et avait croisé le chemin de Hazel, il y avait des chances pour qu'ils tiennent leur homme. En outre, les Cooper gâtaient suffisamment Gunny pour qu'il veuille lui rappeler qu'il était un chien policier et non un animal de compagnie chouchouté.

Le temps qu'il passait avec Hazel et ses filles était fou, chaotique et plein d'amour. C'était la vie qu'il voulait. Il jeta un coup d'œil dans le rétroviseur au chien qui haletait derrière lui.

— Tu es d'accord, mon pote ? Tu sais que tu es toujours mon copain numéro un, n'est-ce pas ?

Gunny émit un gémissement. Burke décida de l'interpréter

comme un assentiment. Mais son propre sourire s'évanouit quand son téléphone s'éclaira sur le tableau de bord. Un appel de son ex. Mieux valait affronter le problème s'il voulait vivre avec Hazel.

Il pressa la touche de réponse et mit immédiatement la conversation sur haut-parleur.

— Sergent Burke.

— Tu sais que c'est moi, Jed.

Sa voix sensuelle était teintée d'une touche d'auto-apitoiement.

— Je ne te dérange pas ?

Elle ? Toujours. Mais ils devaient régler les choses une bonne fois pour toutes.

— Je sais que tu es allée voir le Dr Cooper. Tu voulais connaître ta rivale ?

Il enclencha son clignotant pour doubler une voiture.

— Pour ton info, ce n'est pas une rivale.

— Donc c'est sérieux entre vous ?

— Oui.

À en juger pour son soupir, ce n'était pas la réponse qu'elle attendait.

— Tu l'aimes ?

— Oui.

— Toi et moi, nous ne pourrons jamais...

— Non.

Son ton était doux mais ferme.

— Rentre chez toi, Shannon. Parle à Bill et réconciliez-vous. Il t'aime.

La discussion était finie, en ce qui le concernait. Il raccrocha et poussa un soupir de soulagement. Une étape de franchie vers l'avenir qu'il désirait.

Il attendait à un stop quand sa radio se mit à grésiller.

— Delta K-9 un, répondez, s'il vous plaît.

L'opératrice relayait un appel aux membres de la brigade de déminage, pour un Bravo Tango sur Front Street.

Bravo Tango : une alerte à la bombe.

Burke jura. Mettant en marche son gyrophare et sa sirène, il pressa l'accélérateur. Il entendit à peine l'opératrice s'excuser de l'appeler un jour de congé. Il composa le numéro de Hazel, mais n'obtint que sa boîte vocale.

Il reprit sa radio.

— Delta K-9 un – 10-4. Je prends en charge.

Il brûla un feu rouge et accéléra. Il connaissait cette adresse : la clinique de Hazel.

13

— Que diable fais-tu encore ici ?

Un Jedediah en colère, armé et en tenue de protection poussa la porte de sa salle d'opération. Hazel savait déjà que le temps manquait ; elle n'avait pas besoin qu'il la fasse sursauter comme ça.

— Je travaille aussi vite que je peux. Je dois au moins la recoudre avant de la déplacer.

Elle sectionna le fil de suture sur l'abdomen d'un maigre bâtard.

— J'ai dit à tout le monde de partir, et j'ai chargé Todd d'évacuer les animaux.

— Il n'y a plus personne ici, à part ce chien et toi. Nous ne pouvons pas chercher des explosifs s'il reste des gens dans les lieux.

Gunny et lui firent le tour pour se planter de l'autre côté de la table d'opération.

— Que puis-je faire pour t'aider ?

— Ne pas te mettre entre la lumière et moi, pour commencer.

Elle lui fit signe de reculer et se concentra pour achever sa tâche rapidement, sinon soigneusement. Burke survola du regard la petite salle d'opération et ordonna à Gunny de la fouiller.

— Est-ce aussi grave que le bruit des sirènes le laisse croire ?

— La zone est évacuée, répondit Burke, même si cela ne faisait rien pour la rassurer. Encore combien de temps ?

— Todd et moi étions au milieu de l'opération quand Ashley m'a dit qu'un client avait trouvé un paquet enveloppé de papier brun dans les toilettes des hommes.

La photo que lui avait montrée Ashley lui avait paru terriblement familière.

— Il est exactement comme celui qu'avait l'homme diabolique.

— Il y en avait un autre devant la porte d'entrée. Gunny l'a découvert.

La main de Hazel frémit et elle faillit laisser tomber son aiguille.

— Il y en a plus d'un ?

Burke s'approcha pour lui poser une main sur l'épaule.

— Du calme, doc. Tout va bien. Mais active-toi un peu.

Gunny sauta soudain sur ses pattes, ses oreilles pointues tendues vers la porte. Quand Burke l'entrouvrit pour vérifier de quoi il s'agissait, Hazel entendit des gémissements et des halètements.

— C'est un chien que j'entends ? Où est Todd ?

— Le KCPD a installé un périmètre de sécurité. Personne n'est autorisé à entrer dans le bâtiment.

— Il faut aller le chercher.

Il lui jeta un regard appuyé. Encore un point.

— Je ne peux pas quitter ma patiente.

Le voyant sur le point de protester, elle secoua la tête.

— Tu ne quitterais pas Gunny non plus.

— Je vais le chercher. Dépêche-toi de finir.

Quelques instants plus tard, il revint avec Shadow, un gros labrador, dans les bras.

— Il n'y a plus personne. Allons-y.

Hazel fronça les sourcils, se rappelant quelque chose à propos du chien qu'elle soignait. Athena avait repris du poil de la bête grâce à la nourriture et à l'eau, et elle était assez en forme pour être stérilisée.

— Qu'est-ce que c'est ?

— Du tabac.

— Quoi ?

Hazel secoua la tête : ce n'était pas le moment de répondre à des questions de néophyte.

— Rien. Vas-y. Je vais juste lui faire une injection pour la réveiller. J'arrive dans une seconde.

— J'y compte bien.

Il poussa la porte métallique battante. Quelques secondes plus tard, elle entendit la porte de service s'ouvrir et se refermer. Elle administra l'injection en s'assurant qu'elle avait des battements de cœur et une respiration, puis débrancha le masque à oxygène et la perfusion. La porte de derrière se ferma à nouveau. Burke ne la laissait pas en danger très longtemps. Elle enveloppa le chien encore groggy d'une couverture et le prit dans ses bras.

— J'arrive.

Il lui fallut une fraction de seconde pour enregistrer une chose étrange. La porte ne s'était pas rouverte mais s'était refermée une deuxième fois. Quelqu'un l'avait verrouillée.

Elle poussa la porte battante de la salle d'opération.

— Burke ?

Elle s'arrêta net. L'homme diabolique.

— Tic-tac, docteur Coop.

Il tenait un détonateur comme celui qu'il lui avait montré en bas de chez elle. Le pouce pressé sur le bouton, il se mit à rire.

— Est-ce *on* ou *off* ? Combien de temps avons-nous ?

Hazel se recroquevilla contre la porte métallique.

— Comment êtes-vous entré ici ?

— Il y a plein d'endroits où se cacher ici. Je n'ai eu qu'à être patient.

L'homme respirait lourdement sous son masque grotesque. Il mit la main dans une autre poche et en sortit un nouveau détonateur et le pressa.

— *On.*

Cette fois, il n'y eut pas de compte à rebours. Le sol se déroba sous les pieds de Hazel et une explosion assourdissante se produisit à l'avant du bâtiment. Des débris du plafond descendirent en flottant comme des flocons de neige. Plus inquiétant fut le bruit aigu de dizaines de minuscules projectiles contre la porte en métal. Si elle avait été encore dans la salle d'opération...

Elle se décolla du mur contre lequel elle s'était effondrée.

— Vous êtes fou ?

Peut-être pas la meilleure chose à dire. L'homme fit un pas menaçant vers elle et sortit un troisième détonateur pour remplacer celui qu'il venait d'utiliser. Il le lui fourra sous le nez et pressa le bouton du pouce.

— Voilà ! Maintenant je commence enfin à avoir ce que je voulais.

Des coups de poing sonores se firent entendre sur la porte derrière lui.

— Hazel !

— Burke !

— Je n'ai pas envie de compagnie, docteur Coop.

L'homme ouvrit le placard placé à côté de la porte et jeta à terre des piles de couvertures et de serviettes pour révéler la bombe placée au fond.

— Sortez tous du bâtiment ! cria Hazel, de crainte qu'elle se déclenche immédiatement.

Elle entendit des jurons et des bruits de pas précipités. L'odeur du soufre et de la cendre, portée par un courant d'air, lui piqua les narines.

Et elle sentit autre chose. Le tabac.

Je l'ai vu chiquer plus d'une fois.

Les morceaux du puzzle se mettaient enfin en place. Hazel serra le chien endormi dans ses bras et carra les épaules devant l'homme qui faisait de sa vie un enfer.

— Enlevez votre masque, Wade.

Il grogna, surpris d'être reconnu.

— Vous avez peur de faire ça à visage découvert ? Peur de vous montrer ?

Il pressa le bouton d'un des détonateurs. Puis il repoussa sa capuche, ôta le masque et lui sourit de ses dents tachées.

— Peu importe que vous ayez compris. Je vous détruirai. Tout comme votre mari m'a détruit.

— Puis-je au moins mettre ce chien en sécurité ?

— Ce n'est qu'un chien stupide.

Il reprit le détonateur et fronça les sourcils, comme s'il ne se souvenait pas du compte à rebours.

Hazel s'en souvenait elle, mais elle n'allait pas lui dire qu'il l'avait remis à zéro. Le détonateur qu'il tenait dans son autre main signifiait qu'un autre engin était sur le point d'exploser.

— Comment se fait-il que vous teniez si peu à la vie ? demanda-t-elle, espérant le distraire de ses projets.

— Parce que je n'ai pas de vie.

La distraction ne dura pas bien longtemps. Il pressa le bouton.

— Aaron Cooper m'a volé mon argent. Les économies de toute ma vie. Mon avenir. J'ai perdu ma maison, ma voiture. Mes amis m'ont traité d'idiot parce que j'avais cru à ses mensonges. J'ai trop bu et j'ai fini par perdre mon emploi. J'ai dû travailler comme cantonnier. Je suis ingénieur et j'ai dû travailler comme un fichu cantonnier ! C'est comme ça que j'ai trouvé le chien que vous tenez.

— Mais votre femme...

— Elle m'a quitté. Au début de cette année.

Sans doute à l'époque où les premières lettres étaient arrivées.

— Elle m'a dit qu'elle en avait marre de vivre avec un loser.

— Alors vous avez recueilli ce chien errant et vous avez fait croire que c'était elle qui l'avait maltraité, pour que les autorités enquêtent sur elle.

— Ouais. Un petit bonus pour lui causer des ennuis. Si elle avait été loyale envers moi, je n'aurai pas pris des mesures aussi drastiques. Mais surtout, je voulais un moyen d'arriver jusqu'à vous. Alors j'ai pris Athena et je l'ai amenée.

Parce qu'il ne pouvait pas atteindre Aaron. Peut-être parce qu'aucune dose de châtiment ou d'expiation ne pouvait compenser sa vie gâchée.

— Et les explosifs ? Vous les avez pris au travail, aussi ?

— Où est votre mari, docteur Coop ? Pourquoi ne pourrit-il pas en prison ? Pourquoi n'est-il pas mort ? Où est ma justice ?

— Aaron n'est pas mon mari. Vous vous en prenez à la mauvaise personne.

Ses paroles n'eurent aucun effet sur lui. Elle n'entendait plus Burke. Elle entendait à peine ses propres pensées entre les battements assourdissants de son cœur. Wade lui avait coupé toute retraite. Il avait sans doute piégé tout le bâtiment.

Elle avait une vie. Une carrière qu'elle adorait, deux filles épanouies. Elle n'avait pas encore dit à Jedediah qu'elle l'aimait.

— Combien y a-t-il de bombes ?

— Je vous ai laissé un cadeau chaque fois que je suis venu avec ce clébard rachitique. Je vais détruire cet endroit jusqu'aux fondations.

Il avança en léchant ses dents jaunies. Ses yeux larmoyaient de manque de sommeil – ou de folie.

— Vous voulez les voir ?

Elle recula en regardant tout autour d'elle, se demandant s'il restait un endroit sûr où elle pourrait s'enfermer pour se protéger de la prochaine explosion.

— Je vous crois.

— *Off*.

Il se remit à rire, ravi de sa détresse.

— N'est-ce pas drôle de ne pas savoir combien de secondes il vous reste à vivre ? C'est un peu comme de ne pas savoir combien de temps on a avant qu'un autre pan de sa vie explose.

Il fit un pas vers elle, la faisant reculer dans le couloir.

— Et la police a gentiment évacué tout le monde, si bien qu'il ne reste que vous, moi et le compte à rebours.

Un autre pas. La poussait-il vers une bombe ? Vers un piège ?

— Votre mari a détruit ma vie. Maintenant, je vais lui faire la même chose. Je vais tout détruire.

Il leva le détonateur et le pressa.

Hazel entendit des bris de verre quelque part dans la partie endommagée de la clinique. Elle se retourna vivement.

— Gunny ! *Fuss !*

Une forme noire et brune fonça devant elle. Elle faillit crier de soulagement, sachant que Burke n'était pas loin.

Avec un grondement féroce, Gunny bondit, referma ses crocs sur le bras tendu de Hanson et le fit tomber. Puis il se tortilla sur lui, sans jamais lâcher le bras de l'homme.

Wade hurlait quand Burke fit irruption.

— Gunny ! *Aus !*

L'animal relâcha sa prise et vint à ses côtés. Repoussant Hazel et Athena derrière lui, Burke braqua son arme sur l'homme allongé.

— Restez à terre.

Tandis que Hanson se tordait de douleur sur le sol, berçant son bras et se plaignant des chiens stupides, Burke le menotta et expliqua son apparition miraculeuse.

— Il avait verrouillé la porte de derrière, je n'arrivais pas à entrer. Quand le devant de la clinique a explosé, j'ai craint le pire.

Hazel apprécia dûment sa peur pour elle, mais ce n'était pas le moment de parler.

— Il y a d'autres bombes. Il avait deux détonateurs en main. Je ne sais pas où elles sont placées, mais il a dit que le compte à rebours avait commencé.

— Alors on sort d'ici.

Burke mit Wade sur ses pieds et ouvrit la porte d'un coup d'épaule, criant aux flics à l'extérieur.

— Officier de la brigade canine sort ! Gunny ! *Fuss !*

Gunny prit les devants et sortit dans la cour grillagée derrière le bâtiment. Hazel le suivit, portant Athena.

Hanson se mit à rire, alors même que Burke le traînait vers la sécurité.

— C'est l'heure !

Hazel pivota sur elle-même.

— Burke !

Il se précipita sur elle et la plaqua au sol. Trois explosions assourdissantes soulevèrent la clinique. Un orage de flammes surgit, tandis que des débris pleuvaient tout autour d'eux.

Il faisait nuit à nouveau quand Justin Grant, son équipe de déminage et le KCPD laissèrent Hazel sur les lieux.

Tant de destructions. Tant de colère.

On avait soigné leurs blessures, à Burke et elle, tandis que Wade Hanson, menotté sur un lit d'hôpital, écoutait ses droits et la longue liste des faits qui lui étaient reprochés. Hazel s'était nettoyée et avait posé quelques points de suture à Gunny, blessé par un projectile, pendant que Todd s'occupait d'Athena. Tous leurs patients avaient été soit renvoyés chez eux, soit transférés dans une autre clinique vétérinaire.

Après que les filles s'étaient prudemment repliées dans leur appartement et que Burke soit allé au commissariat remplir de la paperasse avec Justin, Hazel était retournée à la clinique. Ou ce qu'il en restait. Entre les explosions, les flammes et l'eau des pompiers, il ne restait plus grand-chose, en dehors du mur de soutènement et des poutrelles en acier du chenil.

En fouillant les débris pour voir si elle pouvait sauver quelque chose, Hazel fut surprise de ne pas se sentir plus triste. Elle repéra un tabouret en métal et traversa une flaque d'eau pour le relever. Après l'avoir séché de sa manche, elle s'assit et survola l'endroit qu'elle avait bâti au fil des ans.

Elle était heureuse - non, intensément soulagée - que personne n'ait été gravement blessé, pas même l'un de ses précieux patients. Cette clinique représentait sa vie d'avant. Et elle avait été rasée jusqu'au sol. Elle la reconstruirait. Avec des espaces plus ouverts, qui laisseraient moins de place pour cacher des bombes. Elle la doterait de technologies dernier cri. Elle se relèverait, plus forte que jamais.

Gunny trotta vers elle et elle le caressa en souriant.

— Des soins gratuits pour le reste de ta vie, jeune homme. Toutes les friandises et les jouets que tu veux, aussi.

— Tu vas l'engraisser.

Hazel se releva et sourit en entendant cette voix grave, si lasse et si sexy.

— Tu as fini ?

Burke acquiesça. Quelque part sur son trajet, il s'était douché et avait passé un uniforme propre.

— Nous avons trouvé les bombes. Justin et son équipe les ont neutralisées.

— Tu veux dire que Gunny les a toutes trouvées, plaisanta-t-elle.

— Je veux dire que c'est enfin terminé.

Burke repoussa une table d'examen cabossée pour la rejoindre.

— Hanson a été arrêté. Ton ex a été mis en demeure de vous laisser tranquilles, tes filles et toi.

— Je me demande si Aaron sera convoqué comme témoin par le bureau du district attorney. Ce serait un retournement de situation ironique. Nous verrons si quelqu'un emboutit sa voiture pour l'empêcher de témoigner.

Burke gloussa.

— Tu as un drôle de sens de l'humour, doc.

Elle posa une main sur sa poitrine et lui sourit.

— Ce que j'ai, c'est de l'espoir.

— Ah oui ?

— Tu es l'homme le plus brave que je connaisse. Le plus loyal et le plus affectueux. Tu m'as offert ton cœur alors que tu ignorais encore ce que je ressentais.

Il posa les mains sur sa taille.

— Je savais ce que tu ressentais, doc. Il fallait juste que tu en prennes conscience.

Subitement sérieuse, elle lui dit :

— Je t'aime, Jedediah Burke. Je ne peux pas gâcher un autre jour à croire qu'être en sécurité est la même chose qu'être heureuse. Je veux les deux. Je mérite d'avoir les deux. Je suis en sécurité avec toi, je l'ai toujours été. Il fallait juste que je me débarrasse de vieilles habitudes pour y croire. Et Dieu sait que tu me rends heureuse.

— Tu vas m'épouser, alors ? demanda-t-il. J'ai patienté pendant très longtemps.

Hochant la tête, elle lui noua les bras autour du cou et l'embrassa.

— Ça valait la peine d'attendre.

LISA CHILDS

Seras-tu là pour moi ?

Traduction française de
HÉLÈNE COLOMBEAU

BLACK ROSE

HARLEQUIN

Titre original :
COLTON 911: BABY'S BODYGUARD

Ce roman a déjà été publié en 2021.

1

Elle fixait sur lui de grands yeux écarquillés par la peur et par la mort. Des yeux qui semblaient implorer son aide, comme le faisait tout haut son frère Donovan.

— S'il te plaît, Forrest. La police de Whisperwood a besoin de ton expertise.

— Ça n'a rien d'une affaire classée, fit-il remarquer en montrant le corps étendu au milieu des monticules de terre.

La compagnie pharmaceutique Lone Star Pharma avait dû suspendre les travaux d'agrandissement de son parking lorsque les ouvriers avaient mis au jour le cadavre. Ce dernier ne se trouvait pas là depuis très longtemps : le processus de décomposition était à peine entamé. Forrest aurait préféré rester à l'écart pendant que les techniciens traitaient la scène de crime, mais ses frères, qui étaient venus le chercher jusqu'au ranch de leurs parents, avaient tenu à ce qu'il la voie de près. Il comprenait mieux pourquoi, à présent : ils voulaient le convaincre de prendre l'enquête en main.

Forrest les observa l'un et l'autre tandis qu'ils le dévisageaient avec espoir. Bien qu'adopté, Donovan ressemblait davantage à Jonah qu'aucun des deux frères biologiques de ce dernier. Cheveux très bruns coupés à ras, prunelles presque noires... Forrest, lui, était châtain aux yeux noisette.

— Ce n'est pas le premier corps qui fait surface récemment, souligna Jonah, l'aîné.

— C'est vrai.

Plus d'une dizaine de personnes avaient perdu la vie à Whisperwood dans les inondations et les rafales de vent provoquées par l'ouragan Brooke. Malgré la rapidité de son passage, celui-ci avait été particulièrement meurtrier.

— C'est pour ça qu'on est là, ajouta Forrest. Pour retrouver les victimes d'une catastrophe naturelle. Et cette femme n'en fait pas partie.

Ses frères étaient membres des Cow-boy Heroes, un groupe de recherche et de sauvetage à cheval créé quelques années plus tôt par des ranchers et des secouristes. Forrest avait proposé de les aider dans leurs efforts ; ce n'était pas auprès de la police de Whisperwood qu'il s'était engagé.

Peut-être la jeune femme décédée avait-elle été portée disparue après la tempête, mais, de toute évidence, elle n'était pas morte noyée ni assommée par une branche d'arbre. À la lumière des projecteurs, Forrest distinguait des ecchymoses sur son cou, ses bras et ses jambes.

Quelqu'un l'avait probablement étranglée. Voire pire.

Un frisson lui parcourut le dos malgré la chaleur de cette soirée d'août.

— Oui, on a clairement affaire à un meurtre, confirma Jonah. Comme pour le corps que Maggie et moi avons découvert il y a un mois. Et ce dernier relevait incontestablement de ta compétence.

— Plus maintenant, répliqua Forrest avec amertume.

Une fusillade l'avait obligé à quitter prématurément la police d'Austin. À cause des broches qui maintenaient en place les os brisés de sa jambe, il n'avait pas eu d'autre choix que de démissionner de son poste au service des affaires non résolues. Et ce handicap physique expliquait aussi pourquoi, en tant que bénévole pour les Cow-boy Heroes, il était relégué dans un bureau où sa seule occupation consistait à répondre au téléphone quand les gens appelaient pour signaler la disparition de proches ou d'animaux d'élevage. Il aurait préféré cent fois être sur le terrain avec ses frères, à rechercher pour de vrai ces personnes et ces bêtes. Bon sang, il aurait aimé encore plus reprendre son travail… Mais jamais il ne réussirait les tests médicaux, avec sa jambe en miettes.

— Je sais que les enquêtes te manquent, observa Jonah, comme s'il avait lu dans ses pensées. C'est l'occasion de t'y remettre. Le chef est prêt à te signer une dispense spéciale.

Forrest serra les mâchoires.

— Je n'ai pas besoin qu'on m'accorde de faveurs.

— C'est à moi que tu rendrais service, intervint Donovan. J'allais partir en lune de miel quand ce corps a été découvert.

Donovan travaillait à la brigade canine de la police de Whisperwood ; il n'aidait les Cow-boy Heroes que sur son temps libre.

— C'est une mini-lune de miel, lui rappela Forrest. Tu seras vite rentré.

— Mais je risque d'être distrait à mon retour, objecta Donovan. Bellamy est enceinte.

— Quoi ? C'est génial ! s'exclama Jonah en donnant une tape sur l'épaule de son frère. En voilà, une bonne nouvelle !

Et celles-ci étaient les bienvenues, après tout ce qui s'était passé depuis l'ouragan.

— Félicitations, renchérit Forrest. Vous avez bien mérité votre bonheur.

— Merci.

Donovan avait un sourire jusqu'aux oreilles, mais il se rembrunit lorsque son regard retomba sur le cadavre à leurs pieds.

— Cette fille a besoin de l'attention pleine et entière d'un enquêteur. Malheureusement, tous les policiers de la ville sont déjà bien pris, avec la tempête et ses conséquences.

Et avec l'autre corps qui était remonté des profondeurs de la terre à cette occasion, songea Forrest. Celui de la sœur du chef de la police. Avait-elle vraiment été assassinée par un autre homme qu'Elliot Corgan ? Ou bien le tueur en série se moquait-il d'eux depuis sa tombe ?

Forrest n'en aurait pas été surpris venant d'un sadique comme lui. Au cours de sa brève carrière, il avait croisé le chemin d'un certain nombre de meurtriers, et la plupart avaient pris autant de plaisir à jouer au chat et à la souris avec les autorités qu'à tuer leurs victimes.

Il jeta un coup d'œil sur la jeune femme décédée. Une chose était certaine : Elliot Corgan ne l'avait pas tuée, elle. Forrest ne croyait pas encore aux revenants. À moins que...

— Tu enquêtes déjà, remarqua Jonah d'un ton amusé. On croirait entendre tourner les rouages de ton cerveau.

Forrest fusilla son frère du regard, sans pour autant le contredire. Oui, les pensées se bousculaient dans sa tête. Cette victime faisait-elle partie des personnes restées introuvables depuis le passage de l'ouragan Brooke ? Quelqu'un avait-il profité de la tempête pour l'assassiner, en se disant que la police mettrait sa disparition sur le compte des inondations ?

Le chef Thompson était en train de discuter avec les agents postés autour de la scène de crime. Ignorant les questions des journalistes massés derrière la rubalise, le premier flic de Whisperwood s'avança vers Forrest et ses frères. Thompson faisait ce travail depuis longtemps ; son expérience se lisait dans les rides de son visage – et dans la manière dont ses épaules s'affaissèrent lorsqu'il regarda le corps de la jeune femme. Il secoua la tête en soupirant, laissant son stetson retomber sur ses sourcils.

Après seulement quelques années dans la police, Forrest avait compris qu'on ne s'habituait jamais à la mort, et encore moins quand celle-ci avait été violente. Le chef venait de le lui prouver une fois de plus.

Ce dernier fixa sur lui ses yeux bleus perçants.

— Alors, tu acceptes ?

Forrest regarda ses frères, qui lui souriaient et semblaient l'encourager en silence. Ils pensaient sans doute qu'il avait besoin de se remettre en selle. En se faisant tirer dessus, Forrest n'avait pas seulement perdu son travail. Il avait aussi perdu sa fiancée. Et cette expérience lui avait appris à ne plus jamais risquer son cœur.

Quoi qu'il en soit, la proposition du chef lui permettrait d'exercer de nouveau le métier qu'il aimait, ne serait-ce que pour quelque temps.

— Oui, j'accepte, répondit-il.

Mais il ne le faisait pas pour lui – n'en déplaise à ses frères. Il le faisait pour cette femme, qui méritait d'obtenir justice, et pour toutes les autres qu'il fallait protéger de ce meurtrier.

— Il est tellement mignon...

Bellamy embrassa le front du bébé qu'elle portait dans ses bras. Il avait des cheveux fins comme du duvet et de la même couleur chocolat que ceux de sa maman, et avait aussi hérité d'elle ses grands yeux marron.

Rae sentit son cœur se gonfler d'orgueil maternel.

— Oui, il est à croquer, confirma-t-elle.

Elle étouffa un bâillement. Son fils avait beau être adorable, il la tenait éveillée toute la nuit avec ses crises de colique. Le lit de Bellamy était si confortable qu'elle y aurait bien fait une sieste au milieu des piles de vêtements.

— Je te rappelle que tu as une valise à finir, dit Maggie à sa sœur en lui prenant le bébé des mains. Tu es censée partir en lune de miel demain matin.

— J'attends juste que Donovan revienne de la scène de crime.

— Alors comme ça, ils ont découvert un autre corps ? s'enquit Rae en frissonnant.

La tempête avait fait douze victimes. Et, parmi les personnes portées disparues, il y avait eu Maggie... Dieu merci, les Cow-boy Heroes l'avaient retrouvée en vie. Jonah Colton ne s'était pas contenté de sauver l'ancienne reine de beauté : il était tombé follement amoureux d'elle.

Rae ne put s'empêcher de ressentir une pointe d'envie, qu'elle refoula aussitôt. Elle était bien assez occupée, avec son fils de deux mois, ses cours de droit et son nouveau travail d'assistante juridique, pour avoir le temps de caser un amoureux dans sa vie. Connor était le seul homme dont elle avait besoin.

Elle sourit en le voyant serrer son petit poing autour d'une des magnifiques boucles blondes de Maggie. Comme tous les autres mâles de Whisperwood, il semblait irrésistiblement attiré par la jeune femme. Rae aurait pu être jalouse, mais Maggie était aussi belle intérieurement qu'elle l'était physiquement. À cet instant, elle faisait des grimaces au nourrisson, qui la dévisageait, fasciné. Levant les yeux vers Rae, elle reprit une expression plus sérieuse.

— D'après ce que le chef a dit à Jonah, la mort de cette personne n'a rien à voir avec l'ouragan.

— Est-ce qu'elle était... comme celle que vous avez retrouvée ? demanda Rae.

— J'espère que non.

Le cadavre en question avait été momifié. Sans l'avoir vu, Rae en avait fait des cauchemars. Elle n'imaginait pas ce que Maggie avait traversé, entre le traumatisme de cette découverte et les menaces dont elle avait fait l'objet.

C'était la multiplication des crimes à Whisperwood qui avait poussé Rae à passer les tests d'entrée aux écoles de droit, alors même qu'elle était déjà enceinte. Personne – à part elle – n'avait été surpris de ses résultats, si brillants qu'elle avait pu choisir son établissement. Évidemment, elle avait décidé de rester dans sa ville natale, près de ses amies. Depuis que sa mère était morte, elle n'avait plus qu'elles et Connor.

Bellamy se mordit la lèvre.

— Peut-être qu'on devrait attendre avant de partir…

— Non ! s'exclamèrent Rae et Maggie d'une même voix.

Surpris, Connor se mit à pleurer. Sa mère bondit du lit pour le prendre dans ses bras.

— Tout va bien, mon chéri. Tout va bien, murmura-t-elle en lui caressant doucement le dos.

Très vite, ses sanglots s'apaisèrent. Rae le berça jusqu'à ce qu'il s'assoupisse.

— Tu t'occupes tellement bien de lui, commenta Maggie.

— C'est vrai, approuva Bellamy. Je n'en reviens pas de tout ce que tu arrives à faire seule.

— Tu en as fait beaucoup aussi de ton côté, répliqua Rae.

Voyant Maggie se rembrunir, elle regretta aussitôt ses paroles. Elle ne voulait pas créer de tensions entre les deux sœurs, qui avaient déjà eu suffisamment de conflits à régler.

— Je n'ai jamais été seule, souligna Bellamy. Tu étais là, Rae.

Elle se tourna vers Maggie.

— Et toi aussi. Seulement, je ne me rendais pas compte de tout ce que tu faisais pour moi.

— Rae a raison, répondit sa sœur. C'est toi qui t'es occupée de nos parents quand ils sont tombés malades. Tu as bien mérité cette lune de miel. Profite de ton bonheur, et ne laisse pas Donovan annuler votre voyage.

— Ne t'inquiète pas, il a bien l'intention de partir. Jonah et lui vont essayer de convaincre Forrest de se charger de l'enquête.

— Ah, c'est donc ça qu'il mijotait…

Maggie était en couple avec le plus âgé des frères Colton.

— Il m'a dit qu'il allait chercher Forrest, ajouta-t-elle.

Rae détourna les yeux en entendant ce nom. Elle avait commis une erreur en invitant Forrest Colton à danser au mariage de Bellamy et de Donovan. Mais en tant que demoiselle d'honneur, elle avait voulu s'assurer que tous les invités passaient un bon moment. C'était seulement pour cette raison qu'elle l'avait approché – pas parce qu'il était incroyablement séduisant, avec ses traits ciselés et son air ténébreux...

Quand même, il n'était pas obligé de lui répondre aussi sèchement. Elle savait qu'il boitait depuis qu'il avait été blessé en mission. Cependant, comme il travaillait pour les Cow-boy Heroes, elle s'était dit qu'il ne devait pas être gravement handicapé. Il aurait pu se contenter de la tenir dans ses bras et de se balancer doucement d'un pied sur l'autre – ce n'était pas comme si elle lui avait demandé de faire un pas de deux ou une danse en ligne avec elle...

D'accord, elle aurait dû le laisser tranquille. Mais il lui avait paru tellement seul, même au milieu des siens ! Cela lui avait rappelé sa propre solitude, qui lui pesait parfois malgré la présence de son fils et de ses amies. Il valait mieux ça néanmoins que de tomber amoureuse d'un homme qui finirait de toute façon par l'abandonner.

— Je croyais que Forrest ne restait pas, observa-t-elle. N'est-il pas censé repartir avec les Cow-boy Heroes pour aller sauver les victimes d'une autre catastrophe naturelle ?

— Whisperwood a encore besoin d'eux, et pas seulement pour leurs compétences en recherche et sauvetage, répondit Maggie. On a un meurtrier dans la nature.

— C'est bien pour ça qu'on devrait reporter notre lune de miel, insista Bellamy.

— Non, répétèrent Rae et Maggie, en veillant cette fois-ci à ne pas trop élever la voix.

La jeune mariée soupira.

— D'accord, mais vous devez me promettre toutes les deux d'être prudentes. Je sais que Jonah te protégera, dit-elle à sa sœur. Mais toi...

— Je me débrouille, ne t'inquiète pas, lui assura Rae.

Bellamy caressa la joue du bébé endormi.

— Mais tu dois aussi prendre soin de Connor, fit-elle remarquer. Et suivre tes cours de droit. Ça m'inquiète de te savoir ici toute seule, en pleine campagne.

— Je ne suis pas toute seule.

— Ce n'est pas ce petit gars qui va te protéger des méchants, répliqua Bellamy. Pas avant quelques années, en tout cas.

— Une bonne vingtaine, tu veux dire, renchérit Maggie en riant.

— Je n'ai pas besoin d'un homme pour me protéger.

Aucun représentant de la gent masculine n'avait tenu ce rôle dans sa vie. Son père avait eu davantage tendance à les mettre en danger, elle et sa mère, qu'à leur apporter une quelconque sécurité – du moins sur le plan financier.

— Je n'ai pas besoin d'un homme tout court, précisa-t-elle.

— Tu l'as prouvé en ayant ce petit bout toute seule, répondit Maggie. Je t'admire.

— Moi aussi, ajouta Bellamy. Mais je crois que je me suis plus amusée que toi en concevant le mien.

Rae la regarda, les yeux ronds.

— Qu'est-ce que tu viens de dire ?

— Je suis enceinte.

— C'est génial !

— C'est fabuleux, abonda Maggie, tout aussi émue. Je suis ravie pour vous deux.

— Donovan et toi allez être de super parents, affirma Rae.

— Je vais te rendre folle avec toutes mes questions, la prévint Bellamy.

Les deux jeunes femmes se connaissaient depuis leur petite enfance – à tel point qu'elles avaient parfois l'impression d'être sœurs. Bellamy aussi avait perdu sa mère, ce qui les rapprochait encore davantage. Il ne se passait pas un jour sans que Rae pense à la sienne, et Georgia lui manquait d'autant plus aujourd'hui qu'elle était maman à son tour.

— Tu ne me rendras pas folle du tout, dit-elle. Par contre, je ne saurai peut-être pas toujours te répondre.

La majeure partie du temps, elle avait le sentiment de tâtonner dans le noir. Ce n'était pas évident de trouver son chemin en tant que parent tout en reprenant ses études à trente-cinq ans.

— Tu sauras mieux lui répondre que moi, en tout cas, répliqua Maggie. Tu es la personne la plus intelligente et la plus indépendante que je connaisse.

Rae eut du mal à contenir les larmes qui lui piquaient les paupières.

— La plus intelligente, je ne sais pas... Les études de droit s'avèrent plus difficiles que je ne l'imaginais.

— Parce que tu as eu un bébé il y a deux mois et que tu travailles à côté, rétorqua Bellamy en contemplant le visage de Connor, plongé dans un sommeil paisible.

Si seulement il pouvait dormir comme ça la nuit, songea Rae.

— C'est dur, mais j'y arriverai, dit-elle, comme elle se le répétait souvent pour se donner du courage.

Bellamy eut un petit rire.

— Plus que ton intelligence, je crois que c'est ton obstination qui te fait tenir.

Rae lui rendit son sourire. Elle ne pouvait pas dire le contraire.

— J'aimerais juste que tu ne sois pas entêtée et indépendante au point de te mettre en danger, continua Bellamy. Tu me le promets ?

— Bien sûr. Je ne prendrai aucun risque, ni pour moi ni pour Connor, répondit Rae. Arrête de te faire du souci pour moi. Occupons-nous plutôt de te préparer pour ta lune de miel !

— Vu qu'elle est enceinte, elle doit déjà savoir que les bébés ne naissent pas dans les choux, plaisanta Maggie.

Leurs rires réveillèrent Connor de sa sieste impromptue.

Cette fois-ci, cependant, il ne pleura pas, mais regarda intensément Bellamy, penchée au-dessus de lui. La jeune femme était comme une tante pour lui, et Maggie était en bonne voie d'en devenir une elle aussi.

Rae songea une fois de plus qu'elle n'avait besoin de personne en dehors de ses amies et de son bébé. Pourtant, lorsqu'elle reprit sa voiture pour rentrer chez elle, une sensation étrange l'étreignit. Et cela ressemblait fort à de la peur.

L'écran de la télévision jetait une lumière bleue sur la pièce plongée dans le noir. Depuis son canapé, il regardait le reportage diffusé en direct du parking de Lone Star Pharma.

Le corps de la femme avait donc été découvert... De rage, il frappa l'accoudoir.

Les journalistes étaient maintenus à l'écart de la scène de crime par le cordon de la police. La caméra zooma sur les hommes qui enquêtaient. Les Cow-boy Heroes.

Que diable faisaient-ils là ?

Il prit la télécommande et monta le son.

« Le chef Thompson a fait appel à Forrest Colton, un ancien inspecteur chargé des affaires classées à Austin, expliquait le reporter. Colton a reçu une dispense spéciale des services de police de Whisperwood pour mener l'enquête sur ce meurtre et sur le cadavre momifié découvert il y a un mois. Le policier détient le meilleur taux d'élucidation d'Austin. On peut donc espérer une arrestation du coupable dans les prochains jours. »

Il poussa un juron.

Non, il n'y aurait pas d'arrestation. Forrest Colton avait peut-être eu de la chance à Austin, mais il n'aurait pas la même à Whisperwood.

S'il le fallait, il l'éliminerait.

2

Une semaine s'était écoulée depuis que ses frères l'avaient entraîné sur les lieux de la découverte du corps. Une semaine tellement frustrante que Forrest regrettait d'avoir accepté cette mission, aussi temporaire fût-elle.

L'ouragan avait causé de nombreux dégâts, tant sur le plan matériel que d'un point de vue humain. Beaucoup de personnes avaient perdu un proche, leur maison ou leur gagne-pain. Toutes les ressources de la police de Whisperwood étaient mobilisées. Et comme les techniciens en identification criminelle étaient en sous-effectif et déjà débordés, rien n'avait avancé autour des deux scènes de crimes. Quant à la coroner... Elle n'avait même pas encore sorti les cadavres de leurs tiroirs, à la morgue. Les autopsies n'étaient pas pour tout de suite.

Tant qu'il n'avait pas plus d'informations, Forrest n'avait pas envie de faire le tour des familles de disparus pour leur montrer les photos de la jeune femme morte. Il ne voulait pas leur imposer à toutes une épreuve aussi douloureuse. Pourtant, l'une d'elles y serait forcément confrontée, une fois le corps identifié...

Tout le monde attendait de lui qu'il fasse des miracles. Mais ses mains étaient aussi liées que celles de la pauvre victime, retrouvée avec les poignets attachés dans le dos.

D'une tape sur l'encolure, Forrest encouragea son Quarter

Horse qui avançait péniblement sur le terrain inégal. Malgré ses nouvelles responsabilités, il continuait de travailler bénévolement pour les Cow-boy Heroes. Ceux-ci n'en avaient pas fini avec Whisperwood et ses environs, durement frappés par les inondations.

L'eau avait enfin commencé à baisser, laissant derrière elle de grandes étendues boueuses comme celle dans laquelle son cheval dérapait à cet instant. Ignorant la douleur qui lui vrillait la jambe, Forrest serra les cuisses pour éviter de chuter tandis que sa monture trébuchait.

— Holà, tout doux, murmura-t-il.

Un soupir de soulagement s'échappa de ses lèvres lorsque l'animal retrouva son équilibre. Voilà pourquoi il se contentait généralement de répondre au téléphone... Mais, comme ses frères, Forrest avait quasiment appris à monter avant de savoir marcher ; cela faisait partie de son ADN, et il lui était inimaginable de s'en passer.

Il aurait tant aimé participer aux sauvetages ! Seulement, il arrivait que sa jambe ne supporte plus son propre poids. De là à y ajouter celui d'une bête ou d'une autre personne... Forrest poussa un nouveau soupir – de résignation, cette fois-ci. On ne pouvait rien y faire.

Il avait fini par accepter son sort. Et il aidait autant que possible, en patrouillant à cheval, par exemple. Toutes les personnes disparues n'avaient pas encore été retrouvées ; peut-être les eaux de l'inondation avaient-elles dissimulé leurs dépouilles.

Non pas qu'il tienne absolument à découvrir d'autres cadavres, mais cela faisait partie des missions de l'association. Les proches des victimes avaient besoin de savoir ce qui leur était arrivé, de voir leur corps, éventuellement, et de les enterrer pour pouvoir faire leur deuil. C'était pour cela que Forrest voulait que la jeune femme décédée soit identifiée au plus vite : pour pouvoir apporter un peu de paix à sa famille, en attendant de retrouver son meurtrier.

Et il le retrouverait.

Dans un regain de détermination, il talonna son cheval pour quitter la zone marécageuse. La chaleur faisait miroiter les bardeaux noirs d'un toit, non loin de là. Forrest était parti du ranch familial alors que le soleil dépassait à peine de l'horizon, et l'astre n'avait pas eu le temps depuis de s'élever bien haut. La journée allait encore être chaude, et c'était tant mieux. L'eau finirait de s'évaporer et révélerait ses secrets – carcasses d'animaux... ou cadavres humains.

Son cœur s'emplit de regret à l'idée de toutes ces vies perdues. Puis il s'arrêta de battre lorsque Forrest reconnut la maison vers laquelle il se dirigeait.

C'était celle de Rae Lemmon, la meilleure amie de sa nouvelle belle-sœur. Voilà plusieurs années que Forrest n'habitait plus à Whisperwood, mais il se rappelait que cette propriété appartenait à la mère de la jeune femme.

Peut-être n'était-il pas arrivé ici par hasard... Dans ce cas, pourquoi ? s'interrogea-t-il. Cette fille était belle, indubitablement. Justement, elle n'avait aucune raison de s'intéresser à un handicapé comme lui. Si elle l'avait invité à danser au mariage, c'était uniquement parce qu'elle avait eu pitié de lui, ou par obligation envers son amie.

Le même sens du devoir, sans doute, qui le poussait aujourd'hui à venir s'assurer que tout allait bien pour elle. Après tout, elle faisait presque partie de la famille. Et si les Colton se montraient attentifs au bien-être de tout le monde, ils prenaient particulièrement soin de leurs proches.

Forrest était bien placé pour le savoir, lui qui avait été bichonné et chouchouté par les siens après avoir été blessé. Sauf par sa fiancée, bien sûr. Elle, elle lui avait rendu sa bague.

Ce souvenir le fit grimacer. Il ne pouvait pas vraiment lui en vouloir. Comme elle le lui avait fait remarquer, elle n'était pas tombée amoureuse d'un estropié, c'était donc injuste d'attendre d'elle qu'elle reste avec lui. En plus, ils n'avaient pas encore prononcé leurs vœux – et Forrest comprenait à présent que le passage « dans la santé et dans la maladie » n'en aurait pas fait partie.

Alors qu'il ruminait ces pensées, son cheval continua d'avancer vers l'arrière de la maison. Le champ étant surélevé par rapport au jardin, Forrest avait une vue plongeante sur ce dernier. Un arbre s'était renversé dans une mare au milieu de l'herbe. Étaient-ce ses racines qui avaient soulevé ce monticule de terre, à côté ? Le tas semblait presque trop net, comme si quelqu'un avait creusé un trou à la pelle.

Peut-être Rae Lemmon avait-elle pensé accélérer ainsi le drainage du terrain...

Cependant, en s'approchant, Forrest constata que la fosse n'était pas remplie d'eau. Quelque chose en occupait le fond. Une forme enroulée dans des tissus maculés de crasse.

— Qu'est-ce que c'est que ça ? grommela-t-il.

Alors qu'il mettait pied à terre, sa botte glissa sur le sol boueux. Il se rattrapa de justesse à son cheval – Mick était bien dressé, comme toutes les montures des Cow-boy Heroes. Forrest le remercia d'une caresse, avant de se tourner vers le trou. En se penchant pour regarder à l'intérieur, il dérapa de nouveau.

Cette fois-ci, il n'avait rien pour se retenir. Sa jambe blessée céda sous lui et il tomba dans la fosse à côté du tas de tissus.

Il comprit vite que ce n'était pas un tas. C'était un corps, avec des bras, des jambes et une tête soigneusement emballés. Une momie, comme celle que son frère Jonah avait trouvée. Contrairement à cette dernière, cependant, celle-ci ne semblait pas avoir été mise au jour par la tempête. Quelqu'un l'avait déterrée, ou n'avait pas eu le temps de finir de l'ensevelir.

Mais pourquoi ici, dans le jardin de Rae Lemmon ? Forrest sortit son téléphone de sa poche pour prévenir la coroner et une équipe de la police scientifique. Avec un peu de chance, il parviendrait à s'extraire de là sans détruire d'indices...

Comme il enfonçait la pointe de sa botte dans la paroi pour se hisser hors du trou, une motte de terre dégringola tout au fond. Forrest y vit briller quelque chose au soleil. Cela ressemblait à des objets métalliques, comme des pièces de monnaie ou... des boutons ?

Restait à savoir s'ils avaient appartenu à la victime ou au meurtrier.

Rae ferma les yeux et savoura le silence. Bientôt, elle serait obligée de se lever pour aller travailler, mais elle avait encore quelques minutes de répit. Après la nuit que Connor lui avait fait passer, elle avait bien besoin d'un peu de calme. Il s'était enfin rendormi.

Selon le pédiatre, il souffrait de coliques, et Rae s'en sentait responsable. Le stress des études, du travail et de son statut de mère célibataire avait affecté sa production de lait, si bien qu'elle était obligée de donner des biberons de complément à son bébé. La veille, le médecin lui avait conseillé de passer au lait infantile à base de soja. Elle comptait en acheter en allant déposer Connor à la crèche.

Épuisée, Rae sombra dans le sommeil, jusqu'à ce qu'un bruit la ramène brusquement à la réalité. Ce n'était pas le léger *bip* de l'alarme, mais quelqu'un qui frappait lourdement à une porte. Craignant que son fils ne se réveille, elle se précipita hors de sa chambre sans prendre le temps d'attraper son peignoir. De toute façon, les seules personnes qui lui rendaient visite étaient Maggie et Bellamy. Peut-être cette dernière était-elle rentrée de sa lune de miel. Ceci dit, elle avait son propre trousseau, et elle savait où était cachée la clé de secours...

Désorientée par le manque de sommeil, Rae courut vers

la porte d'entrée. Il n'y avait personne sous le porche. Et s'il y avait eu quelqu'un, il aurait sûrement sonné.

Les coups redoublèrent. Ils venaient de l'arrière de la maison… Rae entendit Connor pousser un petit gémissement dans son sommeil. Il ne tarderait pas à être complètement réveillé. Agacée, elle se dépêcha de traverser le salon et la cuisine.

— Chut ! commença-t-elle à dire en ouvrant la porte.

Mais elle étouffa une exclamation de surprise lorsqu'elle reconnut l'homme qui se tenait sur le seuil.

— Qu'est-ce que vous faites ici ?

Et à une heure aussi matinale ? ajouta-t-elle en pensée. Elle devait avoir une mine de déterrée, avec ses yeux cernés et ses cheveux en bataille. Sans parler de sa tenue…

Elle jeta un coup d'œil sur son T-shirt trop grand, qu'un ancien petit ami avait oublié chez elle. Au moins, il lui avait laissé un souvenir confortable de leur relation. Non pas qu'elle en ait attendu grand-chose… Son expérience avec son père lui avait appris que les hommes ne restaient jamais longtemps, et tous les amoureux qu'elle avait eus depuis avaient confirmé ce principe.

Ce n'était pas pour rien qu'elle avait choisi d'avoir un bébé toute seule. Elle n'avait pas besoin d'un mari. Elle n'avait pas besoin d'un homme. Mais celui-ci…

Il était tellement séduisant, même couvert de boue ! Car, oui, ses vêtements en étaient maculés, et il en avait jusque sur la joue. Rae fronça les sourcils, soudain inquiète. Derrière les épaules (très larges) de Forrest, elle apercevait un cheval noir qui piaffait dans l'herbe détrempée.

— Vous êtes tombé de cheval ? s'enquit-elle. Êtes-vous blessé ?

— Bien sûr que non, je ne suis pas tombé de cheval, répliqua-t-il brusquement, comme si elle l'avait insulté.

Peut-être parlait-il toujours sur ce ton… Il avait employé

le même lorsqu'il lui avait dit qu'elle ne pouvait pas être sérieuse en l'invitant à danser.

Rae se sentit rougir. Elle ignorait en revanche si son embarras était lié à ce qui s'était passé ce jour-là, ou au fait qu'elle se présentait aujourd'hui devant lui sous une apparence on ne peut plus négligée. Vu comme il la regardait, cela ne lui avait pas échappé. Il devait être horrifié.

— Alors, que faites-vous ici ? répéta-t-elle.

— J'ai appelé la police.

— Je croyais que c'était vous, la police.

Elle avait appris aux informations – et par le bouche-à-oreille – que le chef Thompson et les frères de Forrest avaient réussi à le convaincre d'enquêter sur les meurtres.

— C'est pour ça que je l'ai appelée, rétorqua-t-il. Je dois boucler votre jardin. C'est une scène de crime.

Malgré la chaleur, Rae eut soudain la chair de poule.

— Une scène de crime ? De quoi parlez-vous ?

— J'ai trouvé quelque chose sur votre propriété, expliqua-t-il.

— Et que faisiez-vous chez moi, au juste ? le coupa-t-elle. Avez-vous un mandat ?

Ce fut au tour de Forrest de rougir.

— Je connais mes droits, poursuivit-elle. Si vous n'avez pas de mandat, alors votre présence est illégale.

— J'inspectais les dégâts de l'inondation, se défendit-il. Votre jardin est visible depuis ce champ, là-haut.

Le terrain en question appartenait aux Colton, deuxièmes plus grands propriétaires terriens à Whisperwood après les Corgan.

— Donc, vous faisiez seulement le tour de vos terres, conclut Rae. Vous n'étiez même pas là en votre qualité d'homme de loi. Comment osez-vous ?

Sa honte s'était soudain muée en colère. Non seulement ce goujat l'avait envoyée paître lorsqu'elle lui avait gentiment proposé de danser, mais en plus il venait fourrer son nez chez elle. Peut-être le manque de sommeil la rendait-il aussi un peu irritable…

— Vous vous êtes permis de pénétrer sans autorisation dans une propriété privée, continua-t-elle. Quand vos collègues arriveront, je leur demanderai de vous verbaliser !

— Rae…

— Ce n'est pas parce que vous vous appelez Colton que vous êtes au-dessus de la loi, monsieur.

— Je le sais bien, rétorqua-t-il, énervé à son tour.

Ses yeux noisette lançaient des éclairs.

— Vous non plus, vous ne l'êtes pas, mademoiselle Lemmon.

— Je fais des études de droit, repartit-elle. Et je travaille déjà comme assistante juridique. Je connais la loi sans doute mieux que vous.

— Ça m'étonnerait : je vous rappelle que j'ai été flic pendant des années. Mais vous teniez l'épicerie, avant. Pourquoi cet intérêt soudain pour le droit ? s'enquit-il.

Rae plissa les yeux. Il lui avait à peine adressé la parole au mariage de son frère. Pourquoi se montrait-il si curieux à son égard, subitement ? Il semblait en savoir plus sur elle qu'elle ne l'imaginait.

— J'ai envie d'agir contre la criminalité qui a explosé à Whisperwood, répondit-elle, sur la défensive.

— Dans ce cas, vous devriez me laisser enquêter dans votre jardin.

Rae s'aperçut qu'elle n'avait même pas cherché à savoir ce qu'il avait découvert… Décidément, cet homme la perturbait.

— Qu'avez-vous trouvé ? demanda-t-elle sans se démonter.

— Un corps.

Elle porta une main à sa bouche, choquée. Personne ne pouvait avoir été assassiné dans son jardin, là où elle avait pensé que son fils jouerait plus tard – là où elle avait elle-même joué pendant toute son enfance.

— Ce n'est pas possible, murmura-t-elle.

— J'ai bien peur que si.

— Mais... Mais je n'ai rien entendu ! Et je n'ai rien remarqué d'anormal non plus.

— Quelqu'un qui ne vous aurait pas donné de nouvelles depuis un moment, par exemple ?

Elle secoua la tête. Son père avait bien disparu des années plus tôt, mais il l'avait fait de son plein gré. On ne l'avait pas assassiné, même si Rae en avait parfois eu envie en voyant sa mère souffrir.

— Et dans votre jardin, vous n'avez rien noté de bizarre ? insista Forrest. Un endroit où la terre aurait été retournée ?

— Non. Bon sang, pourquoi quelqu'un enterrerait-il un cadavre chez moi ?

— Je ne sais pas s'il a été enterré là récemment, ou s'il vient juste d'être déterré, précisa Forrest. Il est peut-être là depuis un moment.

— Comme le corps momifié que Maggie et Jonah ont découvert après l'ouragan ?

Rae eut un frisson de dégoût. Son amie et le frère de Forrest étaient tombés par hasard sur ce cadavre. S'agissait-il aussi d'une momie, cette fois-ci ?

— J'en saurai plus quand les techniciens de la scientifique seront arrivés, répondit Forrest.

Des sirènes se firent justement entendre au loin, et leur hurlement se rapprocha tandis que plusieurs voitures de police venaient se garer dans l'allée, gyrophares allumés. Sans grande surprise, Connor se mit à pleurer.

— Qu'est-ce que c'est que ça ? demanda Forrest, alarmé.

— « Ça », c'est mon fils, répliqua Rae, avant de filer dans la chambre du bébé.

Le chef rangea son téléphone dans sa poche en soupirant. Assis derrière lui sous le porche de sa maison, Hays Colton laissa échapper un rire amusé.

— Forrest a toujours eu le sens du timing, observa-t-il. Tu viens le trouver ici et il t'appelle pile à ce moment-là, comme s'il avait deviné que tu le cherchais.

Thompson secoua la tête.

— Ce n'était pas le but de son appel.

Il se retint de faire remarquer à Hays que le « timing » de son fils n'était pas toujours parfait, puisqu'il avait failli mourir en recevant une balle dans la jambe... Forrest avait malgré tout de très bons réflexes, car il aurait pu être touché en pleine tête ou en plein cœur. Au moins, il avait survécu, ce qui n'était pas le cas du tireur.

— Que se passe-t-il ? demanda Hays, soudain inquiet. Il est arrivé quelque chose à Forrest ?

— Non, il va bien.

— A-t-il identifié cette pauvre fille du parking ?

— J'aurais préféré qu'il appelle pour m'annoncer ça, répondit Archer Thompson. Ou, mieux encore, pour me dire qu'il avait arrêté le meurtrier. Mais il a découvert un autre corps.

Une personne de plus à identifier, alors que la coroner avait déjà du travail par-dessus la tête...

— Je suis désolé, murmura Hays en se levant de la balancelle pour tapoter l'épaule de son ami.

Thompson appréciait le geste, mais il n'avait pas besoin de compassion. Il avait besoin de réponses, à propos du meurtre de sa sœur et des cadavres qui ne cessaient de faire surface depuis quelque temps.

Avec un soupir, il s'arracha lentement au rocking-chair. Ses vieilles articulations le faisaient souffrir. Mais l'âge n'avait pas non plus épargné Hays... Après avoir passé la plus grande partie de sa vie à cheval, le vieux cow-boy ne se tenait plus aussi droit qu'avant.

— Mon fils trouvera le meurtrier de ta sœur, assura-t-il au chef.

Thompson avait envie de croire qu'elle avait été tuée par Elliot Corgan, car il aurait ainsi la satisfaction de savoir que le salaud était mort en prison. Mais Corgan avait nié toute responsabilité dans ce meurtre, et il ne pouvait certainement pas avoir assassiné la jeune femme dont le corps avait été retrouvé une semaine plus tôt sur le parking de la compagnie pharmaceutique.

Il y avait donc un autre tueur à Whisperwood. Et, tant qu'il ne serait pas capturé, les morts continueraient de surgir.

3

Forrest tourna la tête vers la petite maison d'où s'échappaient des pleurs incessants. Une ombre passait et repassait devant la fenêtre de la cuisine.

Elle avait un bébé.

Quelqu'un avait dû le lui dire, mais il l'avait oublié, l'esprit occupé par les conséquences de l'ouragan puis par son enquête. Il reporta son attention sur la scène de crime. Les techniciens s'affairaient à mettre sous enveloppes les boutons corrodés qu'il avait découverts, tandis que la coroner procédait à la levée du corps. Ces gens savaient ce qu'ils faisaient ; ils n'avaient pas besoin de lui, et encore moins de sa supervision.

Il décida de rejoindre la jeune femme à l'intérieur. Alors qu'il s'apprêtait à frapper à la porte de derrière, il la vit à travers la vitre qui faisait les cent pas avec son bébé dans les bras. Comme elle avait les mains prises, il se permit d'entrer.

Rae Lemmon lui décocha un regard noir par-dessus la tête de son bébé – de toute façon, rien de ce qu'il faisait n'avait l'air de lui plaire. Il paraissait clair à présent qu'elle ne l'avait invité à danser que par obligation. Elle n'avait sans doute pas assez d'estime à son égard pour avoir pitié de lui.

— Étaient-ils vraiment obligés d'arriver ici toutes sirènes hurlantes ? demanda-t-elle d'un ton irrité. Ce n'était pas une urgence, que je sache.

— C'est vrai, reconnut-il.

Il n'y avait plus rien à faire pour la personne retrouvée enterrée dans le jardin. Rae Lemmon, en revanche, semblait avoir bien besoin d'aide.

Des cernes sombres entouraient ses yeux bruns, sans rien enlever cependant à sa beauté – bien au contraire. Elle paraissait à la fois vulnérable et diablement sexy dans son vieux T-shirt qui épousait ses formes généreuses.

— Il venait juste de s'endormir, ajouta-t-elle avec un tremblement dans la voix.

Forrest baissa les yeux, gêné. Les policiers auraient pu se montrer plus discrets, en effet. Ce n'était pas la peine de rameuter tout le voisinage.

Par chance, aucun journaliste ne les avait suivis. Il s'en félicitait, car les relations avec la presse n'avaient jamais été son fort. Il s'apprêtait à s'excuser au nom de la police lorsqu'un carillon retentit.

Était-ce le bruit de la sonnette ? Forrest grimaça, craignant qu'un reporter ait finalement intercepté son appel au poste.

— C'est mon téléphone, précisa Rae. Je l'ai laissé dans ma chambre.

Et elle lui tendit l'enfant qui hurlait toujours.

Forrest se figea d'effroi. Il n'avait aucune expérience des bébés. Il ne savait même pas comment les porter. Fallait-il leur soutenir la tête ? Il plaça une main sous la nuque du nourrisson, qui tourna son petit visage vers lui.

Ses cris cessèrent aussitôt, et ses beaux yeux sombres s'agrandirent. Avait-il peur de lui ?

En tout cas, il ne pleurait plus, ce qui était toujours bon à prendre. Forrest pouvait de nouveau s'entendre penser. Il entendait aussi la voix assourdie de Rae dans la chambre voisine. Elle parlait peut-être au papa…

Pendant un moment, il n'osa pas bouger, pétrifié à l'idée

de faire tomber l'enfant. Rae le détesterait encore plus. Et il s'en voudrait à mort.

Mais le bébé était tout léger et facile à porter. Il n'y avait pas de raison que Forrest n'y arrive pas... Il l'installa dans le creux de son bras gauche pour lui permettre de continuer plus confortablement son observation. Car le petit être gardait les yeux rivés sur lui, comme s'il se demandait à qui il pouvait bien avoir affaire.

— Je suis l'inspecteur Colton, murmura Forrest de sa voix grave.

Le nourrisson le dévisagea intensément. Peut-être Forrest lui rappelait-il son père ? Il ne se souvenait pas d'avoir vu un homme avec Rae au mariage. Celui-ci s'était probablement fait discret pour qu'elle puisse jouer son rôle de demoiselle d'honneur. Ou alors, il était resté à la maison pour garder leur fils, âgé d'à peine quelques semaines à l'époque.

Forrest avait été loin d'imaginer qu'elle venait d'accoucher. Il l'avait trouvée si ravissante dans sa robe bleu marine !

Cette femme l'intriguait. C'était par curiosité qu'il s'était approché de chez elle ce matin. Il aurait dû se méfier... Depuis la rupture de ses fiançailles, il savait que les relations amoureuses n'étaient pas faites pour lui. Mieux valait se concentrer sur sa famille.

Justement, il devait se préparer à accueillir son futur neveu ou sa future nièce, à être un bon tonton pour le petit cow-boy ou la petite cow-girl que Bellamy et Donovan s'apprêtaient à avoir.

— Et toi ? demanda-t-il au bébé. Seras-tu un cow-boy ? As-tu envie d'apprendre à monter à cheval ?

Malgré son inexpérience, Forrest savait que l'enfant était trop petit pour le comprendre, et encore plus pour lui répondre, mais celui-ci semblait fasciné par sa voix. Ses grands yeux s'agrandirent encore. Avec ses traits délicats et ses cheveux châtains, il était le portrait craché de sa mère.

Il se mit à gazouiller, et une petite bulle s'échappa de ses lèvres. Forrest fronça les sourcils. Y avait-il un problème ? Où était passée Rae ?

Il avait été plus à l'aise en découvrant le corps momifié dans le jardin qu'il ne l'était maintenant avec ce nouveau-né dans les bras. La victime ne pouvait plus être sauvée ; la seule chose qu'il fallait faire pour elle, c'était trouver son meurtrier.

Mais ce petit d'homme...

Il était fragile, et Forrest pourrait lui faire du mal sans le vouloir. Cette perspective le terrifiait.

Pourquoi Connor ne pleurait-il plus ? Que lui avait fait Forrest Colton ?

Par la porte entrouverte de sa chambre, Rae épia l'homme qui se tenait dans sa cuisine. Il avait placé l'enfant dans le creux de son bras musclé et Connor le dévisageait sans bouger, comme envoûté.

Voilà bien longtemps qu'elle n'avait pas eu droit à ce genre de regard de la part de son fils. Avec elle, il pleurait presque tout le temps. Que trouvait-il de si fascinant à Forrest Colton ?

— Rae, vous êtes toujours là ?

— Oui, Kenneth, je suis là, répondit-elle.

Elle coinça le téléphone entre son épaule et son oreille pour tenter de s'habiller en même temps qu'elle écoutait son collègue du cabinet d'avocats.

— Voulez-vous que je vienne ? lui proposa-t-il.

— Non.

C'était un mot qu'elle lui avait souvent répété depuis qu'elle avait été embauchée. Non, elle ne voulait pas aller boire un café. Non, elle ne voulait pas dîner avec lui. On ne pouvait pas vraiment parler de harcèlement : il lui répétait régulièrement qu'il était heureux avec sa femme et qu'il voulait juste qu'elle se sente bien accueillie chez Lukas, Jolley et Fitzsimmons.

— En tout cas, sachez que je suis prêt à vous défendre si les fouilles menées chez vous soulèvent le moindre problème juridique, insista-t-il. Vous faites partie de la famille, maintenant.

Moins que lui, cependant, songea Rae. Kenneth était le gendre de maître Fitzsimmons.

Au sein du cabinet, il était ce qu'on appelait un « chasseur d'ambulances » : grâce à un récepteur scanner, il surveillait les communications radio de la police pour tenter de récupérer des clients. C'est comme ça qu'il avait appris que la coroner et une équipe de techniciens avaient été envoyées chez Rae.

— Je vais bientôt partir, lui dit-elle. Je dépose Connor à la crèche et je file au bureau. À tout à l'heure, Kenneth.

Dès qu'elle eut raccroché, elle enfila une longue robe d'été à la place de son T-shirt de nuit, puis appliqua un peu d'anticernes sous ses yeux. Une touche de mascara, et elle se dépêcha de rejoindre Forrest Colton dans la cuisine.

Il leva la tête vers elle et la fixa un long moment. Avait-il remarqué son maquillage ? S'imaginait-il qu'elle s'était faite belle pour lui ?

De nouveau, elle se sentit rougir.

— Excusez-moi, j'étais obligée de répondre, dit-elle.

— C'était votre mari ?

Rae ne put s'empêcher de rire.

— Pas le mien.

— Celui d'une autre, alors ?

— Je vous en prie, ne me faites pas passer pour ce que je ne suis pas... C'était un collègue. Il a entendu votre appel et il s'est inquiété.

Forrest Colton fronça les sourcils.

— Comment ça, il a entendu mon appel ?

— Il a un scanner. Ce n'est pas illégal.

— Et vous ? reprit Forrest. Avez-vous entendu quelque chose, hier soir ?

— Je vous ai déjà dit que non. Il n'y a que lui qui fait du bruit, la nuit.

Elle montrait Connor, qui s'était endormi dans les bras de Forrest. Quand ce dernier baissa les yeux, un sourire se dessina sur ses lèvres. Cela changeait radicalement de la grimace d'horreur qu'il avait faite lorsqu'elle lui avait confié le bébé...

— Comment s'appelle-t-il ?

— Connor. Connor Lemmon, ajouta-t-elle, voyant qu'il attendait la suite.

— Vous n'êtes pas mariée ?

— Je croyais que c'était clair.

Si elle l'avait été, jamais elle ne lui aurait proposé de danser. Visiblement, Forrest Colton était encore plus vieux jeu qu'elle.

— Vous savez, on n'est pas obligée d'être mariée pour avoir un bébé, fit-elle remarquer.

— Le père n'a pas voulu vous épouser ?

Rae resta sans voix. Ce type n'était pas seulement vieux jeu, c'était un mufle.

— Le père ne sait même pas qui je suis, rétorqua-t-elle.

Malgré sa colère, elle ne put s'empêcher de rire devant la mine choquée du policier. Surpris par le bruit, Connor commença à s'agiter, mais Forrest Colton le berça doucement et il se rendormit aussitôt. Comment se faisait-il que cet homme parvenait à apaiser son fils alors qu'il la mettait en boule ? s'interrogea Rae. Personne ne l'avait jamais exaspérée autant que lui.

— J'ai choisi d'avoir un enfant toute seule, expliqua-t-elle. Avec l'aide d'un donneur, bien sûr.

Avant qu'il tire d'autres conclusions peu flatteuses à son égard, elle ajouta :

— J'ai fait appel à une banque de sperme.

— Ah.

Tout le monde ne comprenait pas sa décision, mais elle s'en fichait. Elle aimait tellement Connor – même quand il l'empêchait de dormir ! Elle s'approcha pour lui caresser la joue.

— Vous avez donc *choisi* d'être mère célibataire, murmura Forrest.

Rae n'aurait su dire s'il approuvait ou non. De toute façon, cela lui était égal. Elle ne voulait pas d'un compagnon ou d'un mari auquel elle serait obligée de rendre des comptes et qui risquerait de l'abandonner, sinon de la décevoir.

— Connor est le seul homme dont j'ai besoin dans ma vie, précisa-t-elle.

— C'est dommage.

Elle redressa brusquement la tête. Se pouvait-il qu'il s'intéresse à elle, finalement ?

— Je veux dire... Il serait plus sûr que vous ne soyez pas seuls ici, Connor et vous, bafouilla Forrest.

— On croirait entendre Maggie et Bellamy, répondit-elle en soupirant.

— Elles s'inquiètent pour vous, elles aussi ?

Rae acquiesça. Et les deux femmes ne savaient pas encore qu'on avait découvert un cadavre dans son jardin...

Mais pourquoi Forrest Colton se souciait-il de sa sécurité, tout à coup ? se demanda-t-elle. S'il avait des vues sur elle, il ne se serait pas montré aussi désagréable. Son inquiétude était sans doute uniquement professionnelle.

— Mes amies me connaissent, dit-elle. Elles sont mieux placées que personne pour savoir que je suis capable de me débrouiller seule, sans la protection d'un homme.

— Je ne dis pas forcément que vous avez besoin d'un homme, mais de quelqu'un. Vous vous destinez à être avocate, pas policière.

— Vous pensez vraiment que je suis en danger ?

Dans ce cas, son fils l'était aussi...

— Je pense qu'il y a un tueur qui se balade à Whisperwood, et que personne n'est en sécurité, répondit-il.

Rae éprouva le besoin de reprendre son bébé. Quand ses doigts frôlèrent le bras musclé du policier, elle ne put s'empêcher de tressaillir.

Connor se mit immédiatement à pleurer. De toute évidence, il préférait être porté par Forrest Colton... Il avait de quoi être frustré, avec elle. Cette nuit, elle n'avait pas réussi à l'apaiser comme une mère aurait toujours dû être capable de le faire. En tout cas, même malade, Georgia avait su la réconforter et la rassurer. Elle lui manquait tellement... Jamais Rae n'avait eu à ce point besoin d'elle.

Car elle avait peur, et pas seulement du tueur. Peur d'avoir pris plus de responsabilités qu'elle ne pouvait en assumer...

Elle était seule.

Il avait passé la journée à surveiller la maison. Il avait vu les policiers relever les indices dans le jardin, il avait vu Rae partir le matin, puis revenir le soir alors que les agents avaient plié bagage. Il ne restait plus qu'elle sur place.

Elle et son bébé.

Il attendit dehors que toutes les lumières soient éteintes. Alors, il s'écarta de l'arbre contre lequel il était appuyé et s'avança vers le pavillon. À côté des marches qui menaient au porche, un gros pot en fer débordait de géraniums rouges, rappelant ceux des jardinières accrochées aux fenêtres. Il le bascula pour passer la main dessous.

Un sourire étira ses lèvres lorsque ses doigts se refermèrent sur une clé, fixée sous le pot grâce à un aimant. Satisfait, il grimpa le petit escalier et traversa le porche. Des planches craquèrent sous ses pas et la porte grinça quand il l'ouvrit ; retenant son souffle, il attendit un moment sans bouger, mais aucun bruit ne perturba le silence qui régnait dans la maison.

Celle-ci n'était pas grande : un salon, une cuisine et deux chambres séparées par une salle de bains. Il se dirigea vers la seconde, dont la porte était ouverte. La lumière de la lune se reflétait sur les étoiles fluorescentes collées au plafond, et un rayon caressait le visage du bébé endormi dans son berceau.

Il pénétra dans la pièce. Alors qu'il observait l'enfant, son cœur se serra. Cela lui répugnait d'en arriver là, mais il n'avait plus le choix.

D'une main tremblante, il attrapa dans sa poche un couteau à cran d'arrêt et fit sortir la lame. Puis il se pencha sur le petit lit.

4

Archer Thompson était complètement dépassé, et il en avait bien conscience. S'il avait recruté l'enquêteur d'Austin, Forrest Colton, ce n'était pas seulement parce que l'ouragan Brooke mobilisait tous ses effectifs. C'était surtout parce qu'il était lui-même trop proche d'une des victimes.

La gorge nouée, il regarda la photo sur l'étagère de son salon. Sa sœur Emmeline à seize ans. Si jolie...

Si douce.

Le premier corps mis au jour par la tempête avait été le sien, tant d'années après sa disparition. La situation était-elle la même pour la femme que Forrest avait découverte sur la propriété de Rae Lemmon ? Sa famille s'était-elle demandé pendant des décennies où elle était passée ?

Et l'inconnue du parking ?

Cette dernière était morte récemment, mais elle devait sans doute déjà manquer à ses proches, qui la croyaient peut-être emportée par l'ouragan. Pourtant, elle avait été tuée comme toutes les autres. Et Elliot Corgan ne pouvait pas être coupable, puisqu'il était mort.

Il avait juré qu'il n'avait pas touché à Emmeline.

Qui, alors ? Qui d'autre aurait pu vouloir faire du mal à l'adorable jeune fille qu'avait été sa sœur ?

Oui, le chef était trop impliqué émotionnellement pour trouver le meurtrier. Ce n'était pas le cas de Forrest Colton.

Lui serait capable d'examiner tous les faits avec objectivité. Il savait prendre du recul, sans quoi il n'aurait jamais résolu autant d'affaires à Austin. Rien ne le détournerait de sa tâche.

Forrest était distrait. Il ne cessait de penser à Rae Lemmon et à son enfant. Malgré l'entêtement de la jeune femme, il aurait dû insister pour poster un policier chez elle. Il aurait pu prétendre que c'était le protocole, qu'il fallait protéger la scène de crime.

La maison de Rae était si éloignée de la ville ! Certaines terres des Colton jouxtaient sa propriété, mais l'habitation la plus proche appartenait aux Corgan. Et l'un d'eux, Elliot, avait été un tueur en série. Comment avaient-ils réussi à cacher cela à la presse pendant tant d'années ?

Grâce à une décision de justice ?

Auquel cas, ils avaient dû soudoyer le juge... Avaient-ils également payé quelqu'un pour commettre d'autres meurtres, afin qu'Elliot Corgan paraisse innocent ? À cette pensée, Forrest sentit son sang se glacer dans ses veines.

Mais pourquoi se donner cette peine maintenant, alors qu'un deuxième membre de la famille Corgan avait été arrêté ? James, de son prénom, avait tenté d'assassiner son ex-femme, Maggie Reeves-Corgan, ainsi que le frère de Forrest, Jonah – lesquels étaient depuis fiancés. Par chance, James n'avait pas eu autant de succès que son grand-oncle en tant que meurtrier.

Les vieux dossiers de l'affaire Elliot Corgan s'entassaient sur le bureau de Forrest, dans le box qu'on lui avait assigné au poste de police de Whisperwood. Après les avoir épluchés un par un, il avait acquis la même certitude que le jury à l'époque : Elliot était coupable de tous les meurtres qu'on lui imputait.

Tous, sauf un.

Une des victimes, bien qu'étranglée, n'avait pas été

retrouvée avec un foulard rouge enfoncé dans la bouche. C'était aussi la seule à avoir été momifiée.

Comme la sœur du chef Thompson...

Et comme le corps retrouvé dans le jardin de Rae.

Forrest était convaincu qu'il y avait eu deux tueurs dès le départ, avant même qu'Elliot Corgan ait été arrêté et condamné à la perpétuité. Le second avait-il recommencé à tuer ? S'en était-il pris à Elliot ?

Jonah et Maggie avaient interrogé ce dernier en prison ; juste après leur passage, il s'était suicidé. Forrest partageait les doutes de son frère à ce sujet. Il pensait plutôt que le second meurtrier était venu faire taire Elliot Corgan, de peur qu'il ne révèle son identité.

Si cet individu avait pu s'introduire dans une prison de haute sécurité, il n'aurait eu aucune difficulté à pénétrer dans une maison éloignée de tout.

Forrest réprima un frisson. Il ne faisait pourtant pas froid dans cette grande salle où chaque bureau était séparé des autres par de petites cloisons. La climatisation fonctionnait à peine. Les policiers de garde étaient partis en patrouille, si bien qu'en dehors des agents affectés à l'accueil le bâtiment était quasiment désert.

Il ferait mieux de rentrer s'il ne voulait pas que ses parents s'inquiètent. Voilà des années qu'il était parti de chez eux, et ils se faisaient du souci comme pour un ado qui dépasserait l'heure autorisée. Pourtant, il ne rentrait jamais bien tard. Il n'avait nulle part où aller en dehors du travail. Mais c'était peut-être ça qui les inquiétait.

Forrest se massa la jambe. Il était resté trop longtemps assis et la sentait tout ankylosée. Ses parents craignaient sans doute aussi qu'il soit à nouveau blessé. Comme il l'avait été et l'était encore...

Lorsqu'il se leva, sa jambe se mit à trembler, menaçant de céder, mais il bloqua l'articulation de son genou et contourna le bureau d'un pas raide. Il commençait à s'en éloigner quand le téléphone fixe sonna. Poussant un soupir, il fit demi-tour en boitillant pour décrocher.

— Inspecteur Colton.

— Dr Bentley à l'appareil, du cabinet du médecin légiste, annonça sa correspondante. Nous avons identifié la victime.

— Eh bien, c'était rapide...

— Je parle de celle retrouvée chez Lone Star Pharma, précisa le Dr Bentley. Ça risque d'être un peu plus long pour l'autre, malgré son excellent état de conservation.

Forrest repensa à Rae et à son bébé, seuls dans cette maison alors qu'un corps momifié venait d'être découvert dans leur jardin. Son estomac se contracta. Malgré tout, il se devait d'accorder toute son attention à la famille de la victime du parking.

— Êtes-vous au cabinet ? s'enquit-il.

— Oui, inspecteur.

— Je vais passer pour jeter un coup d'œil sur le rapport d'autopsie.

Les proches de la jeune femme auraient sans doute envie de savoir ce qui lui était arrivé. Et qui l'avait tuée. Malheureusement, il ne pouvait pas encore leur donner de nom, mais il le ferait. Il fallait arrêter ce sadique avant qu'il s'en prenne à d'autres personnes.

L'image du joli visage de Rae se présenta une fois de plus à son esprit. Elle lui avait dit qu'elle pouvait se débrouiller seule. Elle était forte et pleine de ressources. Et pour avoir été acceptée en école de droit, elle devait être intelligente. Trop intelligente pour prendre des risques. Il n'avait aucune raison de s'angoisser.

Mais ces autres femmes avaient peut-être cru elles aussi qu'elles n'avaient besoin de personne pour les protéger. À présent, elles étaient à la morgue. Forrest n'avait pas envie que Rae Lemmon s'y retrouve à son tour.

Malgré la fatigue des nuits blanches accumulées, Rae n'arrivait pas à dormir. Le sommeil continuait de lui échapper. Et, cette fois-ci, Connor n'y était pour rien.

Il était parfaitement silencieux – à tel point qu'elle en eut la chair de poule. Était-ce normal ? Bien sûr que oui, s'admonesta-t-elle. Lui aussi était épuisé, peut-être même plus qu'elle, car c'est lui qui avait pleuré pendant des heures ces derniers jours. Il dormait sans doute profondément, comme elle aurait tant aimé pouvoir le faire.

Contrairement à Connor, cependant, elle n'ignorait pas qu'un corps avait été retrouvé sur leur propriété le matin même.

De qui s'agissait-il ? Le meurtre avait-il été commis ici, dans son jardin ? Ou carrément dans la maison ?

Elle chassa bien vite cette pensée.

À son retour du travail, les techniciens étaient déjà repartis, en laissant leur ruban jaune autour de la scène. Non pas qu'elle eût la moindre envie d'y mettre les pieds...

Forrest Colton reviendrait-il faire des prélèvements ? Avec l'accueil qu'elle lui avait réservé aujourd'hui, nul doute qu'il lui présenterait un mandat de perquisition, cette fois-ci. Ce type l'agaçait comme personne, et elle ne comprenait pas pourquoi.

Rae se retourna dans son lit, mais ses pieds se prirent entre les draps. Alors qu'elle les repoussait, elle se figea. Elle avait entendu un bruit. Comme si le plancher avait craqué.

L'instant d'après, Connor se mit à hurler. Ce n'étaient pas ses pleurs habituels, causés par les coliques qui le réveillaient d'un sommeil déjà agité : cela ressemblait davantage à un cri de terreur – peut-être teinté de douleur.

Rae bondit du lit, s'entrava entre les draps. Elle s'en dégagea tant bien que mal et fonça dans la chambre de son bébé. Si elle avait rencontré quelqu'un en chemin, elle lui serait passée dessus comme un bulldozer, tant elle était pressée d'atteindre son fils.

Il n'y avait personne dans la chambre, mais elle perçut comme un reste de présence, une odeur. Quelqu'un était venu ici. Elle se précipita vers le berceau.

Allongé sur le dos, Connor battait des bras et des jambes en hurlant à pleins poumons. Rae le prit contre elle pour le consoler, tout en vérifiant qu'il n'était pas blessé. Son petit corps était en sueur et tout contracté de colère, mais il semblait sain et sauf. Alors qu'elle lui caressait le dos pour tenter de le calmer, quelques cheveux restèrent collés à sa paume. Se les était-il arrachés à force de s'agiter ?

Peut-être devrait-elle appeler un médecin. Ou l'emmener directement aux urgences...

Elle continua de lui murmurer des paroles apaisantes en le berçant doucement. Son cœur battait presque aussi vite que celui de Connor. Bientôt, il se détendit, et ses pleurs terrifiés laissèrent place à de petits sanglots.

Rae put de nouveau entendre ce qui se passait autour. Et cette fois-ci, ce n'était pas le plancher qui craquait, mais la porte d'entrée qui se refermait.

Il fallait appeler la police.

Et si l'intrus lui avait volé son téléphone ou son sac à main ? Rae s'en fichait, tant que son bébé n'avait rien.

Tout en le gardant serré dans ses bras, elle retourna dans sa chambre et, d'une main tremblante, alluma. Son portable était toujours branché sur la table de nuit. Alors qu'elle allait s'en emparer, la brise qui entrait par la fenêtre ouverte fit remuer une feuille de papier posée sur son oreiller. Et, avec elle, une petite mèche de cheveux châtains, doux et fins comme ceux d'un bébé.

C'était ceux de Connor, comprit-elle avec horreur. En examinant la tête du nourrisson, elle trouva l'endroit d'où ils avaient été coupés : juste au-dessus de son oreille gauche.

Dieu merci, son fils n'avait pas été blessé, mais il aurait pu l'être. Il aurait même pu être kidnappé. Pourquoi ? Pourquoi avait-on fait cela à son bébé ?

Rae ramassa le papier et lut le message griffonné dessus.

Débarrasse-toi du flic ou tu peux dire adieu à ton gamin. Pour toujours.

Quel flic ? se demanda-t-elle, paniquée. Forrest Colton ? Cela avait-il un rapport avec le cadavre retrouvé dans son jardin ?

Elle n'y était pour rien ! Ce n'était même pas elle qui l'avait découvert, ni même qui avait prévenu la police...

Impossible d'appeler à l'aide, à présent. Celui qui était entré chez elle et lui avait laissé ce mot pouvait très bien être dehors, en train de la surveiller. Et que ferait-il si elle ignorait son avertissement ? Reviendrait-il pour lui prendre son bébé ?

Pour le tuer ?

5

Elle avait un nom, à présent. La jeune femme retrouvée morte lors de l'excavation du parking s'appelait Patrice Eccleston et était âgée de vingt-deux ans. Ses proches avaient signalé sa disparition peu après que l'ouragan Brooke s'était abattu sur la côte du golfe du Mexique.

Ils n'avaient su dire avec précision quand ils lui avaient parlé pour la dernière fois, ni à quel moment elle avait pu être enlevée ou faire une mauvaise rencontre. Quoi qu'il en soit, elle n'avait aucune raison de traîner autour de Lone Star Pharma.

Forrest était de nouveau sur place : il devait dégager les lieux pour que le chantier puisse reprendre. Mais, avant cela, il voulait s'assurer que rien n'avait échappé aux policiers, aucun détail susceptible de les conduire jusqu'au meurtrier de Patrice.

Son cadavre ayant été découvert en fin d'après-midi, le relevé des indices avait duré jusque tard dans la nuit. Qui sait, les techniciens avaient peut-être raté quelque chose...

Contrairement aux autres victimes, celle-ci n'avait pas été embaumée. Le tueur avait-il été interrompu ? Était-il trop vieux pour manipuler les corps comme jadis ?

Il fallait être fort pour porter Patrice, une femme jeune et en très bonne forme physique. Nul doute qu'elle s'était débattue. La coroner le confirmait d'ailleurs dans son rapport d'autopsie, qui faisait état de diverses contusions et meurtrissures. La pauvre Patrice s'était bien défendue, mais elle avait perdu.

Restait à savoir qui avait gagné. Qui l'avait arrachée si tôt à la vie.

Le ruban jaune pendait entre les fins piquets de métal plantés autour des monticules de terre et de la tractopelle. Pourquoi la jeune femme avait-elle été enterrée ici ? s'interrogea Forrest. Et pourquoi elle ? Connaissait-elle son meurtrier, ou s'agissait-il d'un étranger qui l'avait choisie au hasard ?

Tant de questions sans réponses...

Forrest enjamba la rubalise. Comme son pied s'enfonçait dans la terre fraîchement retournée, il repensa à la fosse creusée sur la propriété de Rae Lemmon. Bizarrement, là-bas, le corps semblait avoir été exhumé intentionnellement, alors que celui de la sœur du chef Thompson avait été mis au jour par la tempête, et celui de Patrice Eccleston à l'occasion de travaux. Comment expliquer ces différences ?

Il s'approcha de l'endroit où le cadavre de la jeune femme avait été retrouvé. À l'aide d'un des piquets, il entreprit de fouiller le sol tout autour... et son outil improvisé buta contre un objet métallique enfoui dans la terre. Le cœur battant, Forrest dégagea ce qui ressemblait à trois pièces, ou trois boutons.

Il se pencha pour les examiner de plus près. Les cercles dorés étaient presque identiques à ceux qu'il avait découverts dans le jardin de Rae Lemmon. Pourtant, le meurtre de Patrice était récent, alors que celui du corps momifié remontait sans doute à plusieurs dizaines d'années... Peut-être ce dernier avait-il simplement été déplacé ?

Forrest devait découvrir ce qui reliait tous ces crimes. Et ce que Rae Lemmon venait faire dans le tableau.

Même après avoir fermé toutes les fenêtres et barricadé la porte d'entrée, Rae n'avait pas réussi à dormir. Elle sentait encore la présence de l'inconnu, persuadée qu'il se tenait à proximité pour la surveiller. Pour voir si elle allait passer outre ses menaces.

Cela l'avait tellement démangée, pendant la nuit... D'appeler la police, ou au moins ses amies. Mais celles-ci auraient insisté pour qu'elle prévienne les autorités ou, pire, Forrest Colton. Et Rae ne voulait pour rien au monde risquer la vie de son fils.

Sans doute aurait-elle trouvé le sommeil plus facilement si elle n'était pas restée dans la chambre de Connor, recroquevillée dans le fauteuil à côté de son berceau. Malgré sa frayeur nocturne, il n'avait pas eu trop de mal à se rendormir. L'incident n'avait peut-être été pour lui qu'un mauvais rêve.

Si seulement c'était le cas, songea Rae. Mais le mot et la mèche de cheveux prouvaient malheureusement le contraire.

Cela ne pouvait pas se reproduire. Aucun autre étranger ne s'approcherait de son bébé d'aussi près.

Une image lui traversa l'esprit – Connor confortablement installé dans les bras de Forrest Colton. Son fils avait paru tellement satisfait, après sa mauvaise nuit ! Une chose était certaine : il n'avait absolument pas perçu le policier comme un étranger.

Pourtant, il faudrait bien que ce dernier le redevienne. Qu'il garde ses distances avec eux.

Pendant que Connor dormait, Rae avait pris une douche et s'était habillée. Elle n'était pas pressée de retourner travailler, mais elle n'avait pas le choix. Elle était seule à payer les factures, la crèche, la nourriture et le reste.

Par chance, sa mère lui avait légué la maison à sa mort, l'année précédente. Georgia l'avait achetée avant de rencontrer le père de Rae et avait toujours refusé d'ajouter son nom sur le titre de propriété. Elle craignait sûrement qu'il la perde, d'une façon ou d'une autre. À la place, c'était elle qui l'avait perdu : il était parti quand elle était tombée malade.

Rae en avait déduit que les hommes n'étaient pas dignes de confiance. Elle s'était promis de ne jamais avoir besoin d'eux. Et elle avait bien fait, car aucun de ses petits amis n'avait daigné rester.

Elle se pencha au-dessus du berceau pour effleurer des doigts la joue de Connor. Ce petit homme-là, en revanche, elle en avait besoin. Elle ne s'imaginait pas vivre sans lui, quand bien même il ne partageait son existence que depuis deux mois.

Et elle ferait tout ce qui était en son pouvoir pour qu'il ne lui arrive rien.

Dehors, le grondement d'un moteur se rapprocha puis un véhicule s'arrêta dans l'allée. Pourquoi n'avait-elle pas entendu ce bruit, hier soir ? L'intrus était-il arrivé à pied ? Ou à cheval, comme Forrest Colton le matin même ?

Connor ouvrit les yeux et la regarda d'un air ensommeillé. Il avait dû voir la personne qui lui avait coupé une mèche de cheveux. Si seulement il pouvait parler…

Rae le souleva dans ses bras avant d'aller jeter un coup d'œil sur la voiture qui venait de se garer devant chez elle. Un gros mot lui échappa quand elle vit le SUV de la police et l'homme qui en descendait.

Forrest Colton.

Il n'y avait personne alentour. L'inconnu était-il parti ? S'il se cachait toujours quelque part, il constaterait que le policier était là malgré son avertissement. Il penserait qu'elle n'en avait pas tenu compte. Qu'elle s'en fichait.

Saisie d'angoisse, Rae serra Connor si fort qu'il se mit à pleurer. Inutile de prétendre qu'il n'y avait personne chez elle. C'était trop tard, Forrest avait dû entendre les cris. Il appuya sur la sonnette.

Rae retira la chaise qu'elle avait coincée sous la poignée de la porte et entrouvrit celle-ci.

— Que voulez-vous ? lui demanda-t-elle froidement.

L'espace d'un instant, il sembla surpris par son accueil, puis il regarda Connor, qui pleurait toujours.

— Ah... Il vous a encore empêchée de dormir ?

— Pas lui, répondit-elle sans réfléchir.

Forrest Colton haussa un sourcil intrigué.

— Qui, alors ?

— Cela ne vous regarde pas.

— En l'occurrence, si, répliqua-t-il. Depuis hier, votre propriété est une scène de crime. J'ai besoin de savoir qui y a accès. Quelqu'un vous a-t-il rendu visite ?

— Mes amies viennent me voir régulièrement. Vous les connaissez – Maggie et Bellamy.

— Qui d'autre ?

— Je ne sais pas. Je n'ai vu personne d'autre.

Ce n'était pas faux, même si un individu était bel et bien venu. Elle en avait la preuve. Et il fallait qu'elle se débarrasse de Forrest au plus vite.

— Si vous permettez, je dois me préparer pour aller travailler, dit-elle en commençant à refermer la porte.

Il glissa son pied dans l'ouverture pour l'en empêcher.

— Vous êtes déjà habillée, observa-t-il.

Elle crut déceler une pointe de déception dans son regard, mais elle avait sans doute rêvé. Il ne pouvait pas l'avoir trouvée attirante dans son vieux T-shirt. Aujourd'hui, elle portait un pantalon de tailleur noir et un chemisier boutonné jusqu'au cou. Les associés du cabinet d'avocats avaient un code vestimentaire assez strict – même Kenneth Dawson, malgré ses pratiques à la limite de la légalité.

— Je dois habiller Connor pour l'emmener à la crèche, précisa-t-elle.

Son fils avait cessé de pleurer mais se tortillait toujours

dans ses bras. Il devait commencer à avoir faim. Et sa couche était sans doute mouillée.

Forrest l'étudia du regard.

— Vous êtes sûre que vous allez bien ?

— Très bien, répondit-elle un peu vite. C'est juste que je suis pressée. Je vous l'ai déjà dit, je n'ai aucune réponse à vous donner. Je ne sais pas comment ce corps s'est retrouvé dans mon jardin. Je ne sais rien !

Elle tenta de pousser la porte avec son épaule.

— Vous avez besoin d'aide, affirma Forrest en résistant.

Elle se figea. Était-il au courant ?

— Ne soyez pas têtue à ce point, poursuivit-il. Je sais que vous pensez pouvoir vous débrouiller seule...

— Parce que c'est vrai, l'interrompit-elle, piquée au vif.

— Vous avez peur de quelque chose, c'est évident, insista-t-il en montrant la chaise près de la porte.

— Je vous rappelle qu'un cadavre a été découvert chez moi.

— Vous n'aviez pas peur, hier.

— Je n'avais pas encore eu le temps de réaliser.

— Acceptez de vous faire aider, Rae.

— Je n'ai pas besoin de votre aide !

— Je n'ai jamais dit que j'étais volontaire. Je pensais à vos amies, Maggie et Bellamy.

Rae sentit le rouge lui monter aux joues. Évidemment, il ne lui proposait pas de la protéger personnellement... Il n'avait même pas voulu danser avec elle ! Si elle lui racontait ce qui s'était passé cette nuit, il se contenterait de confier l'enquête à un autre policier. Il avait mieux à faire que de perdre du temps à retrouver le type qui l'avait menacée.

— Bellamy est en lune de miel, lui rappela-t-elle.

— Ils reviennent aujourd'hui. Et Maggie ne partirait pas...

— ... Sans Jonah, le coupa-t-elle.

Ce dernier n'était pas un policier à proprement parler,

mais il faisait partie des Cow-boy Heroes ; pour l'inconnu qui lui avait laissé le mot, cela revenait sûrement au même.

— Vous n'aimez pas mon frère ? s'enquit Forrest, sur la défensive.

Elle poussa un soupir.

— J'aime beaucoup Jonah. Notamment parce qu'il rend Maggie heureuse. Et justement, je n'ai pas envie de troubler leur bonheur avec mes histoires. Surtout après toutes les épreuves que Maggie a traversées à cause de son ex-mari.

— Je sais que mes frères ne considéreraient pas comme une intrusion le fait que vous demandiez de l'aide à vos amies, répliqua Forrest. Et même si je ne connais pas encore très bien ces dernières, je suis sûr que cela ne les dérangerait pas non plus.

— Au contraire, admit-elle.

Elles seraient même ravies de l'épauler… Sauf qu'elles la harcèleraient pour qu'elle se confie à la police – et à Forrest Colton en particulier, puisque l'enquête qu'il menait dans le jardin de Rae semblait être à l'origine des menaces qu'elle avait reçues.

Mais pourquoi ?

Rae brûlait de savoir qui avait été enterré là et par qui cette personne avait été tuée. Elle voulait que le coupable soit jugé. Mais elle n'était pas prête à risquer la vie de son bébé pour cela.

— Je dois bientôt m'en aller, répéta-t-elle. Je vous demande de partir.

Forrest Colton ne bougea pas d'un pouce.

— Tout de suite ! s'écria-t-elle d'un ton désespéré.

Mais il bloquait toujours la porte de son corps massif, et elle n'avait pas le moindre espoir de l'en déloger. Un silence se fit tandis qu'il plongeait les yeux dans les siens, comme pour chercher à lire au fond de son âme. Imperceptiblement, il pencha la tête vers elle.

Rae retint son souffle, soudain gagnée par une puissante émotion. Cette fois-ci, ce n'était pas de la peur. C'était... une attirance physique à l'état pur. La même qu'elle avait éprouvée sans se l'avouer au mariage de Bellamy, face à cet homme meurtri mais formidablement sexy.

Rae lutta contre la tentation de presser sa bouche contre la sienne. Il lui aurait suffi de se hisser sur la pointe des pieds et de basculer légèrement la tête en arrière... Mais qu'en penserait l'intrus de cette nuit, s'il l'épiait toujours ? Elle n'osait pas l'imaginer... Un petit gémissement de frustration s'échappa de ses lèvres.

— S'il vous plaît, murmura-t-elle. Laissez-moi tranquille.

Forrest Colton se redressa brusquement et recula d'un pas, comme si elle l'avait giflée. Enfin, elle put refermer la porte entre eux – et elle le fit avec tant de force que Connor se remit à pleurer.

Lorsqu'elle sortit de chez elle un quart d'heure plus tard, Forrest était au volant de sa voiture, toujours garée dans l'allée. Il n'y avait plus la moindre trace de désir dans son regard, seulement de l'irritation.

— Que faites-vous encore ici ? s'enquit-elle.

— J'ai ce mandat que vous me demandiez, dit-il en agitant une feuille de papier par-dessus sa vitre baissée.

Elle fronça les sourcils.

— Un mandat ? Mais vous avez déjà fouillé mon jardin...

— Le jardin, pas la maison.

— Vous voulez inspecter ma maison ?

— Oui, et ce document m'en donne le droit.

Rae accorda à peine un regard au mandat en question.

— Si ça vous chante, soupira-t-elle. Mais vous ne trouverez rien.

Elle remonta les marches du porche pour lui ouvrir la porte. Aucun risque qu'il découvre la lettre de menace : elle l'avait soigneusement rangée avec la mèche de cheveux dans un sac en plastique, qu'elle avait glissé dans son sac à main.

— Je vous demande juste de bien refermer en partant, ajouta-t-elle, tout en sachant que c'était une précaution inutile.

L'étranger avait réussi à entrer chez elle sans qu'elle n'entende rien. Était-il toujours là ? Si oui, comment réagirait-il en voyant Forrest Colton fureter dans la maison ? Mettrait-il sa menace à exécution ?

Ses yeux s'emplirent de larmes. Elle se détourna de Forrest et cligna furieusement des paupières pour tenter de les refouler. Mais il avait dû les voir, car il lui saisit le bras.

— Qu'est-ce qui se passe ? demanda-t-il de sa voix grave, soudain empreinte d'inquiétude.

— Je...

Tais-toi, s'ordonna-t-elle.

— Vous pouvez me parler, vous savez, murmura-t-il, comme s'il avait lu dans ses pensées.

— Je dois y aller.

Elle se dégagea et courut jusqu'à sa voiture. Avec un peu de chance, l'inconnu avait assisté à la scène, et il avait compris qu'elle faisait tout ce qu'elle pouvait pour se débarrasser de Forrest Colton.

Mais peut-être...

Peut-être ne voulait-il pas seulement le voir s'éloigner. Peut-être désirait-il le voir mort.

6

Forrest n'avait pas cessé de penser à Rae depuis qu'ils s'étaient quittés devant chez elle ce matin. Bon sang, il n'avait pas cessé de penser à elle depuis qu'il l'avait vue au mariage de Bellamy et de Donovan...

C'était peut-être pour ça qu'il était venu chez eux. Pour savoir comment s'était passée leur lune de miel, bien sûr, mais surtout pour en apprendre plus sur la jeune femme qui le fascinait et l'exaspérait tout à la fois.

Il avait failli l'embrasser, ce matin. Son pouls s'emballait au seul souvenir de ses lèvres, si proches des siennes... Il avait presque goûté la fraîcheur de son haleine. Heureusement, il n'avait pas cédé à la tentation. Cela aurait pour le moins manqué de professionnalisme.

S'il ne la considérait pas comme suspecte, il avait tout de même trouvé un cadavre dans son jardin, et quelque chose lui disait qu'elle en savait plus que ce qu'elle voulait bien admettre. Elle avait paru si effrayée !

Ceci dit, elle avait des raisons de l'être. Un tueur sévissait à Whisperwood. Il fallait absolument que Forrest l'arrête.

— Je crois qu'on l'ennuie à mort avec nos histoires, observa Bellamy en riant.

— Il est comme ça quand il résout une enquête, répondit Donovan. Tellement concentré que le monde autour de lui n'existe plus.

Son frère n'avait pas tort, songea Forrest. Il était comme ça, habituellement. Mais là, son esprit était entièrement focalisé sur Rae Lemmon. Comment prétendait-il attraper un meurtrier, dans ces conditions ?

À moins qu'elle ne connaisse l'identité du tueur... Était-ce pour cela qu'elle avait été si pressée de se débarrasser de lui ce matin ? Essayait-elle de protéger quelqu'un ?

— En plus, il travaille sur deux affaires, continua Donovan en parlant de Forrest comme s'il n'était pas là.

— Deux ? répéta Bellamy, étonnée. Ah oui, la sœur du chef et la femme retrouvée sur le parking. Mais avec autant d'années d'écart entre les deux meurtres, il y a peu de chances qu'il y ait un rapport.

Forrest n'en était pas si sûr. Cependant, il se garda de partager ses soupçons avec Bellamy, qui n'avait pas l'air de posséder tous les éléments. Il avait informé son frère au sujet de la découverte qu'il avait faite chez Rae Lemmon, mais Donovan ne semblait pas encore avoir annoncé la nouvelle à sa femme. Et elle ne l'avait pas apprise non plus de la bouche de Rae.

Pourquoi celle-ci refusait-elle de chercher de l'aide auprès de ses amies ? Pourquoi était-elle si résolue à tout faire toute seule ?

— Qu'y a-t-il ? demanda Bellamy en regardant les deux hommes tour à tour. Il est arrivé autre chose ?

— Je ne voulais pas te contrarier, commença Donovan. Surtout en ce moment.

— Je suis enceinte, pas malade ! Je peux supporter d'être contrariée. Et ça vaut mieux pour toi, parce que je le suis, maintenant !

— Euh, je ferais mieux d'y aller, murmura Forrest en se levant de sa chaise.

Bellamy le força à se rasseoir.

— Qu'est-ce qui se passe ? lui demanda-t-elle.

Forrest jeta un coup d'œil à son frère, qui approuva d'un signe de tête.

— J'ai trouvé un autre corps.

— Mon Dieu...

— Dans le jardin de Rae, précisa-t-il.

Bellamy se tourna vers son mari, furieuse.

— Et tu ne m'as rien dit ?

— C'est arrivé hier, intervint Forrest, qui ne voulait surtout pas créer de tensions dans leur couple.

— Tu ne te sentais pas bien, rappela gentiment Donovan.

— J'étais fatiguée.

Elle caressa son ventre, qui commençait à s'arrondir.

— *Nous* étions fatigués.

Donovan passa un bras autour de sa taille et déposa un baiser sur son front.

— J'allais te le dire quand Forrest est arrivé. Pourquoi es-tu là, au fait ? demanda-t-il à son frère. J'imagine que ce n'est pas pour nous entendre parler de notre lune de miel.

— Si, en partie.

Forrest était sincèrement heureux pour Bellamy et Donovan. Ils méritaient amplement leur bonheur.

— Pour quoi d'autre, alors ? insista ce dernier.

Forrest leva les yeux vers Bellamy.

— Je voulais te parler de Rae. C'est ta meilleure amie, n'est-ce pas ?

— Oui.

— Tu la connais donc mieux que personne ?

— Je pense, oui. On a grandi ensemble. Mais je crois qu'on s'est encore plus rapprochées à l'adolescence, quand on a dû prendre soin de nos parents malades. Le père de Rae est parti au moment où on a diagnostiqué un cancer à sa mère, et Rae a dû s'occuper d'elle toute seule. Heureusement, Georgia Lemmon était solide : elle a survécu. Cette fois-là.

— Mais le cancer est revenu, devina Forrest.

Bellamy acquiesça.

— Et sa chiffe molle de père ?

— Elle ne l'a jamais revu.

Pas étonnant que Rae ait décidé de se passer d'un mari pour fonder une famille, avec l'exemple que lui avait donné cet homme...

Mais la tendance à abandonner un partenaire malade n'était pas propre à la gent masculine. Après la fusillade, alors que Forrest apprenait à remarcher avec les kinés du centre de rééducation, Shannon lui avait envoyé un texto :

Désolée, mais je n'ai pas signé pour ça.

Cela avait le mérite d'être franc – même si, en l'occurrence, ils n'avaient encore rien signé du tout.

— Ce corps, dans le jardin de Rae... Est-ce que ça pourrait être celui de son père ? demanda Bellamy. Il n'est peut-être jamais parti, après tout.

— Non, le cadavre était de sexe féminin, et embaumé comme celui de la sœur du chef.

— Quelle horreur...

— Forrest retrouvera l'ordure qui a fait ça, lui promit Donovan en la serrant contre lui.

L'intéressé n'était pas sûr de mériter une telle confiance. Il n'avait même pas de piste, en dehors de ces objets métalliques qu'il avait envoyés au labo.

— Je m'inquiète pour Rae, confia Bellamy. Comment l'as-tu trouvée ?

— Têtue.

La jeune femme eut un sourire.

— Tu commences à bien la connaître, alors.

— Je ne la connais pas du tout, répliqua Forrest en balayant le souvenir de cet instant où il avait failli l'embrasser. Elle ne veut pas me parler, ni répondre à mes questions.

Bellamy fronça les sourcils.

— Quelles questions veux-tu lui poser ? Tu ne la soupçonnes pas, quand même ?

— Évidemment que non, intervint Donovan.

Forrest regarda son frère d'un air ennuyé.

— Je n'ai pas envie de la soupçonner, mais je suis sûr qu'elle ne me dit pas tout.

Sinon, pourquoi aurait-elle été si impatiente de le chasser de chez elle, ce matin ? Certes, elle devait partir au travail, mais quelque chose d'autre la préoccupait. Quelque chose qui le concernait lui, ou au moins l'enquête.

— Rae a du mal à faire confiance aux gens, expliqua Bellamy.

— Elle n'est pas la seule, observa Donovan en jetant un bref coup d'œil vers Forrest.

— C'est peut-être normal, pour un enquêteur, avança la jeune femme.

— Oh ! il n'y a pas que ça.

Donovan avait dû raconter à son épouse l'expérience malheureuse de son frère, car elle prit la main de Forrest dans la sienne.

— J'avais oublié, murmura-t-elle. Je suis désolée.

— Moi, je ne le suis pas, rétorqua-t-il – et, pour la première fois, il le pensait sincèrement. Il valait mieux que je découvre sa vraie nature avant qu'on soit mariés.

Le départ de Shannon ne l'avait pas tant bouleversé que ça, à bien y réfléchir. Sans doute ne l'avait-il pas aimée comme son frère Dallas avait aimé sa femme, Ivy. La mort de cette dernière l'avait dévasté.

— Tu es mieux sans elle, approuva Donovan. Cette fille était égoïste. Tu mérites quelqu'un de bien. Quelqu'un comme Bellamy.

— Ou comme Rae, renchérit-elle en haussant les sourcils.

Forrest laissa échapper un rire amer.

— Elle m'a clairement fait comprendre qu'elle n'était pas intéressée.

Pourtant, l'espace d'un instant, il lui avait semblé qu'elle regardait sa bouche avec autant d'avidité qu'il regardait la sienne. Mais elle s'était brusquement écartée, et une ombre de panique avait plané sur son joli visage.

De quoi avait-elle peur ?

Dès que la porte se fut refermée sur son frère, Donovan se tourna vers Bellamy, le cœur battant.

— Tu m'en veux beaucoup ?

— Tu n'aurais pas dû me cacher cette information concernant Rae, répondit-elle.

— Je suis désolé.

Il avait craint que la nouvelle ne lui cause trop d'émotions. Sa jeune épouse avait paru si fatiguée, ces derniers jours ! Et il ne pouvait rien faire pour l'aider, hormis essayer de la protéger. Il l'entoura de ses bras.

— Tu t'inquiètes trop pour moi, murmura Bellamy en se laissant aller contre lui. Je ne suis pas fragile, tu sais.

— C'est vrai. Mais je ne voulais pas que tu te fasses du souci pour Rae.

— Je me fais toujours du souci pour Rae.

— Elle aussi, elle est forte.

— Mais elle a déjà eu assez de problèmes comme ça.

La jeune femme marqua un silence.

— On a joué un paquet de fois dans ce jardin, quand on était petites… Et si le corps y était déjà à l'époque ?

Donovan lui caressa le dos pour tenter de la réconforter. Une seule chose les soulagerait tous : que le meurtrier soit arrêté.

— Tu crois que Forrest pourrait avoir raison ? demanda-t-il, pensif. Que Rae en saurait plus qu'elle ne le dit ?

Bellamy s'écarta et planta le regard dans le sien.

— Non. Rae n'a rien à voir avec ces meurtres.

— Mais elle a peut-être une idée de qui les a commis…

— Si c'était le cas, elle en aurait parlé à Forrest ou au chef. Elle a entamé des études de droit parce qu'elle voulait agir contre la criminalité. Jamais elle ne protégerait un meurtrier.

— Même si ce dernier était un ami ? insista Donovan. Ou un parent ?

— La seule personne pour laquelle elle serait prête à enfreindre la loi, c'est son bébé. Et Connor n'est pour rien dans ces histoires.

— Évidemment.

Donovan ne savait quoi penser. Certes, Bellamy fréquentait Rae depuis la maternelle, mais lui connaissait bien son frère. Et l'instinct de Forrest le trompait rarement quand il enquêtait sur une affaire.

Rae avait eu encore plus de mal que d'habitude à laisser Connor à la crèche ce matin. Pourtant, elle n'avait pas de raisons de s'inquiéter. L'établissement comptait un certain nombre de figures maternelles encore plus protectrices qu'elle – dont Bob McCauley, le directeur, un ancien joueur de football américain. Pour s'en prendre à un bébé placé sous sa responsabilité, il faudrait d'abord lui passer sur le corps…

Sachant cela, Rae avait tenté de se concentrer sur son travail. Elle avait une montagne de recherches à effectuer pour un des associés du cabinet d'avocats. Elle aurait sûrement pu finir plus tôt si elle n'avait pas été aussi distraite… Lorsqu'elle remarqua l'heure sur son écran d'ordinateur, elle étouffa une exclamation de stupeur, qui résonna étrangement dans la petite pièce. Aucun bruit ne lui parvenait de derrière la porte.

Tout le monde avait dû partir. Et c'est ce qu'elle aurait dû faire elle aussi depuis longtemps. Heureusement, la crèche proposait des horaires assez souples pour les parents qui travaillaient tard ou qui suivaient des cours du soir, comme Rae deux fois par semaine. Mais elle avait hâte de retrouver son fils après une journée entière passée loin de lui – hâte aussi de quitter cet endroit. Les locaux déserts avaient quelque chose de lugubre.

Elle éteignit son ordinateur et rassembla ses affaires dans son sac à main, où se trouvait toujours le sachet contenant la lettre et la mèche de cheveux. Aurait-elle dû les confier à Forrest ?

Non. Hors de question de prendre un tel risque, quand bien même elle rêvait de punir celui qui avait osé menacer son bébé.

S'agissait-il du meurtrier ? Sans doute. Qui d'autre aurait des raisons de vouloir éloigner Forrest Colton ? *Toi*, fit une petite voix dans sa tête. Rae avait suffisamment de soucis comme ça pour devoir en plus gérer cette attirance agaçante qu'il faisait naître en elle.

Le sac sur l'épaule, elle sortit dans le couloir. À l'instar de son bureau, celui-ci était dépourvu de fenêtres, et quelqu'un avait éteint toutes les lumières. N'avait-on pas remarqué qu'elle était encore là ? Ou l'avait-on fait exprès pour l'effrayer encore plus ?

Rae eut la chair de poule à l'idée que l'intrus de cette nuit puisse savoir où elle travaillait. Whisperwood était une petite ville, presque tout le monde se connaissait. Ce n'était pas difficile d'obtenir des informations sur l'un ou l'autre de ses habitants.

Alors qu'elle se dirigeait rapidement vers les ascenseurs, un bruit sourd résonna dans un des bureaux fermés qu'elle venait de dépasser. Rae se figea, le cœur battant. Aussitôt après, un gloussement se fit entendre, et la poignée de la porte grinça.

La tête de Kenneth Dawson apparut dans l'entrebâillement, ses cheveux blonds et clairsemés légèrement décoiffés.

— Rae ! Je ne savais pas que vous étiez encore là. Vous aussi, vous faites des heures supplémentaires ?

À voir son visage rougi, il avait plutôt fait du sport...

— Oui, j'avais un travail à finir, répondit-elle.

Il jeta un coup d'œil derrière lui, gêné.

— Ma femme m'a apporté à dîner.

— C'est gentil de sa part.

— N'est-ce pas ?

Bizarrement, Kenneth n'ouvrit pas plus la porte pour lui présenter son épouse, alors qu'il avait déjà invité Rae à venir manger chez eux. Il devait se douter qu'elle allait chercher Connor à la crèche, et qu'elle était pressée. C'était effectivement le cas.

— Eh bien, bon appétit, lança-t-elle. Et bonne soirée.

Elle fila vers les ascenseurs. Au moment où les portes se refermaient sur elle, un autre gloussement retentit. Mme Dawson avait une voix bien jeune...

En rejoignant sa voiture, puis sur le trajet de la crèche, Rae se surprit à regarder plusieurs fois derrière elle. Personne ne semblait la suivre. Mais, comme Forrest Colton le lui avait fait remarquer, elle se destinait à être avocate, pas policière. Elle n'avait pas les compétences pour estimer le degré de menace qui pesait sur elle ou sur son fils.

— Tout va bien ? lui demanda Bob McCauley tandis qu'elle installait Connor dans son siège-auto. J'ai entendu dire qu'on avait trouvé un corps dans votre jardin. Si vous avez besoin de quoi que ce soit, faites-moi signe.

Rae hésita à se confier au directeur de la crèche. Il lui conseillerait sûrement de prévenir la police. Et la dernière chose dont elle avait envie, c'était bien de voir l'inspecteur Forrest Colton débarquer à nouveau chez elle...

Elle espérait qu'il en avait fini avec ses relevés d'indices et qu'elle ne le trouverait pas dans la maison en arrivant.

Quand elle se gara dans l'allée, elle ne vit aucun autre véhicule. Mais une lumière brillait à l'intérieur du petit pavillon.

Avait-il oublié de l'éteindre ?

Laissant Connor dans son siège, Rae s'avança prudemment vers l'entrée. La porte était fermée. Derrière les rideaux tirés sur les fenêtres, une ombre bougeait. Il y avait quelqu'un chez elle...

S'agissait-il de Forrest, ou de la personne qui était déjà venue la nuit précédente ?

7

Lorsque Forrest avait annoncé la mort de Patrice à son père et à son frère, aucun des deux hommes n'avait pleuré. Le choc, sans doute. Il n'avait pas voulu les interroger tout de suite, préférant leur laisser le temps d'encaisser la nouvelle. C'est pour cela qu'il était de retour ce soir. Mais Atticus et Ian Eccleston semblaient plus enclins à poser leurs propres questions qu'à répondre à celles de Forrest.

— Que faites-vous pour retrouver le tueur ? demanda le premier.

— Cette affaire est-elle une priorité, pour vous ? renchérit le second. Ou vous intéressez-vous seulement aux vieux cadavres ?

Forrest fronça les sourcils.

— Pardon ?

— On a entendu ce qu'ils ont dit sur vous aux informations, expliqua le père. Votre domaine, ce sont les affaires classées.

— C'est en effet le dernier poste que j'ai occupé à la police d'Austin, admit Forrest. Mais, avant ça, j'ai travaillé longtemps à la brigade des homicides.

Et il avait été tellement bon qu'on l'avait assigné aux affaires non résolues… Cependant, il ne servait à rien de se vanter de son passé. Les proches de Patrice ne trouveraient la paix que lorsque son meurtrier serait derrière les barreaux.

— Bien sûr que cette affaire est ma priorité, leur assura-t-il. Je mets tout en œuvre pour arrêter le coupable.

— Pour ma sœur, c'est trop tard, lâcha Ian Eccleston. Rien ne pourra la ramener.

Il était rouge de colère et serrait les poings comme s'il allait frapper Forrest. Celui-ci avait été agressé un certain nombre de fois au cours de sa carrière, mais rarement par les membres d'une famille de victime...

— Je suis sincèrement désolé, messieurs.

Il leur avait dit la même chose lors de sa première visite, mais les deux hommes n'avaient pas réagi, trop hébétés par la douleur. Malheureusement, le choc avait laissé place à la rage.

— Ça ne suffit pas d'être désolé, rétorqua Ian en ouvrant la porte de la maison qu'il partageait avec son père. Ce qu'on veut, ce sont des résultats. Et si vous n'êtes pas capables d'en obtenir, on s'occupera de trouver ce fumier nous-mêmes.

Forrest sortit sur le perron.

— Laissez le temps aux techniciens d'analyser tous les indices, leur conseilla-t-il. Et si le moindre détail vous revient...

— On vous en aurait déjà parlé, le coupa Ian, avant de lui claquer la porte au nez, comme l'avait fait Rae le matin.

Et, une fois encore, Forrest eut l'impression qu'on ne lui disait pas tout.

Rae avait hésité en voyant cette ombre passer derrière la fenêtre de son salon. Fallait-il appeler la police ? Le temps qu'elle arrive, l'intrus aurait pu mettre à exécution sa menace contre Connor. Elle avait donc fait volte-face et couru à sa voiture. Mais au moment où elle ouvrait la portière, une main s'était posée sur son bras. Rae avait hurlé... jusqu'à ce qu'elle se rende compte qu'il ne s'agissait que de Bellamy.

— Excuse-moi de t'avoir fait peur, lui répéta cette dernière.

Rae s'obligea à sourire.

— Ce n'est rien. Je suis juste un peu à cran, à force de ne pas dormir.

— Tu es sûre que ce n'est que ça ? s'enquit Maggie.

Celle-ci était arrivée peu après avec une pizza – Bellamy avait prétendu en avoir très envie, mais Rae se doutait qu'elles l'avaient achetée pour elle. La pizza se trouvait maintenant au milieu de la table de la cuisine, à peine entamée. Les deux sœurs avaient probablement déjà dîné avec leurs amoureux respectifs, et Rae avait l'estomac bien trop noué pour avaler quoi que ce soit.

— Ou bien Forrest a raison, et tu as peur de quelque chose ? ajouta Maggie.

— Forrest Colton ? Il vous a parlé de moi ?

Bellamy acquiesça.

— Il n'avait pas le droit de vous interroger ! Nous ne sommes pas des suspectes !

Son amie baissa les yeux.

— Quoi ? Il me soupçonne ? demanda Rae, horrifiée.

— Forrest sait que tu ne tuerais personne, mais il est convaincu que tu lui caches quelque chose.

— Je ne cache rien du tout.

À son tour, Rae eut du mal à regarder Bellamy en face. Elle se leva et commença à débarrasser les assiettes.

— Je peux m'en occuper, proposa Maggie.

Mais la jeune femme tenait Connor sur ses genoux, et le bébé semblait content là où il était. En repensant aux cris qu'il avait poussés cette nuit quand l'inconnu lui avait coupé une mèche de cheveux, Rae sentit les larmes lui monter aux yeux. Alors qu'elle se détournait, Bellamy posa une main sur son épaule pour l'en empêcher.

— Tu as peur, affirma-t-elle.

— Un cadavre a été retrouvé dans mon jardin. Évidemment que j'ai peur.

— Tout le monde réagirait pareil, convint Maggie avec un frisson de dégoût.

Mais Bellamy secoua la tête. Elle connaissait trop bien son amie.

— Ça ne te ressemble pas, dit-elle. Forrest a raison. Quelque chose d'autre t'a perturbée. Est-ce que c'est lui ?

— L... Lui ? bégaya Rae. Il croit ça ?

Avait-il deviné l'attirance qu'elle éprouvait pour lui ? Sans doute, vu qu'elle avait été à deux doigts de l'embrasser...

Bellamy eut un sourire.

— Il n'est pas près de croire ça, répondit-elle. Pas après ce que lui a fait sa fiancée.

Rae resta bouche bée. Forrest Colton était fiancé ? Si elle l'avait su, elle ne l'aurait jamais invité à danser.

— Ex-fiancée, précisa Maggie.

— Qu'est-ce qui s'est passé ? s'enquit Rae.

— Elle l'a quitté alors qu'il venait de se faire tirer dessus, expliqua Bellamy. Il a dû endurer des mois de rééducation pour réapprendre à marcher et, au lieu de le soutenir, elle est partie.

Rae tressaillit. Il n'y avait donc pas que les hommes qui abandonnaient leurs compagnes quand elles avaient des problèmes de santé...

— Ça lui a fait beaucoup de mal, continua Bellamy. Pas seulement sur le plan affectif, mais aussi au niveau de l'amour-propre. Du coup, il n'imagine pas que tu puisses t'intéresser à lui : il pense que tu lui mens.

— À propos de quoi ?

— Du meurtrier. Il croit que tu sais quelque chose, voire que tu le protèges.

— C'est pour ça que vous êtes là ? demanda Rae. Parce que vous pensez ça, vous aussi ?

— Bien sûr que non, s'empressa de répondre Bellamy, en passant un bras autour de ses épaules. Je lui ai dit que la seule personne pour laquelle tu serais prête à mentir, c'était Connor.

Rae se raidit. Son amie dut s'en rendre compte, car elle l'obligea à lui faire face.

— C'est ça, n'est-ce pas ? Quelqu'un a menacé de s'en prendre à Connor ?

Maggie se leva à son tour, serrant par réflexe le bébé dans ses bras. Ces deux femmes seraient prêtes à tout pour le protéger. Rae leur faisait confiance.

Ses yeux s'emplirent de larmes tandis qu'elle acquiesçait.

— Qui ça ? s'enquit Maggie. Qui t'a menacée ?

— Je ne sais pas, souffla Rae.

Elle fouilla dans son sac à main pour en sortir le sachet contenant la lettre et la petite mèche de cheveux.

— Quelqu'un est venu ici la nuit dernière, murmura-t-elle. Dans la chambre de Connor.

— Pourquoi n'as-tu pas appelé la police ? demanda Bellamy.

— Parce que le mot lui ordonnait de ne pas le faire, devina sa sœur.

— Mais j'aurais dû.

— Tu aurais surtout dû partir d'ici immédiatement, répliqua Maggie en lançant un regard apeuré vers la fenêtre.

Rae était soulagée de s'être confiée à ses amies, mais elle se rendait compte subitement que leur présence ici les mettait en danger à leur tour. Un danger dont elles n'avaient eu aucune conscience, parce que Rae n'avait pas été honnête avec elles.

— Il aurait fallu nous en parler, dit Bellamy.

— Je sais. Mais vous m'auriez forcée à prévenir les flics. Et j'avais peur que le type revienne et fasse du mal à Connor.

Les larmes ruisselaient sur ses joues, et elle n'arrivait plus à contenir ses sanglots. Bellamy la serra dans ses bras.

— Connor et toi ne serez plus seuls, à présent. On vous protégera.

— Non, je vais appeler la police. C'est à elle de me protéger, pas à vous.

— Contacte Forrest, lui suggéra Bellamy, et elle sortit son portable comme si elle était prête à lui téléphoner elle-même si Rae refusait.

Mais celle-ci savait ce qu'elle avait à faire. Ce qu'elle aurait *dû* faire dès le départ. Elle avait eu si peur pour son fils ! Pourtant, elle craignait un autre danger : succomber aux charmes d'un homme qui ne répondrait pas présent lorsqu'elle aurait besoin de lui.

Car, une fois ses enquêtes résolues, Forrest quitterait Whisperwood. L'ouragan était la seule raison de sa présence.

— Chef ! Chef !

Sur l'écran de télévision, les journalistes interpellaient le chef de la police de Whisperwood.

— Elliot Corgan était-il innocent ? Y a-t-il un autre tueur en série dans la région ?

Les Corgan s'étaient débrouillés pour que le nom d'Elliot ne soit pas associé à l'affaire du meurtrier de Whisperwood. Ils n'avaient pas voulu qu'on sache que les plus grands propriétaires terriens de la ville comptaient parmi eux un criminel.

L'homme lâcha un petit rire sarcastique. Elliot n'avait pas été le seul à déshonorer la famille. Sur ce plan, la jeune génération s'était bien distinguée…

Pourquoi Elliot Corgan n'avait-il pas endossé la responsabilité du meurtre d'Emmeline Thompson ? Cela aurait simplifié les choses. Mais le cadavre de la sœur du chef n'était pas le dernier à avoir refait surface. Bon sang… Qu'est-ce que les morts avaient tous à réapparaître, en ce moment ?

Il se concentra sur Archer Thompson, qui venait d'annoncer qu'il ne répondrait pas aux questions.

— C'est une enquête en cours, expliqua-t-il. Je ne peux faire aucun commentaire.

— Est-ce parce que vous avez confié les rênes à Forrest Colton ? demanda un des reporters. Pourquoi avez-vous pris cette décision, chef ? Parce que cette affaire vous touche de trop près ?

Thompson fit face aux caméras. Il avait vieilli, mais se tenait toujours aussi droit.

— Je l'ai fait parce que Forrest Colton est doué, répondit-il. Il résout les enquêtes. Il arrête les meurtriers. Et il arrêtera celui-ci.

Pas si le tueur l'éliminait d'abord, songea l'homme en éteignant la télévision.

8

Forrest se trouvait de nouveau à la morgue. Il y avait passé bien trop de temps au cours de sa carrière de policier. Certains enquêteurs se contentaient de lire les rapports d'autopsie, mais lui tenait à voir les blessures de ses propres yeux. Cela l'aidait à établir un lien avec la victime – et avec le meurtrier.

Pourquoi Patrice n'avait-elle pas été embaumée comme Emmeline Thompson et la femme retrouvée dans le jardin de Rae ? Les bleus autour de son cou attestaient la force du tueur. Il avait certainement manqué de temps, ou bien quelqu'un l'avait dérangé.

Pauvre Patrice...

Elle avait été tuée récemment : en toute logique, son meurtre devrait être plus facile à résoudre. Mais l'esprit de Forrest ne cessait de revenir au corps enterré sur la propriété de Rae Lemmon. Et à Rae Lemmon elle-même, surtout.

Bon sang, il avait une enquête à mener – chose qu'il n'aurait pas imaginé pouvoir refaire de sitôt. C'était peut-être son unique chance de prouver qu'il était encore capable d'exercer le métier qu'il aimait. Il ne pouvait pas se permettre de se laisser distraire par cette femme. Par ses beaux yeux bruns. Par son corps plantureux. Sa peau veloutée. Ses lèvres pulpeuses...

— Alors, j'ai raté quelque chose ? demanda la coroner avec une pointe d'agressivité dans la voix.

Forrest soupira.

— Ce n'est pas ce que je cherche à voir, lui assura-t-il. Et, comme je vous l'ai déjà dit, vous n'étiez pas obligée de venir.

En vérité, il aurait préféré être seul pour pouvoir réfléchir à sa guise. Mais il aurait sans doute passé son temps à rêver à Rae et à regretter de ne pas l'avoir embrassée...

— Moi aussi, j'aimerais qu'on attrape ce tueur, confia la femme médecin.

— Je m'en doute.

— J'ai deux filles de cet âge. Je n'aime pas les savoir dehors avec ce type qui se balade en liberté.

C'était peut-être pour ça que Forrest pensait si souvent à Rae : parce qu'elle était toute seule chez elle alors qu'un cadavre avait été enterré à deux pas de sa maison. Et, de surcroît, elle avait un bébé.

— Dites à vos filles de faire attention, conseilla-t-il à la coroner.

— Oh ! je les embête déjà assez avec ça, répliqua-t-elle. Elles sont prudentes. Mais ces jeunes femmes pensaient sans doute l'être, elles aussi.

Comme Rae, qui croyait pouvoir se débrouiller seule et n'avoir besoin de personne, songea Forrest. Il espérait qu'elle s'était au moins tournée vers ses amies, puisqu'elle n'avait pas voulu se confier à lui.

— Je suis désolé de vous avoir fait venir pour rien, s'excusa-t-il.

— Pour tout vous dire, j'aurais aimé que vous trouviez un indice qui m'aurait échappé. L'important, c'est d'arrêter ce monstre.

— On est bien d'accord.

Forrest prit congé. Alors qu'il venait de refermer la porte de la morgue, son téléphone vibra. Le numéro qui s'affichait lui était inconnu. Un journaliste, peut-être ? Plusieurs l'avaient appelé pour lui demander des précisions sur l'enquête. Ils n'en obtenaient pas beaucoup du chef Thompson...

Forrest hésita. Il n'avait aucune envie de parler à un reporter, mais quelque chose le poussa à décrocher.

— Allô !

— Bonjour, c'est... C'est Rae Lemmon.

La peur qu'il avait cru lire sur son visage le matin s'entendait à présent distinctement dans sa voix.

— Que se passe-t-il ? demanda-t-il, aussitôt sur le qui-vive.

— J'aurais besoin de vous parler.

— Vous êtes chez vous ?

— Oui. Et mes amies refusent de partir avant que vous soyez là.

Pas de doute, elle était en danger.

— Dois-je envoyer une voiture de police ?

— Surtout pas ! s'exclama-t-elle. Venez seul, s'il vous plaît.

Venez seul ? Forrest avait déjà accepté cette condition par le passé, le jour où un témoin potentiel lui avait donné rendez-vous devant un entrepôt. À peine était-il arrivé que l'homme s'était mis à lui tirer dessus. Le « Venez seul » avait été un piège qui avait failli lui coûter la vie, en plus de son travail et de tant d'autres choses.

Là, néanmoins, il s'agissait d'une jeune femme en détresse...

— J'arrive, lâcha-t-il.

Il voulut monter l'escalier quatre à quatre, mais sa jambe l'en empêcha. Sans doute était-il resté trop longtemps debout. Ou bien son corps voulait simplement lui rappeler qu'il n'était pas un super-héros.

Une fois seule, Rae regretta aussitôt le départ de ses amies. Elle les avait pourtant convaincues qu'elle ne craignait rien, que Forrest Colton était en route et qu'il serait bientôt là. Mais chaque minute qui passait depuis lui semblait durer une éternité, et elle sursautait au moindre craquement de la maison, au moindre coup de vent à l'extérieur.

Même Connor l'avait abandonnée à ses angoisses – il dormait tranquillement dans son berceau. Avec un peu de chance, il avait oublié ses émotions de la nuit. Rae aurait bien voulu en faire autant, mais quelque chose lui disait que l'incident la hanterait encore longtemps.

Dans sa main, elle tenait le sac en plastique contenant les preuves. Il lui tardait de les remettre à Forrest Colton. Elle se sentait les nerfs à vif, et emplie d'un mélange d'appréhension et d'excitation à la perspective de le revoir.

Les phares d'un véhicule illuminèrent soudain sa fenêtre. Son cœur fit un bond.

Il était là.

À peine Forrest avait-il coupé le moteur qu'il sonnait déjà à sa porte. Il avait dû monter les marches du porche au pas de course, malgré sa jambe blessée...

— Je croyais que vos amies devaient rester jusqu'à mon arrivée, fit-il remarquer lorsqu'elle lui ouvrit. Si j'avais su, j'aurais roulé plus vite.

— Elles viennent juste de partir, lui assura-t-elle.

Il portait encore le pantalon de ville qu'il avait le matin : il n'avait sûrement pas eu le temps de passer au ranch de ses parents, sans quoi il aurait sans doute enfilé un jean à la place.

Les mains tremblantes, Rae referma la porte à clé derrière lui.

— Que se passe-t-il ? s'enquit Forrest.

Son inquiétude, palpable, la toucha – à tel point que sa gorge se noua. Incapable de parler, elle lui tendit le sachet en plastique.

— Qu'est-ce que c'est que ça ? murmura-t-il en lisant la note.

— Je l'ai trouvée sur mon oreiller, hier soir, parvint-elle à articuler.

— Et les cheveux ?

Il observa sa tête, comme s'il cherchait l'endroit où la mèche avait été coupée.

— Ce sont ceux de Connor, expliqua-t-elle. J'ai été réveillée par ses cris. Alors que je le consolais, j'ai entendu quelqu'un sortir de la maison et refermer la porte. J'ai couru chercher mon téléphone dans ma chambre et j'ai découvert ça.

Elle serra ses bras autour d'elle, glacée par ce souvenir.

— Et vous n'avez pas appelé la police pour signaler l'incident, conclut Forrest. Je comprends mieux pourquoi vous étiez pressée de vous débarrasser de moi ce matin.

— Je dois protéger mon fils, se défendit-elle.

— Justement, vous auriez dû me prévenir tout de suite. Ou m'en parler quand je suis passé chez vous. On aurait pu essayer de relever des empreintes ou des traces d'effraction.

— Je n'en ai constaté aucune.

— Vous n'aviez pas fermé la porte à clé ?

— Bien sûr que si.

Rae ne prenait pas toujours cette précaution, mais après la découverte macabre qui avait été faite dans son jardin, elle avait vérifié deux fois que tout était bien fermé avant d'aller se coucher.

Forrest inspecta la serrure, côté intérieur puis extérieur.

— Personne ne l'a forcée, confirma-t-il. Avez-vous une clé cachée dehors ?

— Sous les géraniums, répondit-elle en montrant les fleurs.

Alors, elle remarqua la terre renversée sur le porche. Forrest tira la manche de sa veste sur sa main avant de pencher le pot pour regarder dessous.

— Il n'y a pas de clé.

— Il y en avait une, pourtant, affirma Rae, tout en se demandant quand elle l'avait vue pour la dernière fois. Bellamy a peut-être oublié de la remettre à sa place. Mais elle possède sa propre clé, je ne vois pas pourquoi elle aurait utilisé celle-ci... En tout cas, c'est la seule personne à connaître son emplacement.

Forrest haussa un sourcil.

— Sous un pot de fleurs à côté de la porte ? C'est le premier endroit où je regarderais si je cherchais à entrer dans une maison.

Rae se sentit rougir. Elle aurait pu en effet choisir une meilleure cachette. Mais, jusqu'à récemment, la sécurité n'avait pas été une préoccupation à Whisperwood. Pas depuis qu'Elliot Corgan avait tué plusieurs femmes quelques décennies plus tôt.

Et s'il en avait enterré une à l'époque sur la propriété des Lemmon ?

— Il faudra changer les serrures, déclara Forrest en la rejoignant à l'intérieur. Vous devriez même partir d'ici. C'est une scène de crime à présent.

— Avez-vous trouvé quelque chose aujourd'hui ? demanda Rae. Du sang ? De l'ADN ?

Forrest et ses hommes n'avaient laissé aucune trace de leur passage.

— Non. Rien qui semble indiquer que quelqu'un a été assassiné dans cette maison.

Elle poussa un soupir de soulagement.

— Dans ce cas, ce n'est pas une scène de crime.

— Si, rétorqua-t-il en lui montrant le sac en plastique. Avez-vous une idée de qui pourrait vous avoir laissé ce mot ?

— Non, aucune.

Il la dévisagea, les yeux plissés. Il ne pensait tout de même pas qu'elle avait écrit cette lettre elle-même ?

— Et vous ? repartit-elle. Vous savez peut-être qui c'est, puisqu'il ne veut pas vous voir dans le coin.

Forrest grimaça.

— J'aimerais avoir une piste, mais je n'en ai aucune, admit-il. Je suis désolé.

Il n'avait aucune raison de l'être. Ce n'était pas sa faute si quelqu'un avait menacé Rae et son bébé. En revanche, il était bel et bien responsable de l'émoi qu'elle ressentait en sa présence.

Ces derniers temps, elle s'était tellement concentrée sur ses rôles de mère, d'employée et d'étudiante qu'elle en avait presque oublié qu'elle était aussi une femme. Forrest le lui avait rappelé. Était-ce cela qui l'agaçait tant ? Peut-être. Ou le fait que cette attirance ne soit pas réciproque. Elle avait cru ce matin qu'il allait l'embrasser, mais elle avait dû rêver : ce soir, son attitude était des plus professionnelle.

— Vous avez eu le bon réflexe en plaçant ces preuves dans un sac, souligna-t-il. Je ferai relever les empreintes.

— Vous en trouverez peut-être aussi sur le lit de Connor. Le type a dû s'y appuyer pour couper cette mèche de cheveux.

Une fois de plus, ses yeux s'embuèrent à l'idée qu'un inconnu ait pu s'approcher d'aussi près de son fils.

— Comment va-t-il ? s'enquit Forrest en posant une main sur son épaule.

— Bien. Il dort à poings fermés, chose que je ne suis pas sûre de pouvoir refaire un jour...

— Vous devriez quitter cette maison. Aller chez Bellamy ou chez Maggie.

— Certainement pas.

— Ce sont vos amies. Elles vous accueilleraient avec plaisir, si vous le leur demandiez.

— Je n'ai même pas besoin de demander : elles me l'ont déjà proposé.

— Alors où sont vos valises ?

— Je ne veux pas m'imposer. Pas avec un bébé qui se réveille encore la nuit.

— Je suis sûr que ça ne les dérangerait pas.

— Moi, ça me dérangerait.

— Dans ce cas, prenez une chambre d'hôtel. Sécurisée, de préférence.

Rae détourna les yeux, gênée. Avec les frais de la crèche et de l'école de droit, elle n'avait pas un centime de côté.

— Je ne peux pas me le permettre, murmura-t-elle.

— Alors je vais rester ici.

Une bouffée de panique l'assaillit.

— Non. L'auteur de la lettre a été clair, il ne veut pas vous voir dans les parages.

— Parce qu'il veut être tranquille pour vous terroriser, répliqua Forrest. C'est bien pour ça que je dois rester.

— C'est trop dangereux.

— Ce qui est dangereux, c'est que vous soyez seule ici avec Connor. Je vais vous protéger, Rae.

Il avait toujours une main posée sur son épaule. Rae eut soudain l'impression que toute son attention se concentrait sur cette source de chaleur, sur ce poids à la fois troublant et réconfortant. Oui, il saurait la défendre contre l'inconnu qui la menaçait. Mais qui la protégerait de lui ?

D'un geste hésitant, il lui effleura la joue. Rae retint son souffle, fascinée par la beauté de ses traits et l'intensité de son regard. Il éveillait en elle un désir qu'elle n'avait pas ressenti depuis bien longtemps, et jamais avec une telle force.

Forrest pencha la tête vers elle. Juste avant de toucher ses lèvres, il sembla hésiter ; ce fut elle qui pressa sa bouche contre la sienne.

Son cœur cognait follement dans sa poitrine tandis qu'il l'embrassait avec une fougue à peine contenue. Étouffant un gémissement, elle passa les bras autour de son cou et s'abandonna contre son corps musclé.

Mais qu'est-ce qu'elle fait ?

N'avait-elle pas compris l'avertissement ? Il lui avait dit de se débarrasser de l'enquêteur. Ce n'était peut-être pas elle qui lui avait demandé de venir mais, contrairement à ce matin, elle ne l'avait pas repoussé. Et, à voir leurs ombres derrière les rideaux, elle n'avait aucune intention de le faire : elle s'accrochait à lui comme si elle ne voulait plus jamais le lâcher.

Elle risquait de le payer cher.

Très cher.

9

Forrest avait une mission à accomplir. Assurer la sécurité d'une jeune femme et de son bébé. C'était l'excuse qu'il avait trouvée pour rester chez Rae Lemmon, et celle qu'il lui avait donnée ensuite lorsqu'il avait mis fin à leur baiser passionné.

Pourtant, il n'avait eu qu'une seule envie à cet instant : la soulever dans ses bras pour la porter jusqu'au lit. Mais il s'était souvenu que sa jambe aurait probablement cédé sous leurs poids combinés, et qu'ils se seraient écroulés par terre tous les deux.

Agacé par cette pensée, il s'était écarté.

— Excusez-moi, avait-elle murmuré.

— C'est à moi de m'excuser, l'avait-il corrigée, persuadé d'avoir profité de sa vulnérabilité. Je n'aurais pas dû vous embrasser. Je suis là pour vous protéger, vous et votre bébé.

Et il n'y parviendrait pas en se laissant distraire par l'attirance qu'il éprouvait pour elle. Il était donc allé monter la garde dans la chambre de Connor, pendant que Rae rejoignait la sienne. Seule.

Forrest sentit ses reins s'embraser en l'imaginant allongée dans son lit, vêtue de ce vieux T-shirt qui épousait ses formes si féminines. Dès qu'il fermait les yeux, il la voyait nue, sans rien d'autre sur sa peau que le feu du désir. Elle avait eu l'air aussi pressée que lui d'y succomber.

Mais il ne pouvait pas croire qu'il l'intéressait. Elle l'avait sûrement embrassé sous le coup de l'émotion, ou par gratitude. Shannon n'avait pas voulu assumer la charge d'un estropié, qu'elle avait pourtant aimé avant qu'il le devienne. Rae n'avait aucune raison d'accepter son infirmité.

Forrest secoua la tête. Voilà qu'il raisonnait comme s'il envisageait un avenir avec elle et son fils, alors qu'il n'était pas certain de rester à Whisperwood après avoir résolu les enquêtes. Il ne savait même pas si celles-ci étaient liées. Bon sang, il n'était plus sûr de rien.

Qu'est-ce qui lui était passé par la tête en restant ici ? Il aurait dû faire venir un agent en uniforme. Ce n'était pas son rôle de jouer au garde du corps...

Mais Rae avait eu l'air si effrayée qu'il n'avait pas eu le cœur de partir. Et voilà comment il se retrouvait à veiller sur un bébé dans son berceau.

Connor, qui jusque-là dormait paisiblement, émit un gémissement dans son sommeil et commença à s'agiter. Forrest jeta un coup d'œil vers le couloir. Il ne voulait pas réveiller Rae. Surtout, il ne voulait pas la voir dans sa tenue de nuit, sans quoi il ne répondrait plus de rien. Il se pencha au-dessus du lit et souleva l'enfant dans ses bras.

Celui-ci battit des paupières et le regarda d'un air étonné. Sa bouche en bouton de rose s'ouvrit, mais au lieu d'un cri, c'est un petit rot qui en sortit.

— On est ballonné ? murmura Forrest en riant doucement.

Il eut l'impression que Connor esquissait un sourire, mais c'était sans doute involontaire. Quand bien même, Forrest se surprit à sourire en retour. Puis il étouffa un grognement en sentant le pyjama du bébé se mouiller sous sa main. La couche avait dû déborder. Il allait devoir la changer, sinon le petit bonhomme se mettrait à pleurer pour de bon.

Forrest hésita. Il valait peut-être mieux que la maman s'en charge. Non pas qu'il soit facilement dégoûté, avec toutes les scènes de crimes qu'il avait vues, mais il n'avait jamais langé un bébé de sa vie.

Était-ce si difficile, cependant ? Il faudrait bien qu'il apprenne, s'il voulait un jour être capable de garder ses neveux et nièces. À cet instant, Connor grimaça, comme s'il avait remarqué lui aussi qu'il était mouillé. Il commença à protester.

— Je m'en occupe, lui assura Forrest. Je vais te changer.

Du moins, il allait essayer...

Il porta Connor jusqu'à la table à langer peinte en bleu et décorée de moutons. Quelques couches propres étaient empilées à côté de la planche matelassée. Forrest fut soulagé. Dieu merci, l'époque des épingles à nourrice était révolue.

Il défit sans trop de difficulté les boutons du pyjama, mais eut toutes les peines du monde à en sortir les pieds du bébé, dont les jambes potelées pédalaient joyeusement.

— Il va falloir que tu m'aides, mon petit gars, murmura Forrest.

Enfin, il réussit à lui retirer le vêtement, puis la couche détrempée, qu'il roula en boule et jeta dans la poubelle à côté du meuble.

— Te voilà débarrassé de cette vilaine chose, commenta-t-il. Maintenant, j'imagine qu'il faut faire un brin de toilette ?

Avisant le paquet de lingettes, il en sortit une et nettoya sommairement les fesses du bébé, avant de les asperger de talc. Comme un nuage de poudre s'élevait jusqu'à son visage, Forrest éternua. Connor émit un gloussement.

— Ah, ça te fait rire ?

Les petits pieds pédalèrent de plus belle.

Tant bien que mal, Forrest lui mit une nouvelle couche, en espérant ne pas se tromper de sens. Quand il souleva le bébé, elle resta bien accrochée ; c'était plutôt bon signe.

En revanche, il ne savait pas où trouver un pyjama propre... La peau du nourrisson était toute chaude et il faisait bon dans sa chambre, mais Forrest ressentit malgré tout une pointe de culpabilité. Et s'il prenait froid ?

Connor gazouillait et agitait les poings en tous sens. Deux heures du matin, et il était parfaitement réveillé.

— Comment faire pour que tu te rendormes ? se demanda Forrest à voix haute. Il faut chanter, peut-être ? Je ne connais aucune berceuse, moi.

Tout ce qui lui venait à l'esprit, c'était la chanson « *Sweet Child o' Mine* » des Guns N'Roses... Tant pis, cela ferait l'affaire. Alors qu'il commençait à fredonner les paroles, il eut soudain l'impression que le bébé n'était pas le seul à l'écouter. Il se tourna doucement vers la porte : quelqu'un se tenait sur le seuil dans un vieux T-shirt.

— Ne vous arrêtez pas pour moi, chuchota Rae d'une voix endormie. C'est la première fois que j'entends une berceuse de heavy métal.

Sweet child of mine...

La voix grave résonnait encore dans sa tête. Connor n'était pas l'enfant de Forrest, et pourtant celui-ci s'en occupait comme si c'était le cas.

Elle l'avait observé pendant qu'il le changeait et le berçait. Car si elle avait miraculeusement réussi à s'endormir après ce baiser incroyable qu'ils avaient partagé, elle s'était réveillée à la seconde où Connor avait crié. La peur l'avait aussitôt assaillie. Puis elle avait entendu le murmure d'une voix familière, et elle s'était détendue. Forrest Colton était là. Il veillait sur eux.

Mais il ne s'était pas contenté de monter la garde : il avait pris soin de Connor comme personne à part elle ne l'avait fait depuis sa naissance. En les regardant tous les deux – cet homme grand et musclé, et le tout petit bébé lové contre son torse —, Rae sentit une vague de chaleur inonder son cœur.

Forrest était tellement plus humain qu'il ne l'avait laissé

paraître lors de leur première rencontre… Quand il avait refusé son invitation à danser, elle l'avait trouvé froid et amer. Il était tout le contraire à cet instant.

Rae avait voulu élever son enfant seule, convaincue que c'était mieux pour elle et pour lui. Ainsi, son fils ne connaîtrait pas la douleur de l'abandon. Mais Forrest lui donnait un aperçu de ce à quoi pourrait ressembler leur vie avec un papa dans le paysage…

Ressaisis-toi ! s'ordonna-t-elle mentalement. Voilà qu'elle se mettait à fantasmer sur un homme qu'elle connaissait à peine. Ce n'était pas parce qu'il s'appelait Colton qu'il était forcément aussi vertueux que ses frères. Et même sans être un dangereux criminel, il représentait malgré tout une menace dès lors qu'il la faisait rêver à des choses impossibles.

— Je ne savais pas que le changement de couches était inclus dans vos missions, remarqua-t-elle en souriant.

— Si vous l'aviez su, m'auriez-vous appelé hier soir, quand l'intrus vous a laissé ce mot ?

— Je ne suis pas sûre, admit Rae en réprimant un frisson.

Elle avait eu tellement peur, la nuit précédente… Et elle s'était sentie tellement seule ! Mais ce soir aussi elle s'inquiétait – pour une tout autre raison.

Ce qu'elle éprouvait pour Forrest Colton allait bien au-delà de la simple attirance physique. C'était le genre de sentiment qui la ferait immanquablement souffrir si elle s'y abandonnait. Il fallait donc résister. Au départ, Forrest était venu à Whisperwood pour aider les Cow-boy Heroes après le passage de l'ouragan Brooke. S'il n'avait pas été recruté par la police de la ville pour enquêter sur les meurtres, il serait probablement déjà reparti.

Rae devait protéger son cœur. Elle ne ferait pas comme sa mère, qui était tombée amoureuse d'un homme incapable d'assumer ses responsabilités. Lorsqu'elle avait rencontré Beau Lemmon, Georgia ne pouvait pas deviner qu'il l'abandonnerait ; Rae, elle, savait déjà que Forrest Colton ne resterait pas.

— Je n'aurais peut-être même pas dû vous appeler, ajouta-t-elle.

— Vous avez peur que l'intrus revienne et qu'il mette sa menace à exécution, devina-t-il. Ne vous inquiétez pas, je vais m'arranger pour que vous soyez protégée vingt-quatre heures sur vingt-quatre. Je ne laisserai pas ce type s'en prendre à vous.

— Merci.

— Je ne fais que mon travail.

Il ressentait sans doute le besoin de clarifier la situation, de lui faire comprendre qu'il agissait par devoir, et non par affection pour elle ou pour son fils. Pourtant, cette façon qu'il avait eue de l'embrasser... Et de bercer Connor...

Rae s'arracha à sa rêverie pour revenir au moment présent.

— Je sais que vous ne faites que votre travail, répondit-elle, avant d'esquisser un sourire timide. Même si je ne suis pas certaine que le baby-sitting en fasse partie.

— Je ne voulais pas vous réveiller.

Elle ne put s'empêcher de se demander pourquoi. Pour la laisser dormir ? Ou parce qu'il n'avait pas envie de la voir ?

— Je... Je devrais m'occuper de trouver quelqu'un pour me remplacer demain matin, bafouilla-t-il.

Il n'avait donc pas l'intention d'assurer leur protection lui-même. Mais à quoi s'attendait-elle, au juste ? Il avait autre chose à faire. Une enquête à résoudre, par exemple.

Forrest reposa doucement Connor dans son berceau avant d'extirper son téléphone de sa poche.

— Je vais appeler dehors pour éviter de le réveiller.

Il hésita avant de sortir de la chambre, comme s'il rechignait à passer à côté d'elle. Lorsqu'il approcha, elle vit qu'il se crispait. Ses prunelles brûlaient de désir. Ou peut-être l'avait-elle rêvé, car il continua son chemin en prenant bien soin de ne pas la frôler.

Elle fut tentée de le suivre. De l'attraper par le bras et de l'embrasser. Mais Connor s'agita dans son lit, la rappelant à la réalité. Rae devait oublier Forrest Colton : il ne voulait pas d'elle.

— Je veux épouser Rae Lemmon, déclara le jeune Colton.

Le chef cligna des paupières, encore à moitié endormi. Il avait dû mal entendre... Il s'assit dans son lit et se concentra sur le téléphone.

— Pardon ?

— Je veux protéger Rae Lemmon. Elle a besoin d'un garde du corps.

C'était peut-être ce qu'il avait dit la première fois. Avec l'âge, Archer mettait de plus en plus de temps à se réveiller quand on le tirait du lit en pleine nuit. Ou alors, Forrest avait bel et bien fait un lapsus...

— Pourquoi aurait-elle besoin d'un garde du corps ? demanda Thompson.

— Je viens de vous parler de la lettre qu'elle a trouvée sur son oreiller.

Forrest lui réexpliqua ce qui s'était passé la veille.

— Donc, quelqu'un est entré chez elle mais il ne s'en est pris ni à elle ni à son bébé, alors qu'il en avait la possibilité, résuma Archer.

— Il lui a fait peur. Il a menacé son fils !

— Mais il ne lui a pas fait de mal. Aucun des corps retrouvés n'appartenait à un bébé. Aucun enfant n'a été blessé.

— Non, ce sont les femmes qui se font tuer, répliqua Forrest. C'est donc Rae Lemmon qui est en danger.

— Nous n'avons pas les moyens d'assigner un agent à sa protection vingt-quatre heures sur vingt-quatre, trancha le chef.

Si le tueur avait eu l'intention d'en faire sa prochaine victime, il n'aurait pas laissé passer l'occasion. Maintenant qu'elle avait conscience du danger, Rae serait plus prudente. Pas besoin d'utiliser les ressources déjà limitées de la police.

— Sa sécurité est en jeu, insista l'enquêteur. Je lui ai promis de lui envoyer quelqu'un.

— Elle n'a qu'à aller chez des amis ou quitter la ville un moment.

— Non. La seule solution, c'est que je la protège moi-même.

Archer laissa échapper un juron.

— Tu es censé te concentrer sur ces meurtres, lui rappela-t-il. C'est pour ça que je t'ai embauché. Pas pour jouer au garde du corps avec une mère célibataire et son nouveau-né.

— Je sais. Je vais me débrouiller pour faire les deux.

Avant que le chef ait eu le temps de protester, Forrest raccrocha. Rien n'aurait pu lui faire changer d'avis, de toute façon : sa décision semblait déjà prise.

Mais pourquoi était-il si déterminé ? se demanda Archer. Craignait-il réellement qu'il arrive quelque chose à la jeune femme ou à son bébé ? Ou était-il en train de tomber amoureux d'elle ?

Dans ce cas, c'était lui qui était le plus en danger. Car l'auteur de la lettre parlait clairement de se débarrasser de lui.

10

En temps normal, Forrest était capable de travailler n'importe où. Il parvenait à s'isoler du monde extérieur comme on appuie sur une touche pour couper le son d'une télévision. Mais là, dans la cuisine de Rae Lemmon, et alors qu'elle dormait à quelques mètres de lui, il avait toutes les peines du monde à se concentrer.

Quand il était revenu dans la chambre de Connor après avoir téléphoné à Archer Thompson, la jeune femme s'était déjà recouchée. Ce n'était pas plus mal : au moins, il n'avait pas eu à lui expliquer que le chef ne partageait pas son point de vue quant à la nécessité de lui attribuer un garde du corps. Forrest réagissait-il de manière excessive ?

Non. Un individu s'était introduit chez Rae. Même s'il avait trouvé la porte ouverte ou utilisé la clé cachée sous le pot de fleurs, il était entré sans sa permission. Et il avait coupé une mèche de cheveux à son bébé.

Il fallait être tordu pour effrayer une jeune maman de la sorte. Qui pouvait dire en plus si ce type n'était pas un meurtrier ?

Rae et son fils avaient réellement besoin d'être protégés. Et Forrest n'y parviendrait qu'en démasquant l'auteur de la lettre et celui des meurtres. S'agissait-il de la même personne ?

Il observa les photos qu'il avait étalées sur la table de la cuisine, cherchant un détail, un indice qui lui aurait échappé.

Comme ces boutons en métal que les policiers n'avaient pas repérés lors de l'investigation de la scène de crime, sur le parking de la compagnie pharmaceutique.

Forrest les avait envoyés au labo du FBI, pensant obtenir des résultats plus vite qu'avec les techniciens de Whisperwood. Mais le personnel y était tout aussi surchargé de travail. Si l'on avait pu résoudre les crimes aussi facilement dans la vraie vie qu'à la télévision, Forrest aurait bouclé son enquête en une heure...

Une heure, c'était le temps qu'il avait passé à regarder ces photos sans rien trouver de nouveau. L'inquiétude et la fatigue pesaient sur ses épaules, elles pesaient si lourd qu'il s'autorisa à fermer les yeux un instant. Jusqu'à ce qu'un petit cri derrière lui le réveille en sursaut.

Forrest se leva d'un bond, renversa sa chaise et faillit heurter Rae, qui fixait avec horreur les photos étalées sur la table.

— Seigneur...

— Je suis désolé, dit-il aussitôt.

Il l'était surtout d'avoir baissé la garde. Et si l'intrus était revenu ? Il aurait pu entrer et s'en prendre à Rae ou à son bébé sans que Forrest n'entende rien...

Mais il regrettait aussi qu'elle ait vu les images affreuses des victimes sur les scènes de crimes. Il s'empressa de les ranger dans leur dossier.

— Ce n'est rien, répondit Rae d'une voix mal assurée. Avec la profession à laquelle je me destine, il faudra bien que je m'habitue à ce genre de visions.

— Vous ne traitez pas de dossiers criminels, chez Lukas, Jolley et Fitzsimmons ?

— Vous savez où je travaille ? s'étonna-t-elle.

Forrest haussa les épaules.

— Bellamy a dû l'évoquer.

— Elle aime bien parler de moi.

— C'est vrai.

Était-ce parce que Rae était sa meilleure amie ? se demanda Forrest. Ou parce que Bellamy voulait jouer les entremetteuses ?

La même pensée avait dû traverser l'esprit de Rae, car elle rougit.

— Pour répondre à votre question, non, on ne s'occupe pas d'affaires criminelles. Mais si je réussis le barreau, j'aimerais travailler au bureau du procureur.

— Vous voulez être procureur ?

Bon sang, tout ce que faisait cette femme le fascinait...

— Oui. Il y a eu tellement de crimes ces derniers temps à Whisperwood... J'aimerais faire quelque chose pour enrayer cette tendance.

— C'est pour ça que vous étudiez le droit alors que vous avez déjà un travail et que vous élevez seule votre enfant ?

Elle acquiesça.

— Et moi qui pensais que vous étiez juste maso, marmonna-t-il.

En la voyant sourire, il sentit une étrange chaleur se répandre dans sa poitrine. Elle avait un sourire magnifique qui faisait briller ses yeux bruns.

— Je suis *aussi* maso, précisa-t-elle.

Comme pour le prouver, elle lui prit le dossier des mains. À mesure qu'elle découvrait les photos, son visage s'assombrit.

— Vous n'êtes pas obligée de les regarder, lui assura Forrest.

C'était même très peu professionnel de sa part de les lui montrer... Non pas qu'il la considère comme suspecte, mais elle connaissait peut-être le meurtrier.

Rae reposa les clichés sur la table et serra les bras autour d'elle comme pour se réchauffer. Elle avait pourtant enfilé une robe de chambre par-dessus son T-shirt – par pudeur, sans doute. Forrest aurait préféré qu'elle s'abstienne. Elle aurait même pu se passer du T-shirt...

Ses reins s'embrasèrent à l'idée de la voir nue. Il s'éclaircit la gorge et chassa bien vite cette image troublante de ses pensées.

— Le corps retrouvé sur le parking n'a pas été embaumé, fit-il remarquer en désignant les photos. Qu'en pensez-vous ? S'agit-il du même meurtrier ?

— Peut-être qu'il n'a pas eu le temps de s'occuper de cette jeune femme, suggéra Rae. Qu'il a été interrompu. Ou qu'il n'en est plus capable.

— Vous ferez une bonne procureure, commenta Forrest, impressionné par sa perspicacité.

Une fois de plus, elle sourit. Elle était tellement belle qu'il se pencha inconsciemment vers elle... Mais avant qu'il ait pu frôler ses lèvres, un cri déchira le silence.

Quelqu'un était-il entré dans la chambre de Connor ? Sans hésiter une seconde, Forrest s'y précipita. S'il était arrivé quoi que ce soit au bébé du fait de son inattention, jamais il ne se le pardonnerait.

Rae sut qu'elle était en train de tomber amoureuse lorsqu'elle vit Forrest prendre une nouvelle fois Connor dans ses bras. Il se montrait aussi attentionné avec lui que s'il s'était agi de son propre enfant.

Il est là pour nous protéger, c'est tout, se rappela-t-elle. Mais elle avait beau se le répéter, cela ne suffisait pas à étouffer le désir qu'il faisait naître en elle, ce même désir qui l'avait empêchée de se rendormir lorsqu'elle était retournée dans sa chambre.

Forrest tapota la couche de Connor.

— Il n'est pas mouillé. Pourquoi pleure-t-il ? Vous pensez qu'il a faim ?

— Non, je lui ai donné un biberon pendant que vous passiez votre coup de fil. Ça fait à peine plus d'une heure, même lui ne peut pas avoir à nouveau faim si tôt.

— Vous avez entendu ma conversation ? s'enquit Forrest, l'air soudain inquiet.

— Je ne suis pas du genre à écouter aux portes. Et je m'occupais de Connor. Je peux le récupérer ?

Peut-être lui avait-elle mal fait faire son rot avant de le recoucher...

À cet instant, le bébé régurgita sur la chemise à carreaux de Forrest, qui écarquilla les yeux, horrifié.

— C'est pour ça que je vous demandais de me le passer, soupira Rae. Je craignais exactement ce genre d'incident.

Il haussa un sourcil taquin.

— Vous êtes sûre que vous ne l'avez pas fait exprès ?

Rae éclata de rire.

— Connor est trop jeune pour qu'on lui apprenne des tours. Et si je pouvais le dresser à quelque chose, ce serait plutôt à faire ses nuits.

— Dis donc, petit bonhomme, tu sais que ta maman a besoin de sommeil ? dit Forrest en faisant sauter doucement le bébé dans ses bras.

— Attention..., le prévint Rae.

Mais c'était trop tard : le nourrisson régurgita une nouvelle fois.

— Combien de biberons lui avez-vous donnés, au juste ?

— Trop, apparemment.

Connor devait être soulagé, cependant, car il ferma les yeux et se rendormit. Rae le prit dans ses bras.

— Je vais le mettre au lit. Vous n'avez qu'à changer de chemise, pendant ce temps.

— Je n'en ai pas d'autre. En arrivant ici, je ne pensais pas rester pour la nuit.

— Vous n'étiez pas obligé, fit-elle remarquer.

— Si, puisque vous ne vouliez pas aller à l'hôtel ni chez vos amies.

Rae n'insista pas. Forrest Colton était quelqu'un de bien. Voilà ce qu'elle retenait de son geste.

Après avoir débarbouillé Connor, elle le recoucha dans son berceau. Au moment de se retourner vers Forrest, elle eut un choc : il avait retiré sa chemise.

Dieu, qu'il était sexy...

Des épaules larges et musclées, un ventre plat sur lequel courait une fine ligne de poils qui disparaissait sous la ceinture de son pantalon...

Rae avala sa salive. Elle avait envie de voir où menait cette ligne. Elle avait envie de finir de le déshabiller pour pouvoir le toucher, le goûter... Mais enfin, que lui arrivait-il ? Jamais elle n'avait désiré un homme comme elle désirait Forrest Colton. Était-ce le manque de sommeil ? Les émotions de ces derniers jours ?

Ou simplement une histoire d'hormones ?

— Où est votre machine à laver ? demanda-t-il, la chemise à la main.

Rae s'approcha de l'encadrement de la porte, qu'il emplissait presque totalement. Ses jambes la portaient à peine.

— Laissez, je vais le faire, dit-elle en prenant le vêtement.

Il refusa de le lâcher.

— Je peux m'en occuper, protesta-t-il. Vous devriez retourner vous coucher.

Rae secoua la tête. Jamais elle ne réussirait à s'endormir avec cet homme si près d'elle.

— Je n'ai pas besoin de beaucoup de sommeil, prétendit-elle.

— Ça me gêne que vous fassiez ça pour moi.

— Et moi, ça me gêne que mon bébé vous ait vomi dessus. Et que vous l'ayez changé avant ça, et bercé, et que vous soyez là à nous protéger alors que vous pourriez être en train de dormir chez vous.

Maudit Forrest Colton, songea-t-elle. Elle était vraiment en train de tomber amoureuse de lui.

— Je n'ai pas le choix, observa-t-il. Le chef refuse de vous envoyer un garde du corps.

— Il pense que je n'en ai pas besoin ? demanda-t-elle, choquée.

— Il n'a pas assez d'hommes, surtout. C'est pour ça que je me retrouve à enquêter sur ces meurtres. Parce que, avec la tempête, tous les effectifs sont mobilisés.

— Et les affaires de meurtre l'emportent sur les lettres de menaces, devina Rae en soupirant. Vous devriez vous concentrer sur votre enquête.

— Je vous ai promis de vous protéger, vous et Connor, répliqua-t-il en plongeant le regard dans le sien. Et j'ai l'habitude de tenir mes promesses.

— C'est dangereux de faire des promesses qu'on ne peut pas tenir.

— Mais…

Elle posa l'index sur ses lèvres pour le faire taire.

— Vous n'allez pas rester avec nous jour et nuit. Vous avez un boulot. Une vie. Et moi aussi. Je dois aller travailler et suivre mes cours du soir.

— Mais la lettre…

— Ce n'est pas elle qui va m'empêcher de vivre, le coupa-t-elle.

— C'est pourtant ce qui se passera si vous n'êtes pas prudente.

Rae sourit.

— Je suis toujours prudente.

— Vous ne l'êtes pas beaucoup, à cet instant, murmura-t-il, et il se servit de la chemise qu'ils tenaient tous les deux pour l'attirer à lui.

Rae retint son souffle. Le corps du policier était ferme et brûlant contre le sien.

— Forrest…

Il avait raison : elle n'était pas prudente. Et sans doute

allait-elle souffrir, sans doute allait-elle être déçue, mais quelque chose lui disait qu'elle le serait encore plus si elle n'assouvissait pas ce désir qui la tourmentait.

Elle se préoccuperait des conséquences plus tard.

Relâchant la chemise, elle posa les mains sur le torse nu de Forrest et sentit ses muscles frémir sous ses paumes.

Elle le poussa doucement ; il recula d'un pas.

— Excusez-moi, murmura-t-il, le souffle court.

Elle le poussa encore, hors de la chambre de Connor.

— Je vous laisse tranquille, promit-il.

— Ce n'est pas ce que je veux, chuchota-t-elle.

— Et que voulez-vous ?

— Je vais vous montrer.

Elle tenta de l'entraîner vers sa chambre, mais il résista. Une tension palpable émanait de lui, la même qui montait en elle et lui faisait craindre d'éclater en mille morceaux si elle ne trouvait pas un moyen de l'évacuer.

— Vous êtes sûre ? demanda-t-il d'une voix à la fois rauque et... vulnérable.

Bellamy et Maggie avaient raison : Forrest avait été profondément marqué par l'abandon de sa fiancée, tout comme Rae l'avait été par celui de son père.

— Oui, je suis sûre, répondit-elle.

Et, pour l'en convaincre, elle se hissa sur la pointe des pieds et pressa les lèvres contre les siennes. Forrest commença par l'enlacer, mais il eut un mouvement de recul.

— C'est une mauvaise idée.

Rae sentit les larmes lui piquer les paupières. Cette fois-ci, en la rejetant, il ne la blessait pas seulement dans son orgueil.

— Excusez-moi, dit-elle. Il faut que j'arrête de vous sauter dessus.

Forrest eut un rire profond qui résonna dans sa poitrine.

— Vous ne me sautez pas dessus, répliqua-t-il. Et si c'était le cas, je vous rattraperais volontiers.

Ses bras se resserrèrent autour d'elle. Étonnée, Rae leva les yeux vers lui pour étudier son visage. Il avait les mâchoires si contractées qu'elle voyait un muscle tressauter sur sa joue.

— Je croyais ce n'était pas une bonne idée...

— C'est une très mauvaise idée, confirma-t-il. Il faut que je reste concentré si je veux vous protéger. Mais j'ai envie de tellement plus...

Rae poussa un soupir. Il ne la rejetait donc pas.

— On ne craint rien, lui assura-t-elle. Il n'y a personne d'autre que nous ici.

Et elle doutait que quelqu'un tente de s'introduire chez elle, avec la voiture de police de Forrest garée juste devant la porte.

— J'espère que vous avez raison, répondit-il, avant de capturer sa bouche avec passion.

Il était là, dehors, à observer les ombres qui bougeaient derrière les rideaux et se déplaçaient jusqu'à la chambre à coucher.

Elle n'avait pas tenu compte de son avertissement. Bon sang, le meurtrier était pourtant prêt à tout pour empêcher l'inspecteur d'enquêter sur ces meurtres...

Allait-il s'attaquer au bébé ? Ou à lui ?

S'il n'arrivait pas à éloigner le policier, serait-il – malgré tous ses efforts – la prochaine victime du tueur ? C'était un risque qu'il ne pouvait pas prendre. Et s'il fallait qu'il devienne à son tour un meurtrier pour garder la vie sauve, il s'y résoudrait.

11

Les bureaux de Lukas, Jolley et Fitzsimmons se trouvaient à proximité du poste de police de Whisperwood. Alors que Forrest, au volant de la voiture de Rae, passait sans s'arrêter devant le bâtiment en brique, la jeune femme posa une main sur son genou.

Son corps réagit aussitôt. Il se sentit soudain à l'étroit dans son pantalon de ville tout froissé.

— C'est là, lui dit-elle.

— Tu ne devrais pas aller travailler. C'est trop dangereux.

Mais cela l'aurait été aussi s'ils étaient restés chez elle, car ils auraient une nouvelle fois cédé à leur désir. Avaient-ils vraiment fait l'amour, la nuit dernière ?

Ou s'agissait-il d'un rêve ?

Peut-être Forrest s'était-il endormi sur la table de la cuisine et avait-il imaginé toute la scène... Non. Il ne s'était pas réveillé sur sa chaise, mais dans le lit de Rae – avec la jeune femme nue dans ses bras et sa tête blottie contre son épaule.

Comment avait-il pu se montrer aussi irresponsable ?

Dès qu'il avait rouvert les yeux, Forrest avait bondi du lit, inquiet pour Connor. Mais le bébé dormait. Il allait bien, contrairement à lui. Après ce qu'il avait partagé avec Rae, Forrest ne serait plus jamais le même.

La main de la jeune femme se crispa sur sa cuisse.

— S'il te plaît.

C'est ce qu'elle lui avait murmuré cette nuit, alors qu'il traçait un chemin de baisers sur son ventre. Et il l'avait suppliée à son tour lorsqu'elle l'avait embrassé partout, y compris sur les cicatrices de sa jambe meurtrie. Ces dernières avaient tant dégoûté Shannon qu'elle s'était enfuie. Mais Rae...

Rae était différente. Elle s'était occupée de sa mère malade lorsque son père les avait abandonnées. Elle était douce, aimante, bienveillante.

Et passionnée.

— Forrest, répéta-t-elle.

Avec un soupir résigné, il fit demi-tour et reprit la direction du cabinet d'avocats. Il ne put s'empêcher d'éprouver une pointe de regret lorsque Rae retira sa main de sa jambe. Il avait envie qu'elle le touche encore, comme elle l'avait fait cette nuit. Mais elle se tourna vers la banquette arrière où Connor était attaché dans son siège-auto.

— On aurait dû le déposer d'abord, murmura-t-elle.

— Tu es sûre qu'il est en sécurité, à la crèche ?

Rae sourit.

— Certaine. Bob McCauley ne laisserait personne s'approcher de lui.

— Bob McCauley ?

Ce nom lui disait quelque chose...

— Ce n'était pas un joueur de football professionnel ?

— Si, répondit Rae. Tu comprends pourquoi je lui fais confiance.

Mais Forrest ne connaissait pas ce type. Il tenait à le voir en personne avant de décider de lui laisser Connor. Comme Rae ne voulait pas être en retard au travail, elle lui avait demandé de l'y conduire avant de se rendre à la crèche.

Une fois garé, il insista pour l'accompagner jusqu'à son bureau. Alors qu'il la suivait en portant le siège-auto de Connor, un mauvais pressentiment l'assaillit. Posant sa main libre sur son arme, il scruta les alentours, certain que quelqu'un les observait.

Le soleil matinal se reflétait sur les vitres teintées des véhicules, l'empêchant de voir à l'intérieur. Il agrippa plus fermement la poignée du siège-auto et se rapprocha de la jeune femme, qui se crispa. Avait-elle été aussi bouleversée que lui par la nuit qu'ils avaient passée ensemble ?

Depuis ce matin, elle faisait comme s'il n'était rien arrivé. C'était peut-être pour ça qu'il avait l'impression d'avoir rêvé : parce qu'il semblait être le seul à s'en souvenir. Ou à *vouloir* s'en souvenir.

Elle accéléra le pas. Forrest en fit autant et réussit malgré sa jambe boiteuse à réduire la distance qui les séparait. Il voulait seulement la protéger, mais elle n'avait pas l'air de se sentir en sécurité avec lui.

Sans lui accorder un seul regard, elle poussa la porte du hall et s'avança rapidement vers les ascenseurs. Lorsqu'une des cabines s'ouvrit, elle s'y engouffra et s'empressa d'appuyer sur un bouton, comme si elle cherchait à lui échapper… Mais il la rejoignit avec Connor juste avant que les portes se referment. Elle garda les yeux rivés devant elle.

Regrettait-elle d'avoir fait l'amour avec lui ? Cela n'avait-il été pour elle qu'un moment de faiblesse ? De distraction ?

Forrest ressentit une pointe de culpabilité à l'idée qu'il ait pu profiter de sa confusion. Pourtant, elle lui avait assuré que ce n'était pas le cas. Et elle le lui avait prouvé avec ses caresses et ses baisers, avec ses cris de plaisir…

Il inspira profondément, luttant pour garder son sang-froid. Il brûlait de lui rappeler le désir et la passion qu'ils avaient partagés seulement quelques heures plus tôt. Mais alors qu'il commençait à se pencher vers elle sans même s'en apercevoir, l'ascenseur s'immobilisa et les portes s'ouvrirent.

Rae sortit, puis se tourna enfin vers lui.

— Tu n'as pas besoin d'aller plus loin. C'est mon étage, je ne crains rien.

Comme si la question était réglée, elle se baissa pour murmurer à son fils, qui dormait dans le siège-auto :

— À ce soir, mon cœur.

L'amour illuminait ses traits délicats. Quand elle releva les yeux vers Forrest, toute la chaleur disparut de son regard.

— Fais bien attention à lui, s'il te plaît.

— Je te promets qu'il ne lui arrivera rien.

— Je t'ai déjà demandé de ne pas faire de promesses que tu ne peux pas tenir.

— Je tiendrai celle-ci, affirma-t-il. Crois-moi.

Elle poussa un soupir et recula d'un pas. Alors que les portes de l'ascenseur commençaient à se refermer, Forrest fut saisi d'une angoisse soudaine. Il plaqua une main contre le montant pour les maintenir ouvertes.

— Tu es sûre que tu es en sécurité, ici ?

— Oui, Forrest. Je suis une grande fille, tu sais. Je suis capable de me débrouiller seule.

Elle avait trente-cinq ans, comme Bellamy ; cela faisait un moment qu'elle était autonome. Mais Forrest n'était pas rassuré pour autant. Il avait le sentiment de l'avoir mise en danger en découvrant le cadavre enterré dans son jardin.

Qui l'avait placé là ? Quelqu'un qu'elle connaissait ?

Elle repoussa gentiment sa main.

— Conduis Connor à la crèche et va retrouver ton vrai travail, lui dit-elle. Tu n'as plus besoin de jouer au baby-sitter avec nous.

Comme elle envoyait un baiser du bout des doigts, Forrest sentit les battements de son cœur s'accélérer… jusqu'à ce qu'il se rende compte que le baiser en question était adressé à son fils.

La jeune femme tourna les talons et s'éloigna dans le couloir. Un peu plus loin, un homme la regardait approcher depuis le seuil d'un bureau. Forrest le comprenait : elle était resplendissante dans sa robe jaune soleil qui épousait à merveille sa silhouette galbée.

Mais il avait beau comprendre, il n'appréciait pas du tout la façon dont cet homme la fixait. Il aurait bien aimé voir le visage de Rae pour se faire une idée de leur relation. L'ascenseur se referma avant qu'il ait pu assister à leur interaction.

Ce type était-il un ami de Rae Lemmon ? Avait-il des vues sur elle ? Était-il prêt à déposer une fausse lettre de menace chez elle pour l'inciter à se confier à lui ?

Forrest ignorait si cette hypothèse lui avait été soufflée par son instinct d'enquêteur ou par la jalousie. Pourtant, il n'avait aucun droit d'éprouver un tel sentiment vis-à-vis de la jeune femme, malgré ce qu'ils avaient partagé. Sans compter qu'il n'avait jamais été jaloux, pas même de sa fiancée !

Il devait être inquiet, voilà tout. Car en repartant de l'immeuble, il eut une fois de plus la sensation que quelqu'un l'observait.

Une fois seule, Rae fut soudain prise de panique. Elle se retourna vers l'ascenseur, mais celui-ci redescendait déjà, emportant son fils et Forrest.

C'est juste pour la journée, se rappela-t-elle. Elle les retrouverait le soir. Forrest lui avait promis qu'il prendrait soin de Connor. Qu'il le protégerait.

Mais le père de Rae lui avait fait des promesses, lui aussi, et il n'avait jamais réussi à les tenir. En avait-il seulement eu l'intention ? Elle en doutait. Il s'était probablement contenté de dire ce qu'elle avait eu envie d'entendre. Qu'il reviendrait, qu'il se reprendrait en main pour être le mari et le père que Georgia et elle méritaient.

Il n'était jamais revenu.

Rae avait beau faire confiance à Forrest, elle ne pouvait

s'empêcher de craindre que l'auteur de la lettre de menaces soit plus déterminé que lui.

— Qui était-ce ? demanda quelqu'un derrière elle.

Elle se retourna : Kenneth Dawson se tenait devant la porte de son bureau.

— Un ami, répondit-elle en se forçant à sourire.

Des images de la nuit précédente lui revinrent à l'esprit, et une vague de chaleur lui monta aux joues. Jamais elle n'avait vécu une expérience aussi forte. Forrest était un amant extraordinaire.

Son ex-fiancée avait été bien bête de le quitter. Il n'était pas du tout amoindri par sa jambe blessée – loin de là. Cette épreuve l'avait même sûrement rendu plus fort, plus volontaire. Rae voulait bien croire qu'il faisait tout son possible pour honorer ses promesses. Mais cela suffirait-il ?

— Ça doit être un ami proche, pour que vous lui confiiez votre bébé, fit remarquer Kenneth. Ne serait-il pas le père ?

Rae aurait aimé que Connor ait quelqu'un comme Forrest dans sa vie. Mais elle avait fait son choix, et elle l'assumait. Elle n'avait pas besoin d'un homme pour élever son fils.

— Rae ? Est-ce que c'est lui, le père ?

Comme elle reportait son attention sur Kenneth, elle se rappela que cet homme était son supérieur, même si son nom n'apparaissait pas sur la plaque du cabinet. Elle ne pouvait pas lui répondre de s'occuper de ses affaires comme elle en avait envie.

— Non, dit-elle poliment. C'était l'inspecteur Colton. Il travaille pour la police de Whisperwood.

— C'est lui qui a trouvé le corps dans votre jardin.

Comment pouvait-il le savoir ? Les médias n'avaient pas mentionné ce détail. Chaque fois qu'ils avaient été interviewés par des journalistes, Forrest et le chef Thompson avaient refusé de répondre aux questions sur l'enquête en cours.

— Je l'ai entendu sur mon récepteur scanner, précisa Kenneth, qui avait dû remarquer son étonnement.

Rae réprima une grimace d'aversion. C'était à cause d'avocats comme lui que la profession avait si mauvaise réputation. Et cela expliquait peut-être en partie qu'elle veuille travailler dans le camp adverse, du côté de l'accusation. Pour la loi et pour l'ordre, pas pour l'argent.

Mais Kenneth s'était toujours montré amical avec elle. Une fois de plus, elle se sentit obligée de lui rendre son sourire.

— Je ferais mieux de filer. J'ai sûrement une tonne de travail qui m'attend.

Au moment où elle se remettait en marche, Kenneth fit exprès de sortir de son bureau, si bien qu'elle le frôla en passant. Un frisson de dégoût la traversa. Était-il vraiment aussi sympathique qu'elle le croyait ?

Peut-être les menaces qu'elle avait reçues la rendaient-elles méfiante avec tout le monde...

Sauf avec Forrest.

Elle savait qu'il les protégerait, elle et Connor, quoi qu'en pense le chef Thompson. En réalité, il avait fait bien plus que la protéger hier soir, et l'intensité des émotions qu'il lui avait procurées la troublait encore.

Forrest était si généreux, comparé aux autres hommes qu'elle avait connus ! Il avait veillé à ce qu'elle prenne son plaisir - plusieurs fois - avant de s'abandonner au sien. Cependant, pouvait-elle vraiment croire qu'il était différent des autres ? Qu'il ne partirait pas ? C'était peu probable. Et, de toute façon, elle préférait ne rien espérer pour ne pas être déçue.

Parvenue dans son bureau, elle s'assit sur sa chaise et commença à feuilleter le courrier que la secrétaire avait posé sur un coin de la table. Une des lettres attira son attention : elle lui était adressée personnellement, sans aucune référence au cabinet d'avocats.

Qui pouvait lui avoir écrit au travail ?

Un des associés, sans doute. Peut-être Kenneth, même s'il préférait généralement lui parler directement.

Elle ouvrit l'enveloppe. Celle-ci contenait une feuille de papier pliée en deux. Dessus, la même écriture en lettres capitales que sur le mot déposé sur son oreiller. Mais le message était légèrement différent.

Débarrasse-toi de l'enquêteur, ou ton gamin ne sera pas le seul à souffrir.

— Seigneur, murmura-t-elle.

Il fallait qu'elle prévienne Forrest. Quelqu'un voulait vraiment l'éliminer, quitte à sacrifier un bébé par la même occasion. Elle fouilla frénétiquement dans son sac pour retrouver son téléphone, et composa le numéro que Bellamy lui avait donné.

« Vous êtes bien sur le portable de Forrest Colton, enquêteur par intérim à la police de Whisperwood. Laissez-moi un message, je vous rappellerai. »

Pourquoi tombait-elle sur le répondeur ? Pourquoi ne décrochait-il pas ? Arrivait-elle trop tard ?

— Rappelle-moi vite, dit-elle. J'ai reçu une autre lettre.

Le téléphone de Jonah Colton se mit à vibrer sur la table du restaurant. Le numéro qui s'affichait lui était inconnu. Assise en face de lui, Maggie se pencha pour jeter un coup d'œil sur l'écran.

— C'est sûrement une pub, commenta-t-il.

Et il préférait admirer sa ravissante fiancée plutôt que de perdre du temps à écouter un vendeur de fenêtres ou un conseiller financier.

— Non, il faut que tu répondes, répliqua la jeune femme. C'est Rae.

Jonah fronça les sourcils.

— Pourquoi m'appellerait-elle ?

Maggie lui avait raconté ce qui était arrivé à son amie - l'intrusion chez elle, la menace qui impliquait son bébé et Forrest. Ce dernier avait dû prendre les choses en main. Malgré sa blessure, il n'avait rien perdu de ses capacités. Quel dommage que la police d'Austin l'ait obligé à se mettre en invalidité...

Jonah saisit l'appareil et décrocha.

— Salut, Rae. Tout va bien ?

— Non, répondit-elle d'une voix tremblante. Je ne sais pas si Maggie t'a dit...

— Elle m'a dit, la coupa-t-il.

— On m'a envoyé une autre lettre, expliqua Rae. L'auteur parle encore de Forrest et de mon fils.

— Tu l'as montrée à mon frère ?

— Il est parti avec Connor.

Sa voix se brisa.

— Et il ne répond pas au téléphone.

Jonah bondit de sa chaise.

— Je vais le trouver.

— Fais vite, l'implora Rae. La lettre a été déposée directement à mon bureau.

D'après Maggie, la jeune maman avait découvert le premier mot sur son oreiller. L'individu qui la menaçait était donc sans doute quelqu'un de proche. Rae avait dû en arriver à la même conclusion, car elle ajouta :

— S'il sait où je travaille et où je vis, il doit sûrement savoir dans quelle crèche va Connor. Forrest allait justement l'y déposer quand il m'a laissée au bureau.

Et maintenant, elle ne parvenait pas à le joindre... Elle devait être terrifiée pour son fils.

— S'il te plaît, retrouve-les, répéta-t-elle.

— C'est quelle crèche ? s'enquit Jonah.

— Je connais l'adresse, intervint Maggie, qui s'était levée à son tour. Je viens avec toi.

Il secoua la tête. Si Forrest était en danger, hors de question d'entraîner sa fiancée dans l'histoire. Mais elle partait déjà devant, et il n'avait pas le temps de parlementer avec elle. Il fut donc contraint de la suivre.

— Je te tiens au courant, promit-il à Rae, avant de raccrocher.

Restait à espérer que, lorsqu'il la rappellerait, ce serait pour lui annoncer une bonne nouvelle. Malheureusement, avec les Cow-boy Heroes, il avait davantage l'habitude du contraire.

12

Forrest ne s'était pas trompé : quelqu'un avait bel et bien surveillé leur arrivée au cabinet d'avocats. Heureusement, l'individu avait décidé de le suivre plutôt que de traquer Rae.

Ce n'était pas surprenant : les menaces avaient été formulées contre son fils, pas contre elle. À cet instant, Connor dormait dans son siège-auto, mais était-il pour autant en sécurité ? Pas sûr, avec le gros fourgon qui les suivait de près... Le véhicule avait les vitres teintées, Forrest ne pouvait donc voir ni le conducteur ni les éventuels passagers.

Lorsqu'il sortit son téléphone de sa poche, l'écran était tout noir. Il n'avait pas emporté de chargeur chez Rae, la batterie devait être à plat... Un juron lui échappa. Aussitôt, il jeta un coup d'œil coupable derrière lui, mais le bébé dormait toujours. De toute façon, il n'aurait pas compris, et il n'était pas capable de répéter quoi que ce soit. Pas encore, du moins.

Forrest ferait tout pour que Connor ait la chance de grandir. De dire des gros mots un jour, lui aussi. Il s'y était engagé auprès de sa mère.

Il ravala un autre juron en voyant que le camion se rapprochait encore. Cela ne servait à rien de s'énerver. Il fallait qu'il garde la tête froide, car la vie d'un bébé était entre ses mains. Et il n'avait aucun moyen d'appeler des renforts.

Tout en enfonçant la pédale d'accélérateur, Forrest chercha à vérifier dans le rétroviseur que le siège-auto était bien attaché. Rae lui avait montré comment faire en partant de chez elle, mais il avait dû se débrouiller seul après l'avoir déposée. Avait-il tout fixé correctement ? Quelle que soit la réponse, ce n'était pas prudent de rouler aussi vite avec un nourrisson à bord.

Derrière lui, le véhicule était si proche qu'il n'en voyait que la calandre. Leurs pare-chocs devaient se frôler… Forrest accéléra, puis tourna brusquement dans une rue secondaire. Le fourgon la dépassa, freina dans un crissement de pneus et fit marche arrière.

Le conducteur était donc déterminé. Mais Forrest l'était tout autant. Il avait grandi à Whisperwood, il connaissait la ville sur le bout des doigts. Hélas, son poursuivant avait l'air de bien la connaître aussi : Forrest ne parvenait pas à le semer.

Où était la police ? fulmina-t-il intérieurement. Pourquoi personne ne les avait encore arrêtés ?

Parce qu'il n'y avait pas assez d'agents pour patrouiller dans les rues, évidemment. C'était justement pour ça que Forrest avait été recruté. Manque de chance, la crèche était située à l'autre bout de la ville par rapport au poste de police…

Il décida de foncer dans la direction de ce dernier ; mais le chauffard dut deviner son intention, car il grignota à nouveau du terrain derrière lui. À l'évidence, il était résolu à empêcher Forrest et Connor d'atteindre leur destination.

Quand le camion percuta violemment l'arrière de la voiture, le bébé se réveilla en hurlant. Forrest s'agrippa au volant, luttant pour garder le contrôle du véhicule.

Mais son agresseur les heurta à nouveau, une fois, deux fois, trois fois, et Forrest songea que Rae avait eu raison de ne pas lui faire confiance. Il ne serait pas capable de tenir sa promesse.

Rae avait espéré que Forrest la rappellerait rapidement pour lui dire que tout allait bien. Qu'il n'avait pas pu lui répondre avant parce qu'il discutait avec Bob McCauley, par exemple. Mais elle savait que, s'il en avait eu la possibilité, il aurait quand même décroché : il n'aurait pas voulu l'inquiéter.

Cet appel qu'elle attendait avec tant d'impatience n'arriva jamais. À la place, ce fut Jonah Colton qui se présenta à la porte de son bureau, les mâchoires crispées, le visage pâle. Rae se leva d'un bond. Son cœur battait à tout rompre.

— Qu'est-ce qui s'est passé ?

Elle regarda derrière lui dans le couloir. Peut-être Forrest avait-il été ralenti par sa blessure... Mais non, il n'était pas là, et elle sentait au plus profond d'elle-même qu'il était arrivé quelque chose à son fils.

— Il y a eu un accident, annonça Jonah.

— Ce n'était pas un accident, répliqua Rae, tout en attrapant son sac à main. Où sont-ils ?

— À l'hôpital.

Ses jambes se dérobèrent sous elle. Jonah eut le réflexe de l'attraper par le coude pour la retenir de tomber.

— Je vais t'y conduire, murmura-t-il d'une voix empreinte d'inquiétude et de compassion.

Son fils, son bébé, était à l'hôpital. Il était si petit, si fragile ! Allait-il bien ? Si Jonah n'était pas venu la chercher, elle aurait couru jusqu'aux urgences. Rien ni personne ne l'aurait arrêtée.

Son estomac se serra tandis que l'ascenseur descendait. Et Forrest ? Ses yeux s'emplirent de larmes. Elle aurait dû l'écouter et rester chez elle. Il les aurait protégés, comme cette nuit.

Si quelqu'un avait osé leur faire du mal, à Connor ou à lui, elle retrouverait le coupable et le lui ferait payer.

— D'une manière ou d'une autre, tu vas payer, le prévint son interlocuteur.

La voix lui était inconnue, tout comme l'écriture sur les mots que l'homme lui avait laissés dans sa chambre d'hôtel. Mais il n'avait pas besoin de connaître son identité pour savoir que ce type était un tueur.

Peut-être en était-il devenu un, lui aussi, songea-t-il. Le regret et le dégoût de lui-même lui firent monter la bile dans la gorge.

— Tu as intérêt à avoir fait ce que je te demandais, continua son nouveau patron.

— C'est fait.

— Tu t'es débarrassé de l'inspecteur d'Austin ?

— Oui.

Et sans doute pas seulement de lui.

Une image lui revint à l'esprit. Colton traversant le parking du cabinet d'avocats avec le siège-auto à la main, puis attachant celui-ci à l'arrière de la voiture de Rae.

L'avait-il bien fixé ?

— Ça vaut mieux pour toi, grommela l'homme. Parce que tu me dois un sacré paquet de fric.

Il ferma les paupières. Ce n'était pas comme ça que les choses étaient censées se passer. Mais rien dans sa vie ne s'était déroulé comme il l'avait prévu.

Ni pour sa carrière, ni pour sa famille.

La chance lui avait tourné le dos depuis bien longtemps, et il avait été le seul à ne pas s'en rendre compte. Les autres s'étaient contentés de collectionner ses reconnaissances de dettes – jusqu'à ce qu'il lui soit devenu impossible de les rembourser.

Et Forrest Colton, avait-il de la chance ?

Si l'enquêteur avait survécu à cette tentative de meurtre, il ne survivrait pas à la suivante. Sinon, c'était *lui* qui le paierait de sa vie.

13

Forrest était furieux.

— Je ne suis pas son représentant légal, et alors ? gronda-t-il. Je veux savoir si Connor va bien.

L'infirmière de l'accueil, impassible, se contenta de secouer la tête. Il avait eu moins de mal à faire craquer certains criminels les plus endurcis.

— Vous devez retourner dans la salle d'examen, monsieur Colton. Les résultats de votre scanner vont bientôt arriver.

— Ce n'est qu'une bosse, marmonna-t-il en se touchant le front.

Elle lui faisait un mal de chien, mais il n'y avait pas de quoi s'inquiéter. Comme pour la douleur qui lui vrillait la jambe, de la hanche jusqu'au pied. Celle-ci, il la devait à la ceinture de sécurité et au choc qu'il avait reçu sur le genou : l'airbag n'avait pas fonctionné et Forrest avait heurté directement le tableau de bord. Mais il se fichait de ses blessures.

— Je suis responsable de ce bébé, expliqua-t-il à l'infirmière.

— Vous venez de me dire que vous n'étiez pas son père.

Forrest se maudit lui-même d'avoir été honnête. N'aurait-il pas pu mentir, pour une fois ? Au moins, on l'aurait laissé voir Connor...

— Je travaille pour la police de Whisperwood, précisa-t-il en sortant son badge temporaire. Je suis censé protéger le fils de Rae Lemmon.

Et il avait failli à sa mission. Il n'avait pas réussi à distancer le camion, qui s'était acharné à leur rentrer dedans jusqu'à ce qu'ils percutent un véhicule garé.

Forrest ne savait pas ce qui s'était passé ensuite. Il avait dû perdre connaissance pendant quelques secondes, car lorsqu'il avait rouvert les yeux le fourgon n'était plus là. Et Connor hurlait à pleins poumons.

Il avait bataillé un moment pour ouvrir la portière cabossée. En sortant de la voiture, il avait failli s'écrouler tant sa jambe lui faisait mal. Comme elle menaçait encore de ployer à cet instant, il s'appuya sur le comptoir du bureau d'accueil.

— J'ai besoin de savoir comment il va, insista-t-il.

Connor avait eu l'air indemne quand il l'avait sorti du véhicule dans son siège-auto. Le harnais semblait avoir rempli son rôle. Mais les bébés étaient fragiles. Il pouvait souffrir de blessures internes.

Par chance, un témoin de l'accident avait prévenu les secours. Une ambulance était arrivée en même temps que Jonah et Maggie. Forrest et Connor avaient été transportés ensemble à l'hôpital, puis on les avait séparés pour les examiner. Pourquoi avait-on refusé de les réunir ensuite ?

Peut-être parce que c'était grave. Une vague de panique l'envahit. Et si la collision avait été fatale au bébé ?

Rae avait déjà tellement souffert… D'abord, l'abandon de son père, puis le décès de sa mère… Comment pourrait-elle survivre à la perte de son fils ? Forrest ne connaissait Connor que depuis quelques jours, et il se faisait déjà un sang d'encre pour lui.

— Qu'est-ce qu'il a ? demanda-t-il à l'infirmière.

Elle se leva et contourna son bureau.

— Monsieur Colton…

Comme il se tournait vers elle, sa jambe trembla violemment sous son poids, et il s'en fallut de peu qu'il s'effondre.

— Vous devez retourner vous allonger, lui dit-elle. Vous

souffrez probablement d'une commotion cérébrale, et votre jambe...

— Elle est foutue depuis que je me suis fait tirer dessus, la coupa-t-il. À côté, cet accident, ce n'est rien du tout. J'ai une responsabilité envers l'enfant que je protégeais, et j'estime avoir le droit de savoir comment il va.

La femme poussa un soupir.

— On peut dire que vous êtes persévérant... Retournez dans votre box d'examen au moins jusqu'à ce qu'on ait récupéré les résultats du scanner, et...

Elle baissa la voix.

— ... Je vous dirai pour le bébé.

Forrest sentit son pouls s'accélérer. Subitement, il n'était plus certain d'avoir envie de savoir.

Et s'il avait manqué à ses engagements envers Rae ? Elle ne le lui pardonnerait jamais. Et il ne se le pardonnerait pas non plus.

Rae serra Connor contre son cœur, qui galopait dans sa poitrine. Le bébé paraissait inerte, mais il respirait doucement. Il était vivant.

Des larmes de soulagement se mirent à ruisseler sur son visage.

— Il va bien, lui assura Maggie. Le médecin l'a dit : il n'a aucune blessure, aucune séquelle de l'accident.

Rae avait entendu les explications du médecin, mais elle n'avait pas voulu y croire avant d'avoir elle-même vu son fils sain et sauf.

— Il est sans doute épuisé, ajouta Maggie.

Rae acquiesça. Connor avait tendance à devenir amorphe quand il avait pleuré. Et il avait sûrement *beaucoup* pleuré depuis l'accident. Il avait dû être terrifié.

— Que s'est-il passé ? s'enquit-elle.

Maintenant qu'elle était rassurée sur son état de santé,

elle voulait connaître les détails. Mais avant que Maggie ait eu le temps de répondre, elle ajouta :

— Et Forrest, comment va-t-il ?

— Il se sent stupide, fit une voix grave derrière elle.

Le rideau qui entourait le box d'examen s'ouvrit sur le policier. Il arborait un gros hématome au front et s'appuyait sur une béquille pour marcher. Rae sentit son cœur se serrer. Il ne s'en était pas aussi bien sorti que Connor.

— Tu es blessé, souffla-t-elle.

— Ce n'est rien.

Il fit un geste vers le bébé, ses yeux noisette assombris par l'inquiétude.

— Comment va-t-il ?

Rae avait la gorge tellement nouée par l'émotion qu'elle se trouva incapable de répondre.

— Il n'a rien, même pas une égratignure, expliqua Maggie. Hélas, on ne peut pas en dire autant de toi.

— Cette infirmière n'a pas voulu me donner la moindre information sur l'état de Connor, et elle vous a parlé de moi ?

— Elle n'a pas eu besoin de nous dire quoi que ce soit. Tu as vu ta tête ?

Forrest se tourna vers Rae.

— Tu es sûre que Connor va bien ?

— Certaine.

— Je suis vraiment désolé pour ce qui s'est passé. J'avais senti qu'il y avait quelqu'un sur le parking du cabinet. Il nous a suivis sur le chemin de la crèche, et je n'ai pas pu le semer.

— « Il » ? releva Rae. Tu l'as vu ?

— Non, les vitres étaient teintées. Et il s'est enfui après nous avoir projetés contre une voiture.

Rae enfouit le nez dans les cheveux de son fils. L'homme n'avait pas été arrêté, ce qui signifiait qu'il pouvait revenir chez elle. Ou à l'hôpital.

— Il faut qu'on s'en aille, lâcha-t-elle d'une voix tremblante.

— Connor ne craint rien, ici, lui assura Forrest. Le personnel ne rigole pas avec la sécurité – il n'y a qu'à voir les infirmières.

L'une d'elles l'avait justement suivi dans le box.

— M. Colton se faisait beaucoup de souci pour votre fils, dit-elle à Rae, avant de se tourner vers son patient, les sourcils froncés. Vous pouvez constater que le bébé va bien. Vous, par contre...

— Quoi ? demanda Rae. Qu'est-ce qu'il a ?

— Nous avons les résultats de votre radio de la jambe et du scanner crânien, poursuivit l'infirmière en ignorant l'intervention de Rae.

— Et tout va bien, affirma Forrest.

— Vous devez voir le médecin, monsieur Colton.

Rae fut prise d'un nouvel accès de panique.

— Forrest...

Mais l'infirmière l'entraînait déjà dans le couloir, loin d'elle. Maggie passa un bras autour de ses épaules.

— Je suis sûre que ce n'est rien de grave, murmura-t-elle.

— Pourquoi ne l'a-t-elle pas dit tout de suite, alors ?

— Sans doute une question de confidentialité. Avant que tu arrives, elle n'a pas voulu nous dire quoi que ce soit sur l'état de Connor, et même alors, c'est le médecin qui s'en est chargé.

— Tu as raison. C'est sûrement ça, répondit Rae.

Mais les résultats des examens seraient-ils aussi rassurants que pour le bébé ?

Josephine Colton étudiait le visage de son mari tandis qu'il pressait le téléphone contre son oreille. Son teint blême et les rides profondes qui lui barraient le front lui faisaient craindre le pire.

— D'accord, répondit-il à son interlocuteur. Tiens-nous au courant, et dis-nous si on doit venir.

Ce n'était pas une demande mais un ordre. Bien qu'il se soit toujours montré poli et diplomate, Hays Colton avait un caractère d'acier, et tous ceux qui l'avaient fréquenté pouvaient en témoigner. Néanmoins, il avait tendance à s'attendrir avec l'âge et à force de se ronger les sangs pour ses grands enfants.

— C'est lequel ? s'enquit Josephine dès qu'il eut raccroché.

— Forrest.

Au fond d'elle, elle le savait déjà. Quand ce dernier avait accepté ce poste temporaire au sein de la police de Whisperwood, elle avait immédiatement songé au risque qu'il soit de nouveau blessé.

— Seigneur... C'est grave ?

— D'après Jonah, il est conscient et furax, rapporta Hays en s'efforçant de faire de l'humour.

Josephine lui rendit son sourire, mais elle n'était pas pour autant rassurée. Après avoir reçu une balle dans la jambe, Forrest avait aussi été conscient et furax ; pourtant, la blessure était si grave que les médecins avaient envisagé l'amputation.

— Que s'est-il passé ?

— Quelque chose en rapport avec Rae, l'amie de Maggie et de Bellamy.

La jolie brunette... Josephine l'avait vue parler à Forrest pendant le mariage, mais celui-ci avait très vite mis fin à leur conversation.

— Elle va bien ? demanda-t-elle.

— Elle n'était pas dans la voiture avec lui, répondit Hays. Son bébé y était, par contre.

Josephine étouffa un cri.

— Il n'a rien, j'espère ?

— Je ne sais pas.

— On devrait aller à l'hôpital.

Elle regarda autour d'elle dans la cuisine de leur ranch.

Bon sang, où avait-elle mis son sac à main ? Mais elle n'en avait pas besoin. Elle voulait juste s'assurer que son fils et le bébé allaient bien.

— Jonah m'a dit qu'il rappellerait quand il en saurait davantage, dit Hays en enlaçant sa femme. Tu sais comme Forrest est costaud. Le temps qu'on arrive, il sera déjà ressorti de l'hôpital.

— Avec ou sans l'accord des médecins, renchérit-elle.

Son fils était si têtu... Et cela pourrait bien le tuer un jour. Ou la tuer, elle.

Josephine avait beau aimer ses garçons, elle détestait se faire du mouron pour eux. Et comme ils avaient tous choisi d'être policiers, soldats ou sauveteurs, elle s'inquiétait constamment de leur bien-être physique et mental.

Dallas ne s'était pas encore remis de la mort de son épouse, ni Forrest de la perte de son travail. Seuls Jonah et Donovan étaient vraiment heureux aujourd'hui. Si seulement les deux autres pouvaient connaître le même bonheur...

14

La porte d'entrée se referma derrière Jonah et Maggie, laissant Forrest et Rae seuls dans le salon. Exténué par l'épreuve qu'il venait de traverser, Connor dormait à poings fermés. Forrest et Jonah avaient passé la maison au peigne fin, sans trouver aucun mot de menace ni la moindre trace d'une nouvelle intrusion.

— J'ai envoyé un agent récupérer la lettre à ton bureau ainsi que les enregistrements des caméras de surveillance, annonça Forrest. Avec un peu de chance, nous saurons qui est venu.

Ils connaissaient déjà la raison : quelqu'un voulait se débarrasser de lui. Le chef Thompson devait se rendre compte à présent que la jeune femme et son fils couraient un réel danger. Qui oserait refuser de protéger un nouveau-né sans défense ?

Forrest ferma les yeux un instant en repensant à ces minutes interminables pendant lesquelles il n'avait pas su si Connor avait survécu à l'accident... Il avait cru devenir fou. Maintenant, il comprenait mieux ce que ses parents pouvaient ressentir. Il nota en esprit de les appeler pour les rassurer – Jonah avait eu la mauvaise idée de les prévenir, et ils se faisaient sûrement un sang d'encre.

Connor avait beau ne pas être son fils, Forrest était attaché à lui. Et il l'était également à Rae. Beaucoup trop. S'il les mettait en danger par sa simple présence, alors il fallait qu'il s'éloigne. Mais les menaces avaient-elles vraiment à voir avec l'enquête, ou concernaient-elles plutôt la jeune femme ? N'aurait-elle pas un admirateur déterminé à éliminer la concurrence ?

Un souvenir lui revint en tête : le regard que l'avocat avait posé sur Rae depuis le seuil de son bureau. Ce n'était pas celui d'un patron pour son employée, ni d'un collaborateur pour une collègue. C'était le regard qu'un homme porte sur une femme qu'il veut posséder.

Forrest aussi la désirait de tout son être. Peut-être était-ce pour cette raison qu'il l'avait raccompagnée chez elle au lieu de lui affecter un autre garde du corps. Mais il n'avait pas l'intention de se montrer aussi égoïste que la veille. Il ne pouvait pas céder à l'attirance qu'il éprouvait pour elle. Il ne pouvait pas risquer d'être distrait alors que quelqu'un avait tenté de les tuer, Connor et lui, et y était presque parvenu. En outre, il avait besoin de se protéger lui-même. Son cœur avait été brisé trop récemment pour qu'il l'offre à une autre femme – en particulier à Rae, qui avait exprimé sa volonté d'élever son enfant seule. Elle n'avait pas besoin d'un homme, et encore moins d'un handicapé qui mettait sa petite famille en danger.

— Tu as raison, dit-elle.

Forrest tressaillit. Avait-elle lu dans ses pensées ?

— Je ne devrais pas aller travailler ni laisser Connor à la crèche, c'est trop dangereux, précisa-t-elle. Je ne veux pas imaginer ce qui aurait pu se passer si tu l'avais déposé là-bas, et si quelqu'un s'en était pris à lui et aux autres enfants.

Forrest brûlait de l'attirer contre lui pour la réconforter, mais il savait à quoi cela les mènerait.

— Je suis désolée, poursuivit-elle. J'aurais dû t'écouter.

Elle fit un pas vers lui. Il recula aussitôt.

— Excuse-moi, murmura-t-elle en baissant les yeux. C'est ma faute si tu as été blessé.

— Ne t'inquiète pas pour moi.

— Le médecin des urgences n'avait pas l'air d'accord pour que tu quittes l'hôpital.

— C'est à cause de ma bosse au front. Il pense que j'ai une légère commotion cérébrale. Mais j'ai la tête dure.

Forrest s'inquiétait davantage pour son genou, qui le faisait beaucoup souffrir. Hors de question cependant d'avaler des antidouleurs : il devait garder les idées claires pour mener son enquête.

— Et ta jambe ? s'enquit-elle.

— Elle va très bien.

Rae promena son regard sur le corps de Forrest, lequel réagit aussitôt à cette caresse immatérielle. Gêné, il se tourna vers la chambre de Connor. Si seulement le bébé pouvait se réveiller... Au moins, cela l'aiderait à résister à l'envie d'entraîner la jeune femme dans son lit.

— Il y a eu un bruit, non ? demanda-t-il malgré le silence.

Rae lança un coup d'œil apeuré vers la porte de derrière.

— Tu crois qu'il y a quelqu'un dehors ?

Forrest étouffa un soupir.

— Non. J'ai dû l'imaginer. Tu sais, Rae, c'est moi qui suis désolé. C'est à cause de moi que tu as commencé à recevoir des menaces.

— Ce type ne veut pas seulement t'écarter de son chemin, observa la jeune femme. Il veut te tuer. C'est ce qu'il a essayé de faire aujourd'hui.

— Et Connor aurait pu être blessé, répondit Forrest. C'est pour ça que j'ai décidé de m'éloigner de toi.

Le tableau de bord de la voiture était maculé de sang. Un mélange de colère et de culpabilité submergea Archer

Thompson tandis qu'il observait l'épave. Celle-ci avait été transportée à la fourrière, qui jouxtait le poste de police.

— Vous me prélèverez les indices dans les plus brefs délais, ordonna-t-il à la jeune technicienne.

Celle-ci parut surprise qu'un simple accident de la route devienne soudain prioritaire sur toutes les autres affaires... Mais ce n'était pas un accident.

Forrest avait eu raison de prendre au sérieux les menaces proférées à l'encontre du fils de Rae Lemmon. Il avait failli y laisser la peau. Ses frères avaient assuré à Archer qu'il allait bien, mais à voir l'état du véhicule...

L'issue aurait pu être tellement plus grave ! Une chance que le bébé s'en soit sorti indemne. Forrest avait réussi à protéger à la fois l'enfant et les autres usagers de la route. La police d'Austin n'aurait jamais dû le mettre à la retraite : il venait de prouver qu'il avait encore toutes ses capacités.

— Nous recherchons également un camion blanc, ajouta-t-il. Si vous en croisez un...

— Là-bas, chef, l'interrompit la technicienne en montrant la carcasse calcinée d'un véhicule. Je ne sais pas s'il était blanc, mais il était en train de brûler dans une ruelle, près de l'hôpital, quand les pompiers ont été appelés.

Le conducteur avait-il suivi l'ambulance jusqu'aux urgences ? se demanda Archer.

— Là aussi, on aura besoin des prélèvements au plus vite, grommela-t-il.

— On s'y met dès que le fourgon aura refroidi, chef.

— Évidemment. Mais ne perdez pas de temps.

Il lui fallait une piste, et vite. Pour l'instant, il ne pouvait pas se passer des services de Forrest Colton, mais il se doutait que celui-ci ne resterait pas longtemps à Whisperwood. Le jeune inspecteur méritait un bien meilleur poste.

Son téléphone se mit à vibrer dans sa poche. C'était Forrest, justement. Allait-il lui annoncer sa démission ? Il en avait tous les droits, vu la façon dont Archer avait balayé sa demande de protection…

Le chef retourna s'asseoir dans son SUV avant de décrocher.

— Colton, comment vas-tu ?

— Vous êtes donc au courant.

— Je suis à la fourrière. Tu as eu de la chance de repartir sur tes deux jambes.

Il regretta aussitôt ses paroles, qui manquaient pour le moins de tact. D'après ce qu'il avait entendu dire, Forrest avait failli être amputé à la suite de fusillade qui lui avait coûté son job.

— Je sais, répondit le policier. C'est pour ça que j'ai décidé d'arrêter.

Archer déglutit péniblement.

— Je croyais que tu voulais mettre la main sur ce meurtrier, toi aussi.

Pas autant que lui, sans doute… Archer ne vivait pratiquement plus que pour retrouver le type qui avait assassiné sa sœur.

— Je ne laisse pas tomber l'enquête, répliqua Forrest. C'est à la mission de protection que je renonce.

— Ah… Bien sûr, je te comprends. Je vais envoyer un agent pour te remplacer.

— Qui ?

— Je ne sais pas encore. Je vais voir qui est de garde cette nuit.

— Choisissez quelqu'un qui a déjà fait ça avant, suggéra Forrest.

Ou bien était-ce un ordre ? Archer eut sa réponse lorsque Colton ajouta :

— Et votre choix sera soumis à mon approbation.

Le chef n'eut pas le temps de faire le moindre commentaire : Forrest avait déjà raccroché. Mais existait-il seulement un policier qui trouverait grâce à ses yeux ?

L'annonce de Forrest lui avait coupé le souffle. C'était comme s'il lui avait plongé un couteau dans le cœur. Il allait partir, à l'instar de tous les autres hommes qu'elle avait connus.

Qu'est-ce qui lui avait fait croire qu'il resterait, après l'attentat dont il avait été victime ? Après la nuit qu'elle lui avait fait passer ?

Forrest, qui venait de raccrocher avec le chef Thompson, se tenait devant la fenêtre du salon. Il dut sentir sa présence derrière lui, car il se retourna pour lui faire face.

— Alors comme ça, tu vas me laisser ? murmura-t-elle.

— Oui, dès que mon remplaçant sera là.

Une bouffée de colère monta en elle. Contre Forrest, mais surtout contre elle-même. Ce qui s'était passé la nuit précédente n'aurait jamais dû arriver.

— C'était bien la peine de me faire des promesses, lâcha-t-elle amèrement.

— Je veux vous protéger, Connor et toi. Et pour ça, le mieux est que je reste loin de vous.

— Va-t'en, dans ce cas. On n'a pas besoin de toi.

Ses mots sonnaient creux. Bien sûr qu'elle avait besoin de lui. Et cette dépendance soudaine l'ennuyait, elle qui avait toujours su se débrouiller seule. Au départ, elle n'avait pas eu le choix, mais aujourd'hui elle *voulait* être seule. Du moins le croyait-elle...

— Va-t'en, répéta-t-elle.

— Je ne partirai pas avant que mon collègue soit arrivé. Je tiens mes promesses, Rae.

— Non, tu gardes tes distances. La question, c'est pourquoi ? Tu as eu peur, aujourd'hui ?

— Évidemment que j'ai eu peur. Peur pour ton fils. Peur de manquer à ma parole envers toi. Peur de découvrir que je tenais à vous.

— Forrest..., murmura Rae en s'avançant vers lui.

Mais, une fois de plus, il s'écarta.

— C'est parce que je tiens à vous que je dois partir, conclut-il.

Rae comprit soudain qu'il ne parlait pas seulement de son rôle de garde du corps. Il ne voulait plus faire l'amour avec elle. Pour lui, la nuit dernière avait été une erreur.

15

Le jeune policier semblait suffisamment compétent. Il avait travaillé comme agent de sécurité pour financer ses études, et il avait un physique de bodybuilder. Pour tout dire, il était sans doute plus qualifié que Forrest pour protéger une jeune femme et son bébé... Mais l'enquêteur n'arrivait pas à se résoudre à partir. L'idée le rendait malade. En attendant de se sentir prêt, il avait envoyé son collègue patrouiller dans le jardin.

Le soleil se couchait déjà. Thompson avait mis du temps à trouver un agent disponible, et Forrest avait tenu à s'entretenir avec le jeune homme avant de lui laisser sa place. Dans l'intervalle, il avait très peu vu Rae.

Occupée avec Connor, celle-ci s'était appliquée à l'ignorer comme s'il n'était déjà plus là. À l'évidence, elle lui en voulait d'avoir passé les rênes à quelqu'un d'autre. Pourquoi ? Forrest devinait que cela avait un rapport avec son père. Elle devait ressentir cette décision comme un nouvel abandon.

Mais il ne voulait pas être comparé à un homme comme Beau Lemmon. Ce type lui rappelait son ex-fiancée. Tous les deux s'étaient défilés au moment où leur moitié avait eu le plus besoin d'eux. Forrest, lui, ne se défilait pas : il cherchait au contraire à protéger Rae. Elle finirait bien par le comprendre.

Il jeta un coup d'œil par la fenêtre : il faisait trop nuit à présent pour distinguer l'agent Baker dehors. Il hésita à l'appeler pour le prévenir qu'il quittait les lieux, mais penser au père de Rae avait attisé sa curiosité.

Quand ce dernier était-il parti de Whisperwood ? Cela remontait-il à l'époque où le corps avait été enterré dans le jardin ? Le cadavre avait été momifié ; il pouvait être là depuis des décennies, comme celui de la sœur du chef Thompson. Et si Beau Lemmon avait fui un crime plutôt que la maladie de sa femme ?

Un crime, voire *des* crimes... Avait-il connu Emmeline Thompson ?

Forrest se tourna vers la chambre de Rae. Elle avait fermé la porte – il fallait sans doute y voir un message. La veille, il avait pourtant été le bienvenu dans cette pièce. C'est même elle qui l'y avait entraîné. Jusque dans son lit.

Comme il aurait aimé l'y rejoindre, à cet instant ! Mais il doutait de l'accueil qu'elle lui ferait, à lui et aux questions qui se bousculaient dans sa tête. Mieux valait chercher des réponses ailleurs.

Rae avait grandi dans cette maison. Elle y avait vécu avec sa mère et son père avant que celui-ci les abandonne. Un peu partout, on voyait des photos des deux femmes à des âges différents. Où étaient cachées celles de Beau Lemmon ?

Forrest grimaça de douleur en se levant de sa chaise. Il resta debout un long moment avant d'être sûr de pouvoir marcher sans que sa jambe cède sous son poids. Alors, il se dirigea vers le salon. Le mur qui faisait face à la chambre de Rae était garni d'étagères ; ayant repéré une série d'albums photo, il s'empara du premier volume.

La jambe en feu, il se laissa tomber sur le canapé et ouvrit l'album, dont la tranche était couverte de poussière. Rae n'avait pas dû le regarder depuis bien longtemps... Forrest comprit pourquoi en découvrant l'homme qui apparaissait sur les clichés. Beau Lemmon, assurément. Non pas que le père et la fille se ressemblent, mais sur certaines images il portait le sosie de Connor emballé dans une couverture rose. Et, sur d'autres, il tenait la main à une petite fille aux cheveux châtains et aux grands yeux bruns qui le regardait avec adoration.

On le voyait aussi en compagnie d'une femme – Rae en plus grande et en plus élancée. Sur beaucoup de ces photos, Beau paraissait distrait. Il regardait la télévision, ou un papier qu'il tenait dans sa main. Les mêmes feuilles dépassaient parfois de la poche de son pantalon.

Forrest se pencha sur l'album pour les examiner de plus près. Cela avait tout l'air de tickets de pari.

Beau Lemmon avait donc été bookmaker... ou simplement joueur. Que venait faire le cadavre momifié dans l'histoire ? Cette femme lui devait peut-être de l'argent. Ou le contraire. L'avait-il tuée et enterrée dans son jardin, là où son adorable fillette avait joué étant petite ?

Forrest le considérait déjà comme un lâche pour s'être enfui lorsque sa femme était tombée malade. Maintenant, il se demandait si Beau Lemmon n'était pas pire que ça.

Un meurtrier.

Rae savait que la relève de Forrest était arrivée. Elle avait entendu les deux policiers discuter un moment, puis reconnu le bruit de la porte d'entrée qui s'ouvrait et se refermait. Forrest était-il parti ? Si oui, il devait être vraiment pressé de la quitter...

Après la journée qu'il venait de passer, elle ne pouvait pas lui en vouloir. Sa colère était retombée, et elle n'éprouvait plus que déception et désillusion.

Comment avait-elle pu s'autoriser à tomber amoureuse de lui ?

Pourtant, elle n'ignorait pas que l'amour ne durait jamais bien longtemps, sauf pour quelques chanceux dont ses amies faisaient partie. Et, dans le cas de Forrest Colton, il ne pouvait pas être question d'amour. Elle le connaissait à peine.

Pourquoi alors exerçait-il une telle attraction sur elle, au point de l'empêcher de dormir ?

Se résignant à passer encore une nuit blanche, Rae repoussa les draps et se leva de son lit. Elle aurait dû se présenter au nouveau policier. Elle aurait même dû l'interroger elle-même. Après tout, ce n'était pas Forrest qu'il était censé protéger.

Était-ce vraiment pour Connor et pour elle que ce dernier avait décidé de prendre ses distances ? Ou bien avait-il peur d'être à nouveau blessé ? À cette pensée, Rae sentit son ventre se nouer. L'auteur des lettres de menace n'avait pas hésité à tenter de le tuer. Il pouvait très bien recommencer.

Peut-être était-ce mieux pour tout le monde – et pour Forrest en particulier – qu'il s'éloigne. Peut-être devrait-il même quitter Whisperwood. Et peut-être l'avait-il déjà fait.

Elle décrocha son peignoir de derrière la porte, l'enfila et noua la ceinture autour de sa taille. Quand elle sortit de sa chambre, une vague de soulagement l'envahit.

Forrest n'était pas parti. Il était assis sur le canapé du salon, penché sur un livre qu'il avait ouvert sur ses genoux. Une mèche de cheveux retombait sur son front. Rae se rembrunit lorsqu'elle identifia le livre en question.

— Que fais-tu ? lui demanda-t-elle.

Absorbé dans l'examen des vieux clichés, Forrest ne leva même pas les yeux vers elle.

— Pourquoi regardes-tu cet album ? insista-t-elle en réprimant un frisson.

Elle n'aimait pas se replonger dans le passé. Les seules photos qu'elle avait envie de voir étaient celles accrochées aux murs de sa maison ou exposées sur les étagères. Sans doute aurait-elle dû se débarrasser des autres, mais elle avait pensé que ses enfants auraient peut-être envie un jour de mieux connaître son histoire.

Pourquoi Forrest s'y intéressait-il ?

— Est-ce que tu sais où il est ? s'enquit-il en montrant son père sur une des pages.

Rae serra les mâchoires.

— Non.

— Tu n'en as vraiment aucune idée ?

— Je n'y pense pas, répondit-elle. Je ne pense jamais à lui.

Forrest plongea le regard dans le sien. Il semblait douter de sa bonne foi, et il avait raison. Rae pensait à son père – à la façon dont il les avait traitées, sa mère et elle – chaque fois qu'elle commençait à tomber amoureuse d'un homme. Comme Forrest, par exemple. Elle se souvenait de la souffrance qu'il leur avait infligée, et elle se disait que ça n'en valait pas la peine.

— Je n'en sais rien et je m'en fiche, précisa-t-elle.

— Tu n'as jamais eu de nouvelles de lui ?

Elle secoua la tête.

— Vraiment jamais ? Même quand ta mère est décédée ? Il n'a pas tenté de récupérer la maison, ou…

— Ma mère a été malade longtemps. Elle a fini par divorcer de lui et elle a fait le nécessaire pour que je sois la seule à hériter de ses biens.

— Pourquoi ? Tu crois qu'elle craignait qu'il ne dilapide tout cet argent au jeu ? Regarde.

Il montrait un détail sur une des photos – un bout de papier que son père tenait dans sa main.

— C'est quoi ? marmonna-t-elle. Un ticket de loterie ?

— Non, plus sérieux que ça.

— Sérieux ? Mon père n'a jamais rien fait de sérieux dans sa vie. Sinon, il serait revenu.

— Je pense qu'il pariait beaucoup, expliqua Forrest. Peut-être est-il allé à Las Vegas ou à Reno, après avoir quitté Whisperwood ?

— Je ne sais pas. Il est parti sans laisser d'adresse.

— Il n'a jamais envoyé de lettre ou de carte postale ?

— Mon père n'est pas comme le tien, Forrest. Ce n'est pas un type bien.

Elle comprit soudain pourquoi il lui posait toutes ces questions.

— Tu penses que c'est lui qui a enterré le corps dans le jardin ?

— Il figure sur ma liste de suspects, oui, admit Forrest.

Elle appréciait son honnêteté, même si elle avait honte qu'un membre de sa famille soit soupçonné.

— Quand je dis que mon père n'est pas un type bien, je ne sous-entends pas forcément que c'est un meurtrier. Il a des défauts. Comme nous tous.

Forrest frotta pensivement sa jambe blessée. Mais, pour Rae, ses cicatrices n'étaient pas des défauts. Elles n'enlevaient rien à la beauté de ses traits ni à la douceur de son regard – ce même regard qu'il levait à présent vers elle.

— Tu n'en as pas, toi, lui assura-t-il en se mettant debout, malgré l'inconfort que cette position semblait lui causer. Tu es absolument parfaite.

Quand il la regardait de cette façon, elle avait la certitude qu'il la trouvait aussi irrésistible qu'il l'était pour elle. N'y tenant plus, elle passa les bras autour de son cou pour l'embrasser.

— J'ai cru que tu m'en voulais d'avoir décidé de partir, murmura-t-il tout contre ses lèvres.

— Tu es encore là, répliqua-t-elle avec un petit sourire.

Il poussa un soupir.

— Je n'arrive pas à te laisser.

Il finirait par le faire, elle le savait. Toutes les personnes qui avaient compté pour elle étaient parties un jour, volontairement ou non.

Elle ferma les yeux, tentant de chasser le chagrin qui

menaçait de l'envahir. Forrest noua les bras autour de sa taille et la serra contre lui.

— Ça ne va pas ? lui demanda-t-il doucement.

— Ces photos, dit-elle en montrant l'album sur le canapé. Elles font remonter des souvenirs douloureux.

Il lui caressa tendrement la joue.

— Alors fabriquons d'autres souvenirs plus joyeux, suggéra-t-il. Comme ceux de la nuit dernière. Je n'ai pensé qu'à ça, depuis. À toi. À ces instants magiques où j'étais avec toi. En toi.

Rae sentit sa peau s'enflammer de désir.

— Oui, chuchota-t-elle.

— Je n'ai pas encore posé de question, fit-il remarquer en souriant à son tour.

— Mais tu vas le faire.

La veille, il lui avait demandé plusieurs fois si elle était vraiment sûre de vouloir continuer.

— J'ai envie de toi, affirma-t-elle pour gagner du temps. Je te veux dans mon lit. En moi.

Elle avait à peine fini sa phrase qu'il la soulevait dans ses bras.

— Forrest ! protesta-t-elle. Ta jambe...

— Je m'en fous.

Son impatience lui arracha un gloussement amusé. De toute évidence, il la désirait autant qu'elle le désirait lui. Malgré sa blessure, il la transporta aisément jusqu'à sa chambre, où il la laissa tomber sur le lit, pressé de se déshabiller.

— Il y a un policier dehors, dit-il en posant son pistolet sur la table de nuit. Connor et toi ne risquez rien.

Essayait-il de la rassurer, ou de se convaincre lui-même ? Peu importait. Rae voulait seulement être avec lui, aussi nue qu'il l'était à cet instant. Elle se débarrassa de sa robe de chambre et retira son T-shirt.

— Tu es tellement belle..., souffla-t-il.

Elle avait les cheveux défaits et son maquillage s'était effacé, mais Forrest ne semblait pas y prêter la moindre attention. Il la dévorait littéralement des yeux.

Pourtant, quand elle le voyait ainsi dévêtu, tout en muscles et en puissance, elle se demandait ce qu'un homme aussi magnifique pouvait trouver à une femme quelconque comme elle. Les cicatrices qui zébraient sa jambe ne faisaient que le rendre plus beau, car elles étaient la preuve de son courage et de sa détermination. Forrest était un héros.

Son héros.

Rae l'attira sur le lit, glissa les mains dans ses cheveux et l'embrassa avec toute la force de son désir. Il répondit avec la même passion, faisant l'amour à sa bouche comme elle voulait qu'il le fasse à son corps. Elle s'arqua contre lui et gémit en sentant son érection se presser contre son ventre.

— Forrest..., souffla-t-elle.

Il planta des baisers le long de sa gorge, là où son pouls palpitait follement. Ses cheveux la chatouillèrent tandis qu'il descendait plus bas et s'arrêtait sur un sein, l'effleurant de ses lèvres avant d'en attraper le téton durci.

Rae laissa échapper un gémissement de plaisir quand il se mit à le titiller avec sa langue. Une onde de chaleur se propagea de son mamelon jusqu'au bas de son ventre, y répandant un feu intense.

— Forrest..., répéta-t-elle.

Il n'en avait pas terminé. Il descendit encore, entre ses cuisses, et appliqua sa bouche sur le point le plus sensible de son corps. Rae cria en atteignant l'orgasme.

Mais cela ne lui suffisait pas.

Elle le voulait, lui, tout entier. Comme la nuit dernière, où il avait comblé un vide en elle dont elle n'avait pas soupçonné l'existence.

Forrest s'écarta pour fouiller les poches de son pantalon, qui gisait en tas sur le sol. Lorsqu'elle vit le petit emballage carré dans sa main, elle le lui prit, l'ouvrit puis déroula le préservatif sur son membre dressé.

— Rae, tu me tues..., grogna-t-il en fermant les yeux.

Son choix de mot la fit ciller. Quelqu'un voulait vraiment le tuer. Elle aurait pu le perdre.

À cette pensée, elle l'attira à elle pour le couvrir de baisers. Tandis qu'elle enroulait les jambes autour de sa taille, il la pénétra lentement, puis resta un moment immobile comme pour garder le contrôle de lui-même. Alors, il se mit à aller et venir en elle, de plus en plus fort, jusqu'à ce que Rae sente ses muscles intimes se contracter autour de lui. Il la rejoignit au sommet du plaisir quelques instants plus tard.

Jamais elle n'avait connu de sensations aussi intenses. Et alors même qu'ils étaient tous les deux comblés, il continua de la caresser et de l'embrasser, la faisant sans le savoir tomber encore un peu plus amoureuse de lui.

Forrest Colton n'était pas mort.

Il aurait dû être furieux que ses ordres n'aient pas été respectés, mais la tentative de meurtre et les lettres de menace semblaient avoir suffi à détourner l'inspecteur de son travail. Il fallait donc maintenir la pression. Et si l'une de ces tentatives venait à réussir...

Un rictus déforma son visage. Il se fichait qu'une autre vie soit perdue. La seule qu'il tenait à protéger, c'était la sienne.

16

Une semaine s'était écoulée depuis que Forrest avait décidé de rester à distance de Rae et de Connor. C'était le mieux à faire, pour eux comme pour lui. Et sans doute aussi pour Whisperwood, car il pouvait enfin se concentrer sur ses enquêtes.

Il continuait de nourrir des soupçons à l'égard du père de Rae, tout en se demandant pourquoi celui-ci serait revenu après tout ce temps pour la menacer. Cela n'avait pas vraiment de sens. Mais il avait tout de même lancé un avis de recherche au nom de Beau Lemmon : il avait quelques questions à lui poser, notamment sur les raisons qui l'avaient poussé à quitter femme et enfant. Et sur ce corps enterré dans son jardin – un jardin qui appartenait à présent à Rae, tout comme la maison… Lemmon était-il jaloux au point de s'en prendre à sa propre fille et à son petit-fils ?

Forrest soupira. Tout ça était un peu tiré par les cheveux, il s'en rendait bien compte. Il tenta de se concentrer sur les autres dossiers – celui de Patrice Eccleston en particulier. Si seulement il avait plus de pistes, là aussi…

Il n'avait toujours pas reçu les résultats des analyses pratiquées sur ces drôles de boutons qu'il avait retrouvés enfouis dans la terre. Leur présence sur les deux scènes de crime semblait indiquer que les victimes avaient été tuées par le même meurtrier. Mais pourquoi l'une d'elles avait été momifiée, et pas l'autre ?

Forrest commençait à avoir mal à la tête, et l'hématome jaunissant qui lui ornait le front n'y était pour rien. Comme pour son genou, l'œdème s'était résorbé. Non, sa migraine, il la devait plutôt à la frustration. Celle de voir ses enquêtes rester au point mort... Et celle d'être séparé de Rae.

Elle lui manquait. Connor aussi, d'ailleurs. Son innocence, la chaleur de son petit corps, et même son odeur, un mélange de talc, de savon pour bébé et de choses parfois moins agréables.

Forrest sourit en repensant au moment où le nourrisson avait régurgité sur sa chemise. Et à ce qui s'était passé ensuite dans la chambre de Rae...

— Qu'est-ce que vous foutez ? fit soudain une voix pleine de colère. Vous rêvassez, alors que vous devriez être en train de chercher le meurtrier de ma sœur !

Ian Eccleston était apparu au-dessus de la cloison qui délimitait le box de Forrest au poste de police de Whisperwood. Comme il n'y travaillait qu'à titre temporaire, il n'avait pas eu droit à un bureau fermé. Sans doute était-ce déjà une chance de disposer d'une table...

Il referma le dossier et le retourna afin qu'Ian ne voie pas le nom de la victime inscrit au recto. Il n'avait pas envie de lui montrer le peu d'éléments qu'ils possédaient sur l'affaire. En outre, cet homme ne lui inspirait pas confiance. Sa colère pouvait parfaitement s'inscrire dans le processus de deuil, bien sûr, mais elle pouvait aussi cacher autre chose.

— Bonjour, monsieur Eccleston, lui dit-il calmement. Avez-vous une nouvelle information à me communiquer ? Un détail qui vous serait revenu en mémoire ?

Ian s'empourpra.

— Ça, c'est votre boulot. Je ne vais pas le faire à votre place.

— Pourtant, vous voulez qu'on retrouve celui qui a tué votre sœur, non ?

— Évidemment. Mais ce n'est pas moi, l'enquêteur. C'est vous. Sauf que je me suis renseigné, Colton, et vous ne vous intéressez qu'aux affaires classées.

— C'était effectivement ma spécialité sur mon dernier poste à la police d'Austin, mais j'en ai occupé d'autres avant, lui rappela Forrest.

— Je suis sûr que vous concentrez tous vos efforts sur les vieux cadavres, et pas sur celui de Patrice.

Eccleston détourna les yeux en prononçant ces mots. Peut-être était-il réellement bouleversé par la mort de sa sœur. Ou peut-être jouait-il la comédie afin de paraître innocent.

Forrest se tança intérieurement. Depuis quand était-il devenu aussi cynique ? Il aurait dû adopter la vision de Rae, qui estimait que les gens pouvaient avoir des défauts sans être nécessairement mauvais. Ian Eccleston avait des raisons d'être en colère. Sa sœur avait été assassinée, et le meurtrier courait toujours.

Forrest tapota le dossier contenant les photos de la scène de crime et du corps de Patrice. Non, Ian n'avait pas besoin de les voir, quel que soit son rôle dans l'histoire. Une chose était certaine : il n'était pas assez vieux pour avoir commis les autres crimes. Mais il pouvait en avoir entendu parler récemment et s'en être inspiré.

— Qu'est-ce que vous faites pour retrouver le tueur ? s'enquit l'homme d'un ton brusque.

— Je ne peux pas commenter une enquête en cours.

— Bien sûr... C'est la réponse que vous donnez dans toutes vos interviews, avec le chef Thompson. Mais je ne suis pas une fouine de journaliste. J'ai le droit de savoir où en est l'enquête.

Forrest s'appuya sur le bureau pour se lever. Il allait sans doute devoir raccompagner lui-même M. Eccleston à la porte.

Avant qu'il ait eu le temps de faire un pas, néanmoins, une jeune policière se précipita vers eux.

— Tout va bien ? demanda-t-elle en jetant un coup d'œil vers le visiteur imprévu.

— Oui, répondit Forrest. M. Eccleston s'apprêtait à partir.

— Je ne vais nulle part avant d'avoir obtenu des réponses, protesta Ian.

— Je n'en ai aucune à vous donner, malheureusement.

— Et vous êtes censé être l'un des meilleurs enquêteurs d'Austin…

— J'ai cette information que vous m'aviez demandée sur Beau Lemmon, intervint la policière, comme pour défendre Forrest. Je vous l'ai envoyée par mail.

— Vous savez où il est ?

Elle secoua la tête.

— Beau Lemmon ? répéta Ian, les sourcils froncés.

— Vous le connaissez ? s'enquit Forrest.

— Non.

Ian lâcha un juron.

— Ça n'a rien à voir avec ma sœur, je parie ?

— Nous avons plusieurs affaires en cours, rétorqua la jeune femme.

Elle avait sans doute d'excellentes intentions, mais sa remarque ne fit qu'énerver Ian davantage.

— Et ces affaires sont toutes plus importantes que la mort de ma sœur. Vous êtes des minables ! s'emporta-t-il, avant de quitter les lieux d'un pas furieux.

— Je suis désolée.

— Vous n'y êtes pour rien, soupira Forrest. Donc, vous n'avez pas encore localisé Beau Lemmon ?

— Non. Mais il a un casier assez fourni, je vous en ai envoyé une copie. Cela vous donnera une idée d'où il est allé et de ce qu'il a fait.

Forrest ouvrit sa boîte mail pour récupérer le message de

la policière. Le casier judiciaire de leur homme mentionnait plusieurs arrestations à Las Vegas, Reno et Atlantic City.

Forrest avait vu juste : Beau Lemmon était un parieur invétéré. Mais c'était pour des larcins qu'il avait eu affaire à la police. Vols à la tire, cambriolages... Tous liés à son addiction au jeu, sans doute.

S'il était prêt à voler, pouvait-il aussi tuer ?

Le garde du corps brandit son pistolet et le pointa vers la porte.

— Ne tirez pas, lui dit Rae. C'est un de mes collègues du cabinet d'avocats.

Kenneth Dawson venait de monter les marches du porche. Il toqua légèrement à la vitre, puis, à la grande stupéfaction de Rae, tourna la poignée sans avoir attendu de réponse. Elle n'en revenait pas de son audace. Peut-être n'aurait-elle pas dû demander aussi vite au policier de rengainer son arme...

À la fois choquée et un peu inquiète, elle attrapa la poignée de son côté et entrouvrit la porte. Kenneth tenta de passer en force et de regarder à l'intérieur de la maison.

— Qu'est-ce que vous faites là ? s'enquit-elle.

Depuis une semaine, elle travaillait de chez elle. Ses missions lui étaient toutes envoyées par mail, jamais remises en main propre.

— Vous nous manquez, au bureau, expliqua Kenneth. Je voulais juste prendre de vos nouvelles.

Voilà sans doute pourquoi il se montrait aussi curieux. Rae le soupçonnait néanmoins de l'être naturellement... C'était le seul avocat du cabinet à correspondre au profil du chasseur d'ambulances. L'avait-il « chassée » jusqu'ici ? se demanda-t-elle soudain. Quelqu'un avait-il trouvé un autre corps dans les environs ?

Elle essaya de jeter un coup d'œil derrière lui, mais il occupait toute l'embrasure de la porte. Réprimant un soupir agacé, elle se résolut à le laisser entrer. Kenneth eut un mouvement de surprise en découvrant le policier derrière elle. Par chance, il s'agissait de l'agent Baker, qui était bâti comme une armoire à glace.

— On dirait que j'ai bien fait de passer... Il y a un problème ?

Le garde du corps ne répondit pas. Il n'avait peut-être pas le droit de faire des commentaires.

Rae avait expliqué aux associés du cabinet qu'elle avait reçu des menaces et qu'elle ne voulait mettre personne d'autre en danger. Pourquoi n'avaient-ils pas transmis cette information à Kenneth Dawson ? Ne lui faisaient-ils pas confiance ?

Pour sa part, elle n'avait commencé à se sentir mal à l'aise avec lui que ce fameux jour de la semaine passée, quand sa façon de la regarder et ses questions à propos de Forrest lui avaient paru déplacées. Cette visite impromptue l'était tout autant.

— L'inspecteur Colton s'inquiète pour ma sécurité, précisa-t-elle.

— L'inspecteur Colton, répéta-t-il avec une pointe de mépris dans la voix.

Pourquoi en voudrait-il à Forrest ? s'interrogea Rae. Kenneth devait bien avoir dix ans de plus que lui, ils n'avaient donc pas grandi ensemble. En revanche, ils avaient dû se croiser dans les couloirs des tribunaux.

— Où est-il, en ce moment ? demanda l'avocat en regardant autour de lui.

Rae ne sut quoi répondre. Forrest avait prétendu qu'il s'éloignait pour les protéger, elle et Connor. Mais elle pressentait qu'il l'évitait, tout simplement. Il avait beau la désirer sexuellement, il n'avait aucune envie d'assumer la responsabilité d'une famille toute faite.

Quand elle avait choisi d'être mère célibataire, elle s'était doutée que certains hommes seraient rebutés par la perspective d'élever un enfant qui n'était pas le leur. Qu'à cela ne tienne, s'était-elle dit : ces hommes-là ne l'intéressaient pas. C'était avant de rencontrer Forrest... Il l'avait totalement envoûtée.

— Vous ne vous appelez pas encore par vos prénoms, tous les deux ? demanda Kenneth avec un petit sourire narquois.

Rae se sentit rougir. Hors de question de se confier à lui sur sa relation avec Forrest. *Quelle relation ?* fit une petite voix dans sa tête. Elle n'avait eu aucune nouvelle de lui depuis une semaine. Ceci dit, il ne manquait jamais d'appeler le policier assigné à sa protection, qui qu'il soit.

À cet instant, le téléphone de l'agent Baker se mit justement à sonner.

— C'est l'inspecteur Colton, annonça-t-il. Je suis obligé de décrocher.

Il sembla hésiter.

— Vous pensez que je peux prendre l'appel dehors ?

Rae aurait voulu lui répondre non, mais elle ne voulait pas vexer Kenneth. Après tout, il était marié à la fille d'un des associés du cabinet : il n'allait quand même pas tenter de la violer...

— Allez-y, dit-elle.

— Ne vous faites pas de souci, elle ne risque rien avec moi, assura Kenneth, tout en poussant le jeune policier dehors.

Baker fronça les sourcils. Comme son téléphone continuait de sonner, il se résigna néanmoins à sortir. Dès l'instant où la porte se referma sur lui, Rae sentit une vague de panique l'envahir. Peut-être s'était-elle habituée à avoir un garde du corps en permanence à ses côtés... Ou bien quelque chose l'effrayait chez Kenneth.

Avant qu'elle ait pu déterminer la raison de son malaise, des pleurs retentirent dans la chambre de Connor. Elle s'y précipita, soulagée. Mais alors qu'elle se penchait au-dessus du petit lit pour prendre son fils dans ses bras, elle entendit un bruit derrière elle. En tournant la tête, elle s'aperçut que Kenneth l'avait suivie dans la pièce. Et il contemplait tranquillement ses fesses…

Rae regretta d'avoir enfilé un short plutôt qu'un jean ce matin-là. Elle souleva rapidement Connor et fit face à son collègue, en espérant que la présence du bébé l'inciterait à garder ses distances. Mais Kenneth s'avança vers elle et attrapa un des petits pieds du nourrisson.

— Comme il est mignon ! roucoula-t-il.

Connor se raidit et pleura de plus belle. Visiblement, il n'appréciait guère cet homme-là…

— Il n'a pas l'air très heureux, ce bébé.

— D'habitude, il l'est, répliqua Rae. Sauf quand il a des coliques la nuit.

À la réflexion, Connor n'avait jamais pleuré avec Forrest. Au contraire, ce dernier avait chaque fois réussi à l'apaiser.

Mais il n'était plus là, maintenant. Et il n'était pas près de revenir, même une fois le meurtrier arrêté. Car il pourrait alors retourner travailler à Austin, ou prendre un poste n'importe où ailleurs.

Rae chassa cette pensée et se concentra sur son bébé. Elle eut beau le changer et le bercer, il restait inconsolable.

— Il a peut-être faim ? suggéra Kenneth. Vous ne voulez pas lui donner le sein ?

Son regard tomba sur la poitrine de Rae, comme s'il s'attendait à ce qu'elle nourrisse son fils devant lui.

— Je ne l'allaite plus, répondit-elle.

— Pauvre petit. Pas étonnant qu'il soit malheureux.

— Il faut que je m'occupe de lui, murmura Rae, choquée par son commentaire. Vous devriez peut-être partir.

— Alors que j'ai fait tout ce chemin pour voir comment vous alliez ?

— Je vais très bien.

Et ce grâce à Forrest, qui s'était débrouillé pour qu'elle soit protégée jour et nuit, songea-t-elle. Sauf qu'en appelant son garde du corps, il l'avait sans le vouloir privée temporairement de cette protection. Or, elle craignait d'en avoir besoin bientôt, car Kenneth ne cessait de se rapprocher d'elle.

Elle avait beau ne pas vouloir perdre son emploi, elle n'était pas prête pour autant à accepter un quelconque harcèlement de la part de ses supérieurs.

— Je ne me souviens plus, vous avez des enfants, avec votre femme ? demanda-t-elle à Kenneth dans l'espoir de refroidir ses ardeurs.

— Mon Dieu, non !

C'était un cri du cœur...

— Je veux dire qu'on est trop jeunes, se reprit-il en voyant son expression sidérée. Et on n'a pas le temps.

Il était plus vieux que Rae, et sa femme ne travaillait pas... Mais elle ne se permettrait pas de les juger, de la même façon qu'elle ne voulait pas qu'on la juge d'avoir choisi d'élever son fils toute seule.

— Je sais que vous êtes bien occupé, dit-elle en saisissant la balle au bond. J'apprécie d'autant plus que vous ayez pris le temps de venir me voir. Mais je ne voudrais surtout pas vous retenir.

Les yeux bleu pâle de Kenneth s'étrécirent, comme s'il comprenait enfin qu'elle essayait de se débarrasser de lui.

— Qu'y a-t-il, Rae ? Vous ne voulez pas de moi chez vous ?

Elle lui sourit poliment. Le problème, c'était qu'il n'avait pas seulement envie d'être accueilli chez elle : il aurait aimé l'être aussi là où Forrest l'avait été, c'est-à-dire dans son lit. Mais elle n'y inviterait plus personne. Elle ne faisait plus confiance aux hommes.

Kenneth s'était encore approché, et il commençait à se pencher vers elle au-dessus de Connor. Tout en priant silencieusement son fils de lui pardonner, elle le lui fourra dans les bras.

— Vous voulez le porter ?

Le bébé se mit à hurler et à se tortiller. Ne sachant pas comment le tenir, Kenneth s'empressa de le lui rendre.

— Euh... Non, je ne préfère pas, répondit-il.

Forrest n'avait pas du tout réagi de cette façon quand elle lui avait confié son fils le premier jour. Il l'avait bercé et avait même réussi à le rendormir alors qu'elle en avait été incapable.

Il était si bon avec Connor... et aussi avec elle. Rae voulait qu'il revienne, c'était plus fort qu'elle. En revanche, elle avait hâte que Kenneth Dawson s'en aille.

— Vous avez de la chance qu'il ne vous ait pas vomi dessus, lui dit-elle en souriant. C'est sa spécialité.

— Je ferais mieux de filer, alors, marmonna-t-il d'un air écœuré.

Il sortit de la chambre, mais au lieu de se diriger vers l'entrée, il s'avança jusqu'à la porte de derrière pour jeter un coup d'œil dans le jardin.

— Votre voiture est de l'autre côté, fit remarquer Rae, qui l'avait suivi.

Il ne sembla pas l'entendre.

— La scène de crime est donc là-bas, murmura-t-il en regardant la fosse autour de laquelle le ruban jaune de la police s'agitait au vent. C'est là que le corps a été retrouvé.

Rae frissonna. Cet homme lui donnait la chair de poule. Mais cela faisait-il de lui un meurtrier ?

17

Forrest se sentait contrarié, et il ne savait pas exactement pourquoi. Était-ce à cause de la visite d'Ian Eccleston ? Ou du coup de fil qu'il avait passé au policier chargé de la protection de Rae ?

Il ne comprenait pas ce que Kenneth Dawson était venu faire chez elle. Il était peu probable qu'il lui ait apporté du travail : tout s'organisait par Internet, à présent. Forrest le soupçonnait de s'intéresser à elle et d'avoir seulement voulu la voir.

Lui aussi se languissait de la jeune femme – et cela expliquait sans doute en partie sa nervosité. Une semaine loin d'elle et de son bébé, c'était beaucoup trop long. Il aurait aimé pouvoir assurer personnellement leur sécurité. Il aurait aimé pouvoir toucher Rae, l'embrasser… Être avec elle.

Non pas qu'il s'attende à ce qu'elle l'accueille à bras ouverts… Elle devait avoir l'impression qu'il l'avait abandonnée, comme son père avec sa mère. La seule différence, c'était que Rae n'avait pas besoin de lui.

Les policiers valides étaient bien plus à même de la protéger. Forrest était incapable de prendre un suspect en chasse ou de s'enfuir en cas de danger. Et sa présence auprès de Rae augmentait les risques que quelqu'un s'en prenne à elle, au lieu de les réduire.

Ceci dit, il ne lui était rien arrivé depuis l'accident de

voiture. Il n'avait essuyé aucune autre tentative de meurtre. Peut-être l'auteur des lettres voulait-il juste l'éloigner de Rae et de Connor...

Mais pourquoi ? Pour avoir le champ libre et se rapprocher d'eux ? Était-ce ce que Kenneth Dawson avait tenté de faire cet après-midi ? Ou avait-il seulement voulu repérer les lieux, dans l'idée de revenir plus tard ?

Personne ne connaissait cet endroit mieux que lui. La preuve, il avait été le seul à savoir que le corps était enterré là. Enfin, le seul en dehors du meurtrier...

La découverte du cadavre aurait dû suffire à détourner l'attention des policiers, mais le plan n'avait pas fonctionné. Et maintenant, l'homme qui avait racheté ses dettes – il ne connaissait même pas son nom ! – en attendait plus de lui.

Il lui demandait de commettre un meurtre.

C'était pour ça qu'il avait suivi l'inspecteur et l'avait forcé à se crasher dans cette voiture garée. Seulement, Colton avait survécu. Et le bébé aussi.

L'idée de tuer un enfant le répugnait, mais il fallait bien qu'il sauve sa peau, non ? Et il n'y arriverait que s'il éliminait Forrest Colton. Il allait devoir lui envoyer un message clair. Lui faire comprendre que, quoi qu'il fasse et quel que soit le nombre de gardes du corps qu'il engagerait, Rae et son fils ne seraient jamais en sécurité.

Personne ne l'était.

Il s'approcha à pas de loup de l'arrière de la maison. La rubalise flottait autour de la fosse, mais il n'avait pas besoin de ce repère pour savoir où elle était : c'était lui qui l'avait mise au jour. Et il avait dû en creuser plusieurs avant de se rappeler exactement où se trouvait le corps.

Rae ne l'avait pas vu faire. De toute façon, il ne s'était pas montré à elle depuis qu'il était revenu à Whisperwood.

Peut-être était-il temps de lui parler, de lui expliquer les choses…

Pour cela, il devait d'abord se débarrasser de son garde du corps. À la lumière de la lune, il repéra un gros caillou au milieu du tas de terre. De sa main gantée, il le ramassa et le lança non pas vers la maison, mais sur la grille du barbecue installé sur la terrasse.

Un grand fracas métallique résonna dans le silence de la nuit. Aussitôt, la lumière de la cuisine s'alluma, puis celle qui éclairait l'extérieur. Le cœur battant, il s'accroupit dans l'ombre. Il fallait qu'il le fasse, il n'avait pas le choix… Il respira un grand coup et se saisit de la barre de fer qu'il avait glissée à l'arrière de son jean. Puis il attendit.

Le policier ne mit pas longtemps à ouvrir la porte et à apparaître sur la terrasse. Il avait pris soin de dégainer son arme ; or une simple barre de fer ne ferait pas le poids face à une balle.

Il lui faudrait compter sur l'effet de surprise. Dommage qu'il n'ait pas ramassé deux cailloux au lieu d'un…

Par chance, quelque chose – un animal, sans doute – remua dans l'obscurité, non loin du trou où la jeune femme avait été enterrée. Le pistolet pointé devant lui, l'agent s'avança dans cette direction, passant juste devant l'homme tapi dans l'ombre.

Celui-ci bondit derrière lui et lui assena un violent coup de barre sur le crâne. Le policier s'écroula au sol, inerte.

Était-il mort, ou seulement inconscient ?

Une pointe de regret lui transperça le cœur – car, oui, il en avait un, quoiqu'en pensent les gens. Il était même capable d'éprouver de l'amour, ne serait-ce que pour lui-même. Simplement, sa propre vie l'intéressait plus que celle de n'importe qui d'autre.

Il laissa donc le jeune homme étendu par terre et se dirigea vers la maison. Lorsqu'il voulut ouvrir la porte de derrière, il constata que celle-ci était fermée à clé. Ce satané flic avait pris ses précautions...

Il avait dû deviner qu'il s'agissait d'une ruse pour l'attirer dehors. Il avait peut-être même déjà appelé du renfort pour le cas où il ne reviendrait pas.

Si seulement Forrest Colton gisait à sa place dans le jardin, le crâne fracassé...

Mais il restait encore une chance d'éliminer l'inspecteur : le jeune policier pouvait l'avoir prévenu de ce qui se tramait, auquel cas Colton rappliquerait dare-dare. Et, même s'il ne l'avait pas fait, alors Rae s'en chargerait très vite si un intrus pénétrait chez elle.

Il brandit sa barre de fer et l'abattit contre la vitre de la porte.

Le garde du corps avait signalé à Rae qu'il avait entendu un bruit dehors et qu'il sortait voir de quoi il retournait. Il avait fermé la porte à clé derrière lui, en lui conseillant de n'ouvrir à personne d'autre que lui.

Seulement quelques instants plus tard, quelqu'un tenta de tourner la poignée.

Saisie de frayeur, Rae se précipita dans la chambre de Connor, où celui-ci dormait paisiblement... Jusqu'à ce que l'explosion d'une vitre le réveille en sursaut. Malgré ses pleurs terrifiés, Rae ne le prit pas immédiatement dans ses bras. Elle commença par fermer la porte à clé.

Cela suffirait-il ?

La serrure était de celles qui s'ouvrent avec un simple trombone... Elle poussa donc la commode devant la porte. Mais Rae n'était pas spécialement costaude ; si elle avait réussi à déplacer le meuble, n'importe qui pourrait en faire autant.

Paniquée, elle courut à travers la pièce pour rassembler tout ce qu'elle pouvait empiler devant la porte. Il fallait que celle-ci devienne infranchissable. Il fallait qu'elle protège son fils.

Qu'était-il arrivé au jeune policier ? se demanda-t-elle. Était-il blessé ?

Elle devait appeler à l'aide. Pour lui, et aussi pour Connor et elle. Mais sa maison était tellement à l'écart de la ville… Les secours n'arriveraient jamais à temps ! Sauf si elle parvenait à empêcher l'intrus de pénétrer dans la chambre.

Les larmes lui brouillaient la vue. Elle cligna des paupières pour les chasser et sortit son téléphone de la poche de son peignoir.

Elle aurait dû insister pour que le garde du corps attende des renforts avant de s'aventurer dehors, mais il lui avait assuré qu'il ne fallait pas s'inquiéter, que ce n'était sans doute qu'un animal.

C'en était un, effectivement. Un monstre à forme humaine, prêt à s'en prendre à une jeune maman et à son bébé.

Les mains tremblantes, elle composa le numéro de la police. La standardiste lui enverrait l'agent le plus proche, celui qui pourrait se rendre le plus vite chez elle. Ce ne serait pas Forrest.

Rae n'avait aucune idée de ce qu'il faisait à cet instant, mais même s'il se trouvait dans les parages, elle n'avait pas envie qu'il vienne. Elle ne voulait pas qu'il lui arrive la même chose qu'à son jeune collègue. Il avait déjà été blessé à cause d'elle, cela suffisait.

— Police secours, j'écoute, fit une voix dans le téléphone.

Rae l'entendait à peine à cause des cris de Connor et des coups violents que l'intrus assenait à présent contre la porte de la chambre.

— Quelqu'un est entré chez moi, expliqua-t-elle en s'efforçant de contenir sa panique. Je crois qu'un policier est blessé.

— Il y avait déjà un agent sur place ?

— Oui.

Sachant que la localisation GPS ne marchait pas toujours dans son coin perdu, elle donna son nom et son adresse.

— Faites vite ! supplia-t-elle.

Mais l'inconnu était en train de défoncer la porte avec un objet métallique. Les montants en bois ne résisteraient pas longtemps, et alors Rae et Connor seraient à la merci du tueur.

Tout en cherchant autour d'elle quelque chose qui pourrait lui servir d'arme, elle se planta entre la porte et le berceau. Si quelqu'un voulait s'approcher de son bébé, il devrait d'abord se débarrasser d'elle.

18

Ne voulant pas surprendre le garde du corps de Rae en arrivant à l'improviste, Forrest avait tenté de le joindre en route. Il était tombé sur le répondeur.

Une fois, deux fois, trois fois.

Pourquoi l'agent Baker ne répondait-il pas ?

Forrest tournait dans l'allée quand sa radio grésilla :

— Effraction en cours...

Il n'eut pas besoin d'entendre l'adresse pour savoir que cela se passait chez Rae.

— ... Peut-être un policier à terre, continua la standardiste. L'agent ne répond pas aux appels radio.

Forrest poussa un juron. Il savait à quel point cette mission était dangereuse – il avait lui-même failli y laisser la peau. Une vague de culpabilité l'envahit à l'idée d'avoir mis le jeune policier en danger.

Sans parler de Rae...

Il tenta de ne pas penser à ce qui pouvait leur être arrivé, à elle et à Connor. Elle avait appelé à l'aide, cela voulait dire qu'elle était encore en vie. Il ne pouvait pas imaginer le contraire.

Après s'être garé dans un crissement de pneus, il sauta de sa voiture et courut vers la maison en dégageant son pistolet de son holster. Puis il grimpa les marches du porche et tourna la poignée de la porte d'entrée. Celle-ci était verrouillée.

L'intrus n'avait pas dû passer par là, ou alors il avait pris soin de fermer derrière lui.

Quelques années plus tôt, Forrest aurait enfoncé la porte à coups de pied. S'il tentait cette méthode aujourd'hui, il ferait sauter les vis et les plaques qui maintenaient en place les os de sa jambe... C'est donc à coups d'épaule qu'il attaqua la porte, jusqu'à ce que le montant cède à hauteur du verrou.

Juste au moment où il se ruait à l'intérieur, une silhouette traversa la cuisine en courant.

— Police ! Pas un geste ! hurla-t-il en levant son arme.

Mais l'homme s'échappa par la porte de derrière.

Forrest ne pouvait pas lui tirer dans le dos, peu importe à quel point il avait envie de l'arrêter. L'urgence était de s'assurer que Rae et Connor allaient bien.

Les cris du bébé résonnaient dans la maison, et l'on entendait la voix de sa mère qui lui murmurait des paroles rassurantes. Forrest poussa un soupir de soulagement. Ils étaient sains et saufs.

Et son collègue ?

Il devait le retrouver coûte que coûte – et poursuivre l'auteur de cette effraction sauvage. Ignorant la douleur qui lui déchirait la jambe, Forrest s'élança à sa suite.

— N'y va pas ! lui cria Rae.

Il se retourna. La jeune femme se tenait derrière la porte de la chambre de Connor, à moitié cachée par un empilement de meubles. Elle avait barricadé la porte.

Cela ne l'étonnait pas : elle aurait fait n'importe quoi pour protéger son bébé, qu'elle tenait serré dans ses bras.

— N'y va pas, répéta-t-elle. Il s'en est pris au policier.

— C'est justement pour ça qu'il faut que j'y aille. Enferme-toi dans la pièce. Les collègues sont en route.

— Dans ce cas, attends-les !

Forrest n'avait pas le temps de discuter. Il ouvrit la porte du jardin et s'enfonça dans la nuit. Le jeune agent devait bien être là, quelque part. Il était trop loyal pour abandonner son poste sans raison. Mais Forrest se retint de crier son nom. Il se contenta de tendre l'oreille sans bouger.

Le silence était total. Presque oppressant. Si l'individu était en train de s'enfuir, pourquoi Forrest n'entendait-il pas le bruit de ses pas ou le bruissement des feuilles ? Il avait parlé à peine quelques secondes avec Rae, l'homme ne pouvait pas avoir pris autant d'avance... Mais il courait sans doute plus vite que Forrest. C'était bien pour ça que ce dernier avait assigné un autre policier à la protection de Rae et de Connor. Et par sa faute, son collègue avait vraisemblablement été blessé.

Sinon pire.

Serrant la crosse de son pistolet dans son poing, il quitta le halo de lumière qui éclairait la terrasse et partit à la recherche de l'agent Baker. Ses pas le conduisirent naturellement vers la fosse où le cadavre avait été découvert. Et, comme il le pressentait, un autre corps était étendu à côté, face contre terre. Immobile.

Forrest s'accroupit et tâta le cou musclé du policier pour chercher son pouls. À son grand soulagement, il en trouva un – certes faible, mais régulier. Le jeune homme était vivant.

Pour l'instant, du moins.

Il reposait dans une mare de sang qui semblait provenir d'une vilaine entaille à l'arrière de son crâne. À supposer qu'il survive, il ne serait peut-être plus jamais le même. Comme Forrest depuis la fusillade.

Un bruit attira son attention vers la terrasse. Cela ressemblait à un crissement de semelles sur les graviers. Le malfaiteur se cachait-il quelque part dans l'ombre, comme le tireur il y avait plusieurs mois ? Se tenait-il prêt à attaquer Forrest au moment où celui-ci s'y attendait le moins ?

Archer Thompson se maudit lui-même en entendant le message sur la radio de la police. *Un policier à terre…*

Bon sang, il aurait dû prendre plus au sérieux ces menaces contre Rae Lemmon et son bébé. À présent, un deuxième agent avait été blessé en les protégeant, comme Forrest Colton avant lui.

Archer chercha à contacter l'inspecteur, mais il tomba sur le répondeur. La voix grave de Forrest promettait de rappeler dès qu'il serait disponible. Il avait dû se précipiter chez Rae Lemmon aussitôt qu'il avait entendu l'appel radio, et avait sûrement fait en sorte d'arriver le premier sur les lieux.

Le chef grommela un juron. Hays et Josephine Colton étaient ses amis. Il n'avait aucune envie de leur annoncer un jour qu'un de leurs fils était mort. Sous sa responsabilité, de surcroît.

Mais pouvait-on vraiment dire qu'il s'était montré responsable ? Obnubilé par la certitude qu'il avait manqué à son devoir envers sa sœur, il en était venu à négliger aussi ses hommes.

Il était grand temps qu'il se ressaisisse. Empoignant ses clés, il se dirigea vers son SUV, bien décidé à tout faire pour sauver ses collègues.

Et, au besoin, la jeune femme et son bébé.

Rae avait été terrifiée lorsque l'intrus avait commencé à défoncer la porte pour entrer dans la chambre. Il avait beau s'être enfui, elle n'était pas rassurée pour autant. Cependant, ce n'était pas pour son bébé ni pour elle qu'elle s'inquiétait : les sirènes qu'elle entendait au loin annonçaient l'arrivée imminente des renforts dont Forrest lui avait parlé. Mais seraient-ils là assez tôt pour le sauver, lui ?

Et le jeune policier ? Il avait dû lui arriver quelque chose, sans quoi il serait revenu. Et si le tueur tendait le même piège à Forrest ? Et s'il l'attirait dehors et le neutralisait pour pouvoir s'occuper tranquillement d'elle et de Connor ?

Forrest lui avait conseillé de se barricader à nouveau dans la chambre. Seulement, lorsqu'elle voulut refermer la porte, celle-ci rebondit contre le montant explosé. Le type avait été vraiment prêt à tout pour entrer...

Elle eut la nausée en repensant à ce moment terrible où il avait failli parvenir à ses fins, où il avait été à deux doigts de s'en prendre à son bébé comme il avait promis de le faire dans ses lettres de menaces. Dieu merci, Forrest avait volé à leur secours. Une fois de plus.

Au péril de sa vie.

Pourquoi n'était-il toujours pas là ? Avait-il retrouvé son collègue ?

Ou bien s'était-il fait attaquer à son tour ?

Le cœur de Rae cognait violemment dans sa poitrine. Connor devait percevoir sa détresse, car il continuait de pleurer malgré tous les efforts qu'elle faisait pour l'apaiser. Elle aurait eu tant besoin de réconfort, elle aussi ! Mais une seule personne était capable de lui en apporter : Forrest.

Il devait absolument lui revenir sain et sauf.

Chaque minute qui passait ne faisait qu'accroître son angoisse. S'il n'y avait pas eu Connor, elle serait partie à sa recherche, mais elle n'envisageait pas une seule seconde de mettre son fils en danger.

Pourquoi lui voulait-on du mal ? Qu'attendait-on d'elle ? Rae n'avait pas le pouvoir d'arrêter une enquête. Elle ne pouvait pas empêcher Forrest de faire son travail. Le tueur, lui, en avait les moyens. Il l'avait peut-être même déjà fait.

Soudain, elle entendit le plancher craquer dans l'entrée. Ce n'était pas Forrest – il l'aurait prévenue, pour ne pas l'inquiéter. Le meurtrier s'était-il contenté de faire le tour de la maison pour rentrer par-devant et finir ce qu'il avait commencé ?

Rae repoussa la commode contre la porte à moitié détruite. Cela ne le retiendrait sans doute pas longtemps, mais elle ne pouvait rien faire d'autre.

19

Gyrophares et sirène allumés, l'ambulance quitta l'allée en trombe. Le chef Thompson était monté à l'arrière avec le blessé. Trois voitures de police les escortaient jusqu'à l'hôpital.

L'agent Baker était revenu à lui au moment où Forrest lui avait pris le pouls. Avant même de se préoccuper de son propre état de santé, il s'était immédiatement inquiété du sort de Rae et de Connor.

C'était un bon flic. À le voir parfaitement lucide, Forrest avait bon espoir qu'il s'en sorte. Il avait failli l'accompagner aux urgences, mais le jeune homme n'était plus en danger, à présent.

Rae et son bébé l'étaient bien davantage.

Que leur voulait l'individu qui s'était introduit chez eux ? Leur faire du mal ?

Les tuer ?

Cela n'aurait pas dissuadé Forrest de retrouver le coupable. Au contraire, il aurait été encore plus déterminé à l'empêcher de nuire. Définitivement.

Cet homme était-il le meurtrier de Patrice Eccleston et des jeunes femmes momifiées ? Ou bien s'agissait-il d'une tout autre personne ?

Quelqu'un qui serait venu repérer les lieux plus tôt dans la journée, par exemple...

Forrest retourna à l'intérieur de la maison. Il n'était pas

le seul policier à être resté sur place : en plus du personnel qui remplaçait les serrures et la vitre de la porte de derrière, toute une équipe de techniciens était en train de ratisser le jardin, à la recherche d'indices sur l'agression de Baker. D'autres agents fouillaient la propriété pour tenter de mettre la main sur l'auteur de la violente effraction.

Mais Forrest était presque certain qu'il avait filé. Une fois de plus.

Si seulement il avait été plus rapide - si seulement il en avait été *capable* —, il aurait peut-être eu une chance de le rattraper. Une chose était certaine : il ne voulait plus mettre en péril la vie d'un autre policier à la place de la sienne. L'image de l'agent Baker étendu sur le sol, blessé et inconscient, le hanterait encore longtemps.

Rae sortit de la chambre de Connor et le rejoignit dans le salon.

— Alors, est-ce qu'il va s'en sortir ? demanda-t-elle d'une voix inquiète.

— Je ne peux pas l'affirmer, mais il était conscient et cohérent quand l'ambulance l'a embarqué.

— C'est plutôt bon signe.

— En effet.

Forrest marqua une pause.

— Il faut que tu fasses ta valise, Rae. Je t'emmène loin d'ici.

Il aurait dû commencer par là, dès qu'il avait trouvé le corps dans son jardin. Ainsi, elle n'aurait pas reçu de menaces.

Mais le type était allé jusqu'à déposer une lettre sur son bureau...

Peut-être n'était-elle en sécurité nulle part.

— Pas question, répondit-elle, catégorique. Je viens juste de réussir à rendormir Connor. Je n'ai aucune envie de le réveiller.

— Tu n'es pas à l'abri, ici, insista-t-il. Tu t'en rends compte, non ?

— Avant, je n'avais qu'un seul garde du corps. Maintenant, j'en ai plein, souligna-t-elle en désignant d'un geste les agents qui finissaient de réparer les serrures.

— Ça ne va pas durer.

— En fait, on a terminé, intervint justement un jeune policier.

Forrest lui fit un petit signe de tête.

— Vous pouvez partir. Ils veulent aller voir leur collègue à l'hôpital, expliqua-t-il à Rae, qui le regardait en fronçant les sourcils.

— Bien sûr. Excuse-moi, je n'y avais pas pensé. J'imagine que tu en as envie, toi aussi.

— Je ne te laisse pas ici toute seule. Tu viens avec moi.

— Où ça ? demanda-t-elle, et sa voix se brisa lorsqu'elle ajouta : Où Connor et moi serons-nous à l'abri ?

— Avec moi, répondit Forrest.

— Alors reste. Reste ici.

C'était égoïste de sa part. Rae s'en rendit compte à l'instant même où elle prononça ces mots. Mais ce qu'elle venait de vivre l'avait tellement terrorisée qu'elle se fichait de ne penser qu'à elle. Tout ce qu'elle voulait, c'était se sentir de nouveau en sécurité. Et cela n'était possible qu'auprès de Forrest.

— Je ne partirai pas sans toi, lui assura-t-il.

— Et moi, je n'irai nulle part ce soir, répliqua-t-elle. Connor a déjà eu assez d'émotions comme ça.

— Et si le type revient ?

Elle montra son jardin, illuminé par les projecteurs des techniciens.

— Il était peut-être assez courageux pour s'attaquer à un seul policier, mais à tout un escadron ? Je ne crois pas. Il n'est pas aussi…

Pas aussi *quoi* ? Qu'en savait-elle, au juste ?

Rae se demandait surtout ce qu'elle avait fait à cet homme

pour qu'il lui veuille autant de mal. Ou était-ce après Forrest qu'il en avait ?

Elle devrait chasser ce dernier loin de chez elle. C'était le meilleur service à lui rendre. Mais elle était tout aussi réticente à le laisser partir qu'à l'exposer de nouveau au danger.

— Nous ne savons rien de cet individu, trancha-t-il. Sauf si tu as eu le temps de le voir ?

Il fit un pas vers elle et posa les mains sur le haut de ses bras. Rae sentit la chaleur et la puissance de ses paumes à travers le fin tissu de sa robe de chambre, et ce contact suffit à l'électriser tout entière.

Elle secoua la tête, tant pour s'éclaircir l'esprit que pour répondre à Forrest.

— Pourtant, il a cassé la porte de la chambre, insista-t-il, comme s'il la soupçonnait de mentir.

— Je n'ai pas eu le temps de discerner son visage. J'ai juste vu la porte – et tous les meubles que j'avais poussés devant – commencer à bouger quand il a réussi à faire sauter le verrou.

— Comment sais-tu que c'est un homme, alors ?

Elle ouvrit la bouche, puis la referma, gênée.

— C'est une bonne question, finit-elle par répondre. J'imagine qu'il faut quand même de la force pour assommer un policier et défoncer une porte… Mais une femme en serait peut-être capable aussi.

— Tout à fait. Donc, tu avais rassemblé tous ces meubles contre la porte ?

— Je voulais protéger mon fils.

Forrest acquiesça.

— J'ai vu quelles ressources une mère est capable de déployer quand son enfant est en danger.

Rae ignorait s'il faisait référence à une scène dont il avait été témoin lorsqu'il travaillait à Austin, ou au cours de ses missions avec les Cow-boy Heroes… Mais comme il la fixait intensément, elle comprit qu'il parlait d'elle.

— Tu es formidable, murmura-t-il.

— Ça, je n'en suis pas si sûre. Je ne sais pas ce que j'aurais fait si tu étais arrivé dix minutes plus tard.

— Tu te serais battue jusqu'au bout contre lui.

Un muscle tressauta sur la joue de Forrest, comme si cette pensée lui était douloureuse.

— « Lui » ? répéta-t-elle. Tu l'as vu, avant qu'il s'enfuie ?

— Pas son visage. Mais à en juger par sa carrure, je pense que c'était un individu de sexe masculin.

Il s'exprimait comme un policier. Un policier qui garderait sous silence certaines informations. S'il n'avait pas vu l'intrus de face, il avait peut-être identifié autre chose.

— Tu as une idée de qui ça peut être ? demanda-t-elle.

— J'ai quelques pistes.

— Mais encore ?

— Est-ce une coïncidence si ce type est venu juste après la visite de ton patron ?

— Mon patron ?

Rae peinait à se concentrer. Forrest lui caressait négligemment les bras, et toute son attention semblait se focaliser sur cette partie de son corps.

— Tu veux parler de Kenneth, comprit-elle. Ce n'est pas vraiment mon patron.

Ce qui n'était pas plus mal, car elle aurait probablement été obligée de démissionner. À vrai dire, elle ne savait pas quelle attitude adopter. La croirait-on si elle révélait que Kenneth avait dépassé les bornes avec elle ? Était-ce seulement ce qui s'était passé, ou se comportait-il de cette façon avec tout le monde ?

— Qui est-il, pour toi ? s'enquit Forrest d'un ton soudain bourru.

— Un collègue, répondit-elle. Il m'arrive de travailler pour lui, mais très rarement. Et dans ces cas-là, ce n'est pas lui qui me confie les tâches à effectuer.

— Que faisait-il ici aujourd'hui, alors ?

Il la regardait avec une telle intensité qu'elle se demanda s'il n'était pas jaloux.

— Pourquoi ça t'intéresse ?

— Je te rappelle que j'enquête sur des meurtres et sur les menaces que tu as reçues. J'ai besoin de réunir un maximum d'informations sur les suspects potentiels. Les personnes qui auraient pu avoir accès à ton jardin, par exemple.

— N'importe qui y avait accès, répliqua-t-elle en se tournant vers la fenêtre de la cuisine.

Plus aucun projecteur n'éclairait le terrain. Les techniciens avaient dû terminer leurs recherches.

— Ils sont partis ? demanda-t-elle.

— Les agents de la scientifique, oui, répondit Forrest en suivant son regard. Mais j'ai posté un policier au bout de ton allée, et un autre dans ton jardin.

— J'espère que Baker va s'en remettre…

— Je l'espère aussi.

Rae ne s'inquiétait pas seulement pour le garde du corps blessé : elle ne voulait pas qu'il arrive malheur à Forrest.

— Tu n'as pas lésiné sur ma protection, constata-t-elle. Du coup, tu n'as peut-être plus besoin de rester ici, non ? Tu devrais rentrer chez toi.

— Je ne peux pas.

— Mais tu m'as dit qu'il y avait des policiers…

— Je ne peux pas te quitter, la coupa-t-il, et il plaqua sa bouche sur la sienne.

Rae sentit un flot de désir déferler en elle. Elle enroula ses bras autour de la taille de Forrest et se pressa contre lui. Elle aurait voulu rester accrochée là pour toujours…

Mais elle savait qu'il ne fallait rien espérer de tel. Tant pis : elle était prête à se contenter d'une dernière nuit avec lui. Sans le lâcher, elle commença à reculer vers le couloir.

Comme il trébuchait légèrement, elle crut que sa jambe

lui faisait mal. Elle fut vite rassurée lorsqu'il la souleva dans ses bras. Visiblement, il était aussi impatient qu'elle...

Il poussa la porte de la chambre d'un coup d'épaule, la referma pareillement, puis déposa Rae sur le lit. Celui-ci était jonché de livres de droit.

— Toujours en train de travailler, murmura-t-il en la couvant d'un regard admiratif.

— Comme toi, rétorqua-t-elle.

Les beaux yeux noisette de Forrest étaient creusés de cernes sombres. Elle savait qu'il avait renoncé à dormir pour se consacrer à ses enquêtes. Et maintenant, c'était elle qui le privait de sommeil.

— Ce n'est pas du travail d'être avec toi, dit-il. C'est du plaisir.

Et c'est exactement ce qu'il lui donna, après l'avoir fébrilement dénudée. De ses doigts, de sa langue, il explora chaque parcelle de son corps, jusqu'à ce qu'elle tremble sous l'effet de la volupté qui s'emparait d'elle.

Il lui fit l'amour ainsi, avant même de s'être déshabillé entièrement. Puis elle lui rendit la faveur avec sa bouche et ses mains. Et avec tout son cœur, car celui-ci appartenait désormais à Forrest. Mais elle n'avait pas envie qu'il le sache. Elle ne voulait pas être déçue.

Physiquement, elle ne le fut pas : après l'avoir caressée, titillée, excitée au point que le désir devenait insoutenable, il enfila un préservatif et la pénétra d'un long et puissant coup de reins.

Étouffant un cri, Rae s'agrippa à lui tandis qu'il commençait à bouger en elle. Peu à peu, ses mouvements s'accélérèrent, et ils atteignirent ensemble un orgasme dont la force la bouleversa.

Les mots lui brûlaient la gorge. Elle l'aimait et faillit le lui avouer. Mais peut-être était-ce simplement l'effet de la passion ? Elle préféra se taire tandis que les vagues de plaisir finissaient de déferler sur elle.

— Tu n'es donc pas foutu de réussir quoi que ce soit ? pesta la voix au téléphone.

Il réprima un soupir. Non, il ne réussissait jamais rien. Et il en avait toujours été ainsi.

Chaque fois qu'il avait voulu faire les choses bien, il avait fini par tout gâcher. Pour lui et pour les siens.

Voilà pourquoi il valait mieux qu'il reste loin. Mais, dans l'immédiat, il ne pouvait pas partir. Pas avec cette dette qui planait au-dessus de sa tête comme une épée de Damoclès.

— Je ne vois pas ce que vous voulez dire, prétendit-il.

— C'est ça, oui. Tu as encore tout foiré, et tu le sais très bien.

Comment était-il au courant ? Avait-il des yeux et des oreilles partout ? Et qui était-il, au juste ?

Peut-être avait-il racheté d'autres dettes. Ou bien il disposait d'autres moyens de manipuler les gens.

— Je ne pense pas avoir foiré, se défendit-il. Plus aucun flic n'enquête sur les meurtres, en ce moment. Ils sont tous en train de se demander qui a blessé le garde du corps.

Il y eut un long silence, si long qu'il crut un instant que son interlocuteur avait raccroché. Mais le numéro inconnu s'affichait toujours sur l'écran de son téléphone. Le même numéro qu'il avait dans un premier temps ignoré, jusqu'à ce que des enveloppes commencent à apparaître sous la porte de sa chambre d'hôtel.

Des lettres de menace.

— Si un simple flic blessé a réussi à détourner l'attention de la police de Whisperwood, que se passera-t-il quand tu en auras descendu un ? finit par demander l'homme.

— Vous voulez que je tue un flic.

Ce n'était pas une question. Il avait bien compris que ce type ne plaisantait pas.

— C'est Colton ou ta gamine. À toi de choisir.

La décision était vite prise. Sa fille avait déjà suffisamment souffert à cause de lui.

20

Bon sang, qu'est-ce qui ne tournait pas rond, chez lui ? Pourquoi était-il incapable de garder les mains dans ses poches quand il se trouvait en présence de Rae ? Et si encore il n'y avait que les mains... C'était son corps tout entier qu'il n'arrivait pas à contrôler.

Forrest réprima un grognement de frustration tandis qu'il résistait à l'envie de retourner auprès de la jeune femme. Il avait l'impression de la désirer chaque jour un peu plus. Mais il avait commis une erreur en succombant de nouveau à ce désir. Il était censé la protéger et protéger son fils. Pouvait-on vraiment dire qu'il remplissait bien cette mission quand il se laissait distraire régulièrement par ses pulsions physiques ?

Il poussa la porte de la chambre de Connor – du moins, ce qu'il en restait – et s'approcha du berceau. Le bébé dormait à poings fermés ; un souffle léger s'échappait de son adorable bouche. Ses joues étaient bien roses – il avait dû beaucoup pleurer, et il faisait chaud dans la pièce. La climatisation n'était peut-être pas assez puissante pour rafraîchir toute la maison, ou bien elle était vieille et nécessitait quelques réparations. Toujours est-il qu'elle parvenait à peine à faire baisser l'humidité et la température intérieures.

Forrest songea que l'air était sans doute plus agréable dehors, mais c'était trop dangereux d'ouvrir les fenêtres. L'agresseur pouvait encore traîner dans les parages, attendant la première occasion pour réitérer ses attaques contre Rae et Connor.

Quel lien ces derniers avaient-ils avec l'enquête, en dehors du fait qu'un corps avait été retrouvé dans leur jardin ? Contrairement à celui de la sœur d'Archer Thompson, découvert de façon accidentelle par Jonah et Maggie, il semblait avoir été volontairement déterré. Pour quelle raison ? Qui connaissait l'emplacement de la sépulture, à part le meurtrier ?

— Tu le sais, toi ? demanda doucement Forrest au bébé, tout en lui caressant la tête.

Une bouffée de colère le traversa lorsqu'il repensa à cette mèche de cheveux que quelqu'un avait osé lui couper pour la placer sur l'oreiller de Rae. L'idée que la jeune femme ait eu à subir cette épreuve le révulsait, c'était le pire cauchemar d'une mère : voir son enfant menacé.

Le nourrisson s'agita dans son sommeil. Ne voulant pas l'effrayer plus qu'il ne l'avait été cette nuit, Forrest quitta silencieusement la chambre.

Il devait veiller à ce que Connor n'ait plus jamais peur. À ce que lui et sa mère soient en sécurité une fois pour toutes. Après avoir refermé la porte du mieux qu'il pouvait, il se dirigea vers la cuisine. Là, il contacta l'unité postée à l'entrée de l'allée.

— Ici Colton. Rien à signaler ?

— On n'a vu personne sur la propriété, monsieur, à part le chef Thompson qui est revenu chercher son véhicule.

Forrest sentit son visage s'empourprer. Archer était passé pendant qu'il s'oubliait dans les bras de Rae. Avait-il jeté un œil dans la maison ? Avait-il vu comment son inspecteur s'employait à protéger la jeune maman et son bébé ?

La culpabilité l'assaillit lorsqu'il se rappela pourquoi le chef avait laissé sa voiture ici : il avait accompagné le jeune policier à l'hôpital. L'état de ce dernier devait être rassurant, sans quoi Thompson serait resté à son chevet… Sauf s'il n'y avait plus rien à faire pour lui.

— Comment va l'agent Baker ? s'enquit Forrest.

— Il a une fracture du crâne et une commotion cérébrale, répondit le policier. Il va devoir rester quelques jours en observation, mais d'après les médecins il devrait s'en sortir sans séquelles.

— Tant mieux, lâcha Forrest, soulagé.

Il aurait dû prendre des nouvelles plus tôt, mais il avait du mal à réfléchir normalement quand il était avec Rae.

— Et l'agent qui surveille l'arrière de la maison ? demanda-t-il en plissant les yeux pour distinguer le jardin plongé dans le noir. Où est-il ?

— Ben… Il est reparti avec les techniciens, répliqua son subalterne d'un ton embarrassé. Il pensait qu'il devait juste monter la garde pendant qu'ils travaillaient.

Forrest ravala un juron. Et lui qui croyait avoir couvert tous les risques…

Le policier dut percevoir son irritation, car il ajouta :

— Vous savez, monsieur, on n'a vraiment vu personne traîner dans les parages. Il n'y a que le chef qui est passé.

Mais si le malfaiteur se trouvait toujours sur la propriété ? songea Forrest. S'il était resté caché quelque part ? Dans ce cas, il y était encore.

Il dégaina son arme.

— Je crois que je vais quand même faire le tour de la maison, histoire d'être sûr que tout est normal, dit-il.

— L'un de nous peut s'en charger, monsieur.

— Non. Ça me fera du bien de prendre l'air.

Et de m'éloigner un peu de Rae, ajouta-t-il en esprit.

— Après ce qui est arrivé à Baker, vous êtes sûr que ce n'est pas dangereux ?

— Vous dites vous-même que personne n'est venu. Il ne devrait pas y avoir de problème.

Pourtant, Forrest sentit ses cheveux se dresser sur sa nuque. Il flairait un danger, sans savoir d'où celui-ci viendrait. Il fallait qu'il en trouve la source pour l'éliminer.

— On peut vous appeler dans quelques minutes pour vérifier que tout va bien, proposa l'agent.

— Pourquoi pas.

Ainsi, dans le cas où ses soupçons se vérifieraient, Rae serait tout de même protégée.

— Si je ne réponds pas, venez immédiatement, ajouta-t-il. Ou si vous entendez des bruits suspects.

Comme un coup de feu, par exemple... Ça ne dérangerait pas Forrest de tirer sur le salaud qui s'amusait à terroriser Rae et Connor. Si le type ne lui laissait pas le choix, ça ne le dérangerait pas du tout.

— C'est noté, inspecteur, conclut l'agent. Mais je suis sûr qu'il n'y a personne dehors.

Forrest l'espérait aussi, même s'il ne pouvait se départir d'un mauvais pressentiment.

Alors qu'il ouvrait la porte donnant sur le jardin, il se demanda s'il ne devrait pas réveiller Rae pour la prévenir qu'il sortait ; il s'en abstint, préférant ne pas l'inquiéter sans raison. Après tout, les deux policiers n'avaient rien repéré d'anormal. Et le chef non plus, sans quoi il aurait cherché à les en informer.

La peur que ressentait Forrest n'était peut-être pas liée au danger qui rôdait à l'extérieur de la maison, mais plutôt aux deux personnes qui dormaient à l'intérieur.

Rae et Connor.

Et aux sentiments qu'il éprouvait pour eux.

S'il retournait dans la chambre de Rae, il ne se contenterait pas de la réveiller. Il se glisserait dans son lit, dans ses bras, et lui ferait l'amour, encore et encore.

Son corps réagit aussitôt à cette pensée, mais il fit l'effort de se maîtriser. Il ne voulait pas être comme tous ces hommes qui n'avaient pas su tenir leurs promesses envers Rae. Il respira donc un bon coup, sortit sur la terrasse et referma la porte derrière lui à l'aide de la nouvelle clé. Puis il se retourna et scruta l'obscurité.

Assez basse dans le ciel, la lune éclairait une bonne partie du jardin, à l'exception du coin le plus éloigné où s'élevaient les monticules de terre, près de la sépulture récemment mise au jour. Qui était la victime, et pourquoi avait-elle été enterrée là, sur la propriété de Rae Lemmon ?

Forrest avait assez rapidement établi l'identité de Patrice Eccleston, mais celle de la femme retrouvée ici échappait encore aux enquêteurs. La seule certitude qu'ils avaient, c'était qu'elle était morte depuis longtemps – probablement aussi longtemps que la sœur du chef de la police.

Sa famille avait-elle cru à une fugue, comme celle d'Emmeline Thompson à l'époque ? N'existait-il aucun signalement de disparition à son nom ? Voilà peut-être pourquoi ils n'arrivaient pas à savoir qui elle était : personne ne s'était inquiété de son absence.

Songeant à ce corps momifié, Forrest se dirigea naturellement vers le ruban jaune qui entourait la fosse. Une autre zone avait été délimitée, là où l'agent avait été frappé. Heureusement, il s'en sortirait...

Alors qu'il jetait un regard vers la maison, Forrest perçut un mouvement du coin de l'œil. Il se retourna d'un bloc en faisant sauter le cran de sûreté de son pistolet. Mais avant qu'il ait eu le temps de tirer, un objet métallique s'abattit violemment sur sa tempe, et tout devint noir.

Ses jambes se dérobèrent et il s'écroula au sol. Sa dernière pensée alla vers Rae. Encore une fois, il avait échoué à la protéger.

À quelques secondes près, l'inspecteur Colton lui aurait tiré dessus. Le flic avait de bons réflexes, il fallait le reconnaître... Par chance, il avait été plus rapide.

À présent, Colton gisait par terre, immobile. Il serra la barre de fer dans ses mains et hésita à lui assener un autre coup. S'il le tuait comme son interlocuteur le lui demandait, peut-être serait-il enfin tranquille. Sa dette serait effacée, et il pourrait refaire sa vie.

Mais il avait frappé le jeune policier plus fort et cela n'avait pas suffi. Il laissa donc tomber la barre et s'agenouilla pour récupérer le pistolet.

S'il voulait vraiment éliminer Forrest Colton, mieux valait lui loger une balle dans la tête.

Lorsqu'il voulut s'emparer de l'arme, cependant, il ne parvint pas à l'arracher au policier. Bien qu'inconscient, celui-ci la tenait fermement serrée dans son poing. Cela en disait long sur sa ténacité...

Rae se réveilla en sursaut, parcourue d'une étrange sensation. Elle tendit la main, toucha le drap. Forrest n'était plus là.

Chaque fois qu'ils avaient fait l'amour, il était parti peu de temps après. Était-ce pour lui faire comprendre qu'il ne resterait pas ? Cela, elle le savait déjà.

En revanche, elle ignorait la raison de son brusque réveil. Elle attrapa le babyphone sur sa table de nuit et le porta à son oreille. Connor était parfaitement silencieux. C'était peut-être ça qui l'avait tirée de son sommeil.

Un bruit fit soudain grésiller le moniteur. Une sorte de grincement, comme si quelqu'un marchait sur le parquet.

Un sourire flotta sur les lèvres de Rae.

Voilà où était Forrest : dans la chambre de Connor, en train de vérifier que le bébé allait bien. C'est auprès de lui qu'elle l'avait retrouvé chaque fois, penché au-dessus du berceau. Elle l'avait même surpris à lui chanter une berceuse, la première nuit.

Rae s'extirpa du lit et s'habilla rapidement. Il fallait qu'elle se protège de Forrest, des sentiments qu'elle éprouvait pour lui. Elle doutait néanmoins que ces quelques vêtements suffiraient. Face à lui, elle avait l'impression d'être nue. L'impression qu'il la perçait à jour quoi qu'il arrive, et qu'il voyait jusque dans son cœur.

Elle l'aimait. Et si elle le trouvait en train de porter Connor avec la même tendresse que les autres fois, il pourrait lire cet amour sur son visage. Peut-être ferait-elle mieux de rester au lit et de prétendre qu'elle dormait...

Tout à coup, un cri retentit dans le babyphone. Connor s'était réveillé. Mais la voix qui se mit à murmurer près de lui n'était pas celle de Forrest.

Pendant quelques secondes, Rae resta figée par la terreur, puis elle se précipita dans le couloir. Arriverait-elle à temps pour sauver son fils ?

Et où était passé Forrest ?

21

Quand il reprit conscience, une douleur lancinante lui martelait la tempe et son cœur cognait à l'unisson dans sa poitrine. Une peur panique l'étreignit : il avait laissé Rae et Connor sans protection.

Il se força à ouvrir les yeux, puis cligna des paupières pour tenter de chasser le brouillard qui lui voilait la vue. En se relevant tant bien que mal, il s'aperçut qu'il tenait encore le pistolet dans sa main. Son agresseur ne le lui avait pas dérobé. En revanche, il lui avait fait les poches, et la clé n'y était plus.

Lâchant un juron, Forrest s'élança vers la maison, sourd aux protestations de sa jambe et de sa tête. La porte de la cuisine était grande ouverte, comme si le malfaiteur avait été pressé d'entrer. Forrest l'était tout autant.

Il ne prit pas le temps d'appeler ses collègues qui gardaient l'allée. Il n'y avait pas une minute à perdre. De toute façon, sans nouvelles de lui, les deux policiers ne tarderaient pas à intervenir.

Au moment où Forrest atteignait le pavillon, Rae poussa un cri, et il craignit d'être arrivé trop tard. Elle se tenait sur le seuil de la chambre de Connor, une main sur la bouche.

Puis le bébé se mit à pleurer, comme en réponse à sa mère.

Il était vivant… Ils étaient vivants tous les deux. Mais pour combien de temps ?

Forrest écarta la jeune femme pour se précipiter dans la chambre, avant de se figer net. Un homme tenait le nourrisson dans ses bras, encore plus maladroitement qu'il l'avait fait lui-même la première fois. Peut-être était-ce parce qu'il le portait d'une seule main... Dans l'autre, il brandissait une barre de fer maculée de sang.

Sans doute le mien, songea Forrest, qui sentait un liquide chaud couler le long de sa joue.

Et sans doute aussi celui de l'agent Baker...

— Reposez le bébé dans son lit, ordonna-t-il en pointant son arme sur l'agresseur. Tout de suite.

Le visage de ce type lui était vaguement familier. Où diable l'avait-il vu ?

Cela n'avait pas d'importance pour l'instant. L'urgence était de sauver Connor. Forrest ressentait un besoin instinctif de le protéger, comme s'il s'agissait de son propre fils. L'enfant risquait-il d'être blessé s'il faisait feu sur son kidnappeur ?

Rae devait le penser, car elle lui agrippa le bras.

— Ne tire pas.

— Posez-le, répéta Forrest en s'adressant à l'homme. Posez-le, ou je vous descends.

— S'il te plaît, ne le tue pas, insista Rae. C'est mon père.

Voilà pourquoi ses traits lui disaient quelque chose... Les années avaient passé depuis les photos que Forrest avait vues dans le vieil album, mais c'était bien la même ossature sous la peau ridée et les cernes noirs. Beau Lemmon était encore plus maigre qu'alors, et il avait l'air bien plus désespéré.

Forrest le sentait capable de s'en prendre au nourrisson. Son petit-fils ! Pour quelle obscure raison serait-il prêt à faire souffrir sa fille ?

N'avait-elle pas déjà assez souffert par sa faute ?

— Reposez doucement le bébé, lui demanda-t-il une dernière fois, sans cesser de le tenir en joue.

— Je ne vais pas lui faire de mal.

— Comme à l'agent Baker et à moi ? répliqua Forrest. Vous ne nous avez pas fait de mal avec cette fichue barre de fer ?

Rae relâcha brusquement son bras. Elle venait sans doute de comprendre qui était son père : l'homme qui la menaçait depuis le début. L'homme qui avait tenté de tuer Forrest une première fois en voiture, et qui avait recommencé ce soir.

Depuis qu'elle avait trouvé son père dans la chambre de Connor, Rae avait été incapable de le quitter des yeux. À présent, elle se força à regarder Forrest, et remarqua le sang qui coulait le long de sa tempe. Beau était-il vraiment responsable de cette blessure ?

Et de celle du jeune policier ?

Était-ce vraiment lui qui avait provoqué l'accident de voiture alors que Connor se trouvait à l'arrière dans son siège-auto ?

Pendant des années, Rae lui en avait voulu de les avoir abandonnées, sa mère et elle. Mais ce qu'elle ressentait à cet instant était bien plus fort que de la colère. C'était une rage terrible, violente, presque aveuglante.

Elle contourna Forrest et s'avança d'un pas furieux vers son père.

— Je t'interdis de le toucher ! hurla-t-elle en lui prenant Connor des bras.

Il ne lui opposa aucune résistance – de toute façon, il n'avait pas le choix. Rae était sortie de son état de stupeur, et elle refusait de laisser son fils une seconde de plus aux mains de cet horrible individu. Surtout lorsqu'il était armé d'une barre de fer ensanglantée.

— Qu'est-ce que tu comptais lui faire ? s'enquit-elle d'une voix tremblante de fureur. Le tuer ? Ton propre petit-fils ? Quel genre de monstre es-tu ?

— Un monstre dangereux, intervint Forrest en venant de nouveau se placer devant elle.

Son père avait essayé de l'assassiner... Et il avait presque réussi avec l'agent Baker. Rae sentit son estomac se soulever. Et dire qu'elle avait été bouleversée par son départ ! De toute évidence, sa mère et elle s'étaient bien mieux portées sans lui.

— Va-t'en, lui ordonna-t-elle. Tout de suite !

— Il ne peut pas partir comme ça, objecta Forrest. Pas tout seul. Sa place est en prison.

Et il commença à lui lire ses droits.

Mais Beau choisit de ne pas garder le silence.

— Vous ne comprenez pas, dit-il. Tu es en danger, Rae. Vous êtes tous en danger.

— Oui, le coupa Forrest, à cause de vous.

De sa main libre, il empoigna la barre de fer.

— On relèvera vos empreintes sur cette arme. Et si vous n'aviez pas mis le feu au camion que vous avez volé pour nous envoyer dans le décor, Connor et moi, on les aurait aussi retrouvées à l'intérieur. Vous n'échapperez pas à la prison.

— Dans ce cas, vous n'attraperez jamais le meurtrier, répliqua le père de Rae. Et personne ne sera en sécurité.

Forrest se crispa.

— Vous devez emmener Rae et son bébé loin d'ici, poursuivit Beau. Si je vais en prison, il enverra quelqu'un d'autre à leurs trousses. À *vos* trousses.

Il jeta un coup d'œil vers la fenêtre, comme s'il entendait déjà du monde arriver.

— Ou alors, il s'occupera de vous lui-même, comme il l'a fait avec ces pauvres femmes.

— Qui est-il ? demanda Forrest, sceptique.

— Je ne sais pas.

Le policier se remit à lui énumérer ses droits.

— Je vous dis la vérité, le coupa Beau. Ce type a racheté mes dettes de jeu. Je lui suis redevable. C'est pour ça que j'ai...

— Terrorisé votre propre fille ? termina Forrest.

— J'essayais juste de la sauver. De l'avertir.

— À coups de menaces ?

— J'étais obligé. Je ne sais pas qui est cet homme, mais il m'a remis des lettres où il me menaçait de s'en prendre à ma gamine. À Rae.

Celle-ci sentit la colère bouillonner en elle.

— C'est donc bien toi qui m'as fait peur. C'est toi qui t'es introduit ici par effraction...

— Dans ma propre maison ? Je n'appelle pas ça une effraction.

— Ce n'est pas ta maison ! s'emporta Rae. Maman me l'a laissée. Est-ce que tu sais au moins qu'elle est morte ? Que son cancer est revenu ? Est-ce que tu en as seulement quelque chose à faire ?

Elle ignorait pourquoi elle lui posait cette question : de toute évidence, il s'en fichait, sinon il ne serait pas parti. Sa mère méritait tellement mieux que lui... Rae aussi méritait mieux.

— Fais-le sortir d'ici, demanda-t-elle à Forrest.

Mais celui-ci hésita.

— Comment le meurtrier vous a-t-il fait passer ces lettres ? s'enquit-il. Comment se fait-il que vous ne connaissiez pas son nom ?

Beau passa une main dans ses cheveux gris et clairsemés.

— J'ai trouvé les mots sous la porte de ma chambre d'hôtel, et les appels provenaient d'un numéro masqué.

— N'avez-vous pas reconnu sa voix ?

— Non.

— Pourquoi tu discutes avec lui ? intervint Rae.

Elle avait hâte de le voir disparaître de sa vue, comme pendant toutes ces années où elle aurait tant eu besoin d'un père.

Mais elle n'avait plus besoin de lui à présent.

Elle n'avait besoin de personne en dehors de Connor.

Elle berça doucement son bébé, qui continuait de pleurer.

— Il aurait pu me tuer, fit remarquer Forrest. Après m'avoir assommé, il aurait pu m'achever. Même chose pour l'agent Baker.

Il ne considérait donc pas son père comme un meurtrier... Rae sentit son cœur s'alléger d'un poids. Elle n'avait pas envie de croire que Connor et elle portaient ce genre de gènes dans leur ADN.

Il restait tout de même une question.

— La femme qui était enterrée dans le jardin..., murmura-t-elle. Qui était-elle ?

Son père secoua la tête.

— Aucune idée.

— Pourtant, vous l'avez déterrée, observa Forrest.

— Je savais qu'elle était là.

Rae frissonna. Elle avait grandi dans cette maison, joué dans ce jardin, et son père l'avait laissée faire en sachant pertinemment qu'un cadavre y était inhumé.

— On discutera de tout ça pendant votre garde à vue, décréta Forrest.

— Si vous m'enfermez, je ne pourrai pas vous aider. Et Rae ne sera pas en sécurité tant que le tueur sera libre.

— Si vous ne savez pas qui c'est, vous ne m'êtes d'aucune utilité.

— Je peux essayer de le découvrir. Je peux l'attirer jusqu'à vous.

— Parce que vous croyez que je vous fais confiance ? repartit Forrest.

— Vous aussi, vous voulez protéger Rae et son bébé. Et vous savez que c'est impossible à moins de coincer le meurtrier.

— Arrête de te servir de moi ! cria-t-elle. Tu n'en as jamais rien eu à faire. Pourquoi fais-tu semblant de tenir à moi, subitement ?

— J'ai toujours tenu à toi, répliqua-t-il. C'est pour ça que je suis parti. J'étais un obstacle, pour vous. Georgia méritait mieux que ça, et toi aussi.

Beau observa Forrest comme s'il se demandait si le policier était assez bien pour sa fille.

— Si vous vous souciez un tant soit peu d'elle, emmenez-la loin d'ici, lui conseilla-t-il. Je sens que vous seriez prêt à tout pour la protéger – même à me faire confiance.

Rae posa de nouveau une main sur le bras de Forrest, mais cette fois-ci, ce n'était pas pour l'empêcher de tirer.

— Ne te fais pas avoir, le supplia-t-elle.

Au moment où elle prononçait ces mots, son père bondit sur le policier, lui arracha la barre de fer et tenta de le frapper à la tête. Forrest leva son bras pour se protéger, et un coup de feu partit.

Connor, qui pleurait encore une seconde plus tôt, se tut brusquement. Était-ce le choc, ou avait-il été touché ? Avec l'adrénaline qui coulait à flots dans ses veines, Rae aurait pu l'être aussi sans s'en être rendu compte...

Avant qu'elle ait eu le temps de reprendre ses esprits, la porte d'entrée vola en éclats et deux hommes en uniforme se précipitèrent dans la pièce.

Rae serra son fils dans ses bras, tentant de faire barrière de son corps comme Forrest l'avait fait auparavant pour elle.

Si quelqu'un avait reçu une balle, c'était probablement lui.

22

Bon sang, comment avait-il pu encore lui échapper ?

Forrest agrippa le volant plus fort, ignorant l'onde de douleur qui lui traversait le bras. Beau Lemmon n'y était pas allé de main morte avec sa fichue barre de fer...

Il n'aurait pas dû le quitter des yeux, mais il s'était laissé distraire par les paroles de Rae. Et par un bruit de moteur qui remontait l'allée. À force d'entendre dire que la jeune femme était en danger, Forrest avait cru qu'il s'agissait du meurtrier et non des renforts. Mais c'étaient bien les deux agents qui avaient déboulé dans la maison.

Le temps qu'ils arrivent, il était déjà trop tard : Lemmon s'était enfui. Après avoir frappé Forrest – et fait partir le coup de feu par la même occasion —, il avait sauté par la fenêtre de la chambre.

Forrest se maudit lui-même de ne pas lui avoir passé les menottes dès le départ. Néanmoins, l'explication que le vieil homme leur avait donnée n'était pas complètement dépourvue de sens.

— Tu crois vraiment qu'il n'a pas agi seul ? demanda Rae. Que ce n'est pas lui le meurtrier ?

Forrest jeta un coup d'œil vers la jeune femme assise sur le siège passager, les bras serrés autour d'elle. Une petite lueur d'espoir brillait dans ses prunelles sombres.

Il comprenait ce qu'elle ressentait. Elle avait besoin de croire que son père n'était pas si monstrueux que ça.

— S'il était le tueur, je serais déjà mort, répondit-il.

Quoi qu'il en soit, il avait sacrément mal à la tête et au bras, et il n'était pas près de pardonner à Beau Lemmon d'avoir envoyé l'agent Baker à l'hôpital. Mais cela ne servait à rien d'exprimer tout haut cette pensée.

— Il t'a quand même foncé dessus en voiture et assommé avec une barre de fer, lui rappela-t-elle.

— Oui, mais je pense qu'il suivait les ordres d'une autre personne, comme il l'a dit.

— Quelqu'un qui aurait racheté ses dettes et qui se serait servi de ça pour le manipuler ? Ça me semble un peu tiré par les cheveux...

— Écoute, Rae, j'ai pu mettre la main sur le casier judiciaire de ton père. Il lui est arrivé d'aller assez loin pour rembourser l'argent qu'il devait.

— Comment ça, assez loin ? Tu veux dire qu'il a déjà tué ? demanda-t-elle, affolée.

— Non, quand même pas. Il s'en est tenu à de la petite délinquance. Des cambriolages, des vols à l'arraché...

— Tu ne trouves peut-être pas ça grave, mais moi, si. Et il a franchi une nouvelle étape en agressant des gens physiquement.

Elle effleura la bosse qui était apparue sur son bras.

— Tu es sûr que ça va ? murmura-t-elle.

Une fois de plus, Forrest quitta la route des yeux pour regarder la jeune femme. Elle était si belle, même bouleversée...

— Je vais bien, lui assura-t-il.

Pourtant, il était inquiet et ne cessait de surveiller le rétroviseur. Deux voitures de police l'escortaient, mais il aurait presque préféré être seul. Ainsi, il aurait repéré et semé plus facilement un éventuel poursuivant.

Comme le père de Rae il y a quelques jours ? fit une voix

sarcastique dans sa tête. Cette fois-là, Beau Lemmon ne s'était pas laissé distancer. Et Forrest avait fini le front dans le volant. Les suivait-il à cet instant ? Ou s'attachait-il à honorer sa promesse – tenter de découvrir l'identité du meurtrier ?

C'était un peu pour ça que Forrest ne l'avait pas pris en chasse lorsqu'il s'était enfui. Il espérait que Beau Lemmon tiendrait parole. En outre, ce dernier connaissait les lieux comme sa poche : il devait savoir où se cacher.

Quand Forrest l'avait priée une nouvelle fois de faire ses valises et de partir avec lui, Rae n'avait pas hésité. Il lui avait suffi d'un seul regard sur la fenêtre cassée et sur la porte défoncée pour accepter. À présent, Connor dormait dans son siège-auto à l'arrière de la voiture, en compagnie de deux ou trois sacs.

— Et toi, ça va ? demanda Forrest à la jeune femme.

— Oui. Je te l'ai dit, je n'ai pas été blessée.

Après le coup de feu, Rae et Connor étaient restés un moment en état de choc. Le bruit avait été assourdissant ; pour quelqu'un qui n'avait pas l'habitude, il y avait de quoi être secoué. Forrest regrettait de ne pas avoir remis le cran de sûreté sur son pistolet avant d'entrer dans la maison, mais il se méfiait du père de Rae. Et la suite des événements lui avait donné raison.

Au cours de sa carrière, il avait eu maintes fois l'occasion de rencontrer des gens désespérés ; Beau Lemmon les surpassait tous. L'était-il au point de tuer ?

Pour protéger sa fille, peut-être avait-il déjà passé ce cap.

Forrest coula un regard vers Rae.

— Je sais que ça va physiquement, lui dit-il. Mais nerveusement ?

Elle poussa un soupir.

— Ça m'a fait un choc de le revoir, reconnut-elle. Surtout dans ces circonstances. Et il est à nouveau loin, maintenant.

— Je le retrouverai.

— Pour le jeter en prison ?

— Tu ne veux pas que je l'arrête ?

— Si, admit-elle. C'est sûrement le meilleur cadeau à lui faire. Ça pourrait le sauver de lui-même.

— Le jeu peut être une addiction, tu sais.

Comme elle ne disait rien, il tourna la tête vers elle et s'aperçut qu'elle le dévisageait avec de grands yeux emplis... Emplis d'une émotion qu'il n'osait pas nommer. Il avait sans doute rêvé.

— Qu'est-ce qu'il y a ? demanda-t-il.

— Je n'arrive pas à croire que tu prennes sa défense après tout ce qu'il t'a fait subir.

— Il l'a fait pour toi, lui rappela-t-il. Il essayait de te protéger.

— Tu lui accordes bien plus de crédit qu'il ne le mérite. Beau Lemmon s'est toujours soucié de sa petite personne plus que de n'importe qui d'autre.

— Je suis désolé.

Forrest oubliait parfois combien il était chanceux d'avoir eu des parents aussi aimants et soucieux de son bien-être.

— Tu n'as pas à être désolé, répondit Rae. Ma mère a largement compensé l'absence de mon père.

Sauf que Georgia n'était plus là, et Rae se retrouvait seule avec son bébé. Elle avait bien ses amies, mais elle avait refusé de leur demander de l'aide, de peur de leur attirer des ennuis. Forrest avait eu toutes les peines du monde à la convaincre de venir s'installer chez ses parents.

Car c'est là qu'il les conduisait, elle et Connor : chez lui, au ranch des Colton.

Rae hésita avant de descendre de voiture.

— Tu es sûr que c'est une bonne idée ? murmura-t-elle en admirant l'énorme corps de ferme.

Malgré l'heure tardive, plusieurs fenêtres étaient éclairées.

— Vous serez en sécurité, ici, lui promit Forrest.

— Et tes parents ? Je ne veux pas les mettre en danger.

Comme son propre père l'avait fait avec elle, à cause de ses maudites dettes de jeu...

Fallait-il le croire ? Y avait-il vraiment un autre coupable ? Avec son cher papa, elle ne savait pas à quoi s'en tenir. Le seul homme en qui elle avait confiance à présent, c'était Forrest. Elle ne voulait pas pour autant qu'il prenne des risques, ni pour lui ni pour sa famille.

— Mes parents sont heureux de vous accueillir tous les deux, affirma-t-il.

Ce devait être vrai, car à cet instant la porte s'ouvrit et le couple Colton s'avança sur le seuil, en pyjama et robe de chambre. Leurs cheveux blancs brillaient dans la lumière de l'entrée.

— Dieu merci, vous êtes là ! lança la mère de Forrest. On s'est fait un sang d'encre.

Pour leur fils, bien sûr, songea Rae. C'était la deuxième fois qu'il était blessé à cause d'elle. Ils devaient la détester...

Mais lorsqu'elle monta les marches du porche derrière Forrest, qui portait le siège-auto de Connor, Rae eut la surprise de recevoir une chaleureuse accolade de Mme Colton.

— Ma pauvre enfant, lui dit-elle. La vie ne vous a pas épargnée, ces derniers temps.

Rae sentit une vague de gratitude la submerger. Elle connaissait les Colton pour les avoir servis un certain nombre de fois du temps où elle tenait l'épicerie du village. Ils s'étaient toujours montrés gentils avec elle. Mais ce qu'ils faisaient là allait bien au-delà de la simple gentillesse.

— Êtes-vous certains de vouloir nous héberger ? s'enquit-elle en s'adressant à M. Colton.

Hays avait un visage sérieux, presque dur, et assez difficile à déchiffrer. Il soutint son regard un long moment avant d'esquisser un sourire.

— Bien sûr que nous en sommes certains, Rae. Bien sûr.

Mme Colton se tourna vers Forrest et toucha sa joue, où le sang avait séché.

— Ce n'est pas trop grave, j'espère ? lui demanda-t-elle avec inquiétude.

— Mais non, répliqua-t-il en souriant. J'ai la tête dure. Vous me l'avez répété assez souvent.

— Un peu trop souvent à mon goût, marmonna Hays.

Forrest se mit à rire.

Sa mère le serra dans ses bras comme elle l'avait fait avec Rae, puis elle se pencha sur le siège-auto.

— Oh ! mon Dieu... Il est magnifique ! Vraiment adorable.

Le cœur de Rae se gonfla de fierté. C'était pour Connor qu'elle avait accepté de venir ici. Sans lui, elle ne se serait jamais imposée de la sorte.

— Entrez donc, dit Josephine Colton en ouvrant la porte en grand. J'avais déjà préparé la chambre d'enfant pour le bébé de Bellamy et de Donovan, elle est donc toute prête à accueillir Connor.

Quelle chance avait Bellamy d'être tombée sur une belle-mère aussi attentionnée ! songea Rae. La jeune femme ne devait pas accoucher avant plusieurs mois, et Josephine s'était déjà démenée pour son bébé. Donovan avait beau ne pas être leur enfant biologique, les Colton l'avaient toujours traité comme leur fils.

Rae ne comprenait pas en revanche pourquoi ils se montraient aussi bienveillants avec elle. Était-ce dû à ses liens d'amitié avec Bellamy ? Ou bien étaient-ils au courant de ce qui se passait entre leur fils et elle ? Forrest leur avait peut-être dit que...

Que quoi, au juste ? se reprit-elle. Qu'ils couchaient ensemble ?

Elle se sentit rougir.

— Ne vous inquiétez pas, lui murmura Hays en refermant la porte derrière eux, tandis que Forrest et sa mère s'avançaient déjà vers l'escalier. Vous et votre petit garçon êtes en sécurité, ici.

Il lui pressa gentiment l'épaule.

— Et vous êtes les bienvenus chez nous.

Rae eut du mal à retenir ses larmes. Pourquoi tous les papas du monde n'étaient-ils pas comme Hays Colton ? La gorge nouée par l'émotion, elle le serra dans ses bras, incapable de lui exprimer autrement sa gratitude.

Surpris, le vieil homme se figea, avant de lui tapoter le dos.

— Vous avez été seule trop longtemps, ma fille.

Rae s'écarta de lui et s'efforça de se ressaisir.

— Je ne suis pas à plaindre, lui dit-elle en souriant. J'ai des amies, et maintenant, j'ai mon fils.

Elle tourna les yeux vers Connor, que Forrest était en train de porter à l'étage. Son regard s'attarda sur l'homme qui avait promis de les protéger.

Il avait fait naître en elle de nouveaux espoirs, de nouveaux besoins. Ses amies et son bébé ne lui suffisaient plus. Elle voulait que Forrest fasse partie de son existence. Elle voulait un amour comme celui que partageaient Hays et Josephine – un mariage qui dure toute une vie. Mais elle ne s'appelait ni Colton, ni Bellamy, ni Maggie. Aucune fée ne s'était penchée sur son berceau…

Pour autant, Rae n'était pas du genre à s'apitoyer sur son sort. Elle se contenterait de la protection que Forrest voulait bien leur apporter, sans rien attendre d'autre.

— N'ayez pas peur, lui dit Hays, comme s'il avait lu dans ses pensées. Tout finira par s'arranger.

C'était la première fois qu'il était content de voir s'afficher sur l'écran de son téléphone le numéro de son mystérieux correspondant. La première fois qu'il avait vraiment envie de parler à ce psychopathe qui avait voulu lui faire commettre un meurtre.

Le meurtre d'un homme dont sa fille était visiblement amoureuse.

Certains regards ne trompaient pas. Rae admirait Forrest Colton. Elle s'inquiétait pour lui, également. À l'inverse, Beau ne lui inspirait que du dégoût. Il avait manqué à tous ses devoirs de père, il le savait. Il l'avait déçue.

Plus jamais elle ne lui ferait confiance.

La culpabilité pesait lourd sur ses épaules. Et, cette fois-ci, ni le frisson du jeu ni l'euphorie de l'alcool ne suffiraient à l'en débarrasser.

Beau était allé trop loin. Il avait agressé deux policiers, il s'était enfui, et il avait menacé sa propre fille. Aujourd'hui, il se voyait tel qu'elle le voyait : comme une insulte au genre humain. D'une manière ou d'une autre, il allait devoir se racheter.

Il accepta l'appel et, avant que l'homme ait eu le temps de l'accabler de reproches, il lui lança :

— Je sais que j'ai encore échoué.

Son interlocuteur était toujours au courant de tout. À croire qu'il possédait un scanner de la police...

— Ça, c'est peu de le dire, répondit-il. Qu'est-ce que tu comptes faire pour te rattraper ?

— Je vais quitter la ville.

L'autre ricana.

— Et comment tu vas t'y prendre ?

— J'ai du fric caché dans mon ancienne maison.

— Bien sûr. Si c'était le cas, tu m'aurais remboursé depuis longtemps.

— Je ne prévoyais pas de vous le dire. Je pensais me débarrasser du policier pour que vous me laissiez tranquille, et garder l'argent pour moi.

— Non, non. Tu vas me payer avant d'aller où que ce soit.

Beau eut un petit sourire en entendant l'avidité qui perçait dans la voix de son ennemi. Il connaissait bien ce sentiment.

C'était ce qui l'avait poussé à miser toujours plus, même quand il perdait.

Ce type devait être assez riche, pour lui avoir racheté ses dettes, mais cela ne l'empêchait pas d'être attiré par l'appât du gain. Beau avait justement compté là-dessus.

— Ma fille est partie de la maison, expliqua-t-il. Bientôt, il n'y aura plus aucun flic sur place. J'y retournerai pour récupérer l'argent, et je vous l'apporterai. Où est-ce que je peux vous trouver ?

Et qui êtes-vous, nom de nom ?

— C'est moi qui te trouverai, répliqua l'homme, avant de raccrocher.

Beau laissa échapper un soupir. Pour l'instant, son plan se déroulait comme il l'avait espéré, mais il savait qu'il faisait là le pari le plus risqué de son existence. Un pari qui pourrait bien lui coûter la vie.

23

Forrest aurait voulu entrer avec elle dans la chambre et la serrer dans ses bras – juste pour la réconforter. Mais il ne se faisait pas confiance. Jamais il ne réussirait à s'en tenir à une chaste étreinte. De plus, ses parents ignoraient qu'il outrepassait ses fonctions de garde du corps avec elle. Qu'il avait succombé à l'attirance charnelle qu'elle exerçait sur lui et, plus que cela, qu'il s'était totalement et irrémédiablement épris d'elle.

— Tu as tout ce qu'il te faut ? lui demanda-t-il depuis le seuil de la pièce.

Celle-ci jouxtait la chambre d'enfant. Elle avait été conçue pour loger une nourrice, mais la mère de Forrest n'avait jamais eu besoin d'aide pour s'occuper de ses quatre garçons.

Rae hocha la tête et montra le babyphone serré dans sa main.

— C'est grâce à ça que j'ai su qu'il y avait quelqu'un avec Connor, murmura-t-elle.

— Je suis désolé. Je me suis fait avoir comme un bleu.

— Ce n'est pas ta faute. C'est entièrement celle de mon père. Qu'aurait-il fait à mon bébé si je ne l'avais pas entendu ?

N'y tenant plus, Forrest l'attira contre lui.

— Il ne lui aurait pas fait de mal, lui assura-t-il.

— Il t'en a fait, à toi, répliqua-t-elle en effleurant sa tempe enflée. Et à l'agent Baker aussi. Il l'a peut-être même tué...

— Non, Baker va s'en remettre. Beau n'a tué personne.

— Pourtant, il savait que cette femme était enterrée dans le jardin. Comment est-ce possible, si ce n'est pas lui qui l'a assassinée ?

— Le meurtrier a été en contact avec lui, je te rappelle.

Rae n'eut pas l'air convaincue.

Et Forrest la comprenait. Si son père communiquait avec le tueur, comment se faisait-il qu'il ne connaisse pas son identité ? Le vieux parieur était peut-être meilleur bluffeur que ses dettes ne le laissaient penser…

— Tu penses qu'il ment ? s'enquit Forrest.

— Je ne crois pas un mot de ce qu'il raconte, répondit-elle.

Sa voix se brisa.

— Quand ma mère est tombée malade, il a annoncé qu'il devait partir mais qu'il serait un meilleur mari et un meilleur père à son retour. Il n'est jamais revenu, pas même pour les obsèques.

Forrest souffrait pour elle. Il aurait voulu lui prendre sa douleur et ne lui donner en échange que de l'amour. Mais était-ce ce qu'elle lui demandait ? Pas sûr. Elle attendait simplement de lui qu'il la protège, et on ne pouvait pas dire qu'il avait fait un super boulot jusque-là…

— Excuse-moi, dit-elle en soupirant. C'était il y a longtemps, je devrais avoir digéré tout ça, depuis le temps.

— Son retour a tout fait remonter, j'imagine. Ç'a dû te faire un choc de le revoir.

— Pourtant, j'aurais pu m'y attendre. Tu m'as posé des questions sur lui. Tu le soupçonnais.

— Je n'ai jamais vraiment pensé qu'il était à l'origine des menaces, admit Forrest.

Ayant lui-même eu des parents formidables, il lui était difficile d'imaginer qu'un père puisse faire une chose pareille.

— Par contre, tu as cru un moment que c'était lui, le meurtrier, souligna Rae. Qu'est-ce qui t'a fait changer d'avis ?

— Il ne m'a pas tué.

— Il pensait peut-être l'avoir fait. Il t'a peut-être cru mort.

Ses yeux s'emplirent de larmes.

— Arrête, murmura-t-il. Arrête de te torturer avec ça. Essaie de te reposer.

Elle leva vers lui ses grands yeux fatigués et inquiets. Forrest eut soudain l'impression d'y voir autre chose. Une émotion qui ressemblait à ce qu'il ressentait, lui. Était-elle réelle, ou l'avait-il imaginée ?

Il commença à se pencher pour mieux regarder. Et l'envie de l'embrasser le saisit, aussi soudaine qu'irrépressible. Au moment où ses lèvres s'approchaient des siennes, la sonnerie d'un téléphone le ramena brusquement à la raison.

Ce n'était pas son portable, mais la ligne fixe de ses parents. Qui oserait appeler à une heure aussi tardive ? Ou aussi matinale, car l'aube allait bientôt pointer le bout de son nez...

— Va te coucher, conseilla-t-il à Rae. Connor dormira peut-être quelques heures, après la nuit qu'il vient de passer.

— Je devrais rester avec lui dans sa chambre, dit-elle en lançant un regard anxieux vers la porte fermée.

Il lui prit la main et la serra entre les siennes.

— Tu as le babyphone. Tu l'entendras, s'il se réveille.

À cet instant, une marche craqua dans l'escalier. Forrest fit volte-face, prêt à dégainer son arme. Il se détendit en découvrant son père sur le seuil.

— Ne tire pas, ce n'est que moi, fit celui-ci avec un sourire en coin. Quelqu'un demande à te parler.

Il lui tendit le combiné.

Forrest fronça les sourcils. Au poste de police de Whisperwood, tout le monde avait son numéro de portable. Qui pouvait bien l'appeler ici, en pleine nuit ?

— Désolé, papa, s'excusa-t-il en prenant le téléphone.

Hays lui donna une tape affectueuse sur l'épaule.

— Quand vous êtes à la maison, toi et tes frères, on ne

s'ennuie jamais. Et c'est très bien comme ça, affirma-t-il, avant de s'éclipser.

Forrest se tourna vers Rae.

— Essaie de te reposer. Je vais répondre dans ma chambre.

Et il s'obligea à la laisser seule.

— Qui est à l'appareil ? s'enquit-il en portant le combiné à son oreille.

— Beau Lemmon.

Son sang se glaça dans ses veines. Comment le père de Rae avait-il su qu'il avait conduit la jeune femme et son bébé chez ses parents ? Beau avait dû rester caché dans l'ombre et écouter leurs conversations.

Les avait-il suivis jusqu'ici ?

Des voix grésillèrent dans le babyphone. Rae eut un instant de panique, se demandant comment les deux hommes qui parlaient avaient pu entrer dans la chambre de Connor. Puis elle réalisa que l'appareil devait être réglé sur la même fréquence que le téléphone sans fil de la maison, car elle reconnaissait le timbre grave et profond de Forrest et celui, plus grêle… de son père.

— Où êtes-vous ? demanda le premier.

— Peu importe où je suis. Ce qui vous intéresse, c'est où je vais et qui je vais rencontrer.

— Le meurtrier ?

Forrest semblait moins convaincu de l'innocence de Beau que quelques instants plus tôt, quand il avait répété à Rae que son père n'était pas un tueur.

— Oui, répondit le vieil homme. J'ai réussi à l'attirer en lui montant un bateau.

N'était-ce pas plutôt Forrest qu'il essayait de piéger ? s'interrogea la jeune femme. La peur lui serra le ventre.

— Où devez-vous le retrouver ? s'enquit le policier.

— Chez moi.

Rae sentit ses poils se hérisser. Son père n'était plus chez lui, dans cette maison. Il en était parti et n'y était jamais revenu. À présent, c'était la sienne et celle de Connor.

— Par contre, n'appelez surtout pas de renforts, poursuivit Beau. Sinon, il s'enfuira avant même qu'on ait pu voir sa tête. Vous devez venir seul.

Cela sentait l'embuscade à plein nez. Allait-il encore tenter de tuer l'homme qu'elle aimait ? Rae avait envie de hurler dans le babyphone, mais elle savait qu'ils ne l'entendraient pas.

— Quand ? demanda Forrest.

— Tout de suite. Il va arriver d'une minute à l'autre.

— Vous ne me laissez pas assez de temps. Comment voulez-vous que...

— Venez seul, répéta Beau, ou vous ferez tout capoter. Ne prévenez pas vos collègues. Il a peut-être une taupe au sein de la police, ou bien il en fait lui-même partie. Il sait beaucoup trop de choses.

Rae jeta l'appareil sur le lit et se précipita vers la porte. Lorsqu'elle l'ouvrit, Forrest était déjà dans le couloir.

— N'y va pas ! l'implora-t-elle.

— Quoi ?

— J'ai tout entendu à travers le babyphone. C'est un piège.

— Je ne crois pas.

— Le tueur ne veut pas que tu enquêtes sur les meurtres, lui rappela-t-elle. Il va se débarrasser de toi.

Et Beau allait l'aider, ou s'en charger lui-même...

— Je t'en prie, n'y va pas ! répéta-t-elle en se pendant à son cou, comme elle l'avait fait avec son père tant d'années plus tôt quand il était parti. S'il te plaît...

Sa voix s'éteignit dans un sanglot.

— Je suis désolé, Rae, mais je suis obligé d'y aller, murmura Forrest.

— Non, tu n'es pas obligé. Tu peux envoyer quelqu'un d'autre.

— Je ne veux pas mettre mes collègues en danger.

— Donc, tu sais que c'est un piège.

— Je sais que c'est peut-être ma seule chance d'arrêter ton père et de trouver le meurtrier, répliqua-t-il. Je ne peux pas la laisser passer.

Beau avait dit la même chose à Rae : qu'il devait saisir une occasion, qu'elle pourrait changer leur destin et rendre leur vie meilleure.

— Je le fais pour toi, ajouta Forrest. Et pour Connor.

— Je pensais que tu étais différent, mais en fait tu es comme mon père, lâcha-t-elle. Si tu tenais vraiment à nous, tu ne partirais pas. Tu resterais avec nous.

— Vous ne craignez rien, ici.

— Mais toi, si ! Tu cours vers le danger !

— C'est mon boulot, lui rappela-t-il. C'est ce que je fais.

— Et c'est ce qui a failli te tuer, rétorqua-t-elle en montrant sa jambe. Est-ce que ça en vaut la peine ?

— Pour arrêter des meurtriers et protéger des personnes innocentes ? Bien sûr que ça en vaut la peine.

Il l'écarta doucement de son passage et descendit l'escalier en boitant.

Rae ne put s'empêcher de penser qu'elle le voyait pour la dernière fois. Qu'il ne reviendrait pas.

Je t'aime ! eut-elle envie de lui crier. Mais la croirait-il ? Et cela changerait-il quelque chose ?

Forrest était déjà dans l'entrée. En l'entendant ouvrir la porte et la refermer derrière lui, Rae sut qu'elle avait raté l'occasion de lui avouer ce qu'elle ressentait. Et elle n'en aurait peut-être jamais d'autre.

Son portable vibrait sur la table de chevet. À côté de lui dans le lit, Bellamy se retourna en grognant. Elle ne dormait pas très bien depuis qu'elle était enceinte. Si en plus le téléphone la réveillait en pleine nuit...

Donovan attrapa l'appareil et sortit bien vite de la chambre. En consultant l'écran, il s'aperçut qu'il avait non pas un appel, mais deux.

Forrest et Rae.

N'étaient-ils pas censés être ensemble ?

Intrigué et inquiet, Donovan répondit d'abord à son frère.

— Qu'est-ce que...

— Rejoins-moi vite chez les Lemmon, le coupa Forrest.

— C'est pour ça que Rae essaie de m'appeler en même temps ? Elle est en danger ?

— Non, elle est au ranch.

— Quel ranch ?

— Chez nous. Avec les parents. Elle est en sécurité.

Donovan sentit son sang se figer.

— C'est toi qui ne l'es pas, alors.

— Je dois rencontrer le père de Rae, expliqua Forrest. C'est lui qui a provoqué mon accident de voiture et qui a agressé l'agent Baker.

— Ce sale fils de...

— Il agit sous les ordres du meurtrier.

— Qui est ?

— Beau Lemmon n'en sait rien. C'est pour ça qu'il l'a attiré chez Rae. Pour découvrir son identité.

Donovan avait surtout l'impression que Lemmon essayait de tendre un piège à Forrest...

— C'est dangereux, lui dit-il.

Ses vêtements et son arme étaient restés dans la chambre. Cela l'ennuyait de déranger Bellamy, mais il avait encore moins envie de perdre son frère. Forrest lui avait déjà fait une frayeur de ce genre quelques mois plus tôt, c'était bien suffisant. Il alla donc récupérer en vitesse son jean et son holster.

— Attends-moi, au moins.

— Je suis déjà sur place.

Avant que Donovan ait pu ajouter quoi que ce soit, Forrest raccrocha. Il était parti seul, sans renforts – exactement comme le jour où il avait failli mourir.

Et, cette fois-ci, Donovan avait le pressentiment qu'il ne s'en sortirait pas vivant.

24

Forrest repensa à cette fameuse fois où il s'était présenté devant un entrepôt pour y rencontrer un témoin potentiel, et où il avait été accueilli par des coups de feu. Ce jour-là, il était tombé dans une embuscade et était passé à deux doigts de la mort.

Aujourd'hui aussi, on lui avait sans doute tendu un piège. Rae et Donovan semblaient en être persuadés. Mais s'il voulait mettre un terme au cauchemar que vivaient la jeune femme et son bébé depuis plus d'une semaine, c'était un risque qu'il devait prendre. Il tenait plus à Rae et à Connor qu'à sa propre vie.

En approchant de chez elle, il éteignit les phares ; au lieu de tourner dans l'allée, il se gara sur le bas-côté de la route, puis désactiva le plafonnier avant d'ouvrir sa portière. L'expérience lui avait au moins appris à opérer une arrivée discrète.

Quand le tueur lui avait tiré dessus la dernière fois, Forrest avait aussitôt répliqué. L'autre était mort sur le coup, mais il avait bien cru y passer lui aussi. Finalement, il avait survécu. Et il avait bien l'intention de vivre encore longtemps.

Connaître Rae lui avait donné envie de fonder une famille. Avec elle et Connor. Mais il fallait d'abord qu'il écarte le danger qui les menaçait. Et, à cette fin, il devait se mettre en danger lui-même.

Rae lui pardonnerait-elle de l'avoir laissée alors qu'elle le suppliait de rester ?

Il se préoccuperait de cela plus tard.

Pistolet au poing, il se dirigea vers la maison. Celle-ci était plongée dans le noir. Avant de quitter les lieux, les policiers avaient condamné la fenêtre de la chambre de Connor à l'aide de planches.

Plutôt que d'attendre devant la porte d'entrée, Forrest fit le tour du pavillon. Alors qu'il progressait dans la pénombre, il trébucha sur le terrain inégal.

Il ravala un juron en priant pour que personne ne l'ait entendu. Beau était-il seul dans les parages ? Ou le meurtrier l'avait-il déjà rejoint ?

Peut-être ne faisaient-ils qu'un... Forrest espérait que non : le père de Rae connaissait trop bien cette propriété. Il s'y était déjà caché à de nombreuses reprises et la police ne l'avait jamais retrouvé.

Cependant, il y avait un endroit où Beau était apparu plusieurs fois : la tombe qu'il avait lui-même mise au jour, selon ses dires. C'est là qu'il avait attaqué le jeune policier, avant de s'en prendre à Forrest. Celui-ci en avait gardé un souvenir cuisant à la tempe.

Longeant le mur de la maison, il rejoignit le jardin à l'arrière en grimaçant à chaque craquement de brindille sous ses pas. Soudain, un bruit de moteur déchira le silence de la nuit. Une voiture venait de démarrer ; elle remonta l'allée en vrombissant et s'éloigna sur la route de campagne.

Pourvu qu'il ne soit pas arrivé trop tard... Peut-être Donovan avait-il appelé des renforts ; dans ce cas, si le meurtrier avait accès aux communications radio de la police comme le prétendait Beau, il s'était sûrement enfui. Forrest lâcha un juron.

À cet instant, il entendit un appel étouffé. Quelqu'un se trouvait à quelques pas de lui. Quelqu'un qui semblait souffrir. Forrest tendit l'oreille et réussit à localiser l'origine des gémissements. Ils provenaient de la scène de crime.

En s'en approchant, il remarqua que la rubalise avait été arrachée entre deux des piquets ; les extrémités traînaient sur le sol. Prudemment, il s'avança dans la terre meuble pour jeter un coup d'œil dans la fosse.

Il y avait un corps étendu tout au fond. Les premières lueurs de l'aube éclairaient le visage tuméfié du père de Rae.

— Beau !

— Le meurtrier est parti, murmura le vieil homme. Vous l'avez raté de peu.

Forrest rengaina son arme et le rejoignit au fond du trou.

— Je vais appeler les secours, dit-il en sortant son téléphone.

Mais Beau le retint par le poignet.

— Non.

— Vous êtes blessé, il faut...

— Je meurs, le coupa-t-il dans un filet de voix.

À mesure que le soleil se levait, Forrest distinguait des marques rouges autour de son cou. Il avait été étranglé, comme les autres victimes.

— Vous allez vous en sortir, lui assura-t-il.

De son autre main, Beau fit un geste vers son torse. Alors, Forrest vit la barre de fer plantée entre ses côtes. Un mélange de pitié et de colère l'envahit. La douleur devait être intolérable. Et quelle force il fallait pour infliger une blessure pareille à un homme !

— Qui est le monstre qui vous a fait ça ?

Beau secoua la tête.

— Vous l'avez vu, insista Forrest. C'est obligé.

— Oui. Mais j'ai passé un accord avec lui.

— Avec un tueur ?

Beau avait raison : il était en train de mourir. Même si Forrest appelait une ambulance, il n'aurait aucune chance de survivre avec tout le sang qu'il perdait.

— Si je ne donne pas son nom, il ne fera pas de mal à Rae et à son bébé, expliqua Beau dans un souffle.

— Et vous lui faites confiance ?

Il ne répondit pas.

— Vous lui faites confiance ? répéta Forrest.

Mais le père de Rae ne pouvait plus l'entendre.

Il était mort.

Forrest n'eut pas le temps d'absorber le choc : quelqu'un venait de s'approcher de la fosse, faisant dégringoler un peu de terre le long de la paroi. Peu à peu, son ombre recouvrit le corps de Beau.

Le meurtrier avait sans doute fait demi-tour en découvrant le SUV garé sur le bas-côté de la route. Et il venait achever Forrest, comme il l'avait fait avec Beau.

Alors qu'il portait la main à son holster, Forrest entendit au-dessus de lui le « clic » caractéristique d'un pistolet qu'on arme. Un pistolet qui était pointé sur sa tête. Cette fois-ci, il ne sortirait pas vivant de ce piège.

Après le départ de Forrest, Rae n'avait même pas essayé de dormir. Elle savait qu'elle n'y arriverait pas.

Quand Donovan l'avait rappelée, il filait chez elle retrouver son frère. Mais celui-ci était parti bien plus tôt. Il avait eu tout le temps de tomber dans l'embuscade que Beau lui avait tendue, quelle qu'elle soit.

À travers ses larmes, Rae regardait son fils endormi dans ses bras. Elle le berçait doucement, installée dans le rocking-chair de la chambre. C'était probablement le même fauteuil dans lequel Josephine Colton avait bercé tous ses enfants.

La jeune femme soupira. Son père était vraiment odieux. Comment avait-il pu les menacer, elle et Connor, et tenter de tuer deux policiers coup sur coup ? Comment avait-il pu s'en prendre à l'homme qu'elle aimait ?

Évidemment, il ne pouvait pas savoir qu'elle était tombée amoureuse de Forrest Colton. Celui-ci n'était même pas au courant. Et elle n'aurait peut-être plus jamais l'occasion de le lui dire.

Rae cligna des yeux et se concentra sur Connor.

Forrest avait été si doux avec lui, si gentil... Comme avec elle, d'ailleurs. C'était quelqu'un de bien. Et c'est pour ça qu'il n'avait pas hésité à braver le danger. Parce qu'il se préoccupait des autres avant de se préoccuper de lui-même.

La seule personne qui aurait dû se soucier de lui en retour était partie au moment où il avait le plus besoin d'elle. Rae ne comprenait pas comment cette femme avait pu l'abandonner ainsi. Quel égoïsme...

Pour sa part, elle regrettait amèrement de ne pas l'avoir suivi dans l'escalier, de ne pas avoir insisté davantage pour l'accompagner. Qui sait, son père aurait peut-être épargné Forrest si elle avait été présente à ses côtés... Mais, connaissant ce dernier, il n'aurait jamais accepté de lui faire prendre un tel risque.

Prendre des risques, cela faisait justement partie du métier de policier. Si Forrest survivait, supporterait-elle de le voir s'exposer au danger encore et toujours ? De se demander, chaque fois qu'il partirait au travail, si elle le reverrait le soir ?

Ce n'était pas pour rien qu'elle avait décidé de fonder une famille sans attendre de rencontrer le papa idéal. Son expérience des relations amoureuses lui avait prouvé qu'elle était aussi douée que sa mère pour choisir des hommes incapables de s'engager.

De ce côté-là, Forrest Colton n'avait pas de problème. L'ennui, c'était qu'il s'engageait surtout dans son travail – un travail dangereux —, et que cet engagement l'avait peut-être tué.

Depuis combien de temps était-il parti ? Rae se souvenait qu'il faisait encore nuit au moment où elle avait tenté de le retenir. À présent, le soleil était levé, inondant de lumière et de chaleur la pièce aux tons jaunes, déjà naturellement lumineuse.

Un peu plus tôt, elle avait entendu des bruits dans la maison – sans doute les parents de Forrest qui vaquaient à leurs occupations. Étaient-ils inquiets ? Comment vivaient-ils le fait que tous leurs enfants aient embrassé des carrières dangereuses ?

Et comment Rae le vivrait-elle, si Connor décidait d'exercer un métier à risques ?

Tandis qu'elle observait son bébé qui dormait sur ses genoux, elle se demanda quel genre d'homme il deviendrait. Il portait en lui les gènes de Beau Lemmon. Cela ferait-il de lui un parieur ? Un égoïste ? Mais il possédait aussi ceux de la mère de Rae. Il serait donc peut-être gentil, généreux et travailleur… Ce dont il avait besoin, se dit-elle tout à coup, c'était d'un bon modèle masculin.

Comme Forrest.

Elle en était là de ses réflexions lorsque la sonnette retentit. La chambre d'enfant était située à l'avant de la maison. Prenant Connor dans ses bras, Rae s'avança vers la fenêtre pour regarder dehors.

Un véhicule de police était garé dans l'allée, gyrophares éteints. Un agent se tenait debout à côté de la portière du conducteur, tandis que celle du côté passager était restée ouverte.

Forrest n'aurait jamais sonné à la porte de sa propre maison. C'était donc un autre policier – le chef Thompson, sans doute. Celui-ci n'était-il pas chargé de prévenir les proches lorsqu'un de ses hommes perdait la vie dans l'exercice de ses missions ?

C'était ce qu'il détestait le plus dans son travail. Bon sang, il n'aurait même pas dû annoncer cette nouvelle lui-même… Quelqu'un d'autre voulait le faire à sa place, mais il estimait que la jeune femme avait le droit d'être mise au courant le plus tôt possible, au cas où elle voudrait voir le corps avant qu'on l'emporte.

Hays Colton lui ouvrit la porte, les traits tirés, l'air inquiet.

— Salut, chef. C'est un peu tôt, pour une visite.

En tant que fermier, Hays était probablement debout depuis longtemps. Plus que l'heure, c'était le motif qui lui posait problème.

— Je suis venu voir Mlle Lemmon, précisa Archer.

Son vieil ami serra les mâchoires.

— C'est à propos de mon fils ?

— Forrest voulait s'en charger, c'est vrai, mais j'ai pensé qu'il valait mieux ne pas attendre, répondit-il.

Il comprenait enfin pourquoi l'inspecteur d'Austin avait insisté pour informer Rae Lemmon en personne : la jeune maman comptait pour lui. Bien plus qu'une simple citoyenne qu'il protégeait.

Et lorsqu'elle déboula de l'escalier, le visage marqué par l'angoisse, Archer put voir que Forrest était tout aussi important pour elle.

— Est-ce qu'il va bien ? s'enquit-elle d'un ton affolé. Dites-moi qu'il va bien !

Les larmes roulaient sur ses joues alors même qu'il n'avait encore rien dit. Archer eut soudain un doute : parlait-elle de Forrest, ou de son père ?

— Je suis désolé, murmura-t-il.

La jeune femme poussa un cri et s'effondra. Passant un bras autour de sa taille, Hays l'aida à se relever.

— Votre père, Beau Lemmon, est mort à l'aube, poursuivit Archer.

Elle fronça les sourcils, interloquée.

— Mon père ?

— Vous saviez qu'il était de retour à Whisperwood, je crois.

— Oui. C'est lui qui nous a menacés, mon fils et moi.

— Navré d'apprendre ça, Rae, murmura Hays.

— Et Forrest ? demanda-t-elle. Mon père a essayé de le tuer...

Sa voix se brisa.

— Comment va-t-il ?

25

Forrest s'était absenté trop longtemps, il le savait. Mais il avait voulu s'assurer que les techniciens de la police scientifique ne rataient aucun indice susceptible de les conduire au meurtrier. Il fallait absolument qu'ils trouvent quelque chose, de l'ADN ou n'importe quoi d'autre, qui les mettrait sur la piste de ce monstre.

Finalement, Beau Lemmon n'en avait pas été un. Il avait eu des défauts, comme l'avait dit Rae. De gros défauts.

Comment allait-elle ?

Forrest ne l'avait pas vue revenir avec le chef. Après ce qui s'était passé chez elle, en aurait-elle envie un jour ? Probablement pas. Et c'était mieux comme ça. Il ne voulait pas la savoir dans ce lieu où tant d'événements terribles s'étaient déroulés. Dire qu'il avait failli y mourir lui-même, quand Beau l'avait frappé à la tête... Et, plus récemment, lorsqu'il s'était retrouvé sous la menace d'un pistolet chargé.

Heureusement, à l'autre bout, il y avait eu son frère, et non le tueur. Donovan ne l'avait pas reconnu tout de suite, accroupi dans l'ombre de la fosse.

Celle-ci était devenue la tombe de Beau Lemmon. Une tombe temporaire, du moins, car depuis son corps avait été transporté à la morgue, après quoi Forrest avait enfin pu partir pour regagner le ranch de ses parents.

Quand il se gara dans l'allée, il trouva ces derniers sous

le porche. Sa mère était installée dans la balancelle avec Connor sur les genoux, tandis que son père, appuyé contre la balustrade, faisait des grimaces au bébé pour le faire sourire.

Forrest sentit une onde de chaleur se répandre dans sa poitrine. Il les aimait tellement, tous les trois...

— Vous vous mettez au baby-sitting ? lança-t-il plaisamment.

— Il paraît que tu t'y es mis aussi, répliqua son père.

Forrest comprit à sa façon de le regarder qu'ils savaient. Ils savaient qu'il était tombé amoureux de Rae et de la petite famille qu'elle formait avec son bébé. Il ne chercha même pas à les contredire, se contentant de sourire un peu niaisement.

— Tes services ne seront peut-être bientôt plus requis, ajouta Hays.

Forrest fronça les sourcils.

— C'est une menace ? Vous voulez me piquer mon job ?

— On garde Connor pendant que Rae fait ses valises, expliqua sa mère d'un air déçu. Elle s'en va.

Forrest lâcha un juron, avant de jeter un coup d'œil gêné vers le bébé. Il fallait qu'il se retienne de dire des gros mots devant lui. Connor finirait par les répéter. Mais lorsqu'il serait assez grand pour ça, Forrest ne ferait sûrement plus partie du paysage, si Rae s'était vraiment mis en tête de partir...

Elle avait été en colère, cette nuit, quand il l'avait laissée pour rejoindre Beau. Et elle devait être furieuse d'avoir appris la mort de son père de la bouche du chef Thompson, et non de la sienne.

— Comment va-t-elle ? demanda-t-il, inquiet.

— Tu sauras mieux en juger que nous, fit remarquer Hays.

Ses parents semblaient s'interroger sur sa relation avec la jeune femme – et sur leur avenir ensemble. Ils n'étaient pas les seuls.

Forrest avait été tellement bête de lutter contre ses

sentiments ! Rae n'avait rien à voir avec Shannon. Elle n'était pas du genre à s'enfuir devant la première épreuve.

Après avoir grimpé les marches quatre à quatre, il la trouva dans la chambre d'enfant, en train de rassembler ses affaires.

— Alors comme ça, tu t'en vas ?

Elle ne se retourna pas, mais il la vit se crisper.

— Je n'ai aucune raison de rester.

— Vraiment ?

— Mon père est mort, dit-elle d'une voix étrangement dépourvue d'émotion.

Lorsqu'elle se décida enfin à croiser son regard, Forrest s'aperçut qu'elle avait les yeux rouges et gonflés. Elle avait pleuré. Et il n'avait pas été là pour la réconforter...

— Je suis désolé, murmura-t-il. Je ne suis pas arrivé à temps pour le sauver.

— Tu n'aurais même pas dû y aller, rétorqua-t-elle. Tu aurais pu mourir toi aussi !

— Je fais ce métier depuis longtemps, Rae. Je suis un bon flic, malgré mon handicap.

Le chef lui avait donné l'occasion de le prouver. Il ne lui restait plus qu'à retrouver le meurtrier. Avec l'aide de ses frères, Forrest ne tarderait pas à le débusquer et à lui faire payer ses crimes devant la justice.

— Tu es peut-être un bon flic, mais ça ne t'a pas empêché de tomber dans le piège que mon père te tendait, souligna Rae.

Forrest secoua la tête.

— Ce n'était pas un piège. Il essayait de m'aider.

— Bien sûr... Il t'a donné le nom du tueur ?

— Non. Mais c'est pour toi qu'il a gardé le secret. Il a fait promettre au meurtrier de vous laisser tranquille, Connor et toi. En échange, il ne révélait pas son identité.

— Dans ce cas, on peut rentrer chez nous.

Elle inspira profondément, avant d'ajouter :

— On n'a plus besoin de toi.

Forrest eut l'impression de recevoir un coup de poing dans l'estomac. Il comprenait pourquoi elle le rejetait. Elle lui en voulait, et elle avait de bonnes raisons.

— Moi, j'ai besoin de vous, répliqua-t-il. J'ai besoin de toi et de Connor.

— Ah oui ? Pourquoi ?

— Parce que je vous aime. Tous les deux. C'est pour vous protéger que je suis parti, cette nuit. Parce que vous êtes tout pour moi. Et si tu me laisses une chance, je te le prouverai.

Elle ne répondit pas. Pire que cela, elle lui tourna le dos et sortit de la pièce en courant.

Rae était trop bouleversée pour prononcer le moindre mot. Les émotions se bousculaient dans son cœur – le soulagement, la peur, et un amour si puissant qu'elle n'était pas sûre de savoir comment le maîtriser.

Ni même si c'était possible.

Et c'est cela qui lui faisait peur.

Mais elle pouvait faire confiance à Forrest. Il était différent de son père – même si celui-ci avait fini par se ranger du côté du bien : aussi incroyable que cela puisse paraître, la toute dernière action de Beau Lemmon avant de mourir avait été altruiste.

Les yeux brouillés de larmes, Rae revint vers Forrest, qui était resté planté au milieu de la chambre d'enfant. Ses épaules étaient affaissées, comme s'il se sentait soudain très fatigué. Ou déçu, peut-être.

Il ne s'était sans doute pas attendu à ce qu'elle réagisse ainsi à sa déclaration.

— Tu ne viens pas ? lui demanda-t-elle.

Il eut l'air dérouté. Quand elle lui tendit la main, il s'avança lentement vers elle, en boitant plus qu'elle ne l'avait vu faire depuis son accident de voiture.

— Tu as été blessé, cette nuit ? s'enquit-elle avec inquiétude.

— Pas cette nuit, non, répondit-il, tout en la rejoignant dans le couloir.

Elle comprit que c'était elle qui l'avait blessé, à l'instant.

— Excuse-moi, murmura-t-elle. J'ai du mal à y croire, c'est tout.

— Croire à quoi ?

— Que tu m'aimes.

Forrest la prit par la main et l'entraîna dans sa chambre.

— Pourquoi est-ce si dur à croire ? Tu ne sais donc pas à quel point tu es merveilleuse ?

Rae sourit.

— Tu es belle, intelligente, généreuse...

Se levant sur la pointe des pieds, elle le fit taire d'un baiser. Elle l'embrassa avec toute la force du désespoir qu'elle avait ressenti cette nuit, avec toute la peur et tout l'amour qu'elle s'était interdit d'exprimer.

Au bout d'un long moment, il s'écarta pour reprendre son souffle.

— Est-ce que tu me crois, maintenant ? Je t'aime, Rae.

Elle le lisait sur son visage, à présent. Elle le voyait dans son regard brûlant et dans le sourire hésitant qui recourbait ses lèvres.

— Oui, je te crois, répondit-elle. Moi aussi, je t'aime. Je t'aime tellement !

Les larmes ruisselaient sur ses joues.

— Je voulais te le dire cette nuit. J'aurais dû. S'il t'était arrivé quoi que ce soit...

Il se pencha et appuya le front contre le sien.

— Il ne m'est rien arrivé. Et je pense que vous ne craignez plus rien maintenant, Connor et toi. Mais il faut continuer à se montrer prudents. J'aimerais qu'on reste ici un moment.

— Tes parents seront d'accord ? Je ne voudrais pas m'imposer, ils ont déjà été si gentils...

Forrest eut un petit rire.

— Tu plaisantes ? Ils sont ravis de s'occuper de leur nouveau petit-fils.

— Pardon ?

— C'est comme ça qu'ils voient Connor, expliqua Forrest. Et moi, je le considère comme mon fils. J'espère que tu me laisseras l'adopter pour officialiser tout ça.

Rae crut que son cœur allait éclater. Elle avait rêvé d'un père pour Connor - un père comme Forrest, sur lequel il pourrait compter. Mais des grands-parents… Elle n'y avait même pas songé.

— Merci, dit-elle. Tu sais que tu es formidable ?

— Je ne suis pas parfait, fit-il remarquer, soudain sérieux. Je ne retrouverai peut-être jamais de travail à cause de ma jambe. Je ne serai peut-être pas capable de jouer avec Connor comme je le voudrais…

Une fois de plus, elle pressa ses lèvres contre les siennes pour arrêter le flot de paroles qui s'en échappaient. Et pour lui montrer à quel point elle l'aimait.

— Tu es un héros, Forrest, lui assura-t-elle. Tu nous as sauvés tant de fois ! Et pas seulement physiquement. J'avais peur d'ouvrir mon cœur, de faire confiance. Tu m'as montré que cela en valait la peine. *Tu* en vaux la peine.

Pour toute réponse, Forrest l'attira vers le grand lit qui semblait leur tendre les bras. Le matelas s'enfonça sous leur poids. Et les vêtements volèrent jusqu'à ce que leurs corps nus soient de nouveau unis l'un à l'autre, comme leurs cœurs et leurs âmes.

— Je t'aime, souffla Forrest lorsque le tourbillon de la passion les eut emportés très loin, puis ramenés à bon port. Je t'aime si fort.

Rae sourit, tout alanguie de plaisir.

— Ça n'a pas l'air de te réjouir.

— Je me mettrais des claques pour avoir perdu toutes ces

semaines, confia-t-il. J'aurais dû te dire oui quand tu m'as proposé de danser, à ce mariage.

— Pourquoi as-tu refusé, au fait ?

— Je pensais que tu avais seulement pitié de moi.

— Pas du tout. Je te trouvais tellement beau, et tellement seul… Et je me sentais un peu seule, moi aussi.

— Nous ne le serons plus jamais. Je t'en donne ma parole.

Une promesse était une promesse.

En temps normal, il ne s'embêtait pas à tenir les siennes. Mais Beau Lemmon était mort sans le trahir, alors peut-être allait-il respecter sa part du contrat, pour une fois, et arrêter de tourmenter la famille de ce pauvre type.

Après tout, la jeune femme et son bébé étaient les meilleures distractions dont on pouvait rêver pour empêcher l'inspecteur d'Austin de se concentrer sur ses enquêtes. Il s'était tellement entiché d'eux qu'il n'allait pas les quitter d'une semelle, même s'ils ne couraient plus aucun danger.

Rien n'était définitif, cependant. Promesse ou pas, quiconque s'approcherait un peu trop de la vérité risquait de le payer de sa vie…